JOJO MOYES

STILL ME

我依然爱你

[英] 乔乔·莫伊斯 著
黄瑶 译

山东文艺出版社

果麦文化 出品

首先知道自己是谁；然后据此修饰自己。

——

埃皮克提图

目录

01 初临纽约

一抹八字胡提醒我，我已经不再身处英格兰了。它严严实实地盖住了那个男人的上唇，如同一条活生生的灰色千足虫。那是农村人和牛仔才会留的八字胡，当真可以被看作一个微型的扫把头。你在家里可是修不出这种胡子来的。我的眼神就是无法从它的身上移开。

“女士？”

在国内，我见过唯一会留这种胡子的人就是内勒先生，我们的数学老师。他的胡子里总是攒着消化饼干的碎屑——我们还常在代数课上清点碎屑的数量。

“女士？”

“哦。抱歉。”

这个身穿制服的男人轻轻弹了弹短粗的手指，示意我上前，却并没有从屏幕前抬起头。我在柜台旁等待，汗水顺着后背艰难地滴落，缓缓钻进裙子里，渐渐干涸。他举起一只手，来回摆动着四只肥大的手指。片刻之后我才明白，这是在向我索要护照。

“姓名。”

“那上面写着呢。”我答道。

“你的姓名，女士。”

“露易莎·伊丽莎白·克拉克。”我隔着柜台望去，“不过我从未用过伊丽莎白那一部分，起完名之后妈妈才意识到，我的名字说快点听上去就变成了‘露易傻白’。虽然爸爸觉得这倒是有几分贴切。我不是说自己就是个白痴。我的意思是，你是不会想让一个脑子有毛病的人入境的。哈哈！”我紧张兮兮的声音从树脂玻璃隔板上反弹了回来。

这个男人第一次看了看我。他有一对坚实的肩膀，目光像电击枪一样将你钳住。他没有笑，而是一直等到我脸上的笑容逐渐消失。

“抱歉。”我说，“穿制服的人会让我紧张。”

我回头望了望入境大厅，看到蜿蜒的队伍对折了好几回，化作一片密不透风、躁动不安的人海。“站在那条队伍里的感觉有点奇怪。老实说，这是我排过的最长的队伍了。我都开始怀疑是否该动手罗列圣诞节清单了。”

“把你的手放在扫描仪上。”

“它一直都是这种长度的吗？”

“扫描仪吗？”他皱起了眉头。

“队伍。”

可他已经对我的话置若罔闻了，而是仔细端详着屏幕上的什么东西。我把手指放在了狭小的垫子上。就在这时，我的手机响了。

是妈妈发来的短信：

你降落了吗？

我用闲着的那只手去回复。他却猛地朝我转过头来：“女士，这里不允许使用手机。”

“只不过是我妈妈。她想知道我到了没有。”在把手机悄悄拿出视线时，我偷偷地设法按下了竖起大拇指的表情符号。

“出行原因？”

“这是什么意思？”妈妈立马回复道。她对发短信有一种天然而狂热的喜爱，如今打起字来速度比说话还要快。要知道，她说话的速度基本上就是神速。

“——你知道我的手机无法显示那些图片。你发了求助信号吗？露易莎，告诉我你没事。”

“出行原因，女士？”八字胡不耐烦地抽搐了一下，徐徐补充道，“你来美国做什么？”

“我找到了一份新的工作。”

“什么工作？”

“我要去为一户纽约家庭工作，在中央公园。”

霎时间，那个男人的眉毛似乎上挑了一毫米。他核实了一下表格上的地址，证实了我的答案。“哪种工作？”

“有点复杂，不过在某种程度上算是有偿陪护。”

“有偿陪护？”

“是这样的。我过去曾为某个男人工作，做他的陪护，但也要给他吃药、陪他外出、喂他吃饭。顺便提一句，这工作没有听上去那么古怪，不是什么变态的事情——他的手残废了。老实说，我上一份工作的结局并非仅仅是陪护而已，因为你很难不去亲近自己照顾的对象，何况威尔——那个男人——他太出色了，于是我们就……我们就相爱了。”太晚了，一种热泪盈眶的熟悉感触涌上了我的心头。我飞快地抹了抹眼泪。“所以我觉得这份工作差不多也是这样的。除了相爱的那一部分，还有喂饭的事情。”

移民官目不转睛地盯着我。我挤出了一丝微笑。“其实，我在说起工作的时候通常是不会掉眼泪的。我真的不是个疯子，尽管名字很像。哈！不过我爱他，他爱我。后来他……嗯，他选择结束了自己的生命。所以，在某种程度上，这算是我让自己重新开始的一次尝试。”令人难堪的是，此时此刻，眼泪已经无情地从我的眼角渗了出来，似乎止都止不住。我好像什么都无法阻止。“抱歉，肯定是时差的缘故。现在约莫是我们那边凌晨两点钟了，对吗？其实我已经不会再提起他了。我是说，我已经交了新的男朋友。他很不错！是个急救员！身材火辣！这就像是中了男友头彩，你明白吗？一个身材魁梧的急救员！”

我在自己的手提包里胡乱摸索着纸巾。抬起头，我看到那个男人递了一盒过来，便抽了一张。“谢谢。所以，总而言之，我的朋友内森在这里打工——他是个新西兰人——帮我拿下了这份工作。除了照顾这位情绪低落的富太太之外，我压根不知道自己还需要做些什么。不过我已经下定决心，这一次不能辜负威尔对我的期待，因为之前是我做得不对，最终差点落到了去机场工作的下场。”

我愣住了。“不——呃——不是说在机场工作有什么不对。我相信移民局的工作非常重要，的确非常重要。不过我有个计划。住在这里的每个星期，我都要做些新的事情，要说‘好’。”

“说‘好’？”

“对新的事物说好。威尔过去常说，我会让自己避开新的体验。所以这就是我的计划。”

移民官仔细端详着我的文件。“你的地址栏填得不完整，还需要一个邮编。”

他把表格推了过来。我在事先打印出来的那张纸上核实了一下号码，用颤抖的手指把邮编填了进去。瞥瞥左手边，我这一区的队伍已经越来越躁动。旁边一队的队首，一个亚洲家庭正遭到两名官员的盘问。在那个女子提出抗议后，他们被领进了侧面的一个房间里。我突然感觉十分孤单。

移民官瞥了瞥等待的人群，然后突然在我的护照上盖了章。“祝你好运，露易莎·克拉克。”他说。

我睁大了眼睛看着他。“就这样？”

“就这样。”

我笑了。“哦，谢谢！你真是太好了。我是说，初次只身来到世界的另一端，真的好奇怪。现在我感觉有点像是第一次遇到了好人——”

“你得赶紧往里走了，女士。”

“当然。抱歉。”我收起自己的东西，拨开了垂在脸颊旁的一缕汗湿的发丝。

“还有，女士……”

“什么事？”我不知道自己刚刚是不是做错了什么。

他并没有从屏幕前抬起头来。“当心你答应的都是些什么事情。”

正如内森所承诺的那样，他正在到达区等待。我扫视着人群，竟然感觉异常难为情。我默默说服自己没人会来，但他就在那里，在川流不息的人群中挥舞着一只大手。他举起另一只手臂，脸上绽放出了一抹笑容，然后推开人群，走过来迎接我，用一个大大的拥抱把我举了起来。“露！”

一看到他，我心里有什么东西竟然意外地收紧了——某种与威尔、与失去、与在一架有些过于颠簸的班机上坐了七个小时后迸发出来的原始情感联系在一起的东西——我很高兴他抱我抱得那么紧，让我一瞬间安下心来。

“欢迎来到纽约，小矮个儿！我发现你的穿衣品位还是那么棒嘛。”

此刻，他将我推到一臂远的地方，却并没有松手，还咧嘴笑着。我抻了抻身上那件二十世纪七十年代的虎纹连衣裙。我原本以为它说不定能让我看上去像是嫁给奥纳西斯之后的杰姬·肯尼迪——要是杰姬·肯尼迪曾在飞机上把半杯咖啡都洒在了大腿上的话。“见到你真是太好了。”

他飞快地抱起我的铅灰色行李箱，仿佛里面装的不过是羽毛。“来吧。我带你回家。普锐斯汽车被送去维修了，所以高普尼克先生把他的车子借给了我。路上堵得厉害，不过你会风风光光到达那里的。”

高普尼克先生的黑色汽车油光锃亮，大小和一辆巴士差不多，关门时还会发出有力却不造作的砰的一声，表明这辆车的价值应该在六位数。内森把我的箱子塞进了行李厢，而我叹息着坐进了副驾驶的座位。我看了看手机，用一条短信回复了妈妈的十四条短信，只说自己已经上车了，明天会打电话给她，还给向我倾诉思念的山姆回复了一句“已落地，亲亲”。

“那家伙还好吗？”内森边问边瞥了瞥我。

“他很好。谢谢。”我又加了好几个“亲亲”，就为了确认一下。

“他对你到这里来没有很不配合吗？”

我耸了耸肩。“他觉得我需要过来。”

“我们都这么觉得。你得花点工夫才能为自己找到出路，就是这样。”

我收起手机，靠在座位上，注视着窗外高速公路上散布的陌生名称：米罗轮胎店、里奇健身房、救护车和优豪公司租赁卡车，还有油漆都已脱落、门廊摇摇欲坠的破败房屋，以及篮球场和抱着超大塑料杯、嘬着饮料的司机。内森扭开了收音机。听到某个名叫洛伦佐的人正在谈论一场棒球比赛，我瞬间感觉自己仿佛置身于某种停滞的现实之中。

“所以说，你明天可以休整一下，有什么想做的事情吗？我想，也许可以让你睡个懒觉，然后把你拽出来吃个早午餐。刚到这里的第一个星期，你应该完整地体验一次纽约的路边小馆。”

“听上去很棒。”

“他们明晚才能从乡间俱乐部回来呢。上周发生了一点冲突。等你睡上一觉，我会详细说给你听的。”

我紧盯着他。“没有什么秘密，对吗？不会是——”

“他们和特雷纳家不一样。只不过是那种普通的、不和睦的千万富豪家庭。”

“她人好吗？”

“她人很好，是个……很难控制的人，不过她人很好。他也一样。”

论及人的品性，你能从内森嘴里听到的参考信息也就不过如此了。内森陷入了沉默，他从不是一个热衷于说长道短的人。我吹着空调，坐在平稳的梅赛德斯GLS汽车里，抵抗着眼看就要将我淹没的一波波睡意，想起了紧裹着被褥、挤在我伦敦狭小公寓里的特丽娜和托马斯。没过多久，内森的声音打断了我的思绪。“就是这里了。”

我抬起模糊的视线。在布鲁克林大桥的另一边，曼哈顿正如数百万道参差不齐的阳光碎片般闪烁着，令人心生敬畏却又倍感振奋，是那样的光鲜亮丽，密集得难以置信，却又美不胜收。这是我在电视和电影中见过的再熟悉不过的景象，以至于完全无法接受自己竟能得以亲眼所见。我在座位上调整坐姿，立直身子，在车子朝它加速前进时惊得目瞪口呆——这就是这座星球上最著名的大都会。

"这景色让人百看不厌，是不是？比斯托特福德壮观多了。"

老实说，直到那一刻，我才猛然想到：这里就是我的新家了。

"嘿，阿肖克，你好吗？"在我目不转睛地注视着黑白瓷砖和黄铜栏杆时，内森推着行李箱穿过了大理石大堂。我努力不让自己绊倒，脚步声在洞穴般的空间里回荡。这里就像是一座富丽堂皇却又有些衰败的酒店入口：电梯的四壁是用铮亮的黄铜制成的，轿厢的地毯上印着红色与金色相间的徽章。前厅有些昏暗，不那么舒服，闻起来像是蜂蜡、抛光过的鞋子以及金钱的味道。

"我很好，伙计。这位是？"

"这是露易莎。她是来为高普尼克夫人工作的。"

身穿制服的门房从桌子背后走了出来，伸出一只手让我握住。他的脸上挂着灿烂的笑容，一双眼睛看似已经见识过了世间万物。

"很高兴认识你，阿肖克。"

"英国人！我在伦敦有个表兄，在克里唐。你知道克里唐吗？你住在那附近吗？他是个大块头，你知道我在说什么吗？"

"我真的不知道克里唐。"我答道。看到他的脸色沉了下来，我赶紧接着说："不过下次经过那里时会留心找找他的。"

"露易莎，欢迎到莱弗里大楼来。你需要任何东西，或是想要知道任何事情，尽管知会我一声。我随时都在。"

"他没有开玩笑。"内森说，"有时候我觉得他就睡在那张桌子底下。"他朝着大堂深处附近某座暗灰色的服务电梯打了个手势。

"我有三个不满五岁的孩子，伙计。"阿肖克说，"相信我，待在这里能防止我发疯。对我太太来说就不是这么回事了。"他露齿一笑，"说真的，露易莎小姐。如果需要任何东西，找我就对了。"

"比如毒品、妓女和妓院吗？"在服务电梯的大门将我们包围时，我低声说了一句。

“不。比如戏票、餐位和最棒的干洗店。”内森答道，“这里可是第五大道。上帝啊，你在伦敦都会做些什么啊？”

高普尼克宅邸位于这座哥特式红砖楼的二、三层，占地面积六百五十平方米，属于纽约这一区域罕见的复式套房，是高普尼克家族世代财富的证明。内森告诉我，这座名为“莱弗里”的大楼是按照电影《罗斯玛丽的婴儿》中恶魔诞生之地达科塔大楼等比例缩小建造的，也是上东区最老的合作公寓之一。未经顽固不化的业主委员会批准，任何人都不能购买或是出售这里的公寓。在俄罗斯寡头、流行歌手、中国钢铁巨头和科技亿万富翁等暴发户纷纷入住公园对面那些光鲜的公寓，坐拥公共餐厅、健身房、托儿所和无边泳池时，莱弗里大楼的住户们钟情的却是些传统的东西。

这里的公寓都是世代相传的，住户们学会了忍受二十世纪三十年代的管道系统，会为了获准更换比电灯开关更大的东西展开长年累月、曲折复杂的斗争。在周遭的纽约日新月异之际，他们会优雅地转过头去，就像你忽视手举纸牌标语的乞丐时会做的那样。

我几乎来不及瞥上一眼这座复式公寓本身的富丽堂皇，看看那镶木的地板、挑高的天花板和及地长的锦缎窗帘，便径直奔向了员工区——藏在二楼尽头的某个区域，需要经过一段通往厨房的狭长走廊，那是某个遥远年代残存下来的畸形地带。年代较新或是经过整修的建筑都已经没有员工区了：管家和保姆会从皇后区或是新泽西乘坐首班列车赶来，天黑后再回家。但高普尼克家族自这栋大楼建成之初便拥有了这些狭小的房间。它们无法被扩建或是出售，却通过房契依附于主宅，让人很想把它们用作储物间。不难看出它们为何理应被当成储物间。

“到了。”内森打开一扇房门，放下了我的行李。

我的房间约十平方米左右，里面摆了一张双人床、一台电视、一组屉柜和一个衣橱。

一张套着米色罩子的小扶手椅立在角落里，松垂的椅面证明了这里曾经的主人有多疲惫。一扇小窗面朝的也许是南方，或是北方，或是东方。这很难说，因为它距离建筑后部的白砖墙约有六英尺的距离，以至于我只有把脸紧贴在窗户上、抻着脖子才能看到天空。

公共厨房位于附近的走廊上，是我、内森和住在走廊对面的一名管家共用的。

我的床上整整齐齐地摆放着一摞五件深绿色的马球衫，还有闪烁着廉价特氟龙光泽、看似黑裤子的东西。

“他们没有告诉你制服的事情吗？”

我拿起其中一件马球衫。

“只不过是马球衫和裤子罢了。高普尼克夫妇认为制服能让事情简化。这样一来，所有人都能各司其职。”

“要是你想让自己看上去像个职业高尔夫球手的话。”

我窥探了一眼狭小的浴室。浴室的棕色大理石砖上包覆着一层水垢，房门对着卧室，里面配备了马桶、似乎可以追溯到二十世纪四十年代的小水池和一个淋浴器，旁边还摆放着一块纸包的肥皂和一罐灭蟑药。

“其实按照曼哈顿的标准来说，这已经很大方了。”内森说，“我知道这里看起来有点陈旧，但高普尼克夫人说我们可以刷个漆，额外添上几盏灯，去克雷特&巴雷尔家具店逛上一圈就能——”

“我很喜欢这里。”朝他转过身去，我答道，声音突然颤抖了起来，“我来纽约了，内森。我真的来了。”

他捏了捏我的肩膀。“是啊。你真的来了。”

我设法让自己保持清醒，好留出足够长的时间拆包行李，和内森吃了些外卖（像个地道的美国人那样，他称之为“外送”），还在小电视的八百五十九个频道中快速浏览了一番。其中好几个台似乎都在没完没了地循环播放美式橄榄球和消化问题广告，或是我闻所未闻的黑漆漆犯罪剧。后来，我沉沉地睡了过去。凌晨四点四十五分，我惊醒过来。迷离的片刻间，遥远的陌生警笛声、卡车倒车时的低沉哀鸣都令我感到困惑。于是我轻轻打开电灯开关，这才回忆起自己身在何处，全身上下猛然涌动起一股激动之情。

我从包里掏出笔记本电脑，给山姆发了一条聊天信息。

“你在吗？”

我等待着，却什么也没有收到。他曾说过，他已经回去上班了。我昏昏沉沉的，无法应对时差。放下笔记本电脑，我试着暂时睡个回笼觉（特丽娜说，我缺觉的时候看上去就像一匹悲伤的马）。然而陌生的城市声响犹如一记警报，于是我六点钟便爬下床、冲了澡，试图忽略莲蓬头里喷溅出的水中还夹杂着铁锈，穿好衣服（一条牛仔围身背心裙，一件印有自由女神像图片的宝石绿色复古短袖上衣），再出门去找咖啡。

蹑手蹑脚地沿着走廊迈开步子，我试图回忆内森前一晚向我展示过的员工厨房在哪里，并打开了一扇门。一个女人转过身来，目不转睛地盯着我。她是个矮胖的中年女子，留着一头整齐的深色鬈发，很像二十世纪三十年代的电影明星，乌黑的眼睛十分迷人，嘴巴的边缘却是垂着的，仿佛永远都不会赞同别人。

“呃……早上好！”她还在紧盯着我。

“我——我是露易莎？新来的女孩？高普尼克夫人的……助理？”

“她不是高普尼克夫人。”那个女人丢下了这么一句悬而不决的声明。

“你一定就是……”还未倒好时差的我绞尽脑汁，却一个名字也想不起来。哦，别这样，我命令自己。“抱歉。今天早上我的脑袋就像一锅粥似的。都是时差害的。”

“我叫伊拉里亚。”

“伊拉里亚。当然了，就是这个名字。抱歉。”我伸出一只手，但她并没握住它。

“我知道你是谁。”

“嗯……你能不能告诉我，内森平时把他的牛奶放在哪里？我只是想喝上一杯咖啡。”

“内森不喝牛奶。”

“真的吗？他过去常喝啊。”

“你觉得我在对你撒谎吗？”

“不是的。我不是这个意思——”

她向左跨了一步，朝着一组壁橱做了个手势。那组壁橱比其他的都要小上一半，处在我有些够不到的地方。“那是你的。”话音刚落，她便打开冰箱门，把自己的果汁放了回去。我注意到，她的架子上就有一瓶满满当当的两升牛奶。她重新关好冰箱门，无情地瞪着我。“高普尼克先生今晚六点半回家。穿好制服去见他。”说罢便顺着走廊离开了，脚下的拖鞋拍打着脚底。

“很高兴见到你，我相信我们会经常看到彼此的！”我在她的身后喊道。

盯着冰箱看了片刻，我很快意识到现在出门去买牛奶还不算太早。毕竟这是一座不眠之都。

纽约也许是醒着的，但莱弗里大楼却被笼罩在一片浓得化不开的沉寂之中，仿佛所有人都服了安眠药。我顺着走廊向前走，轻轻关上身后的前门，检查了八次，确保自己带上了钱包和钥匙。我猜时间还早，沉睡的住户们会允许我好好看看自己的栖身之所的。

踮着脚向前走动，我的脚步声被湮没在了长绒毛地毯中。其中一扇门背后，一只狗吠叫起来——是某种吵闹的愤怒抗议声——有个老人喊了几句我听不清楚的话。我快步走过，不想为吵醒其他住户承担责任，因而没有踏上主楼梯，而是乘坐服务电梯下了楼。

大堂里空无一人，于是我径自走上大街，直接钻进了喧嚣的噪音与势不可当的日光之中，以至于不得不暂时停住脚步，才能站直身子。在我的眼前，中央公园的绿洲仿佛能够延绵数英里长。我左手边的小巷已经热闹了起来——几个身穿工装裤的大块头男子正从一辆侧面敞开的厢式货车中卸下板条箱，一个将火腿般粗的手臂交叉在胸前的警察则在注视着他们。道路清洁车勤勤恳恳地哼哼作响，某个出租车司机正透过敞开的车窗和一个男人说话。我在脑海中罗列着纽约的风景名胜。马车！黄色出租车!高得令人难以置信的建筑！就在我目瞪口呆之际，两个带着孩子的疲倦游客从我面前推着四轮婴儿车走过，手里紧紧攥着泡沫塑料的咖啡杯，身体也许仍在按照某个遥远的时区运转。

曼哈顿向四面八方伸展开来，一望无际，在倾泻而下的阳光中显得热闹非凡、闪闪发光。

我的时差伴随着最后一缕晨光烟消云散。吸上一口气，我迈开脚步，意识到自己正在咧着嘴微笑，却欲罢不能。走了八个街区，我都没有看到一家便利店。我拐上麦迪逊大道，经过大门紧锁的奢侈品商店巨大的玻璃门面，经过其间零星散布的餐厅，以及黑着灯、看似紧闭双眼的橱窗，或是在我路过时看都不曾看我一眼、身穿制服的豪华酒店门童。

又走了五个街区，我才逐渐意识到这里并不是可以让你直接钻进一间杂货铺的那种地方。我曾想象纽约的每个街角都能看到路边小饭馆，里面雇用的都是打扮花哨的女服务员和头戴猪肉馅饼状白帽的男人，可眼前的一切看起来都巍峨光鲜，丝毫不像是门背后可能会有奶酪蛋饼或是一杯茶在等待的样子。从我身旁经过的大部分人都是和我一样的游客，或是不太友好的健壮慢跑者。他们穿着光滑的莱卡服饰，沉浸在耳机之中，能够敏捷地跨步绕过满脸皱纹与石墨污渍、怒目圆睁的流浪汉。终于，我无意间发现了一间宽敞的连锁咖啡馆。习惯早起的那些纽约人中似乎有一半都聚集在了这里，俯身窝在卡座中盯着自己的手机，或是伴着壁挂扬声器里透出的悦耳音乐，给异常欢快的婴儿喂饭。

我点了一杯卡布奇诺咖啡和一个马芬蛋糕。在我还未来得及开口之前，咖啡师便把蛋糕切成了两半，加热后抹上了厚厚的黄油，同时始终在与自己的同事聊着某场棒球赛。

付完钱，我端着包裹在铝箔纸里的马芬蛋糕，立刻咬了一口。虽然没有因为折磨人的时差而饥肠辘辘，这却是我吃过的最美味的东西。

坐在靠窗的座位上，我花了约莫半个小时的时间，凝视清晨的曼哈顿大街，嘴里时而塞着涂满黄油的黏嘴马芬蛋糕，时而被灼热浓稠的咖啡烫到，放纵着内心持续不断的独白：我正在一间纽约的咖啡馆里喝着纽约的咖啡！我正沿着一条纽约的街道行走！就像梅格·瑞恩那样！或是戴安·基顿！我真的身在纽约！一时间，我彻底明白威尔两年前一直在试图向我解释什么了：就在那几分钟的工夫里，满嘴都是陌生食物、满眼充斥着陌生景象的我只存在于那一刻。活在当下，我的感官是鲜活的，整个身体都在欣然接受身边的新鲜体验。我所处的正是自己在这世上有可能存在的唯一的地方。

就在这时，隔壁桌的两个女人毫无理由地展开了一场互殴，害得咖啡和糕点的碎渣飞溅到了两张桌子以外的地方。咖啡师跳了出来，将两人拉开。我掸了掸裙子上的碎屑，拉上自己的包，决定也许是时候回到莱弗里的宁静中去了。

02
高普尼克一家

在我步行回来、走进大楼时，阿肖克正把大包大包的报纸按编号分成几摞。他笑着直起身。“嗨，你好，露易莎小姐。你在纽约的第一个早晨过得如何？”

“好极了。谢谢你。”

“走在街上时，你有没有哼起《打工女郎》的主题曲《任由河水流》那首歌？”

我当即停下了脚步。“你怎么知道？”

“所有初到曼哈顿的人都会这么做。见鬼，有时候我自己早晨也会哼起它呢，可我看上去一点也不像女演员。”

“这周围没有杂货店吗？就为了买杯咖啡，我不得已走了好几百万英里。而且我完全不知道该去哪里买牛奶。”

“露易莎小姐，你本该告诉我的。过来。”他伸手指了指自己的柜台背后，打开一扇门，招呼我走进一间漆黑的办公室。这里乱七八糟的陈设与外面的黄铜和大理石简直格格不入。某张办公桌上立着一大堆的安保显示屏，其中还夹着一台陈旧的电视和一根巨大的横木，以及一只马克杯、几本平装书和一排照片，照片中那几个没有牙的孩子脸上都挂着灿烂的微笑。门背后还立着一台过时的冰箱。“喏，拿着，以后再给我带一瓶。”

“所有的门房都会这么做吗？”

“没有哪个门房会这么做，不过莱弗里的不一样。”

“那大家都去哪里购物？”

他做了个鬼脸。“这座大楼里的人是不会去购物的，露易莎小姐。他们甚至不会去考虑购物的事情。我发誓，他们中半数的人都以为食物是通过魔法送到这里、热气腾腾地出现在餐桌上的。”他瞥了瞥身后，压低了嗓门，“我打赌，这座大楼里八成的女人五年都没有做过一顿饭。请注意，楼里一半的女人都是不吃饭的，就是这么回事。”

在我紧盯着他时，他耸了耸肩膀。“富人是不会像你我这么生活的，露易莎小姐。而纽约的富人……这么说吧，他们和任何人的生活方式都不一样。”

我拿了一盒牛奶。

“你想要的一切都是送货上门的。这一点你得习惯。”

我想问他有关伊拉里亚和高普尼克夫人的事——后者似乎不是高普尼克夫人——还有我即将见到的这个家庭，可他的目光却从我的身上移向了走廊的尽头。

“哦，早上好，德威特太太！”

“放这么多的报纸在地板上做什么？这地方看上去就像一座肮脏的报亭。”面对他仍在拆包的成堆《纽约时报》和《华尔街日报》，一个身材娇小的老妇人焦躁地发出了啧啧声。尽管时间尚早，她却已经穿戴整齐，像是要去参加婚礼似的，裹着蔓越莓粉色的防尘外套，戴着红色的平顶小圆帽，一副巨大的玳瑁太阳镜遮住了她布满皱纹的小脸。狗链另一端拴着的那只双眼圆鼓、气喘吁吁的八哥犬带着好斗的表情紧盯着我（至少我觉得它是在盯着我，但这很难确定，因为它的两只眼睛是偏向不同方向的）。我俯下身，帮助阿肖克把报纸从她要走的地方清理开，可就在我弯下腰时，那只狗突然咆哮着朝我扑来，害得我跳了回去，差点跌倒在《纽约时报》上。

“哦，看在上帝的分上！”一个专横的声音颤抖着传了过来，“现在你又把狗给惹急了！”

我的一条腿感觉到了八哥犬的牙齿发出的沙沙声，皮肤在与之近距离接触时嗞嗞作响起来。

“请务必确保在我们回来之前把这些废物清理干净。我已经一遍又一遍地告诉过奥维茨先生了，这座大楼每况愈下。还有，阿肖克，我留了一袋垃圾在我家门外。请立刻把它拿走，不然整个楼道闻起来都是腐烂百合的味道。天知道谁会送百合做礼物，那是葬礼用的东西。迪恩·马丁！”

阿肖克举起帽子致意道：“好的，德威特太太。”一直等到她离开，他才转过身来看了看我的腿。

“那只狗试图咬我来着！”

“是啊，它就是迪恩·马丁！最好别挡它的道，它可是这座大楼里脾气最糟糕的住户了。这么说还太保守了呢。”他重新朝着报纸弯下腰，把旁边的一摞搬到了办公桌上，嘴里发出了嘘声，赶我走开。“你别担心这些，露易莎小姐。它们很重的，何况楼上的事也够你忙个焦头烂额了。好了，祝你今天过得愉快。”

在我还没来得及问他这话是什么意思之前，他就已经离开了。

一天就这样浑浑噩噩地过去了。我把早上剩余的时间都用来收拾我的小房间，打扫浴室，把山姆、我的父母、特丽娜和托马斯的照片挂起来，好让屋子更有家的感觉。内森带我去了哥伦布环岛附近的一家路边小馆。我用来吃饭的盘子和车胎差不多大，还喝了太多的浓咖啡，导致步行回家时双手都在颤抖。内森为我指明了一些可能对我有用的地方——这间酒吧很晚才关门，那辆流动餐车做的沙拉三明治真的非常美味，这个自动提款机提取现金十分方便……我的脑袋被新的画面和新的讯息搞得晕头转向。下午三点钟前后的某一刻，我突然感觉头重脚轻，于是在内森的陪伴下走回了公寓，还让他用一只手臂搀扶着我。大楼里的沉寂、漆黑以及让我免于爬楼的服务电梯都令我心存感激。

“小睡片刻好了。”在我踢掉自己的鞋子时，他建议，“不过我不会睡上超过一个小时，不然你的生物钟会更加混乱的。”

“你说高普尼克夫妇几点回来？”我的声音已经开始含糊了。

“通常是六点钟前后。现在才三点，所以你还有时间。去吧，闭一会儿眼睛，你会重新恢复精神的。”

待他关上房门，我满怀感激地陷入了床铺。快要睡着时，我突然意识到若是再等下去，就无法和山姆说上话了。于是，我把手伸向笔记本电脑，让麻痹的自己略微打起精神来。“你在吗？”我在通讯应用程序中写道。

几分钟之后，伴随着微弱的气泡声响，图片扩展开来。他出现了，回到了那截火车车厢里，巨大的身躯正朝着屏幕的方向隆起。山姆，急救员，一个高大敦实的男子，新得不能再新的男朋友。我们就像傻子一样朝着彼此露齿笑着。

“嘿，美女！怎么样？”

“很好！”我答道，“我可以给你展示一下我的房间，不过掉转屏幕的时候可能会撞墙。”我把笔记本电脑转了转，好让他能够看到这间小小卧室里的所有美妙景象。

“我看不错，因为房间里有你。”

凝视着他身后的灰色窗户，我能够精确地想象出轻弹着车厢顶部的雨水、结着水汽的玻璃、树林、潮气和在滴水的独轮手推车下避雨的母鸡。山姆正紧盯着我。于是，我抹了抹眼睛，突然希望自己能记得化些妆就好了。

“你开始工作了吗？”

“是啊。他们估计我一个星期之内就可以恢复全职工作了。在缝针的地方别崩开的情况下，我的身体得强壮到足以抬起一个人才行。”他本能地把一只手放在了腹部。大约几个星期以前，那里刚刚受过枪伤——事情发生在一次日常出勤的过程中，差点要了他的命，却巩固了我们的感情——我感觉到了某些错乱的肺腑之言。

“我真希望你能在这里。”在我还没来得及阻止自己之前，话便脱口而出。

“我也是。不过你的冒险才进行到第一天，前途一片大好。不出一年，你就能坐在这里——”

“不是那里。”我打断了他的话，“是在你建好的房子里。”

“在我建好的房子里。”他说，“我们会看着你手机里的照片，而我会在心里偷偷地想，哦，上帝啊，她又在叨叨自己在纽约度过的那些时光了。”

“那你会写信给我吗？洋溢着爱与渴望的信，还洒上了几滴孤独的眼泪？”

“啊，露。你知道我真的不是个有文采的人，不过我会打电话的，而且不到四个星期，我就可以过去陪你了。”

“好吧。”我答道，嗓子有些发紧，“好了，我最好去打个盹。”

“我也是。”他说，“我会想你的。”

“用让人恶心的色情方式去想吗？还是用温馨浪漫方式？”

“这两种方法哪个不会让我惹上麻烦？”他笑了，“你看上去很好，露。”过了一会，他又说道：“你看上去……晕晕乎乎的。”

“我的确头晕，感觉就像一个真的、真的非常疲惫的人，还有点想要发脾气。这有些让人困惑。”我把一只手放在了屏幕上。片刻之后，他也把自己的手举了过来，迎合我。我能够想象它正触碰着我的皮肤。

“爱你。”这样说仍会让我感到有些难为情。

“我也爱你。我很愿意亲吻屏幕，不过我猜你只能看到我的鼻毛。”

关上电脑，我笑了。不出几秒钟的工夫，我就睡着了。

某个人正在走廊里惊声尖叫。我无力地醒来，浑身大汗，半信半疑地以为自己还在梦中，于是直起身子坐了起来。的确有个女人正在我房门的另一边尖叫。上千个念头加速从我混乱的大脑中闪过，全都是有关凶杀、纽约以及如何报案的大标题。你该拨打什么号码来着？不是英格兰的“999”。我绞尽脑汁，却什么也想不到。

“为什么应该是我？为什么应该是我坐在这里，在那些巫婆辱骂我的时候脸上还要挂着微笑？她们说过的话你半句都没有听过！你是个男人！就好像你的耳朵上挂着一对马眼罩似的。”

“亲爱的，请冷静一下。求你了，别在这个时候或是这个地方。”

“时间或地点永远都不对！因为这里永远都有某个人。我得给自己买套公寓，好有个地方和你吵架！”

“我不懂你为何要对这一切如此不安。你得试——”

“不！”

有什么东西被人重重摔在了硬木地板上。此时此刻的我已经彻底清醒了，心跳加速。

一阵沉重的缄默。

“现在你是打算告诉我这是什么祖传的宝贝吧。”

停顿。

“嗯，是的，是的，是这样的。”

低沉的一声呜咽。“我不在乎！我不在乎！你的家族历史让我窒息！你听到我的话了吗？窒息！”

“艾格尼斯，亲爱的，别在走廊里这样。走吧，我们可以晚些时候再商量。”

我一动不动地坐在床沿上。

更加低沉的啜泣之后是一片沉默。我等待着，然后站起身、踮着脚走到门边，把一只耳朵贴了上去。鸦雀无声。我看了看时钟——下午四点四十六分。

我洗了把脸，飞快地换上制服，梳好头，悄无声息地溜出了自己的卧室，走到走廊的拐角处。

我停下了脚步。

走廊远处的厨房边，某个年轻女子正把身体团成胎儿式的球状。一个年纪稍长的男子则用双臂环抱着她，后背顶着木头镶板。他几乎是坐着的，一只膝盖抬起，另一只伸展着，仿佛他已经抓住了她，却被重量压垮了。我看不到她的脸，但能看到一条纤细的长腿不太雅观地从海军蓝色的连衣裙里伸了出来，脸庞被一片金发遮住了，紧紧抓着他的指关节已然泛白。

我紧盯着眼前的一切，吸了一大口气。他抬起视线，看到了我。我意识到，那就是高普尼克先生。

“现在别过来。谢谢你。”他温柔地说。

我的声音卡在了喉咙里，于是飞快地迈开脚步，退回自己的房间，关上了房门。我的心跳声在耳朵里怦怦作响，响亮得让我相信他们肯定也能听到。

接下来的一个小时，我茫然地紧盯着电视，脑海中烙印着那两人交缠在一起的画面。我想要给内森发个短信，却又不确定该说些什么。相反，五点五十五分时，我走出房门，穿过连通门，试探着走向了主公寓。途中，我经过了一间巨大的空荡餐厅，看上去就像一间关着两扇门的客房。循着远处的喃喃对话声，我的双脚轻柔地踩在镶木地板上，最终来到会客厅，在敞开的门外停了下来。

高普尼克先生正坐在靠窗的座位上打电话，浅蓝色的衬衫袖子挽了起来，一只手支在脑袋后面。他示意我进去，却仍没有挂上电话。我左手边的金发女子——高普尼克夫人吗？——正坐在一张玫瑰色的古董沙发上，不安地敲击着一台苹果手机。她似乎已经换了衣服，一时间令我心生困惑。等他打完电话，我注意到他费力起身时还有些畏缩，于是朝他又跨了一步，省得他靠上前来，并握了握他的手。他的手很暖，握手的方式既温柔又有力。那个年轻女子还在继续敲着手机。

“露易莎。很高兴你平安地到了，我相信你所需的一切都应该有了。”

他说话的语气像是并不期待你开口索要任何的东西。

“一切都很好，谢谢。”

“这是我的女儿，塔贝莎。塔贝莎？”

女孩扬起一只手，露出了一丝浅笑，然后又把注意力放回了手机上。

“请原谅艾格尼斯没能来这里和你见面。她一个小时以前就已经上床睡觉去了。偏头痛。这是个漫长的周末。”

一抹模糊的倦容蒙上了他的脸庞，转瞬便消失了。他的举手投足间丝毫没有透露出我不到两个小时以前见到过的那些迹象。

他笑了笑。“所以……今晚你可以随心所欲地做点什么，从明早开始就要陪同艾格尼斯去她想去的任何地方。你的官方职务是‘助理’，要为她白天需要做的一切事务提供支持。她的日程很满——我会让我的助理把你拉到家庭日程表的群里来，这样你就能通过邮件收到所有的最新讯息了。最好在晚上十点前后查看——我们倾向于在那个时候做些后期变更。明天你会见到团队里其他的人的。”

“太好了。谢谢。”我注意到了“团队”这个词，眼前短暂出现了一群足球运动员徒步穿越公寓的画面。

“晚饭吃什么，爸爸？”塔贝莎说起话来的样子就像是我不在那里似的。

“我不知道，亲爱的，我以为你说你要出去吃。”

“我不确定自己今晚还有力气横穿市区。我可能会干脆留下。”

“你想怎么做都行。确保伊拉里亚知道就好。露易莎，你还有什么问题吗？”

我试图想些有用的话来说。

“哦，妈妈让我问你有没有找到那幅小画，米罗的画。”

“甜心，我不会再重申这件事了。那幅画属于这里。”

“可妈妈说是她选择了它，她很想它。你甚至从没有喜欢过它。”

“问题不在于此。”

我在两脚之间转移着身体的重心，不确定自己是否已经可以离开了。

“可问题就在于此，爸爸。妈妈日思夜想的某样东西你却从不在乎。”

"它价值八万美元呢。"

"妈妈不在乎钱。"

"我们能不能晚点再谈论这个？"

"你稍后会很忙的。我向妈妈保证过，会解决好这件事的。"

我鬼鬼祟祟地向后迈了一步。

"没有什么事好解决的，协议十八个月以前就已经定论了，这些事情那时候就全都解决好了。哦，亲爱的，你来了。感觉好些了吗？"

我环顾四周。刚刚走进房间的那个女子美得令人惊异，脸上未施一丝粉黛，浅金色的秀发在脑后盘成了一个松松的发髻。只见她高挺的颧骨上散布着淡淡的雀斑，眼睛的形状暗示着斯拉夫人的血统。我猜她的年纪约莫和我相仿。她赤着脚，放轻步子走向高普尼克先生，亲吻了他，一只手缓缓地从他的脖颈后面扫过。"好多了，谢谢。"

"这位是露易莎。"他说。

她转向了我。"我的新盟友。"她答道。

"你的新助理。"高普尼克先生说。

"你好，露易莎。"她伸出一只细长的手，与我握了握。我感觉她用目光打量着我，仿佛是打算弄懂什么事情。很快，她露出了微笑，于是我忍不住回敬了一个微笑。

"伊拉里亚把你的房间整理好了吗？"她的声音是那么柔和，夹杂着某种东欧的轻快调子。

"很完美。谢谢。"

"完美？哦，你真是太容易取悦了。那房间就像是一个放扫帚的储物柜。你有什么不喜欢的，就告诉我们，我们会把它修整好的。对吗，亲爱的？"

"你以前住的房间不是比这还小吗，艾格尼斯？"说话时，塔贝莎的视线并没有从自己的苹果手机上抬起来，“我相信爸爸告诉过我，你曾和另外十五个移民住在一起。”

“塔贝莎！”高普尼克先生的声音是一种温和的警告。

艾格尼斯微微吸了一口气，扬起了下巴。“说实话，我的房间更小。不过和我同住的女孩们都很善良，所以这根本就不成问题。如果大家都是和善有礼的，就没有什么事情是忍受不了的。你不这么觉得吗，露易莎？”

我咽了一口唾沫。“是啊。”

伊拉里亚走进来，清了清嗓子。她穿着同样的马球衫和深色裤子，还套了一条白色的围裙，眼神却并没有看向我。“晚饭做好了，高普尼克先生。”她说道。

“有没有我的份，亲爱的伊拉里亚？”塔贝莎问道，一只手搭在沙发的靠背上，“我觉得我可能会留下来过夜。”

伊拉里亚的表情一下子充满了温情，仿佛出现在我面前的是另外一个人。“当然有了，塔贝莎小姐。我星期天的时候总是会额外做些饭菜——万一你决定留下。”

艾格尼斯就站在房间中央，我觉得自己看到某种惊恐的表情从她的脸上一闪而过，她的下巴绷紧了。“那我也想要露易莎和我们一起吃饭。”她说。

片刻的沉默。

“露易莎？”塔贝莎问道。

“嗯，要是能够好好认识她一下，就太好了。你今晚有什么计划吗，露易莎？”

“呃——没有。”我结结巴巴地回答。

“那就和我们一起吃饭。伊拉里亚，你说你做了额外的分量，对吗？”

伊拉里亚径直望向了高普尼克先生，他却似乎正全神贯注地盯着手机。

“艾格尼斯。”过了一会儿，塔贝莎开口说道，“你明白我们是不和员工一起吃饭的吧？”

“谁是‘我们’？我不知道还有规矩手册这么一说呢。”艾格尼斯伸出一只手，故作冷静地检视着自己的结婚戒指。“亲爱的？你是不是忘了给我一本规矩手册？”

“恕我直言，虽然我确信露易莎绝对是个好人，但界线还是该有的。”塔贝莎答道，“界限的存在是为了所有人的利益。”

“我很乐意尽我所能……”我开口说道，“我不想引起任何……”

“嗯，也恕我直言，塔贝莎，我想要露易莎和我一起吃晚饭，她是我的新助理。我们要一起度过每一天，所以我不觉得多了解她一些有什么不妥。”

“没问题。”高普尼克先生说。

“老爸——”

“没问题，塔贝莎。伊拉里亚，能否请你为我们摆上四个人的餐具？谢谢。”

伊拉里亚睁大了眼睛。她看了我一眼，压抑着怒火将嘴巴抿成一条细线，仿佛这场家庭等级制度的滑稽演出是我精心策划的，然后便消失在了餐厅里。我们的耳边传来了餐具与玻璃器皿用力碰撞的声音。艾格尼斯轻轻吐了一口气，把头发向脑后捋去，还冲我露出了一个同谋者般不易察觉的微笑。

“我们过去吧。”片刻之后，高普尼克先生招呼道，“露易莎，也许你想喝上一杯。”

晚餐的过程静默而痛苦。巨大的桃花心木餐桌、沉甸甸的银质餐具和水晶玻璃杯都令我心生敬畏，觉得一身制服打扮的自己简直不得其所。高普尼克先生大部分时间都沉默不语，还消失了两次，去办公室里接听电话；塔贝莎刷着苹果手机，故意拒绝与任何人交流；伊拉里亚则绷着脸端来了花色配菜与鸡肉配红酒酱，上完菜再移走装菜的盘子。我妈妈会说，她的表情就像是被人扇了一巴掌的浑蛋。也许只有我注意到了盘子落在我面前时沉重的咚咚声，以及她每次经过我的椅子时清晰的吸气声。

艾格尼斯几乎没怎么吃自己的那一份。她坐在我的对面，兴致勃勃地和我聊着天，仿佛我就是她新的挚友，目光过一段时间就会飘向自己的丈夫。

“所以说，这是你第一次来纽约。”她说，“你还去过别的什么地方吗？”

“嗯……去过的地方不多。我很晚才开始出门旅行，不久前背包环游过欧洲，在那之前……去过毛里求斯，还有瑞士。”

“美国很不一样。我觉得，对我们欧洲人来说，这里的每个州都有一种独特的感觉。我和莱昂纳德只去过几个地方，却像是去了几个截然不同的国家。能到这里来，你感觉兴奋吗？”

“非常兴奋。”我答道，“我已经下定决心，要利用纽约所能给我的一切。”

“听上去和你很像嘛，艾格尼斯。”塔贝莎甜甜地说。

艾格尼斯没有理会她，目光依旧停留在我的身上。她的双眼美得像是能够催眠，逐渐向精致的上扬位置收缩。我不得不两次提醒自己，盯着她看的时候要把嘴巴闭上。

“跟我说说你的家庭。你有兄弟姐妹吗？”

我尽力说清了自己的家人，让他们听上去比张三、李四稍微强一些。

“你妹妹现在正住在你伦敦的公寓里？带着她的儿子？她会不会来看你？你父母呢？他们会不会想念你？”

我想起了爸爸临别时的话：“别着急回来，露！我们要把你的旧卧室改成按摩浴缸。”

“哦，是的，非常想念。”

“我离开克拉科夫时，我母亲哭了两个星期呢。你有男朋友吗？”

“有，他叫山姆，是个急救员。”“急救员！类似医生那样的？多好啊。请给我看张照片，我喜欢看照片。”

我从口袋里掏出手机，飞快地翻阅起来，直到找到自己最喜欢的那张山姆的照片。照片中的他穿着深绿色的制服坐在我家的屋顶平台上。那时他刚刚下班，正用马克杯喝着茶，朝我露出了灿烂的笑容。他身后的太阳很低，而我看着照片就能准确回想起身在那里是种什么样的感觉。我的茶就在背后的横档上晾着，山姆则耐心地等我拍了一张又一张照片。

“真帅！他也会来纽约吗？”

“呃，不会的。他正在盖一座房子，所以事情说起来有点复杂。何况他也有工作要做。”

艾格尼斯的眼睛瞪得大大的。“可他必须过来！你们不能生活在不同的国家！要是你的男人不能在这里陪你，你怎么能爱他呢？我就离不开莱昂纳德，连让他出两天差都不愿意。”

“是啊，我猜你想确保自己永远都不会离得太远。”塔贝莎搭讪道。高普尼克先生从晚餐上抬起视线，目光在妻子和女儿之间闪烁，却只字未发。

“尽管如此。”艾格尼斯边说边整理着大腿上的餐巾，“伦敦不算太远，而且爱情就是爱情。这话对吗，莱昂纳德？”

“当然。”看到她的微笑，他的脸色暂时缓和了下来。艾格尼斯伸出一只手，拍了拍他的手。我飞快地望向了自己的餐盘。

房间里沉寂了片刻。

“老实说，我觉得我还是回家好了。我好像感觉有点恶心。”伴随着响亮的刮擦声，塔贝莎把椅子向后推去，将餐巾丢在了盘子里。白色的亚麻布马上就染上了红酒酱汁。我努力压抑着伸手去救它的渴望。她起身吻了吻父亲的脸颊，而他则把闲着的那只手举了起来，宠爱地抚了抚她的手臂。

“我工作日的时候会给你打电话的，爸爸。”她转过身，“露易莎……艾格尼斯。”草草点了点头，她便离开了房间。

艾格尼斯目送着她的背影，也许还压低嗓门嘟囔了几句什么。但伊拉里亚正在收拾我的餐盘和餐具，粗鲁的哗啦声让人很难分辨出她说了什么。

伴随着塔贝莎的离开，艾格尼斯心头残留的斗志似乎全都熄灭了，看上去就像是在座位上萎缩了似的，双肩突然懈了下来，锁骨上的凹洞在她的脑袋低垂下来时变得清晰可见。我站起身。“我可能也该回房了。非常感谢晚餐的招待，很美味。”

没有人提出异议。高普尼克先生的手臂此刻正搭在桃花心木的餐桌上，手指敲打着妻子的手。“我们明早再见，露易莎。”他说话的时候并没有望向我。艾格尼斯抬起头凝视着他，一脸忧郁。我退出餐厅，加速走过厨房门，朝着自己的房间奔去，好让脑海中伊拉里亚从厨房里朝我射来的虚拟匕首没有机会射中我。

一个小时之后，内森给我发来了一条讯息。他正在布鲁克林和几个朋友喝啤酒。“听说你经历了一场完整的火的洗礼。你还好吗？”

我已经没有精力想些诙谐的话来回复了，或是询问他到底是怎么知道的。

“一旦你了解了他们，事情就会容易很多。我保证。”

“明早见。”我回复道，心头瞬间涌上了一丝不安——我害得自己卷入了什么局势之中啊？——随后便严厉地责备起自己来，又沉沉睡了过去。

那晚我梦到了威尔。我很少梦到他——早些时候，梦到威尔对我来说是某种悲伤的源泉，会在我对他的想念已然无以复加时，感觉仿佛有人直接在我的心里炸出了一个洞。那些梦境在我遇到山姆时便消失了，可他却在凌晨时分再次出现，鲜活得仿佛就站在我的面前。他正坐在一辆和高普尼克先生的车差不多的黑色豪华轿车后座上，而我则在街对面注视着他。我瞬间如释重负——他还活着，并没有消失。出于本能，我知道他不该想去哪里就去哪里。阻止他是我的工作。可我每次试图穿过车水马龙的马路，面前似乎总是会额外出现一排汽车呼啸而过，害得我无法靠近他，就连呼喊他名字的声音都会被发动机的声响湮没。他可望却不可即，皮肤泛着优美的焦糖色，嘴角洋溢着淡淡的微笑，对司机说了些我听不到的话。就在最后一刻，他看到了我的目光——双眼微微睁大了一些——我却浑身大汗地醒了过来，包裹着双腿的羽绒被拧成了一团。

03
无所适从

收件人：Samfielding1@gmail.com

发件人：BusyBee@gmail.com

这是我匆匆写下的——高普尼克夫人正在上钢琴课——不过我会尝试每天都给你发电子邮件，这样至少能让我感觉我们是在聊天。我想你。请回信。我知道你说自己讨厌发电子邮件，不过就算是为了我，好嘛。求你了。(你得想象我恳求的表情。) 或者，你懂的，寄信来！

爱你，露

“哦，早上好！”

一个非裔美国男子站在我的面前，双手插在臀部上方，身上穿着过分紧身的鲜红色莱卡服，身材格外健硕魁梧。我愣住了，眨了眨眼睛。站在厨房门口，我穿着T恤衫和运动鞋，不知道自己是不是在做梦，或者要是我关上房门再打开，他还会不会在那里。

“你肯定就是露易莎小姐了？”一只大手伸出来握住我的

手，摇得太过热情，以至于我都不由自主地跟着晃动起来。我看了看表。不，时间真的是六点十五分。

“我是乔治，高普尼克夫人的教练。听说你会和我们一起来，真令人期待！”

断断续续睡了几个小时的我刚刚醒来，正努力甩掉与我的睡意纠缠不休的复杂梦境，迈着沉重的步伐机械地踏上走廊，如同一具正在寻找咖啡因的僵尸。

“OK，露易莎！我们得保持身体里的水分！”他从一旁拿了两瓶水便离开了。我沿着走廊蹑手蹑脚地慢跑起来。

我给自己倒了一杯咖啡，站在那里小口嘬了起来。就在这时，已经穿戴整齐的内森走了进来，身上还散发着须后水的气味，眼睛紧盯着我裸露的双腿。“我刚刚遇到了乔治。”我说。

“在臀大肌的问题上，没有什么是他教不了你的。你拿到跑鞋了，对吗？”

“哈！”我嘬了一口咖啡，可内森却一脸期待地望着我，“内森，没有人提过一句有关跑步的事情啊。我可不是个会跑步的人，我的意思是，我反对运动，喜欢在沙发上赖着。你懂的。”

内森给自己倒了一杯黑咖啡，把壶放进了咖啡机上。

“另外，我年初的时候曾经从楼上跌下来过。还记得吗？我身体里的很多小地方都碎了。”我开玩笑似的提道。那晚，在伦敦的家中，仍在为威尔感到伤心的我醉醺醺地从矮护墙上摔了下来。无论如何，臀部的刺痛总是会不时地提醒我。

“你会没事的。而且你是高普尼克夫人的助理，你的工作就是随时随地陪在她的左右啊，伙计。要是她想让你去跑步，你就得跑起来。”他嘬了一口咖啡，“啊，别露出那么恐慌的表情，你会爱上跑步的。不出几个星期，你就会变得身强力壮。这里的所有人都会跑步。”

“现在才早上六点十五分。”

“高普尼克先生五点就起床了，我们刚刚做完他的理疗。而高普尼克夫人喜欢稍稍赖个床。”

“所以说，我们几点钟要去跑步？”

“六点四十分。在主厅那里和他们碰头。一会儿见！”他举起一只手，离开了。

当然了，艾格尼斯是那种一觉醒来更加神采奕奕的女子之一：素颜，略微有些不修边幅，看上去却像是镜片上蹭了凡士林油的那种性感。她把头发在脑后扎了条松松的马尾辫，定做的上衣和慢跑裤令她看起来不曾精心打扮，却如同某个下了班的超模。她从走廊上一路慢跑过来，就像是一匹戴着太阳镜的帕罗米诺赛马。看到我，她举起一只优雅的手打了个招呼，仿佛现在开口说话还太早。我只穿了一条短裤和一件无袖T恤衫，怀疑这身打扮让自己看上去就像个圆胖的壮劳力，心里还在为没有来得及刮干净的腋下略感焦虑，于是把两只手肘紧紧地夹在了体侧。

“早上好，高普尼克夫人！”乔治出现在了我们身旁，递给艾格尼斯一瓶水，“你准备好了吗？”

她点了点头。

“你呢，露易莎小姐。我们今天只跑四英里。高普尼克夫人想要做些额外的腹部运动。你已经拉伸好了，对吗？”

“呃，我……”我既没有水，也没有水瓶。不过我们已经出发了。

我曾经听说过“旗开得胜”这种说法，可在遇到乔治之前，却从未真正理解过它是什么意思。他以每小时四十英里左右的速度在走廊上跑动起来。就在我以为我们至少会为电梯放慢脚步时，他却打开了尽头的双开门，好让我们能够全速冲向通往一层的楼梯。穿过大堂，三人在一片模糊中从阿肖克身边经过，而我只能听到他模糊不清的问候声。

亲爱的上帝，这么说还为时尚早。那两人慢跑起来轻松得如同两匹挽车马，可全速尾随其后的我却感觉自己短小的步伐无法与之匹配，每迈一步所带来的冲击都与身上的骨头相左。我在不要命似的挡住我去路的行人间横冲直撞，嘴里嘟囔着“抱歉”。跑步曾是我的前男友帕特里克的爱好。它就和羽衣甘蓝一样，属于这么一种东西：你知道它是存在的，且可能对你有所裨益，可老实说，人生总是太过短暂，无法让人流连其中。

“哦，别这样，你能做到！”我告诉自己。“这就是你要说‘好’的第一个时刻。你要在纽约慢跑！这对你来说是种崭新的体验！”潇洒地迈了几大步之后，我几乎相信了自己的话。车流停住了。过街的灯变了。我们停在了路边。乔治和艾格尼斯还在轻巧地跳跃，我则待在两人身后看不到的地方。没过多久，我们穿过马路，钻进了中央公园。迈入这片市中心的绿洲时，我们脚下的小径消失了，车流的声响也随之逐渐远去。

还没跑出一英里的距离，我就意识到这不是个好主意。尽管我现在跑起步来和走路差不多，却已经上气不接下气，臀部也在为刚刚受的伤而抗议。这么多年来，我跑过的最远的距离只有十五米，是为了追赶一辆正在减速的巴士，何况我还没有赶上。抬起头，我望见乔治和艾格尼斯正在一边慢跑一边聊天。我已经喘不上气了，他们竟然还能认真地对话。

我想起爸爸的一个朋友曾在跑步时突发心脏病，爸爸总是会用这件事来举例说明运动对你为何没有好处。我为什么不解释自己受过伤呢？难道我要在公园中间把肺都咳出来吗？

“你在后面还好吗，露易莎小姐？”乔治转过身。

他在倒着慢跑。

“很好！”我愉快地朝他竖起了大拇指。

我一直都想到中央公园看看，但不是以这种方式。我不知道若是第一天上班就昏倒在地、因公殉职会怎么样。他们怎么才能把我的尸体运回家呢？我猛地转了个弯，避开一个正带着蹒跚学步的三胞胎散步的女子。“求你了，上帝，”我默默用意志力驱使着在我前方轻巧奔跑的两个人。“你们之中有一个人摔倒就好。别真的摔断一条腿，只要轻微扭伤就行。某种能够持续二十四个小时、需要你抬起腿躺在沙发上、观看日间电视节目的伤。”

此刻，他们已经与我渐行渐远，而我却束手无策。到底什么样的公园里居然会有小山丘呀？高普尼克先生会因为我没有跟紧他的妻子而大发雷霆的。艾格尼斯则会意识到我就是个愚蠢又矮胖的英国女人，不是什么盟友。他们会雇用某个身材曼妙、光彩照人、跑步服更好看的人。就在这时，一个老人从我的身边慢跑了过去。他转头看了看我，然后又查看了一下自己的健身跟踪器，一步不停地迈着敏捷的步子跑开了，耳朵里还插着耳机。他肯定有七十五岁了。

“哦，别这样。”我看着他加速跑离我的身边。话音刚落，我便瞥见了一辆马车，于是努力追了上去，好和车夫搭话。“嘿！嘿！你有没有可能行驶到那些人跑步的地方去？”

“什么人？”

我指了指此刻已经身在远方的两个渺小的人影。他望了过去，耸了耸肩。我爬上马车，躲在他的身后。他轻轻扬起鞭子，赶着马车向前驶去。蹲在他身后的我心里想着，又一项纽约体验并没有按照计划进行。马车越靠越近，于是我拍了拍他，示意自己准备下车。马车只走了五百码左右，不过至少将我与他们之间的距离拉近了一些。我挣扎着跳下了马车。

“四十美元。”车夫说道。

“什么？”

“四十美元。”

“我们只走了五百码的距离！”

“就是这个价钱，女士。”

他们仍旧沉浸在对话之中。我从后兜里掏出两张二十美元的钞票，朝他丢了过去，然后躲到马车背后，开始慢跑。乔治碰巧在这个时候转过身来，发现了我。我又愉快地朝他竖起了大拇指，仿佛我一直都在那里。

发现我一瘸一拐地跟在后面慢跑，乔治终于开始同情我了。而艾格尼斯则在做着拉伸运动，纤长的双腿像某种双关节的火烈鸟似的伸展开来。“露易莎小姐！你还好吗？”

至少我觉得那是他在问我。汗水渗进了我的眼睛，害我已经什么都看不到了。停下脚步，我用双手扶住双膝，胸口上下起伏。

“你不舒服吗？你的脸色看上去有些发红。”

“有些……生疏了。”我大口喘着气，“是臀部的……毛病。”

“你受过伤吗？你应该早说的！”

“我不想……错过任何一件事！”我一边说，一边用双手抹了抹眼睛，却害它们刺痛得更厉害了。

“受伤的部位在哪里？”

“左臀，骨折。八个月以前的事情。”

他把两只手放在我的臀部，然后让我的左腿前后挪动，好感觉它在旋转。我努力不让自己抽搐。

“这样的话，我觉得你今天不该再跑下去了。”

“可我——”

“不行，你掉头回去吧，露易莎小姐。”

“哦，如果你坚持的话。多么令人失望啊。”

“我们会在公寓里和你碰面的。”他用力地拍了拍我的后背，害我差点一头栽倒在地。很快，两人愉快地挥了挥手，跑开了。

“你玩得开心吗，露易莎小姐？”四十五分钟之后，阿肖克在我跛着脚走进去时问道。原来一个人是有可能在中央公园里迷路的。

我停下脚步，扯了扯后背上被汗水浸湿的T恤衫。

“棒极了，很享受。”

走进公寓时，我发现乔治和艾格尼斯已经回来了，比我早了整整二十分钟。高普尼克先生告诉我，艾格尼斯的日程十分繁忙。考虑到他的妻子没有工作，也没有任何的子女，她真的是我遇到过最忙碌的人了。乔治离开之后，我们花了半个小时吃早餐（为艾格尼斯布置好的餐桌上摆着一个蛋清饼、几颗莓果和一只咖啡银壶；我狼吞虎咽地吃下了内森为我留在员工食堂里的一个马芬蛋糕），然后又在高普尼克先生的书房里待了半个小时，和他的助理迈克尔用铅笔勾出了艾格尼斯本周即将出席的活动。

高普尼克先生的办公室实乃男子气概的典范：清一色的深色镶板木，还摆满了书架。我们围坐在咖啡桌旁华丽的布面椅上，身后是高普尼克先生那张摆着一连串电话和螺旋装订拍事簿的超大号办公桌。每过一段时间，迈克尔就会央求伊拉里亚再端些美味的咖啡来。她都会答应，脸上的笑容只留给他一个人。

我们重温了一遍某场会议可能涉及的内容。会议与高普尼克家族的慈善基金会有关，包括星期三晚上的慈善晚宴、星期四的纪念午宴和一场鸡尾酒招待会，以及星期五要在林肯中心的大都会歌剧院里上演的艺术展览与音乐会。“所以说，这将是平淡的一周。”迈克尔一边说一边望向了自己的iPad。

艾格尼斯今天的日程表显示，她十点预约了美发（这样的行程一周会出现三次），还要如约去看牙医（例行清洁）、会见某位室内设计师。四点的时候，她还要上钢琴课，五点三十分上动感单车课，然后单独和高普尼克先生在市中心的某间餐厅吃晚饭。我下午六点三十分才能下班。

这一天的前景似乎令艾格尼斯十分满足——又或许是跑了步的缘故。她已经换好了靛蓝色的牛仔裤和白衬衫，衬衫的领子上露出了一枚大大的钻石吊坠，整个人走起路来笼罩在一大团幽幽的香水气息中。“看起来一切都很好呢。”她说，“好了，我得去打几个电话。”她似乎以为我会知道事后该去哪里找她。

“要是有什么问题，就去走廊上等着。”迈克尔在她离开时低语道。他微微笑了笑，暂时放下了职业上的礼数。“我刚刚入行时，永远都不知道该去哪里寻找他们。我们的工作就是要在他们觉得自己需要我们时突然蹦出来。不过，你懂的，不要尾随他们到厕所里去。”

他可能比我年长不了几岁，但看上去就像是那种生来就好看的人，着装的色彩十分和谐，还蹬着一双擦得锃亮的鞋子。我不知道纽约是否只有我一个人是这副模样。“你在这里工作多久了？”

“刚满一年。他们解雇了从前的社交秘书，因为……”他停顿了一下，似乎略微感到不太自在，“嗯……什么‘全新的开始’之类的。之此不久，他们决定两人共用一个助理是行不通的。于是你就来了。所以，你好！”他伸出了一只手。

我握了握他的手。“你喜欢这里吗？”

“很喜欢。我永远都不知道自己更喜欢哪一个人，他还是她。”他露齿一笑，“他是最聪明的那个人，还那么英俊。而她也是个讨人喜欢的姑娘。”

“你会和他们一起跑步吗？”

“跑步？你在和我开玩笑吗？”他打了个哆嗦，“我是不会做那种会出汗的事情的，除了和内森一起。哦，天哪，我愿意和他一起汗流浃背。他是不是很棒？他曾经提出要为我按摩肩膀，让我一下子就爱上了他。和如此迷人的澳大利亚人共事这么久，你到底是怎么设法做到不和他发生关系的？”

“我——”

“别告诉我。如果你们已经发生过什么，我可不想知道。我们必须维持朋友关系。对了，我需要到华尔街去一趟。”他给了我一张信用卡（“供紧急情况使用——她总是忘带自己的信用卡。所有的账单都会直接被寄到他那里去”），以及一台平板电脑，还向我展示了如何设置密码。“你所需的所有联系电话都在这里。”他边说边用食指向下滚动着屏幕，“所有人都被做上了彩色标记——你会看到高普尼克先生是蓝色的，高普尼克夫人是红色的，塔贝莎是黄色的。鉴于她已经离开家生活了，我们就不再管理她的日程了。不过，知道她何时想要过来，以及是否会参加什么家族活动还是很有用的——比如信托或者基金会的会议。我为你开立了一个私人邮箱，如果有任何变化，你和我可以彼此交流，备份屏幕上的一切改动。你必须复核所有事项。要知道，日程冲突是唯一肯定会让他火冒三丈的事情。”

“没问题。”

“所以说，你每天早上都要浏览她的信件，搞清楚她想要参加什么活动。我会与你核实，因为有时被她拒绝的事情是会被他否决的。所以不要丢掉任何的信件，把它们分成两摞就好。”

“这样的邀请能有多少？”

“哦，你可不知道。基本上，高普尼克夫妇一直处在顶层。这意味着他们会被邀请参加所有的活动，却几乎不会出席其中的任何一场。若是你处在第二层级，就会希望自己能够收到一半活动的邀请，然后什么都要出席。”

“那处在第三层级的人呢？”

“不速之客。就连玉米煎饼卡车的开幕仪式都会参加。你甚至会在协会活动中见到他们。”他叹了口气，“太令人尴尬了。”

我粗略地浏览了一下日程，还把这一周的安排放大来看。在我眼中，它就是一条颜色混乱的可怕彩虹。于是我试着不让自己露出被吓坏的表情。

“棕色是什么？”

“那是菲利克斯的预约。那只猫。”

“猫还有自己的社交日程？”

“只不过是美容、兽医预约、牙科保健之类的事情。哦，不，这周行为学家还要来看它。它肯定又在齐格勒身上大便来着。”

“那紫色的呢？”

迈克尔压低了嗓门：“是前任高普尼克夫人。如果你在某场活动的旁边看到一团紫色，那是因为她也会出席。”就在他打算说点别的时，电话响了。

“是的，高普尼克先生……是的。当然……是的，我会的。这就过去。”他把电话放回了自己的包里。“好了，我得走了。欢迎加入这个团队！”

"我们有多少人?"我问道，可他已经跑出了门口，手臂上挂着自己的外套。

"第一个大团的紫色标记会在两个星期之内出现。知道了吗?我会给你发邮件的。外出的时候穿上便服！不然你看上去就像是全食超市里的打工妹。"

一天就这样浑浑噩噩地过去了。二十分钟之后，我们走出大楼，坐进一辆等待中的汽车，被带去了几个街区以外一间光鲜亮丽的沙龙。我拼命试图让自己看上去就像是一辈子都在拥有奶油色皮内饰的黑色大轿车里进进出出的那种人。我坐在房间的边缘，让一个发型仿佛是用尺子比着剪出来的女子给艾格尼斯洗头、造型。一个小时之后，车子载着我们去了预约好的牙医诊所。再一次，我是在候诊室里等待。我们去过的每一个地方都安安静静、十分雅致，和脚下街道的嘈杂简直存在着天壤之别。

我穿的是自己其中一套庄重些的行头：印着船锚的海军蓝色衬衫和条纹铅笔裙。但我不必担心，因为每到一个地方，我都会立即变为隐形人，仿佛我的额头上就文着"工作人员"这个词。我开始注意到，其他的私人助理都会在门外拿着手机踱步，或是抱着干洗好的衣物飞奔回来，手里还用硬纸板托盘端着特制的咖啡。我不知道自己是否也该为艾格尼斯提供咖啡，或是该多管闲事地勾掉清单上的事项。大部分时间里，我都不太确定自己为何要在那里。没有我，事情似乎也能顺利运行，仿佛我只不过是一副人类盔甲——是艾格尼斯与其余的世界之间一道可移动的屏障。

与此同时，坐回车里的艾格尼斯心不在焉，对着手机讲着波兰语，或是要求我在平板电脑上做笔记："我们需要和迈克尔确认一下，莱昂纳德的灰色套装已经洗好了。也许还要给莱维茨基太太打个电话，问问我的纪梵希连衣裙——我觉得自己自从上次穿过它之后又瘦了一些。她可能可以把它收紧一英寸。”瞥了瞥自己那只超大号的普拉达手包，她从里面掏出了一板塑料包装的药片，丢了两片到嘴里。

“水?”我四处寻找，在门袋上找到了一瓶，拧开后递了过去。车停下了。

“谢谢。”

司机——一个留着浓密深色头发、走起路来髋骨都在摇晃的中年男子——迈下车，为她开了门。她消失在餐厅里时，门童就像遇到了老朋友似的上前欢迎她。我试着跟在她身后钻出车子，可司机却关上车门，把我留在了后座上。我在那里坐了一分钟，不知该何去何从。我看了看自己的手机，向窗外望去，好奇附近是否有三明治店。轻轻跺了跺脚，我最终还是把身子探到了前座上。“我爸爸过去泡酒吧时常把我和妹妹丢在车里，他会给我们带杯可乐和一包怪物蒙克牌的腌洋葱出来，这就够我们吃上三个小时了。”我用手指敲了敲自己的膝盖，“如今的人要是这么做，就称得上是虐待儿童了，那可能就完蛋了。不过我要提醒你，怪物蒙克牌的腌洋葱绝对是我们的最爱。那是一个星期里最美好的一部分时光。”

司机什么话也没有说。

我又向前探了探身子，距离他的脸庞只有几英寸的距离。

“所以说，这通常要多久?”

“能多久就多久。”他的目光注视着我在镜子中的眼神，然后便移开了。

“那你从始至终都要等在这里吗?”

“这是我的工作。”

我坐了片刻，将一只手伸向了前座。“我叫露易莎，高普尼克夫人的新助理。”

“很高兴认识你。”

他并没有转过身来，而这就是他对我说的最后几个字。他把一张光盘塞进了音响系统中。“我迷路了。”一个女声用西班牙语说道，“厕所在哪里？”

“我迷、路、了，厕、所、在哪、里？”司机重复道。

“这东西多少钱？”

“这东、西、多少、钱？”他复述起来。

接下来的一个小时，我就坐在车子的后座上紧盯着苹果平板电脑，试着不去聆听司机的语言练习，不知道是否该做些有用的事情。我给迈克尔发了一封邮件，可他只是回了一句：“这是你的午休时间，亲爱的。好好享受吧！”

我不愿告诉他我什么吃的也没有。坐在静候的温暖车子里，疲倦再一次悄悄席卷而来，如同一波海浪。我把头靠在车窗上，告诉自己，感觉脱节和力不能及是正常的。“在你的新世界里你会觉得有些不自在。离开舒适区确实会觉得怪异，但我希望你也能感到一丝兴奋。”威尔的最后一封信再次浮现在我的脑海中，仿佛从很远很远的地方飘来。紧接着就剩一片空白了。

车门被人打开时，我猛地惊醒过来。艾格尼斯钻进车，脸色惨白，下巴僵硬。

“一切还好吗？”我边问边匆匆坐直身体，可她并没有回应。

我们就这样默默乘车离开了。车内静止的空气突然充斥着紧张的氛围。她朝我转过身来。我手忙脚乱地摸索到一瓶水，把它举到了她的面前。

“你有烟吗？”

“呃……没有。”

“加里，你有烟吗？”

“没有，夫人。不过我们可以去给你买一些。”

我现在才注意到，她的一只手在颤抖。她把手伸进包里，掏出了一小瓶药片，于是我把水递了过去。她大口大口地喝了起来。我注意到，她的眼里是含着泪的。车子在一家杜安里德药店外面停了下来。过了一会儿，我才意识到自己应该下车。“要哪种？我是说，要什么牌子？”

“特醇万宝路。”她边说边轻轻抹了抹眼睛。

我跳下车——好吧，鉴于双腿已经因为今天的晨跑而失灵，不如说我是一瘸一拐地走下车的。我买了一包烟回来，心里还在琢磨，从药店买烟是件多么奇怪的事啊。回到车里时，她正用波兰语对着手机里的某个人大吵大嚷。挂断电话，她打开车窗，点了一支烟，大口地吸了起来，还递了一支给我。我摇了摇头。

“别告诉莱昂纳德。”她说话时脸色缓和了下来，“他很反感我抽烟。”

我们就在那里坐了几分钟，车子都没有熄火。她短促而愤怒的爆发式吸烟方法让我为她的肺捏了一把冷汗。没过多久，她踩熄了最后一英寸烟蒂，因为心中燃起的某团怒火而抿起了嘴唇，挥手示意加里开车。

艾格尼斯上钢琴课时，暂时闲下来的我回到了自己的房间。我想过躺下，却害怕僵硬的双腿意味着自己再也无法站起来，于是坐在小书桌旁，飞快地给山姆发了封电子邮件，查了查接下来几天的日历。

就在我忙活时，音乐开始在公寓里回荡起来，起初是几个音阶，然后是某种优美的旋律。我停下手中的活儿聆听起来，为那声音感到惊异，不知能创造出如此美妙的东西是种什么感觉。我闭上双眼，任由旋律从我的体内流过，想起了威尔第一次带我参加音乐会、迫使这个世界向我敞开的那个晚上。现场音乐可比唱片音乐立体多了——后者简化了音乐深处的某种东西。艾格尼斯弹奏的乐曲似乎出自她身体里的某个部分，某个在她与这个世界交往时未曾公开过的部分，是某种脆弱、甜美而又可爱的东西。我心不在焉地想，他会喜欢这个曲调的。他会喜欢待在这里的。就在音乐膨胀开来、成为某种真正充满魔力的东西那一刻，伊拉里亚却打开了吸尘器，让乐声陷入了机器无情碰撞沉重家具时的咆哮声中。音乐停止了。

我的电话嗡嗡作响起来。

"请告诉她，关掉吸尘器！"

我爬下床，在公寓里走来走去，直到找到了正在艾格尼斯的书房门外愤怒地推着吸尘器的伊拉里亚。她在来回扭动吸尘器时一直低着头。我咽了一口唾沫。伊拉里亚的身上存在某种气场，会让你在与她对峙之前心存犹豫，即便她是这里少有的几个比我还要矮小的人之一。

"伊拉里亚。"我叫了一声。

她并没有停下。

"伊拉里亚！"我站到她的面前，直到她被迫注意到了我，用脚后跟踢了一下关闭按钮，紧盯着我。"高普尼克夫人问你介不介意换个时间使用吸尘器，她听不到自己的音乐课了。"

"她觉得我应该什么时候打扫公寓？"伊拉里亚吐了一口痰，声音响亮地透过房门都能听得到。

"嗯……也许是白天除了这四十分钟之外的任何时候？"

她把插头从电源上拔了下来，拖着吸尘器嘟嘟囔囔地走向房间的另一边，还充满恶意地瞪了我一眼，吓得我差点向后退了几步。短暂的寂静之后，乐声再次响了起来。

二十分钟之后，当艾格尼斯终于出现时，她斜着眼睛看了看我，笑了。和第一天一样，第一周的时间在时好时坏中过去了。我会像妈妈过去盯着我家那只漏尿的老狗那样，留意艾格尼斯发出的信号。她要出去吗？她想要什么？我应该去哪里？每天早上，我都会跟着艾格尼斯和乔治去跑步，跑出一英里后挥手示意他们继续前进，指指我的臀部，然后缓慢地步行返回大楼。我会花上许多的时间坐在大厅里，全神贯注地盯着平板电脑，任由人来人往，好让我看上去像是知道自己在做些什么似的。

迈克尔每天都会过来，压低嗓门、一股脑地为我做简报。他的生活似乎就是奔波于公寓和高普尼克先生位于华尔街上的办公室之间，耳边夹着两部手机中的一部，手臂上挂着干洗的衣服，手里还端着咖啡。他魅力四射，还总是面带微笑，可我对他究竟喜不喜欢我丝毫没有头绪。

我很少见到内森。他的工作似乎就是配合高普尼克先生的时间表。有些时候，他清晨五点就要和他一起工作，其他时候则是晚上七点，如果有必要的话还会消失在办公室里帮他。“我之所以能拿到这份工作不是因为我做了什么。”内森解释道，“而是因为我能做什么。”偶尔，他会消失得无影无踪——我发现他和高普尼克先生连夜乘坐喷气式飞机去了某个地方，可能是旧金山或者芝加哥。高普尼克先生一直在努力控制某种关节炎，因此会和内森一起游泳，或是每天锻炼好几次，作为平日里大剂量服用的消炎药与止疼片的增补。

除了每个工作日的早晨都会出现的教练乔治之外，第一个星期里曾和内森一起在公寓中出现过的人有：

——清洁工。

显而易见，伊拉里亚的职责（管家）和真正的清洁工作之间是存在区别的。一周两次，三个身穿制服的女子和一个男子会“突袭”这间公寓。除了短暂与彼此商量几句之外，他们都不怎么说话。每个人都会搬来一大箱环保清洁用品，三个小时后才离开，留下伊拉里亚嗅着空气，不以为然地用手指沿着墙角线摸索。

——花艺师。

每个星期一的早上，花艺师都会开着厢式货车赶来，把插好鲜花的巨大花瓶布置在公寓公共区的重要间隔区。其中有些花瓶实在是太大，以至于要两个人才能搬动。他们会在门口脱下自己的鞋子。

——园丁。

没错，真的。这起初让我感到有些滑稽（“你有没有意识到我们住在二楼？”）直到我发现大楼背后的长条露台上排列着一盆盆的盆景与鲜花。园丁会为它们浇水、修枝与施肥，然后再一次消失。这的确会让露台看起来光鲜亮丽，但除了我之外，从没有任何人去过那里。

——宠物行为学家。

每个星期五的上午十点，一个身材娇小、鸟一般的日本女人都会出现，花上一个小时左右远远观察菲利克斯，然后检查它的食物、猫砂盆和睡觉的窝，还会询问伊拉里亚它的行为，针对它需要什么玩具、猫抓板是否够高、够稳固提出建议。自始至终，菲利克斯都不会理会她的存在，还会突然离开，竟是为了用近乎无礼的热情清洗自己的屁股。

——百货送货员。

他们每个星期会来两次，用绿色的大箱子送来新鲜的食物，并在伊拉里亚的监督下进行拆箱。有一天，我偶然看到过账单：它足够让我们全家人吃上好几个月了——可能还能喂饱这座大楼里一半的人。

这还不包括美甲师、皮肤科医生、钢琴老师、保养与清洁汽车的那个男人，以及为大楼工作、更换灯泡或是维修故障空调的修理工。一个瘦得如同芦柴棒的红头发女子会从波道夫·古德曼或萨克斯第五大道精品百货店带来巨大的购物袋，用敏锐的目光看着艾格尼斯试穿所有衣服，嘴里说着："不行，不行，不行。哦，这件太完美了，亲爱的。那件很漂亮，穿上它，你会想要拿上我上周给你展示过的那只普拉达小包。好了，我们该为晚会做些什么？"

还有酒商、负责挂画的男人、清洗窗帘的女人、用某种看似割草机的东西抛光主客厅镶木地板的男人以及另外好几个人。我已经完全习惯了看到自己不认识的人在周围晃来晃去。前两个星期的时间里，我不确定公寓里的人数曾有一天一次少于五个。

这里不过是座徒有虚名的家庭住宅。对于我、内森、伊拉里亚、无数个承包商、工作人员和在公寓里从黎明闲荡到深夜的随扈来说，这里就像是一个工作场所。有些时候，晚饭过后，高普尼克先生那群西服革履的同事会顺道拜访，消失在他的书房里，一个小时以后才出来，嘴里还嘟囔着给华盛顿或是纽约打电话的事情。他似乎从未真正停止过工作，其他时间都和内森在一起。即便是在吃晚饭时，被他摆在桃花心木餐桌上的两台手机也会随着短信的到来谨慎地嗡嗡作响，如同被困的黄蜂。

中午时分，我发现自己有时会在艾格尼斯关上更衣室的房门时注视着她——那里想必是她能让自己消失的唯一的地方。我心想，这地方有没有什么时候仅仅是一个家呢？

我得出了结论，这就是他们为何会在周末消失的原因。除非郊区住宅里也有工作人员。

“才没有呢。那是她设法按照自己的方式处理好的唯一一件事情。”在我问及此事时，内森答道，“她让他把周末宅第留给了他的前妻。作为回报，她就有机会带他住进海滩上某个规模小一些的朴素住宅。三间卧室，一间浴室，没有工作人员。”他摇了摇头。“这样一来，塔贝莎就不能去了。她可不傻。”

“嘿，你好呀！”

山姆还穿着制服。我在心里盘算了一番，算出他刚刚下班。他用手捋了捋头发，探着身子，仿佛是为了透过像素屏幕更好地看清我。一个微弱的声音在我的脑海中响了起来，和我离开以来每次和他说话时一样：“你在做什么，竟然抛下这么一个男人，搬去了另一座大陆？”

“所以说，你开始照常工作了吗？”

“是的。”他叹了一口气，“就重新开工的第一天而言，情况算不上是最好的。”

“为什么？”

“唐娜辞职了。”

我无法掩饰内心的惊讶之情。唐娜——说话直来直往、风趣幽默、沉着冷静——就是他的克星，他的船锚，他工作时那个明智的声音。你很难试图想象其中一个人失去另一个人。“什么？为什么？”

“她的爸爸得了癌症，恶性的，无药可救。她想要陪着他。”

“哦，天哪，可怜的唐娜，可怜的唐娜爸爸。”

“是啊。这很艰难。眼下我不得不等等看谁会和我搭档，因为纪律问题的事情，我觉得他们不会给我安排一个菜鸟，所以我猜应该是另外某个区的人。”

自从我们在一起，山姆已经两次被叫到纪律委员会面前。我至少要为其中的一次负责，心中出于愧疚感到一阵刺痛。“你会想念她的。”

“是啊。”他看上去有些垂头丧气。我想要伸手穿过屏幕，拥抱他。“她救了我。”他说。

他不大可能说出什么戏剧性的话来，因此不知怎的使这四个字更令人痛彻心扉。我还清晰地记得那晚突发的一幕幕令人恐惧的画面：山姆中枪的伤口迸发出的鲜血流淌在救护车的地板上，唐娜则在冷静、得力地朝我吼叫着发号施令，阻止那条脆弱的缝线崩开，直到其他医护人员最终赶到。我的嘴仍旧能够尝到发自肺腑的恐惧散发出的金属味道，也仍旧感觉得到山姆的鲜血流到我的手上时那种惹人讨厌的温热。我不想让其他任何人来保护山姆。他和唐娜就是一个团队，两人永远也不会让彼此倒下，但事后说不定又会无情地戏弄彼此。

“她什么时候走？”

“下个星期。考虑到她的家庭情况，她得到了特许。”他叹了一口气，“不管怎么说。往好的方面想，你妈妈邀请我星期天过去吃午饭。我们似乎要吃烤牛肉和全套的花色配菜。哦，你妹妹叫我去一趟公寓。别露出那种表情——她问我愿不愿意帮她给你的暖气放水。”

“这下好了，你陷进去了，我的家人就像捕蝇草一样把你困住了。”

“没有你，感觉会很奇怪。”

“也许我应该干脆回家去。”

他试着扬起一个微笑，却笑不出来。

“怎么了？”

“没事。”

“说吧。”

“我不知道……这感觉就像是，我刚刚失去了自己最喜欢的两个女人。”

我的喉咙里涌起了一个肿块。他失去的第三个女人的幽灵——他两年前死于癌症的姐姐——就悬在我们中间。“山姆，你还没有失去——”

“不用理我，我这么说不公平。”

“我还是你的啊，只不过暂时和你有点距离。”

他鼓了股腮帮子。“我没有想到感觉竟会这么糟糕。”

“我不知道现在是该高兴还是该难过。”

“我会没事的，只不过是倒霉的一天罢了。”

我在那里坐了一会儿，注视着他。“行了，那不如这么计划好了。首先，去喂饱你的母鸡，因为你看着它们的时候总是能够平静下来。大自然对于诸如思维方式的事情是很有好处的。”

他稍稍坐直了身子。“然后呢？”

“然后做些你最拿手的意式肉酱，就是那种要花很长时间，还要加上红酒与培根之类的东西。因为好好吃完一顿意大利肉酱面之后，几乎是不可能有人会感觉心情低落的。”

“母鸡，肉酱，好的。”

“然后打开电视，找一部真的很好看的电影，能让你沉浸其中的那种。别看真人秀，带广告的都不行。”

“露易莎·克拉克的《夜间救护》，我喜欢这片子。”

“此后嘛……”我沉思了片刻，“……你可以想想我们还有三个多星期就能见到彼此这个事实。它意味着这个！嗒哒！”我把上衣掀到了脖子下面。

事后想来，伊拉里亚竟会选择在这个时候抱着洗好的东西推门进来，真是太不幸了。她站在那里，一只手臂下夹着一沓毛巾，呆呆地看着我裸露的胸脯和屏幕上那个男人的脸。紧接着，她飞快地关上房门，还压低嗓门念叨了几句什么。我手忙脚乱地把自己遮了起来。

“怎么了？”山姆咧嘴一笑，试图偷看屏幕的右边，“出什么事了？”

“是管家。”我边说边拉直上衣，“哦，天哪。”

山姆跌回了座椅上，捧腹大笑起来，一只手攥着自己的肚子。对于那道伤疤，他还是有些心疼。

“你不明白。她恨我。”

“现在你就成了‘网络摄像头夫人’。”他还在大笑。

“从这里到棕榈泉的家政界，我算是名声扫地了。”我又哀叹了一阵，然后咯咯地笑了起来。看到山姆乐得这么尽兴，你很难忍得住。

他依然咧嘴笑着：“好吧，露，你让我振作了起来。”

“对你来说不利的地方在于，这是我第一次也是最后一次在网上向你展示我的隐私部位了。”

山姆俯身向前，送给我一个飞吻。“嗯，好吧。”他答道，“我猜我们应该感恩所发生的事不是正好相反。”

网络摄像头的意外发生之后，伊拉里亚整整两天没有和我说话。每当我走进一个房间，她都会转过身去，立即着手找些事情让自己忙碌起来，仿佛仅仅是和我对视，都有可能被我喜欢袒胸露乳的淫荡嗜好所玷污。

在她真的会用抹刀把咖啡推给我之后，内森问过我们之间发生了什么。但我无法在澄清事实的同时让事情听起来没有实际上那么糟糕。于是，我嘟囔了几句和洗衣服有关的事情，还提到了我们的房门为何应该装上一把锁，希望他能够就此放过此事。

04
艾格尼斯

收件人：KatClark!@yahoo.com

发件人：BusyBee@gmail.com

嘿，你才是个臭烘烘的同性恋呢：

（一名德高望重的会计真的会这样和自己环游世界的姐姐说话吗？）

我很好，谢谢。我的老板——艾格尼斯——和我年纪相仿，真的非常和善。这简直就是一大福利。你是不会相信我去过什么地方的——昨晚我参加了一场舞会，身上的裙子价值比我一个月的工资还要多。我感觉就像灰姑娘一样，除了我有一个非常出色的妹妹（没错，这对我来说是种新的体验。哈哈哈哈！）。

很高兴托马斯喜欢自己的新学校，别为签字笔的事情担心——我们总是能把那面墙粉刷好的。妈妈说，这是他创造性表达的一种象征。

你知道妈妈正试着让爸爸去夜校学习更好地表达自己

吗？爸爸主观地认为这意味着她要让自己去练密宗，天知道他是从哪里读到那种东西的。他打电话给我时，我还假装她告诉我的就是这么回事。现在我觉得有些内疚了，因为他为自己不得不当着一屋子陌生人的面把自己的“那玩意儿”掏出来感到十分恐慌。

写信给我，多告诉我些消息，特别是有关约会的事情!!!

想你的，露

又及：要是爸爸真的当着一屋子陌生人的面把自己的“那玩意儿”掏出来了，我什么都不想知道。

在艾格尼斯的社交日志中，堪称纽约社交日程重中之重的活动数不胜数，但尼尔与佛罗伦斯·施塔格慈善基金会的晚宴应该能在数一数二的位置上下摇摆。出席晚宴的宾客们都要身着黄色的服饰——男人们必须西装革履，除非是那种格外爱出风头的人——拍出的照片会被广泛印制在从《纽约邮报》到《时尚芭莎》的各类刊物上。礼服裙要是正式的，黄色套装耀眼夺目，门票价值不菲，将近三万美元一桌。我之所以会知道这些，是因为我着手调查了艾格尼斯准备参加的所有活动。而这场晚宴之所以重要，原因不仅仅在于其准备工作有多充分（美甲师、美发师、按摩师和每天清晨乔治的额外训练），还因为艾格尼斯的紧张程度。一整天，她的身体都在颤抖，朝乔治吼叫自己无法做到他布置的训练，跑不了那么长的距离。这全都是不可能的。心态几乎和佛祖一样冷静的乔治说这完全没有问题，他们可以走路回去，步行所产生的脑内啡会让一切都好起来的。离开时，他朝我使了个眼色，仿佛这全都是意料之中的事情。

也许是应某通求救电话的要求，高普尼克先生利用午餐时间赶回了家，发现她已经把自己锁在了更衣室里。我从阿肖克那里取回几件干洗的衣服，取消了她的牙齿美白预约，然后坐在走廊里，不确定自己该做些什么。在他打开房门时，我听到了她嘟嘟囔囔的声音："我不想去。"

无论她接下来说了些什么，都让高普尼克先生留在了家里。这远远超出了我的预期。内森出去了，所以我无法和他聊一聊。倒是迈克尔顺便过来看了看，隔着门窥视着。"他还在这里吗？"他问道，"我的追踪系统不动了。"

"追踪系统？"

"在他的手机里。这是唯一能让我知道他身在何处的方法。"

"他在她的更衣室里。"我不知道还能说些什么别的，也不知道自己能信任迈克尔到什么程度。不过，提高嗓门的对话声让人很难忽视。"我觉得高普尼克夫人今晚不太愿意出门。"

"大团的紫色，我告诉过你。"

话说到这儿，我才回忆起来。

"前任高普尼克夫人。今晚这种晚宴曾是属于她的重要活动，艾格尼斯对此心知肚明。如今也一样，昔日里她身边的那些悍妇会悉数到场，她们可不是什么善类。"

"哦，这就解释得通了。"

"他是一位重要的捐助者，所以不能不出席。加之他又是施塔格夫妇的老朋友。不过，这算得上是他们日程表中比较艰难的夜晚之一了。去年简直可以说是一塌糊涂。"

“为什么呀？”

“哦。她走进去时就像一只待宰的羔羊。”他做了个鬼脸，“以为她们会成为自己的新闺蜜。从我事后听到的消息来看，她们简直把她折磨得生不如死。”

我不寒而栗。“她就不能干脆让他自己出席吗？”

“哦，亲爱的，你不了解这里的事情都是如何运行的。不行，不行，不行，她必须去，还必须面带微笑地出现在照片里。如今这就是她的工作，她也知道。不过，场面是不会好看的。”

那两人说话的嗓门更高了。我们听到艾格尼斯正在抗议，然后是高普尼克先生通情达理些的轻柔恳求声。

迈克尔看了看表：“我得回办公室去了。帮我个忙好吗？在他离开的时候给我发条信息？下午三点之前，我还有五十八份文件要他签署呢。爱你！”他送了我一个飞吻，离开了。

我又坐了一会儿，试着不去聆听走廊尽头的争辩，而是翻看着日程表，不知有没有什么自己可做的有益之事。菲利克斯闲庭信步地走了过去，扬起的尾巴如同一个问号，高高在上，丝毫没有为周围人类的行为感到困扰。

没过多久，房门打开了。高普尼克先生看到了我：“啊，露易莎，你能进来一下吗？”

我站起身，连走带跑地来到他所站的地方，却因为晨跑所造成的肌肉痉挛步履艰难。

“不知道你今晚有没有空。”

“有没有空？”

“去参加一个活动，慈善活动。”

“哦……当然，”我从一开始就知道自己的工作时间是不规律的。至少这意味着我不太可能撞见伊拉里亚。我可以用其中一台平板电脑下载一部电影，好坐在车里看。

“那好。你觉得呢，亲爱的？”艾格尼斯看似一直在掉眼泪，“她能坐在我的旁边吗？”

“这件事我会解决的。”

她颤抖着深吸了一口气：“那好吧，我猜可以。”

“坐在旁边……”

“很好，很好！”高普尼克先生看了看手机，“好了，我真的得走了。我们在主宴会厅见，七点三十分。要是能早点结束电话会议，我会告诉你的。”他向前迈了几步，用手捧起她的脸，吻了吻。“你还好吗？”

“我还好。”

“我爱你，非常爱你。”又一个吻。他离开了。

艾格尼斯再次深吸了一口气，把双手放在了膝盖上，抬起头看着我：“你有黄色的礼服吗？”

我紧盯着她：“哦，没有。其实我在礼服方面还有点欠缺。”

她上下打量着我，似乎是在绞尽脑汁地思索我能否塞进她的任何一件礼服。我想我们都知道这个问题的答案。很快，她直起了身子：“给加里打电话，我们需要到萨克斯百货去一趟。”

半小时后，我站在一间更衣室中，任由两个店员把我的胸脯推进一件无盐黄油色的无肩带连衣裙里。我俏皮地说，自己上一次和别人如此亲密之后马上就和对方谈婚论嫁来着。可谁也没有被我逗乐。

艾格尼斯皱起了眉头：“太像新娘了，让她的腰看上去很粗。”

“那是因为我的腰本来就很粗。”

“我们有几条非常不错的矫正型内裤，高普尼克夫人。”

“哦，我不确定我——”

“你们有没有什么更偏向五十年代风格的衣服？”艾格尼斯边说边漫不经心地翻看着手机，“因为那种衣服能把她的腰收起来，解决身高的问题。我们已经没有时间把衣服改短了。”

“您的活动是什么时候，夫人？”

“我们必须在七点三十分赶到那里。”

“那我们还来得及为您改好一条裙子，高普尼克夫人。我会让泰瑞在六点钟之前把它送到您府上。”

“那我们试试那边那条向日葵黄色的裙子吧……还有带亮片的那条。”

要是我知道那天下午将是我此生仅有的一次试穿三千美元的连衣裙的机会，肯定是不会穿着一条印着腊肠犬的短裤和用安全别针别在一起的内衣的。我不知道自己一周之内到底要在完全陌生的人面前暴露胸部多少次，也不知道她们以前有没有见过我这样的身体，真正长着肥肉的身体。百货售货员太过彬彬有礼，除了反复提议“矫正型”内裤之外，是不会就此做出任何评价的。她们无非会拿来一条又一条的连衣裙，费力地为我穿穿脱脱，仿佛是在驾驭牲口，直到坐在布面椅上的艾格尼斯发话：“没错！就是这件！你觉得呢，露易莎。有了薄纱衬裙，这个长度对你来说简直太完美了。”

我紧盯着自己在镜子里的影子，不确定是谁正目不转睛地回望着我。我的腰被内置的紧身衣掐了进去，胸部向上托起，呈现出了完美的丰满形状。裙子的颜色让我的肤色熠熠发光，长长的裙摆则让我长高了一厘米，完全不像自己了。我无法呼吸的事实已经无关痛痒了。

“我们会把你的头发盘起来，配上一副耳环。完美。”

“这条裙子打八折。”其中一个店员说，“每年的施塔格活动之后，我们就没有几件黄色的衣服可卖了……”

我几乎松了一口气，然后紧紧盯住了价签。裙子打完折的售价是两千五百七十五美元——我一个月的工资。我想艾格尼斯一定看到了我惨白的脸色，因为她朝着其中一个女子挥了挥手。

“露易莎，去换衣服吧。你有什么可以搭配的鞋吗？我们可以去鞋子专柜跑一趟。”

“我有鞋，很多鞋。”我有一双金色的缎跟无带轻便舞鞋，看上去很美。我可不想让这张账单的价格继续攀升了。

回到更衣室的隔间，我小心翼翼地从裙子里爬出来，感觉它的重量从我的身上奢侈地掉落下去。穿衣服时，我听了艾格尼斯和两个店员的对话。艾格尼斯叫人拿来了一只包和几副耳环，匆匆看了一眼，显然十分满意。

“记到我的账上。”

“没问题，高普尼克夫人。”

我在付款台和她碰了面。夹着袋子随她离开时，我低声问了一句：“所以你想让我格外小心一些吗？”

她一脸茫然地看了看我。

“对这条裙子。”

她看上去还是一脸茫然。

我压低了嗓门：“在英国，我们会把标签塞好，这样第二天就能把它退回去了。你懂的，只要上面没有被意外染上红酒渍、不会散发出太重的烟味就行。也许还可以用除臭清新剂飞快地喷一喷。”

“退回去？”

“退回店里。”

“我们为什么要这么做？”在我们钻进等待中的汽车、让加里把购物袋放进后备厢里时，她问道，“别露出这么焦虑的表情，露易莎。你以为我不知道你作何感受吗？我到这里时也曾经一无所有。我和朋友们甚至会把自己的衣服拿出来共享。但你今晚坐在我身边时必须穿条上好的裙子，不能穿着那套制服。今晚你不是工作人员。而且我很乐意为它付钱。”

“好吧。”

“你明白的，对吗？今晚你不能是个工作人员。这至关重要。”

当车子在曼哈顿的车流中缓缓穿行时，我想起了身后后备厢里那只巨大的购物袋，于是被这一天的局势发展方向吓得有些发蒙。

“莱昂纳德说，你曾经照顾过的一个男人去世了。”

“是的。他的名字叫做威尔。”

“他说你——很谨慎。”

“我一直在努力。”

“而且你在这里谁也不认识。”

“只认识内森。”

她思考了一番：“内森。我觉得他是个好人。”

“他真的很好。”

她仔细端详着自己的指甲：“你会说波兰语吗？”

“不会。”我飞快地补充道，“不过说不定我可以学学，如果你——”

“你知道这对我来说很难吗，露易莎？”

我摇了摇头。

“我不知道谁能让我……”她踌躇了，紧接着显然对自己要说的话改变了主意，“我需要你今晚做我的朋友。好吗？莱昂纳德……还有工作上的事情要做。他总是在谈话，和那些男人们商讨些什么。不过你会和我在一起的，对吗？就在我的旁边。”

“悉听尊便。”

“要是任何人问起，你就是我的老朋友，是我住在英格兰时的朋友。我们——我们上学的时候就认识彼此了，而不是我的助理，好吗?”

“懂了，上学的时候就认识了。”

这话似乎令她心满意足。她点了点头，在座位上坐定，返回公寓的路上什么其他的话也没说。

施塔格基金会晚宴的举办地纽约皇宫酒店大得几乎有些滑稽：童话般的堡垒中装饰着一座庭园与一扇扇拱窗，其间点缀着身穿水仙花色丝绸灯笼裤制服的男仆——仿佛他们是在看过所有历史悠久的欧洲大饭店之后，把华丽的檐口、大理石大厅和精美的镀金小饰品全都记了下来，决定将它们悉数加在一起，撒些迪士尼的仙女粉末，改进成某种自成一派的忸怩风格。我差点以为自己能够看到一辆南瓜马车，或是红色楼梯地毯上的古怪水晶鞋。车子停下时，我凝视着酒店光鲜亮丽的内部、闪烁的灯光和黄色礼服裙的海洋，几乎想要笑出声来。不过，艾格尼斯紧张得让我不敢这么做。加之我的连衣裙束得实在是太紧了，很有可能会把针脚撑破。

加里把我们放在主入口的门外，将车子驶入了挤满巨型黑色豪华轿车的转弯区。我们步行从人行道上的一群旁观者身边经过。一个男子取走了我们的外套。第一次，艾格尼斯的礼服裙展露无遗。

她看上去惊为天人，身上的礼服并不是我穿的这种传统长舞裙，或是其他任何一个女子会穿的那种裙子，而是一条管状造型的荧光黄色曳地连衣裙，一只肩膀上还带有朝头部立起的雕塑状主题造型。她的秀发被一丝不苟地梳到了脑后，紧绷而富有光泽，耳朵上坠着两只巨大的金色黄钻耳环。这样的造型本应看上去非同寻常，然而在这里，在这座古色古香、富丽堂皇的酒店里，这样的装扮却不知道为何有些过犹不及、格格不入。意识到这一点，我的心头一沉。

就在她站在那里时，附近那些裹着黄色丝巾、穿着鲸骨束腹、化着精致眼妆的主妇纷纷转过头来，挑起了眉毛，用余光窥视着她。

艾格尼斯一副浑然不觉的样子，心不在焉地环顾四周，试图找到丈夫所在的地方。不到挽住他手臂的那一刻，她是无法放松下来的。有时，在注视这两人在一起时，我看得出来：感觉他在身旁，她的身上会涌过一种几乎轻易就能被察觉的放松感。

“你的裙子美极了。”我说。

她低头看着我，仿佛这才想起我还在那里。一盏镁光灯的灯光灭了，我看到摄影师正在我们之间穿梭。我迈步走开，好给艾格尼斯留出空间，可那个男人却朝我打了个手势：“你也一起，女士。就是这样，微笑！”她笑了，目光朝我闪烁着，似乎是在安慰自己，我还在她的左右。

很快，高普尼克先生出现了。他有些呆板地走过来——内森说，他这个星期过得很糟糕——亲吻了妻子的脸颊。我听到他对着她的耳朵说了些什么，于是她笑了，一个真诚而开朗的微笑。他们的手短暂地紧扣在了一起。那一瞬间，我发现他们两人虽然是老夫少妻刻板印象的典型，却还是能够完全发自内心地为彼此的存在而感到快乐。这让我突然十分渴望山姆，却无法想象他身处这样一个地方，被晚礼服和领结所束缚。我心不在焉地想，他可能会很讨厌这样的场合吧。

“请问，姓名？”摄影师出现在了我的肩头。

也许是因为想到了山姆，我开口答道：“哦，露易莎·克拉克·菲尔丁。”我用最矫揉造作的上层社会口音答道，“来自英格兰。”

“高普尼克先生！到这里来，高普尼克先生！”在摄影师为他们拍摄合影时，我退到了人群中。他用一只手轻轻揽住妻子的后背，而她则挺直了肩膀、扬起了下巴，仿佛是在对人群发号施令。很快，我发现他正在房间里四下寻找我的身影，眼神隔着大厅与我的相遇了。

他搀扶着艾格尼斯走了过来。“亲爱的，我得和某些人说说话。你们俩自己可以吗？”

“当然，高普尼克先生。”我答道，仿佛自己每天都在做这种事。

“你会很快回来吗？”艾格尼斯仍旧牵着他的手。

“我得去和温莱特与米勒聊聊。我承诺过要给他们十分钟的时间，重温一下这次的证券交易。”

艾格尼斯点了点头，却露出了不情愿放他走的表情。就在她步行穿过大厅时，高普尼克先生朝我俯身靠了过来：“别让她喝太多酒，她很紧张。”

“好的，高普尼克先生。”

他点了点头，环顾四周，仿佛陷入了沉思，然后转过身来对我笑了笑：“你看上去很美。”说罢便离开了。

宴会厅里人满为患，成了黄色与黑色的海洋。我戴着威尔的女儿莉莉在我离开英格兰前送给我的黄黑色串珠手链——暗自心想，我有多想把自己那条黄蜂配色的紧身裤袜也穿来呀。这些女人看似一辈子都不曾从自己的穿着打扮上获得过半点乐趣。

令我印象深刻的第一件事是，她们中大多数人都是如此瘦弱，像是被使劲拽入了瘦小的裙子里，锁骨如同安全护栏般戳了出来。在斯托特福德，某个年龄段的女人很容易略微发福，所以会用开襟羊毛衫或是长款套头衫来遮盖多出来的那几英寸（“它能遮住我的屁股吗？”），偶尔还会通过更换新的睫毛膏或是六个星期理一次发的方式来敷衍地打扮一下自己。

在我的家乡，过分注重自我不知为何似乎十分可疑，或是暗示着不健康的利己主义。然而，这间宴会厅里的女人看上去似乎把装扮自己的外表变成了一份全职工作。她们没有一个人的头发是没有做过造型的，也没有哪条上臂会因为缺乏严格的日常训练而松弛下来。就连那些说不清年龄的女人（考虑到她们打过的肉毒杆菌和体内填充物的数量，年龄是件很难分辨的事情）看上去都像是从未听说过什么叫作上臂赘肉，更别提“蝴蝶袖”了。

我想到了艾格尼斯，她的私人教练，她的皮肤科医生，她的美发和美甲预约——这就是她现在的工作。她不得不做好全套的保养，才能出现在这里，在这群人中间屹立不倒。

艾格尼斯在他们之中徐徐迈开步子，高昂着头，对着她丈夫的那些过来打招呼的朋友面露微笑，寒暄几句，留下我不自在地在背景中徘徊。

这些朋友清一色都是男人，只有男人才会对她微笑。那些还不至于粗鲁到直接走开的女人都倾向于小心翼翼地扭过头，仿佛注意力突然被远处的什么东西吸引了，这样就不必与她有什么交集。穿梭在人群之中，跟在她身后的我好几次看到某些人的妻子绷紧了脸，仿佛艾格尼斯的出现是某种越轨的行为。

“晚上好。”一个声音在我的耳边响了起来。

我抬起头，蹒跚着向后退去。威尔·特雷纳就站在我的身旁。

05

又见“威尔”

回头想想，我很高兴当时的房间里如此拥挤，因为当我向一旁跌去、撞到身旁那个男人时，他本能地伸出了一只手。刹那间，几条穿着晚礼服的手臂已经将我扶正，引得周围几张微笑的脸庞朝我露出了关切的表情。在我一边道谢一边道歉时，我看出了自己的错误。不，那不是威尔——他的发型和发色跟威尔的是一样的，皮肤也泛着同样的焦糖色。不过我吸气的声音肯定过于掷地有声，因为那个不是威尔的男人开口说了一句：“抱歉，我吓到你了吗？”

“我——没有，没有。”我把一只手放在脸颊上，眼睛死死地盯着他，“你——你只不过很像我认识的某个人，曾经认识的某个人。”我感觉自己脸红了，像是某种染色剂从胸口一路涌上了发际线。

“你还好吗？”

“哦，天哪。没事，我没事。”此刻的我感觉自己很蠢，脸也随之热了起来。

“你是英国人。”

“你不是。”

“连纽约人都不算，我是波士顿人，乔舒亚·威廉·莱恩三世。”他伸出了一只手。

“你还取了他的名字。”

“抱歉，你说什么？”

我握住了他的手。靠近些看，他和威尔的差异还是挺大的，眼睛是深棕色的，眉毛略低一些。不过，两人的神似还是让我彻底错乱了。我把视线强行从他的身上移开，意识到自己仍在盯着他的手指。“对不起。我有些……”

“让我为你拿杯酒好了。”

“我不能喝酒，我应该去陪我——我那边的朋友。”

他看了看艾格尼斯：“那我给你们俩各拿一杯好了，要想找到你们——哈——很容易。”他露齿一笑，碰了碰我的手肘。我试着不在他离开时目不转睛地盯着他。

我走近艾格尼斯时，一直在和她说话的那个男人被他的妻子拖走了。艾格尼斯举起一只手，仿佛正准备回应他什么，却发现自己是在对着一大片西装的后背说话。她转过身，表情僵住了。

“抱歉，我被困在人群里了。”

“我的裙子穿错了，不是吗？”她朝我低语道，“我犯了一个巨大的错误。”

她也看出来了。人海之中，那条裙子看起来不知为何过于鲜艳了，与其说是前卫，不如说是粗俗。“我该怎么办，这就是一场灾难，我必须换身衣服。”

我试着计算她是否来得及在合理的时间内返回家中，再赶回来。即便不堵车，她也要离开一个小时。不过，她可能回不来的风险总是存在的……

“不！这不是什么灾难。一点也不算。只不过是……”我停顿了片刻，“你懂的，这样的一条裙子，你得摆出架势来。”

“什么？”

“支配它，昂起你的头，好像你毫不在意的样子。”

她紧盯着我。

“一个朋友——就是我曾经为之工作的那个男人——曾经教过我这么一件事。他告诉我，要趾高气扬地穿上我的条纹连裤袜。”

“你的什么？”

“他……好吧，他对我说，与众不同没有什么不对。艾格尼斯，你比这里其他任何一个女人看上去都要靓丽一百倍，惊为天人。何况这条裙子令人印象深刻。所以，干脆把它当作对他们竖起的一根巨大的手指好了。你懂吗？我想穿什么就穿什么。”

她心无旁骛地注视着我：“你是这么想的吗？”

“哦，是啊。”

她深吸了一口气。“你是对的。我就是要做那根巨大的手指。”她挺起了双肩，“反正没有哪个男人会在乎你穿的是什么裙子，对吗？”

“没错。”

她笑了，给了我一个心照不宣的眼神：“他们只在乎裙子里面是什么。”

“这条裙子还真特别啊，夫人。”乔舒亚边说边出现在了我的身旁，递给我们一人一只纤细的酒杯，“香槟。唯一黄色的饮料就是查特酒了，光是看到它就让我有点想吐。”

“谢谢。”我接过一只酒杯。

他向艾格尼斯伸出一只手来：“乔舒亚·威廉·莱恩三世。”

“你真的不必编出这么个名字来。”

两人都转过身来看着我。

“除了肥皂剧里的角色，没有人会真的叫这种名字。”我答道，很快便意识到自己本来只是打算在心里盘算这句话的，而不是大声地把它说出来。

“好吧，这样好了，你们可以叫我乔希。”他平静地答道。

“露易莎·克拉克。”说罢，我紧接着补充了一句，“一世。”

他的眼睛微微眯了眯。

“莱昂纳德·高普尼克夫人。第二任。”艾格尼斯说，“不过你可能已经知道了。”

“的确如此，你可是街头巷尾热议的话题。”这句话本该硬生生地着陆，可从他的嘴里说出来却是有温度的。我注视着艾格尼斯的双肩稍稍松懈了一些。

乔希告诉我们，他是跟随自己的姑姑到这里来的。姑父外出旅行去了，而她又不想孤身一人出席活动。他供职于某家证券公司，接洽的都是投资经理和对冲基金，会和他们探讨如何最好地控制投资风险，他还说自己的专长在于公司股票和公司债券。

“我对这些东西是什么没有任何的头绪。”我答道。

“大多数日子里，我也不懂。”

当然了，他这是在施展自己的魅力，却在刹那间让房间感觉不那么寒冷了。他来自波士顿的后湾区，刚刚搬进苏豪区一处被他形容为兔子窝的公寓里。自从来了纽约，他已经胖了两公斤，因为市中心的餐厅实在是太美味了。他还说了许多别的什么，但我已经无法告诉你了，因为我一直忍不住在盯着他看。

“你呢？露易莎·克拉克一世小姐？你是做什么工作的？”

“我——”

“露易莎是我的一位朋友，刚刚从英格兰过来看我。”

“你觉得纽约怎么样？”

“我非常喜欢这里。”我答道，“觉得自己一直处在眼花缭乱的状态中。”

“何况黄色舞会是你的社交处女秀。哦，莱昂纳德·高普尼克第二任夫人，你可不是个做小事的人。”

在又一杯香槟的缓解下，这一晚的时光流逝得飞快。晚宴时，我被安置在了艾格尼斯和一个不曾告诉过我他姓甚名谁的男人之间。他只和我说过一次话，询问我的胸部都认识什么人——答案显而易见，它根本就不认识几个人——于是他背过了身子。遵照高普尼克先生的意思，我会关注艾格尼斯都喝了些什么。在把她几乎已经见底的酒杯换到我这里时，我发现他正注视着我。不过，他隐晦地微微笑了笑，表示赞同，让我松了一口气。艾格尼斯和右边那个男人聊天时声音太过响亮，笑声也有些过于高亢，还生硬而焦虑地比画着手势。我看了看桌旁的其他女子。她们全都已经四十多岁，或是年纪更大。我注意到，她们注视她的时候眼神会沉重地朝着彼此悄悄移动，仿佛是在确认背地里想要表达的某种黑暗念头。这太可怕了。

隔着餐桌，高普尼克先生无法从自己所坐的位置顾及她，不过我看到他的眼神常常会飘到她这里来，即便他还要一边微笑一边握手，表面看上去简直是这个星球上最放松的男人。

“她在哪里？”

我靠过去，以便更清楚地听到艾格尼斯的话。

“莱昂纳德的前妻。她在哪里？你必须搞清楚，露易莎。搞不清楚这件事，我是无法放松的。我能感觉得到她。”

大团的紫色。“我去看看座位分布图。”我答道，然后找个借口离开了餐桌。

我站在了宴会厅入口处巨大的印刷海报前。只见上面用小字印着大约八百个名字，而我连第一任高普尼克夫人是否还在使用高普尼克的姓氏都不知道。就在我低声咒骂时，乔希出现在了我的身后。

“找不到什么人了吗？”

我压低了嗓门：“我需要弄明白第一任高普尼克夫人坐在哪里。你不会碰巧知道她原来姓什么吧？艾格尼斯想要……知道她在哪里。”

他皱起了眉头。

“她有点紧张。”我补充道。

“我恐怕不清楚。不过我姑姑可能知道，她什么人都认识。待在这里。”他轻轻碰了碰我裸露的半边肩膀，迈开大步走进了宴会厅。我则努力重新调整着面部表情，假装自己正在板子上仔细扫视，好确认几个闺蜜坐在哪里，好掩盖脸上因为突然发烫而变成粉红色的事实。

不出一分钟的工夫，他就回来了。

“她还姓高普尼克。”他说，“南希姑姑觉得自己可能在拍卖桌那里看到过她。”他伸出一只精心修剪过的手指，在名单上浏览起来，“就在那里，第一百四十四桌。我从那里经过时看了一眼，有个女人符合她的描述。五十多岁，深色头发，从一只香奈儿晚宴包里射着有毒的飞镖？他们已经尽可能让她远离艾格尼斯了。”

“哦，感谢上帝。”我答道，“那她大可放心了。”

“这些纽约的主妇真是可怕。”他说，“我不怪艾格尼斯想要小心提防。英格兰的社交界也这么残酷吗？”

“英格兰的社交界？哦，我不——我不大热衷于社交活动。”我回答。

“我也是。老实说，大多数日子里，我下班后都已经累得筋疲力尽了，能做的只有拿起外卖菜单。你是做什么的，露易莎？”

“嗯……”我突然看了看手机，“哦，天哪，我得回去找艾格尼斯了。”

“你离开前我还能见到你吗？你们坐在哪一桌？”

“第三十二桌。”在我想清楚自己不该作答的所有理由之前，话便已经脱口而出。

“那我们一会儿见。”乔希的微笑让我瞬间呆住了，“顺便说一句，我想告诉你，你看上去很美。”他俯身向前，压低了嗓门，话音在我的耳边轻柔地隆隆作响：“其实，和你朋友的裙子相比，我更喜欢你的。你拍照了吗？”

“拍照？”

“来吧。”他举起了一只手。在我还没搞明白他要做什么之前，他就拍下了一张我们两人的合影，我和他的脑袋之间只隔了几英寸的距离。“好了。把你的手机号给我，我会把它发给你的。”

“你想要发我一张咱们两人的合影？”

“你觉察到什么居心叵测的动机了吗？”他露齿一笑，“那好吧，我会自己留好的，纪念这里最漂亮的女孩。除非你想把它删掉。给你，如果你想删就删吧。”他把手机递了过来。

我瞥了瞥，手指盘旋在按键上，又收了回来。“把刚认识的某个人删掉似乎有些粗鲁，不过，哦……谢谢……谢谢你为我偷偷进行座位侦查。你真是个好人。”

“这是我的荣幸。”

我们对彼此露出了灿烂的微笑。还没来得及多说些什么，我就跑回了餐桌旁。

我把好消息告诉了艾格尼斯——听到这话，她掷地有声地叹了一口气——然后坐在那里吃了几口此刻已经冰凉的鱼肉，等待自己的脑袋停止嗡嗡作响。“他不是威尔。”我告诉自己。他的声音不对，眉毛不对，而且是个美国人。然而，他的举手投足间有些什么地方——那份结合了敏锐才智的自信，那副你给他什么、他都能应付得来的样子，还有那能把你的心都掏空的眼神。我看了看身后，想起自己刚刚没有询问乔希的座位在什么地方。

“露易莎？”

我瞥了瞥自己的右手边，艾格尼斯正专心致志地紧盯着我。

“我需要去一趟洗手间。”

过了一分钟，我才想起这意味着我也应该跟去。

我们穿过宴会桌，缓缓走向了女洗手间。我试着不让自己在大厅里四处扫视乔希的身影。艾格尼斯走动时，所有人的眼神都会落在她的身上，不仅仅是因为她那条连衣裙艳丽的色彩，还因为她浑身上下都散发着一种吸引力，能在无意中吸引别人的目光。她走起路来扬着下巴、挺着双肩，就像一位女王。

步入女洗手间的那一刻，她就瘫软在了角落里的躺椅上，用手势示意我递给她一支烟。“我的天，这一晚上，要是我们不快点离开的话，我可能会没命的。”

洗手间的服务员——一个六十多岁的女子——看到香烟挑起了半边眉毛，却很快移开了视线。

“呃——艾格尼斯，我不确定你可以在这里抽烟。”

反正她是要抽的。也许当一个人富可敌国时，就不会在乎其他人的规矩了。毕竟他们能拿她怎么办呢，把她赶出去吗？

点上烟，她吸了一口，如释重负地叹起气来：“啊！这条裙子太不舒服了，丁字裤就像切奶酪的金属线一样割着我，你能明白吗？”她蠕动着身子站到镜子前面，把连衣裙扯了上去，用精心修剪过指甲的一只手在下面仔细捣鼓起来。“我不应该穿内裤的。”

“不过，你感觉还好吗？”我问道。

她朝我笑了笑：“我感觉还好。某些人今晚非常和善，这个乔希就很不错，我另一边的彼得森先生也十分友好。这还不算太糟。也许有些人终于能够接受莱昂纳德续弦了。”

“他们只不过需要时间。”

“拿着这个。我要小便。”她把抽了一半的烟递给我，消失在了某个隔间里。我用两根手指夹着烟，仿佛那就是一颗钻石。洗手间服务员与我交换了一个眼神。她耸了耸肩，仿佛是在说，你能有什么办法呢？

“哦，我的上帝。”隔间里的艾格尼斯说道，“我得把整件衣服脱掉，它根本就拉不起来，一会儿你得帮我拉上拉链。”

“好。”我回答。服务员挑起了眉毛。我们都试着不让自己咯咯地笑出声来。

两个中年女子走进了洗手间，一脸不赞同地看着我的香烟。

“问题在于，珍，控制他们就像是疯了一样。”其中一个人边说边停在镜子前检查自己的发型。我不确定她为什么要那么做，那上面的发胶厚得让我觉得世纪龙卷风都挪不动它。

“我明白，这种事情我们已经见过上百万次了。”

“不过通常他们至少知道该体面地去谨慎应对，而且这一直令凯瑟琳非常失望，简直是考虑欠周。”

“是啊，要是那个人至少有些品味，对她来说也能容易不少。”

“的确，他的做法太迂腐了。”

说到这里，两个女人的脑袋都朝我转了过来。

“露易莎？”隔间里传来了一个含混不清的声音，“你能过来一下吗？”

那时我便知道她们正在谈论谁了。只消看到她们的表情，我就已经心知肚明。

片刻的沉默。

“你明白这里是无烟场馆吧。”其中一个女子直截了当地说。

“是吗？实在是对不起。”我在水池里把烟按灭，然后用水冲了冲烟头。

“你能帮帮我吗，露易莎？我的拉链卡住了。”

她们知道了，根据事实做出了推理。我注意到两人的表情僵硬了。

我从她们身边走过，敲了两次隔间的门，才被她放进去。

艾格尼斯穿着内衣站在那里，管状的黄色连衣裙还堆在腰间。

“怎么——”她开口说道。

我把手指放在嘴唇上，默不作声地比着手势指了指外面。她匆匆看了看，仿佛自己能够看穿门板似的，还拉长了脸。我把她的身子转了过去。已经被拉下三分之二的拉链被卡在了她的腰上。我试了两次，三次，然后从晚宴包里掏出手机，打开了手电筒，试图弄清楚是什么卡住了它。

“你能修好吗？”她低语道。

“我试试。”

“你必须修好它，我可不能以这副模样当着那些女人的面走出去。”

艾格尼斯穿着极小的内衣站在距离我几英寸的地方，苍白的肉体散发着阵阵昂贵香水的温暖气息。我试着不让她移动，眯着眼睛盯着拉链，但这是不可能的。她需要空间把这件衣服脱下来，才能让我继续修理拉链，不然是拉不上去的。我看着她耸了耸肩，她的脸上一时间露出了极其痛苦的表情。

“我不觉得我可以在这里把它修好，艾格尼斯。地方不够，我看不到。”

“我不能这副模样出去。她们会说我是个妓女。”她的手绝望地飞快捂住了自己的脸庞。

外面的沉寂告诉我，那两个女子正在等待着我们的下一步动静，甚至没有人假装去上厕所。我们已经进退两难，于是我向后退去，摇了摇头，思索起来。很快，我想到了一个主意。

“巨大的手指。”我耳语道。

她睁大了双眼。

我冷静地紧盯着她，轻轻点了点头。她皱起眉，脸色一下子明朗起来。

我打开隔间的门，退了出来。艾格尼斯吸了一口气，挺直脊梁，漫不经心地从那两个女子身旁走过，如同一位后台的超模，连衣裙的上身堆在腰间，精巧的三角形内衣几乎遮不住下面苍白的胸脯。她在房间的中央停下脚步，俯身向前，好让我能够毫不费力地把裙子从她的头上脱下来。紧接着，她直起身，此刻除了两片内衣之外全身赤裸，如同一幅表面上漫不经心的美术习作。我不敢看向那两个女子的表情，可就在我把黄色连衣裙搭在自己的手臂上时，我听到了颇具戏剧性的吸气声，还感觉到了空气中的回响。

“好吧，我——”其中一个人开口说道。

“您是否需要一个针线包，夫人？”服务员出现在我的身旁，拆开了那个小小的包裹。艾格尼斯则优美地坐在躺椅上，一双苍白的长腿端庄地向一侧伸去。

又有两个女人走了进来。她们的对话在看到几乎浑身赤裸的艾格尼斯时戛然而止，其中一个咳嗽了一声。两人故意把视线从她的身上移开，结结巴巴地展开了一段老生常谈的全新对话。艾格尼斯倚在椅子上，看上去无忧无虑，什么也没有意识到。

服务员递给我一枚大头针，让我用针尖固定住打了结的小线头，把它轻轻塞回去，直到能将它解开，让拉链再次移动起来。

“搞定了！”

艾格尼斯站起身，扶着服务员伸出的一只手，优雅地迈回黄色的连衣裙中，让我们两人将裙子拽起。穿好后，我把拉链平滑地一路拉好，直到将她包覆起来。在她皮肤的映衬下，裙子上的每一英寸都在闪光。她在仿佛没有尽头的双腿周围向下抻了抻裙摆。

服务员拿出了一罐发胶。“来。”她低语道，“请让我来。”她俯身向前，用发胶飞快地喷了喷。“这样头发就能立起来了。”

我朝她微微一笑。

“谢谢，你真好心。”她从晚宴包里掏出一张五十美元的钞票，递给了那个女人，然后笑着朝我转过身来。“露易莎，亲爱的，我们回餐桌那里去吧？”艾格尼斯对着那两个女子傲慢地点了点头，扬起下巴，缓缓走向了门口。

屋里一片沉寂。就在这时，服务员朝我转过身来，带着灿烂的笑脸把钱塞进了口袋。“你看。”她的声音突然铿锵有力，“这就叫出众。”

06
从寒门到豪门

第二天早上，乔治没有来。没有人告诉我。我穿着短裤坐在大厅里，睡眼蒙眬，到了七点半才明白他的训练肯定被取消了。

艾格尼斯直到九点过才起床的事实让伊拉里亚对着时钟发出了不耐烦的啧啧声。她给我发了一条信息，让我取消今天其余的预约，却在十点钟前后的某个时候说她想要去水库周围散散步。这是个微风习习的日子，我们在散步时把围巾拉起来挡住了下巴，双手插在兜里。一整晚，我都在想念乔希的脸，仍旧感觉精神错乱，发现自己会满心好奇威尔的幽灵此刻已经走过了多少不同的国度。乔希的眉毛更加厚重一些，眼睛的颜色不一样，口音显然也和威尔的不同。但是……

“你知道我和朋友们过去宿醉时常会做些什么吗？”艾格尼斯的话打断了我的思绪，“我们会去格拉莫西公园附近的那家日本餐馆吃面条，然后没完没了地聊天。”

“那我们走吧。”

“去哪里？”

“去面馆啊，我们可以在路上接上你的朋友们。”

她的脸上闪过了一丝希冀，随即踢开了一块石头。“现在不行了，情况不一样了。”

“你不必坐着加里的车出现，我们可以打车。我是说，你可以穿得低调一些，出现就好。会没事的。”

“我告诉过你的，情况不一样了。”她朝我转过身，“我试过这些，露易莎，试过一段时间。不过朋友们都很好奇，想要知道有关我如今生活的一切。于是，当我把真相告诉她们时，会让她们变得……非常奇怪。”

“奇怪？”

“曾经我们是平起平坐的，你明白吗？如今她们会说我永远也不明白她们遭遇的难题。因为我有钱了。不知怎么，我就不会遇到什么困难了。换句话说，她们在我身边的时候变得很怪，好像我莫名变成了另外一个人。我人生中的好事对她们的生活来说都是一种侮辱。你觉得你能对没有房住的人抱怨管家的事吗？”

她在小路上停下了脚步。“我刚嫁给莱昂纳德的时候，他给了我一笔属于自己的钱作为结婚礼物，这样我就不必总是向他要钱了。我从中拿了一万美元替我最好的朋友保拉还债，好让她能有个新的开始。起初她很高兴，我也很高兴！能为自己的朋友这样做！这样她就不用再忧心忡忡了，和我一样！”她的声音中渐渐充满了怀念，“后来……后来她就再也不想见我了，人也冷淡了，总是忙得没空和我碰面。慢慢地，我明白她憎恨我给她的帮助。她不是故意的，可她如今看到我时满心所想的都是她欠我的。她很自负，非常自负，她不想带着这种感觉活着。于是……”她耸了耸肩，“……于是她便不愿和我吃午饭，或是接我的电话了。我因为钱失去了自己的朋友。”

“麻烦就是麻烦。”在她显然期待我说些什么时，我这样答道，“是谁的无关紧要。”

她迈到一旁，好躲开一个踩着踏板车的幼童。目送着那孩子的背影，她想了想，然后朝我转过身来。“你有烟吗？”

如今的我已经长记性了，从背包里掏出一包烟，递给了她。我不确定自己是否应该鼓励她抽烟，可她毕竟是我的老板。她吸了一口，吐出一缕长长的烟雾。

“麻烦就是麻烦。”她慢条斯理地重复道，“你有什么麻烦吗，露易莎·克拉克？”

“我很想念我的男朋友。”这话几乎是在安慰我自己，“除此之外，算不上有什么麻烦。这儿……很好。我在这里很开心。”

她点了点头：“我过去也是这么觉得的。纽约！总能让人见识到新的东西，总是让人激动不已。现在的我却只是……我想念……”她的声音渐渐弱了下来。

顷刻间，我觉得她的眼中溢满了泪水，表情却十分平静。

“你知道她恨我吗？”

“谁？”

“伊拉里亚，那个巫婆。她曾是另外那个人的管家，可莱昂纳德是不会解雇她的，所以我就得被迫接受她。”

“她可能会渐渐喜欢上你的。”

“她可能会渐渐把砒霜放到我的食物里。我看到她看我的样子了，她希望我死。你知道和某个希望你死的人住在一起是什么感觉吗？”

我自己也十分害怕伊拉里亚，却不想这么说。我们继续向前走去。“我很确定自己曾经的某个老板起初非常讨厌我。”我说，“渐渐地，我明白这和我没有任何关系，他只不过是憎恨自己的生活。随着对彼此的了解进一步加深，我们的相处也变得融洽了起来。”

“他有没有‘意外’烧焦过你最好的衬衫？或是把清洁剂倒在你的内裤上，因为他知道这会让你的下体发痒？”

“呃——没有。”

“或是给你端来你已经说过五十次自己不喜欢吃的食物，好让你看起来无时无刻不在抱怨？或是讲些与你有关的谎话，让你看起来就像个妓女一样？”

我的嘴像条金鱼一样张开了。闭上嘴巴，我摇了摇头。

她拨开了脸上的头发：“我爱他，露易莎。可活在他的人生中是不可能的，我的人生是不可能的……”

她的声音再一次弱了下去。

我们站在那里，注视着路上的行人从身边经过：滑旱冰的人和骑着摇晃踏板车的小孩，手臂挽着手臂的夫妇，还有戴着墨镜的警察。气温已经降了下来，害得身穿运动上衣的我不禁打了个寒战。

她叹息道：“好了，我们回去吧，看看巫婆今天又毁掉了我最喜欢的哪件衣服。”

“不。”我回答，“我们去吃你说的面条吧。至少这件事我们还是可以做到的。”

我们坐着出租车去了格拉莫西公园，在一条看上去脏得足以藏匿某种可怕肠道细菌的阴暗小巷中，驶入了赤褐色砂石建筑中的一个地方。不过，艾格尼斯刚到这里便看似轻快了不少。在我支付出租车费时，她三步并作两步地奔上楼梯，钻进了漆黑的室内。一个日本女人从厨房里走了出来，张开双臂拥抱了艾格尼斯，仿佛和她是老朋友似的。很快，她挽住了艾格尼斯的手肘，不断地询问她去了哪里。艾格尼斯摘下小圆软帽，低声含糊地说自己一直很忙，结婚后搬了家，但对她的生活环境究竟产生了哪些改变只字未提。我注意到，她的手上戴着结婚戒指，而不是那枚大得足以练出三头肌的钻石订婚戒指。

钻进胶木卡座时，我感觉自己的对面就像是坐了一个截然不同的女人。这个艾格尼斯风趣幽默，生龙活虎，吵闹聒噪，还会高声谈笑。我能从中看出高普尼克爱上的是什么样的一个人。

“所以，你们是怎么认识的？”在我们大声吮吸着碗里滚烫的拉面时，我开口问道。

“莱昂纳德？我曾经是他的按摩师。”她停顿了一下，仿佛是在等待我做出什么震惊的反应。发现这样的反应并没有出现时，她低下头，继续说道：“我曾在瑞吉酒店工作。他们每个礼拜都会派按摩师到他家去——通常是安德烈，他是个非常好的人。不过有一天安德烈病了，于是他们要求我去代替他。我心想，哦，不，又是个华尔街的家伙。他们中很多人都是满口胡话，你懂吗？他们甚至不会把你当人看。别自找麻烦地和他们打招呼，别说话……有些人，他们还会要求……”她压低了嗓门，“……一个快乐的收尾。你知道‘快乐的收尾’是什么意思吗？就好像你是个妓女似的。哈。可莱昂纳德，他是个好人。他会和我握手，在我刚进门时询问我要不要喝英式红茶。在我给他按摩的时候，他是那么快乐。我能看得出来。”

“看得出什么？”

“她从不碰他，他的妻子。抚摸一个人的身体时，你是能够看得出来的。她是个非常、非常冷漠的女人。”她垂下了目光，“有些时候，他处在极大的痛苦之中，关节痛得厉害。那时候内森还没有来，雇用内森是我的主意，就为了让莱昂纳德保持身体健康？不过，管他呢。我真的很努力地尝试为他好好按摩，还会超时工作，聆听他的身体想要告诉我什么。事后他对我满怀感激，还要求我下个星期再来。安德烈对此很不高兴，可我有什么办法呢？于是我每个星期都会去他的公寓两次。有时，他会问我事后要不要喝些英式红茶，然后和我聊天。后来……好吧，这太难了。因为我知道自己已经爱上他了，而我们是不能这么做的。”

“就像医生和病人，或是师生之间？”

“没错。”艾格尼斯停顿片刻，往嘴里塞了一只饺子。这是我见过她吃得最多的一次了。她咀嚼了片刻。“不过，我还是会忍不住去想这个男人。茶饭不思，多愁善感。我是那么孤独！最终，我告诉安德烈，他必须接替我，我不能再去了。”

“后来发生了什么？”我停止了咀嚼。

“莱昂纳德竟然跑到我家来了！在皇后区！他不知怎么要到了我的地址，把大轿车开到了我家。我的朋友们和我正坐在逃生梯上抽烟。我看到他走下车，开口对我说：‘我想和你谈谈。’”

“就像《小妇人》里的情节那样。”

“是的！没错！我走到了楼下的便道上。他怒不可遏地质问我：‘我有什么地方冒犯你了吗？我对待你的方式有什么不当吗？’我摇了摇头。于是他一边来回踱步一边问我：‘那你为什么不来了？我再也不想要安德烈了，我想要你。’我哭了起来，像个傻瓜似的。”

在我的注视下，她的双眼溢满了泪水。

“我就站在正午的街道上哭泣，当着朋友们的面。我说：‘我不能告诉你。’听到这里，他发疯了，一心想要知道自己的妻子对我是不是很粗鲁，或者我的工作是否出了什么别的事情。于是我终于告诉了他：‘我不能去是因为我喜欢你，非常喜欢你。这是违反职业道德的，我可能会丢掉自己的饭碗。’他盯着我看了片刻，什么话也没有说，一句都没有。很快，他坐回车里，让司机载着他离开了。我心想，哦，不。现在我永远也无法再见到这个男人了，还丢了工作。第二天，我去上班时非常紧张，紧张得要命，露易莎，紧张得胃都疼了！”

“因为你以为他会告诉你的老板。”

“没错。可你知道我到达时发生了什么吗？”

“什么？”

“一大束红玫瑰正在等待我。是我见过最大的一束，插满了美丽的天鹅绒芬芳玫瑰，软得让你想要触碰它们。花束上没有名片，但我一下子就明白了。接下来的每一天，我都会收到一束新的玫瑰花，把我们的公寓都塞满了。我的朋友们说，那花香得都让她们反胃了。”她笑了起来，“后来，最后一天，他再次来到我家。我下了楼，他邀请我跟他一起上车，还要求司机下车走走，然后告诉我他很不开心。从我们相遇的那一刻起，他就无法停止对我的想念。只要我开口说上一个字，他就会离开他的妻子，和我在一起。”

“你们甚至没有亲吻过吗？”

“什么都没有。当然，我按摩过他的身体，不过这不一样。”她吐了一口气，享受着回忆，“我知道，我知道我们肯定会在一起，于是我把那个字说了出来。我说：‘好。’”

我呆住了。

“那天晚上，他回家后告诉自己的妻子，他不想再和她保持婚姻关系了。她火冒三丈，气得要命。她问他为什么。他说，他无法生活在没有爱情的婚姻里。那天晚上，他从一家酒店里给我打来电话，要我去见他。于是，我们在丽思卡尔顿的套房里过了夜。你住过丽思卡尔顿吗？”

“哎——没有。”

“我走进去。他站在门边，好像紧张得无法坐下。他说他知道自己是个一成不变的人，对我来说年纪太大了，还备受关节炎的折磨。不过，如果有一个机会，我真的想要和他在一起，他愿意倾尽全力让我幸福。因为他相信我们之间的感觉，你明白吗？我们就是知音。很快，我们抱住对方，终于亲吻了彼此。后来，我们彻夜不眠地聊天，聊起了自己的童年、人生、希望和梦想。”

“这是我听过最浪漫的故事了。”

“当然，我们后来还发生了关系。我的天哪，我能感觉到这个男人已经被冷落了许多年，你明白吗？”

听到这里，我把零星的拉面咳到了桌子上。抬起头，我看到周围桌旁的好几个人都在注视我们。

艾格尼斯提高嗓门，对着空气比画起来：“你是不会相信的。仿佛他的心里有一种饥渴，经年累月积攒下来的饥渴，一阵阵地从他的身体里涌了出来，一阵阵地！”

“好吧。”我尖声答道，用一张餐巾纸抹了抹嘴巴。

“我们肉体的碰触就是一种魔法。事后，我们就这样拥着彼此好几个小时。我紧紧地拥着他，让他把头靠在我的胸口。我向他保证，他永远都不会再被冷落。你明白吗？”

餐厅里一片寂静。艾格尼斯身后，一个穿着帽衫的年轻男子紧盯着她的后脑勺，勺子举到了距离嘴边很近的地方。看到我在注视他，他咔嗒一声把勺丢掉了。

“那——那真是一个美妙的故事。”

“他也信守了自己的诺言，他说的一切都是真的。我们在一起很幸福，非常幸福。”她的脸色略微沉了下来，“不过他的女儿憎恨我，前妻也憎恨我。她把一切都赖到了我的头上，就连她不爱他的事情也一样。她对所有人说，我是个偷走她丈夫的坏人。”

我不知道该说些什么。

“每个星期，我都不得不去参加那些资金募集活动和鸡尾酒晚宴，微笑着假装自己不知道她们在说我什么。那些女人看我的那副德行！我不是她们所说的那种人。我拿过保健按摩方面的培训证明和上岗资格证。你知道她说的是哪种语言吗？伪君子的语言。但你很难假装自己毫无痛苦，你懂吗？就像你不在乎似的？”

“人是会变的。”我充满希望地答道，“随着时间的流逝。”

“不！我觉得那是不可能的。”

刹那间，艾格尼斯的表情充满了渴望，紧接着又耸了耸肩：“不过往好的地方想，她们已经老了，也许其中几个很快就要一命呜呼了。”

下午，趁着艾格尼斯小睡、伊拉里亚在楼下忙活的工夫，我给山姆打了个电话。我的脑海中仍旧回荡着前一晚的事情，还有艾格尼斯的秘密，感觉自己不知怎么似乎搬进了一个新的地方。“我觉得你更像是我的朋友，而不是我的助理，”在我们步行返回公寓时，她告诉我，“身边能有个可以信任的人真好。”

“我收到你的照片了。”他说。那里已经是晚上了。他的外甥杰克在他家过夜。我能够听到他在背景中弹着音乐。他把嘴巴凑近了手机。“你看上去很美。”

“我此生再也不会穿那样的裙子了。不过整个过程非常精彩，食物、音乐、宴会厅……最奇怪的是，那些人甚至都不曾注意这些，他们竟然看不到自己身边都有什么！那里有用栀子花和小彩灯做成的一整面墙。嘿，一面巨大的墙！还有最令人瞠目结舌的巧克力布丁——插着白色巧克力羽毛的方旦糖块，外面是小块的松露巧克力。没有一个女人会把自己的那一份吃掉，一个都没有！我一路在餐桌之间边走边数，就为了核实一下。我很想放些松露巧克力到手包里，但我觉得它们可能会融化。我打赌他们会把所有的东西都丢掉。哦，每张餐桌上都有不同的装饰——但全都是用黄色的羽毛制成的，形状就像各种各样的鸟儿。我们的桌子上摆了一只猫头鹰。”

“听上去真是精彩的一夜啊。”

“还有一名能够根据你的性格制作鸡尾酒的酒保。你可以告诉他有关自己的三件事，这样他就能为你创作一杯酒。”

“那他有没有为你做上一杯？”

“没有。和我聊天的那个家伙拿了杯‘咸狗’鸡尾酒。我很怕自己的那杯是‘复活者’或‘乳汁’之类的，所以不得已一直在喝香槟。一直在喝香槟！我听起来像什么？”

“所以和你聊天的那个人是谁？”

说出这句话之前，他曾短暂地停顿过片刻。令我心烦意乱的是，我在做出回应之前也短暂地停顿了片刻。“哦……只不过是一个名叫乔希……的家伙，西装阶层，在我和艾格尼斯等待高普尼克先生回来时，他一直陪着我们。”

又是一阵停顿。“听起来很不错。”

眼下的我说起话来开始变得急促而含糊：“最棒的地方在于，你甚至不必为了怎么回家而瞎担心，因为外面总有一辆车在等你。即便是在他们去购物时，司机也会直接把车停在门外等着，或是在街区里绕圈，等你走出来时，哒嗒！你闪亮的黑色大轿车就出现了。钻进去，把你所有的购物袋都放到行李厢里去。只是他们管那叫后备厢。没有夜间巴士！不用和会吐在你鞋上的人一起坐深夜地铁。”

“这就是高端的人生，对不对？你会不想回家的。”

“哦，不，这不像是我的人生。我只不过是个跟屁虫。不过近距离观察一下还是挺让人震惊的。”

“我得挂了，露。我向杰克保证过，要带他出去吃比萨饼。”

“可——可我们几乎还没怎么说过话呢。你怎么样？跟我说说你的近况。”

“换个时间吧，杰克饿了。”

“好吧！”我的声音有些过分高亢了，“替我跟他打个招呼！”

“好的。”

“我爱你。”我说。

“我也爱你。”

“再过一个星期！数着日子呢。”

“得走了。”

说来也怪，挂上电话时，我竟然感觉自己被打了个措手不及，不太明白刚刚发生了什么，于是一动不动地坐在了床边。就在这时，我看到了乔希的名片。这是他在我们离开时按在我手掌里的，还曾用我的手指把它包好。

“给我打电话。我会带你去些有意思的地方。”他曾经这么说。

出于礼貌，我微笑着把它接了过来。当然，这可能意味着任何事情。

07
渐入佳境

福克斯小屋

10 月 6 日，星期二

亲爱的露易莎：

我希望你一切都好，正在享受身在纽约的时光。我相信莉莉会写信给你的，不过自从上一次和你聊天之后，我一直若有所思，于是去阁楼里看了看，拿了几封他住在城里时的信。我觉得你可能会喜欢它们。你知道他是个多么伟大的旅行家。我想你说不定会十分享受追随他的脚步。

我自己读了几封，这是一种苦乐参半的体验。你可以把它们留到我们下次见到彼此的时候。

最美好的祝愿，

卡米

拉·特雷纳

纽约

2004年6月12日

亲爱的妈妈：

我本想打电话来着，但是时差真的不太符合这里的作息，所以我想还是写信好了，让你大吃一惊。我觉得，自从入住修道院庄园的那段短暂经历以来，这应该是我写过的第一封信吧。我真的不是上寄宿学校的料，不是吗？

纽约令人惊艳，你不可能不被这里的能量所鼓舞。我每天早上五点半就会起床出门。我公司的总部位于金融区的斯通街。奈吉尔为我安排了一间办公室（面积不大，但风景很好，可以望见河水的另一边——显然在纽约，这就是人们用来评判我们的东西）。公司里的人似乎都是些很不错的家伙。告诉爸爸，我星期六的时候跟着我的老板和他的妻子去了大都会博物馆看歌剧——《玫瑰骑士》，有点名不副实。你会很高兴听说我还看了一场《危险关系》的演出。还有好多场客户午餐会，好多场公司垒球赛。晚上没有太多的事情可做：我的新同事大多都是已婚一族，家里有年幼的孩子，所以只有我一个人会流连酒吧……

我和几个女孩出去约过会——没有一个是认真的（在这里，她们把“约会”看成是一种老掉牙的事情）——不过大多数时候，我的业余时间都是在健身房里度过的，或是和三五老友出去玩。这里有许多人来自希普曼，还有不少是我认识的校友。原来终究是人生何处不相逢……不过，他们大多数人在这里都变了一副模样，变得比我记忆中的更坚强、更饥饿了。我觉得这都是被这座城市所激发的。

对了！我今晚要和亨利·法恩斯沃斯的女儿出去。还记得她吗？斯托特福德小型马俱乐部的积极分子？她已经改头换面，仿佛成了某种购物专家。(别抱太大希望，我这么做只不过是为了帮亨利一把。)我要带她去我最喜欢的牛排店，在上东区：厚厚的肉片和加南美洲乌乔人的毯子一样大。我希望她不是个素食主义者。这里的每个人似乎都对食物有着某种喜好。

哦，上个星期天，我乘坐F列车，在布鲁克林大桥的远端下了车，就为了按照你的建议从水边步行回来。这是我迄今为止做过最棒的事情了，感觉就像是步入了早期的伍迪·艾伦电影——你懂的，就是他和他的女主角之间只有十岁年龄差的那几部……

告诉爸爸，我下个星期会打电话给他，替我抱一抱小狗。

爱你的W·X

通过一碗廉价的面条，我和高普尼克夫妇之间的关系发生了改变。我觉得，在支持艾格尼斯扮演自己的新角色方面，我把握得更好了。她需要某个可以依靠与信任的人。这一点——加之纽约奇怪的渗透力——意味着从那时起，我从床上跳起来的方式是我自替威尔工作以来就不曾有过的，引得伊拉里亚咂摸着嘴对我翻起了白眼，内森也会对我侧目，仿佛我染上了什么毒瘾。

不过事情其实非常简单。我想要把工作做好。我想要最大限度地充分利用自己在纽约的时光，为这些出色的人效力。我想要吸干每一天的精华，就像威尔所做的那样。我一遍遍地读着第一封信。一旦克服了听到他声音时的陌生感，我便感觉自己与初到城市时的他有种意想不到的亲密。

我做事更起劲了，每天早上都会跟着艾格尼斯、乔治一起慢跑，有时甚至会在不想吐的情况下挣扎着坚持跑完全程。我逐渐了解了艾格尼斯日常生活要去的地方，知道她有可能需要带什么、穿什么、拿回家什么。在她还没到之前，我就已经在门厅里等待了；在她知道自己需要什么之前，就已经准备好了水、烟或是绿色的果汁。在她不得不去那些“可怕的主妇”可能出现的地方吃午饭时，我会事先开上几个玩笑，帮她摆脱紧张情绪，还会给她的手机发送放屁的熊猫或是从蹦床上掉下来的人的动图，让她能在席间偶尔看一看。事后，我会坐在车里，倾听她泪眼汪汪地向我诉说她们对她说了些什么，或是没说什么，满怀同情地点点头或是直接表示赞同，没错，她们简直让人难以忍受，这些吝啬的生物，干瘪得像棍子一样，没心没肺。

当艾格尼斯把莱昂纳德作为一个情人，略微过多地提及他美好的肉体与众多美妙的技巧时，我已经变得十分擅长保持一本正经的表情，还会在她教我用波兰语说“泼妇”之类的词时试着不笑出声来——她会用这个词来辱骂伊拉里亚，可管家又听不懂。

我很快便发现，艾格尼斯说话是不过脑子的。爸爸总是说，我过去常会把脑海中的第一个念头说出来。不过就我而言，这些念头可不是波兰语中的“讨厌的老妓女”，或是“你能想象面目可憎的苏珊·菲兹瓦特做蜜蜡脱毛吗？那就像是给紧闭的贻贝刮须子，恶心！”。

从本质上来说，这并不是艾格尼斯的本意。我觉得她总是处于人们的注视与审视之下，却发现自己不够分量，于是迫于压力认为自己必须按照一定的方法行事，而我就成了某种安全阀门。离开她们左右的那一刻，她就会谩骂与诅咒，但在加里载着我们回到家时，又能及时地恢复平静，面对自己的丈夫。

为了给艾格尼斯的人生重新注入一丝乐趣，我制定了几项策略。每周一次，我们会趁中午时分消失在林肯广场的一家电影院里，却不把它写进日程之中。我们会看些愚蠢而粗俗的喜剧，一边狂笑，一边往嘴里胡乱塞着爆米花。我们还会和彼此玩大冒险，钻进麦迪逊大道上的高端精品店，试穿自己所能找到的最糟糕的设计师服饰，面无表情地赞美彼此，然后在售货员用一只眼睛盯着艾格尼斯的那只爱马仕铂金手包忙前忙后、被迫从嘴角挤出溢美之词之际问道："这件衣服有没有鲜亮一点的绿色？"某天的午饭时间，艾格尼斯说服高普尼克先生和我们见了面。我看着她像个迈着猫步的模特一样，身穿一套小丑般的女衫裤套装在他面前招摇而过，逗他发笑。他的嘴角抽搐着露出了压抑的笑意。"你真调皮。"他事后对她说，还一脸怜爱地摇了摇头。

不过，能令我振奋的不只是工作。我对纽约的理解逐渐多了一些。作为回报，它也开始顺应了我。在一座移民城市中生活并不困难——在艾格尼斯平日里身处的那个曲高和寡的最高阶层之外，我不过是另一个来自几千英里以外、为了生计在城市里奔波的人。我会点外卖，学会了在买咖啡或三明治时说出至少三种特定的东西，就为了让自己听上去像个本地人。

我会观察，我会学习。

这就是我在头一个月里对纽约客的了解。

1.我所在的大楼里，没有谁会和其他人说话。高普尼克夫妇也只会和阿肖克说话。住在二楼的德威特老太太不会和住在顶楼公寓的加州夫妇聊天；三楼那对爱穿宽肩西服套装的夫妇走在楼道里时鼻子都快贴在苹果手机上了，还喜欢对着麦克风或是彼此尖叫着发号施令；就连一楼的那几个孩子——衣着鲜亮的小模特，由一个备受折磨的年轻菲律宾女子看护——也不会和谁打招呼，在我经过时只是紧盯着长毛绒的地毯。在我对着那个女孩微笑时，她竟然睁大了眼睛，仿佛我刚刚做了什么十分可疑的事情。

莱弗里大楼的住户们会径直走出去，钻进耐心等在路边、千篇一律的黑色轿车中，他们似乎永远都能分得清哪辆是哪辆。据我所知，德威特太太是唯一会和别人说话的人。她时常会对着迪恩·马丁说话，一边在街区里到处跛行，一边压低嗓门嘟囔着我们背后那座楼里“卑鄙的俄罗斯人，可怕的中国人”，因为他们会让司机全天二十四小时等在外面，把街道都给堵塞了。她还会吵闹地向阿肖克或大楼管理处抱怨艾格尼斯弹钢琴的事情。要是我们在走廊里与她擦肩而过，她会匆匆走过，偶尔还会在无意中发出清晰的微弱啧啧声。

2.相反，商店里所有的人都会与你搭讪。店员们会围着你转，向前探着脑袋，像是为了能够更好地听到你说话，还总是在问是否有什么方法能为你更好地服务，或是要不要为你把这个放进一个房间里。自从八岁那年和特丽娜偷马尔斯巧克力被抓以来，我就没有得到过如此多的关注——接下来的三年中，每次我们去那里买冰冻果子露，巴克太太总是会像军情五处的侦探一样在我们身后如影随形。

还有，纽约商铺里的所有店员都希望你能够度过愉快的一天，即便你只是买了一盒果汁或是一份报纸。起初，在他们善行的鼓舞下，我还会回应一句“哦！好的，也祝你过得愉快！”可他们总是会有些吃惊，仿佛我完全不理解纽约对话的规则。

至于阿肖克，所有人在经过门口时都会和他聊上几句。不过，这是他的工作。他总是会询问你是否一切都好，而且已经有了你所需的一切。“你不能穿着磨破的鞋子出门，露易莎小姐！”走向路边的那几步之遥，他就能像魔法师一样从袖子里掏出一把雨伞，还能像卖明信片的小贩一般谨慎而又熟练地接过小费。他会从袖口里掏出美元，优雅地感谢替日用百货司机或干洗店送货车疏导交通的交警。凭空吹个口哨，他就能用只有狗听得到的声音招来一辆亮黄色的出租车。他不仅仅是我们这座大楼的看门人，还是它的心跳，让人和事物得以进进出出，确保万事进展顺利，如同供血一样在大楼里流通。

3.纽约人——那些不会从我们的公寓楼里坐着豪华轿车出行的人——走起路来真的飞快。他们会在人道上迈开大步，在人群中进进出出，仿佛身上连着传感器，能够自动防止自己撞上别人。他们的手里还会举着电话，或是泡沫聚苯乙烯咖啡杯。早上七点之前，他们中至少半数都穿着锻炼的装备。每次我放慢脚步，都能听到耳边传来模糊的咒骂声，或是感觉到某人的包摇摆着撞上了我的后背。我已经不再穿那些太过花哨、会让我步履蹒跚的鞋子了——我的日本艺伎拖鞋或是七十年代条纹厚底靴——而是喜欢上了运动鞋，这样我就能随着人潮移动，而不是像个分隔水流的障碍物。要是你能从上面看到我，我想要让你永远都不知道我不属于这里。

头几个星期，我还会花上好几个小时散步。起初，我以为内森会和我一起玩，探索新的地方。可他似乎已经和几个大男人组建起了一个社交圈，除非事先有几杯啤酒下肚，不然那些人真的没有兴趣让女性陪伴左右。他会在健身房里泡上几个小时，每个周末都以一两场约会收尾。当我提议去博物馆或者是高线公园走走时，他会尴尬地笑笑，告诉我自己已经有计划了。于是，我会独自步行穿过上城区，在主街上突然转弯，跟随任何看上去有趣的事物，手中握着地图，努力记住车流在往哪个方向开。我发现曼哈顿拥有几个独特的区域，从高楼林立的中城区，到克罗斯比街周围亮得令人心痛的鹅卵石路——这条街上半数的人看上去都像是模特，或是会在图片网站上分享自己致力于洁净饮食的人。我漫无目的地走着，没有任何必须要去的地方。我会在碎丁沙拉吧里吃沙拉，点些带有香菜和豆豉的菜式，因为这两样东西我哪个也不曾吃过。我会去赶地铁，在弄清如何买票、辨认传说中的狂热分子时试着不让自己看上去像个游客，重新沐浴在日光中还要等上十分钟才能让心率恢复正常。然后，我会步行穿过布鲁克林大桥，正如威尔曾经做过的那样，感觉自己的心在看到脚下波光粼粼的河水时提了起来，感受着脚下车流的隆隆声响。我的脑海中再一次听到了他的声音——勇敢地生活，克拉克。

在桥上走到半路，我会停下脚步，静静地站在那里凝视东河，感受短暂的停滞。彻底不再被任何地方束缚的感觉几乎令我激动得忘乎所以。又可以画上一个勾了。慢慢地，我已经停止标记自己的经历了，因为一切几乎都是崭新而陌生的。

在前几次散步的过程中，我看到过：

一个身着全套女装的男人骑着自行车，透过麦克风和扬声器唱着流行歌曲。几个人在他骑过时还鼓起了掌。

四个女孩在两个消防栓之间玩着跳绳，一次用两根绳。我停下脚步，在她们终于停止跳跃、羞涩地朝我微笑时拍了拍手。

一只踩着滑板的狗。在我发短信告诉姐姐时，她说我喝醉了。

罗伯特·德尼罗。

至少我觉得那是罗伯特·德尼罗。那是傍晚时分，我一时间感觉有些想家，而他就在春天街和百老汇街的街角与我擦肩而过。其实我忍不住大声喊了一句“哦，我的天哪，罗伯特·德尼罗”，可他却并没有转过身来。因此，我事后无法确定那是因为他只不过以为我是个自言自语的路人，还是因为这正是罗伯特·德尼罗会做的事情——当某个女人在人行道上颤抖地叫出他的名字时。

我判断是后者。再一次，妹妹指责我喝醉了。我用手机给她发了张图片，可她却说：“那有可能是任何一个人的脑袋，你这个傻瓜！”还补充说我不仅仅喝醉了，而且真的很傻。就在那一刻，我开始感觉有点不那么想家了。

我想把这件事情告诉山姆。我想告诉他一切，通过优美的手写书信，或者至少是一封杂乱无章的长信，某种以后可以被我们留存、打印出来的东西，在我们结婚五十年后能被孙辈们从阁楼里翻出来、轻声朗读的东西。然而头几个星期的我实在是太累了，以至于电子邮件中写到的全都是我有多疲惫。

“我太累了。我想你。”

“我也是。”

“不，是非常、非常的累。就像是对着电视广告尖叫，一边刷牙一边睡着，最后弄得胸口上全是牙膏那么累。”

“好吧，那你赢了。”

我试着不去介怀他很少发邮件给我，试着提醒自己，他正在做的是一份真的非常艰苦的工作，挽救生命、扭转乾坤，而我则坐在美甲沙龙的外面，或是绕着中央公园跑步。

他的上司更换了轮值表。他要连续工作四个晚上，而且仍在等待分配一个新的长期搭档。这本应让我们更容易说上话，却不知为何并没有奏效。每天晚上，我一闲下来就会查看手机，可那通常是他出门开始值班的时间。

有时说来也怪，我感觉自己已经脱节了，好像他不过是我想象出来的。

一个星期，他向我保证，再过一个星期。

这能有多难？

艾格尼斯又在弹钢琴了。她高兴或不高兴、生气或沮丧时都会弹琴，挑选那种气宇轩昂、感情充沛的乐章，紧闭双眼，两只手在琴键左右游移，身体随之在琴凳上来回摇晃。前一天晚上，她弹了一首夜曲。经过会客厅敞开的房门时，我看到高普尼克先生在她身边的琴凳上坐了下来，注视了一会儿。即便她已经全身心地沉浸在音乐之中，似乎也是在为他弹奏。我注意到，仅仅只是坐在那里、为她翻动乐谱，他都是那么满足。弹完一曲，她朝他微微一笑，而他则低下头亲吻了她的手。我蹑手蹑脚地从门边走过，仿佛自己什么也不曾看到。

我在书房里仔细查看本周的活动，看到星期四时（参加儿童癌症防治慈善午餐和观看《费加罗的婚礼》）意识到前门传来了急促的敲门声。伊拉里亚正和宠物行为学家在一起——菲利克斯又在高普尼克先生的办公室里做了什么不可告人之事——于是我走到门厅，打开了房门。

德威特太太就站在我的面前，举着拐杖，像是要打人。我出于本能弯腰闪躲，在她放下拐杖时才举着手掌直起了身子。过了一会儿，我才明白她只不过是在用它敲门。

“有什么可以帮你的吗？”

“告诉她，别再发出那种地狱般的噪音了！”她满是皱纹的小脸已经气得发紫了。

“不好意思，你在说什么？”

“那个按摩师，还是邮购新娘？管她呢！我在走廊的另一头都能听得到。”她穿着一件二十世纪七十年代的璞琪风格防尘外套，上面满是绿色与粉色的漩涡图案，头上还戴着一条翡翠绿色的女士头巾。在为她的无礼言辞感到愤怒的同时，我却呆若木鸡。“哎，其实艾格尼斯是个训练有素的理疗师。还有，这是莫扎特的曲子。”

“我不在乎也不想知道，告诉她，安静点。她住在一座公寓里，应该为其他的住户着想。”

迪恩·马丁冲着我咆哮起来，仿佛是在附和。我正打算说些什么别的，又想努力弄清它其实是在用哪只眼睛看我，于是因为这个古怪的想法分了心。“我会转达的，德威特太太。”我一边说，一边露出了职业的微笑。

“你说的‘转达’是什么意思？不要只是‘转达’。让她停下。她快用那台可恶的自动钢琴把我给逼疯了。没日没夜，无时无刻。这里曾经是座宁静的大楼。”

“可是，公平地说，你的狗还总是乱叫——”

“另外那个家伙也一样糟糕。可怜的女人，总是和她的朋友们叽里呱啦，在楼道里叽里呱啦、叽里呱啦、叽里呱啦，用那些超大号的车子把街道都给堵住了。如果她是他换来的，我一点也不会意外。”

“我不确定高普尼克先生——”

“‘训练有素的理疗师’。仁慈的主，我们如今对这种事情用的都是这种叫法吗？我猜那我就是联合国的首席谈判代表了。”她用手绢轻轻拍了拍自己的脸。

“根据我的理解，美国最大的乐趣就在于你可以为所欲为。”我微笑着。

她眯起了双眼。我保持着微笑。

“你是英国人吗？”

“是的。”我觉察到了一丝有望软化下来的语气，“为什么这么问？你在那里有什么亲戚吗，德威特太太？”

“别逗了。”她上下打量着我，“我只是以为英国女孩应该很有特点。”说罢，她转过身，不屑一顾地挥了挥手，一瘸一拐地沿着走廊离开了。迪恩·马丁跟在她的身后，朝我抛来了憎恶的眼神。

“是走廊另一头的那个疯老巫婆吗？”在我轻轻关上房门时，艾格尼斯喊道，“嘿，难怪没有人来看过她。她就是一片可怕的干瘪鳕鱼干。”

片刻的沉默。我听到乐谱被翻了过去。

很快，艾格尼斯弹起了一首旋律如雷鸣般倾泻而下的曲子，手指重重地砸着键盘，猛踩踏板的力道大得让我感觉木地板都在颤动。

我再次堆出一个微笑，走过楼道后，看了看自己的手表，偷偷叹了口气。就差两个小时了。

08
山姆和纽约

那天，山姆会乘飞机赶来，将一直待到星期一的晚上。他在距离时代广场几个街区的地方为我们订了一间酒店。考虑到艾格尼斯曾说过我们不该分居两地，我问她下午能否给我放个假。她用让人感觉十分积极的态度说了句“也许”，虽然我分明感觉山姆来度周末的事对她来说是一种刺激。尽管如此，我还是一蹦一跳地步行去了宾州火车站，坐上前往肯尼迪机场的捷运列车，脚踝边堆着周末旅行袋。赶到机场时，时间尚早，但我已经满心期待了。

抵达告示板上说，山姆的航班已经降落了。他正在等待行李。于是我飞奔进女洗手间，检查了一下自己的妆容和发型。因为行走和挤车，我的脸上微微沁出了些许汗珠，于是我用睫毛膏和口红给自己润了润色，还用梳子捋了捋头发。我穿的是蓝绿色的丝绸裙裤，搭配黑色的高翻领套头衫和黑色的踝靴。因为我想要看上去更自我一些，却也要表现出些许朦胧的改变——说不定变得更加神秘了。我躲开一个看上去面带倦容、推着超大号滑轮行李箱的女子，还给自己喷了点香水，这才终于可以判定，我就是那种即将在国际机场见到心爱之人的女人。

走出门时，我的心依然在咚咚狂跳，眼睛望着告示板，异常紧张。我们只不过分开了四个星期。这个男人见过我最糟糕的样子：消沉、恐慌、悲伤、矛盾，却仍旧喜欢着我。他还是山姆，我告诉自己。自从他第一次按响我的门铃、笨拙地通过对讲机约我出去以后，什么也不曾改变。

告示牌上仍旧显示“等待行李”。

我挤了进去，在围栏边站好位置，再次摸了摸头发，目光对准了双开门，在阔别已久的情侣找到彼此时发出的幸福尖叫声中忍不住露出了微笑。我心想，马上就轮到我们了。我深吸上一口气，注意到自己的手掌都已经出汗了。一波人潮穿过。我猜测我的脸已经定格在了某种看起来有些疯狂的表情上，因为期待而龇牙咧嘴、眉开眼笑，如同某个政客假装在人群中发现了什么人。

就在那时，就在我手忙脚乱地在包里翻找手绢时，我又看了一眼。那里，就在距离我几码的人群中，山姆就站在那里，比周围的人都要高上一头，和我一样正在人群中扫视。我咕哝着对围栏旁右手边的那个人说了一句“借过”，然后从栏杆下钻了过去，朝他跑去。他恰巧在我跑到他的身旁时转过身来，当即用他的包重重地撞上了我的大腿骨。

“哦，见鬼。你还好吗？露？……露？”

我攥住自己的腿，试着不骂出声来。眼泪从我的眼中喷涌而出，害得我在开口时因为疼痛猛吸了一口气。“上面说你的行李还没有过来呢！”我咬紧牙关答道，“我不相信自己竟然错过了我们伟大的重聚！我去上厕所了！”

“我只带了手提行李。”他把一只手搭在了我的肩膀上，“你还好吗？”

“可我都计划好了！还把标语之类的东西全都带来了！”我使

劲把专门压制的标语从外套里掏出来展开，试着忽略大腿骨的抽痛。“世界上最英俊的急救员。”“这本该是我们感情的其中一个决定性时刻！就是能让你在回顾时说出‘啊，你还记得我和你在肯尼迪机场见面的那一次吗’那样的瞬间。”

“这一刻还是意义重大啊。”他满心希望地回答，“见到你真好。”

“见到我真好？”

“是太好了，见到你太好了。抱歉，我没有睡觉，累坏了。”

我揉了揉自己的大腿骨，和他目不转睛地盯着彼此看了片刻。“不行。”我说，“你得再走一遍。”

“再走一遍？”

“去围栏那里。我会按照自己的计划来做，举起标语，然后朝你跑去。我们会亲吻，让一切好好开始。”

他凝视着我：“认真的吗？”

“这是值得的。去吧，求你了。”

又过了片刻，他才确定我没有在开玩笑，于是迈开步子再次走进了抵达的人群中。几个人回头盯着他，还有人嘴里发出了啧啧声。

“停下！”我隔着喧闹的人潮喊道，“这样就好了！”

可他并没有听到我的声音，而是径直一路走向了双开门——转瞬间，我害怕他有可能干脆跳回飞机上。

“山姆！”我喊了起来，“停下！”

所有人都转了过来。很快，他也转过头，看到了我。在他重新开始朝我走来时，我从围栏下面钻了回去。“这里！山姆！是我！”我挥舞起了手中的标语。他一边朝我走来，一边为这荒谬的一切露齿笑着。

我放下标语，向他奔去。这一次，他并没有用力撞上我的大腿骨，而是任由行李包落在自己的脚边，将我一把抱了起来。我们就像电影里的人那样深深地亲吻着彼此，满怀欢愉，丝毫不曾感到难为情，或是对咖啡留下的口气心存恐惧。或许不是这样的，我无法告诉你。因为自从山姆把我抱起来的那一刻起，我就忘却了剩下的一切，忘却了行李、人群和周遭的目光。哦，上帝，他双臂环绕我时的那种感觉，他双唇亲吻我时的那种柔软。我不想放开他，于是紧紧搂住他，感受着他环抱我时的力量，嗅着他皮肤散发的气息，把自己的脸埋在他的脖子里，与他肌肤相亲，感觉身体里的每一个细胞似乎都在思念着他。

“好些了吗，你这个疯子？”终于把我向后拉开、好让自己能够好好看看我时，他问道。我觉得我的脸上可能已经被抹上了口红，而且肯定被他的胡茬磨出了皮疹，肋骨也因为他抱得太紧而隐隐作痛。

“哦，是的。”我答道，无法停止咧嘴大笑，“好多了。”

我们决定把行李先放到酒店。我努力让自己不要因为兴奋而喋喋不休，却满嘴都是废话——一连串脱节的思绪和评论脱口而出。他看我的样子就像是在看自己的狗自发地跳起了舞：带着些许的笑意，却又隐约压抑着惊恐。可当电梯门在我们背后关上时，他就把我拉向他，用手捧起我的脸，再次吻了起来。

“这是为了让我闭嘴吗？”他放开我的时候，我问道。

“不是的。这是因为冗长的四个星期之前，我就想要这么做了，而且我还计划在自己再次回家之前尽可能多做几次。”

“这句台词不错。”

“花了我大半个航程才想出来的。”

我紧盯着他把房卡塞进房门。想到我曾以为自己再也不会爱上任何人，便第五百次为能遇到他有多幸运而感到惊奇，觉得自己就像是某部星期天午后电影中的主人公，冲动、浪漫。

“好——了，我们到了。”

我们停在了门口。酒店房间比我在高普尼克家的卧室还小，地上铺着棕色的格纹花呢地毯，床也并非如我想象的铺设着一大张奢华的白色弗雷特亚麻布，而是盖着深紫红色与橙色格纹的一张凹陷的双人床。我试着不去想它上一次被清理有可能是什么时候。趁山姆在我们身后关上房门的工夫，我放下行李，沿着床边缓缓走动起来，直到能够透过浴室的房门看到里面有一间淋浴房，却没有浴盆。打开灯时，排气扇便会呜呜作响，如同超市收银台旁的学步小孩。

“你讨厌这里。”他的目光仔细端详着我的表情。

“不！这里很完美！”

“这才不完美呢。抱歉，这个房间是我刚下夜班时在一家预订网站上订的。你想让我下楼看看还有没有别的房间吗？”

“我听前台说，房间已经订满了。总之，这很好！有床，有淋浴，位于纽约的市中心，还有你在里面。这就意味着一切都很美妙！”

“哦，糟糕。我本该请教你的。”

我从不擅长撒谎。他朝我伸出手来，于是我攥了攥他的手。

“没事的，真的。”

我们站在那里注视着床铺。我用一只手捂住了嘴巴，直到意识到自己无法不说出内心试着不要说的话。

“不过，我们可能应该查看一下有没有臭虫。”

“真的吗？”

“伊拉里亚说，臭虫可盛行了。”

山姆的肩膀垂了下来。

“就连某些顶级的奢华酒店里都有臭虫。”我迈步向前，猛地把床罩扯了下来，在雪白的床单上扫视起来，还蹲下身子、凑近些看了看床垫的边缘。“什么也没有！”我说，“所以，很好！我们住在一间没有臭虫的酒店里！”我弱弱地举起了大拇指：“耶！”

一阵良久的沉默。

“我们去散个步吧。”他答道。

我们出去走了走。至少这里的地理位置绝佳。我们漫步了六个街区，来到第六大道，然后又回到第五大道，曲折前行，让内心的渴望带我们任意游走。我试着不要没完没了地谈论自己或是纽约。考虑到山姆大多数时间都沉默不语，这比我想象中的更难做到。他钳住我的手，而我则靠在他的肩头，设法不去过多地窥视他。有他陪伴左右，我的心里竟然萌发了些意料之外的奇怪感觉。我发现自己的注意力会集中在一些很小的细节上，他手上的一道刮痕，他头发长度的细微变化。我努力在想象中找回他的样子。

“你已经不瘸了。”在我们停下脚步、望向现代艺术博物馆的橱窗时，我说道。他的沉默令我不安，仿佛可怕的酒店房间已经毁灭了一切。

“你也是。”

“我一直在跑步！”我说，“我跟你说过！我每天早上都会跟着艾格尼斯和她的教练乔治绕着中央公园跑步。来——摸摸我的腿！”在我把大腿伸过去时，山姆捏了捏，看上去相当地折服。“你现在可以松开了。”发现有人开始盯着我们看了，我赶紧说道。

“抱歉。”他回答，“我好一阵子都没有碰过你了。”

我已经忘了他有多喜欢聆听而非讲话。过了一会儿，他才提起了有关自己的事情。他终于有了一位新搭档。在两次不成功的开始之后——一个是决定自己不想做急救员的小伙子，一个是中年工会代表蒂姆，后者显然憎恨一切人类（就这份工作而言，这可不是什么好的心态）——他与来自肯辛顿站的一名女急救员配成了一对。她最近才搬家，想要在离家近的某个地方工作。

“她是个什么样的人？”

“她不是唐娜。”他回答，“不过人还不错，至少看上去知道自己在做什么。”

一个星期前，他和唐娜在咖啡馆见过面。化疗已经对她的父亲不起作用了，可她还在用讽刺与笑话掩饰自己的悲伤。这就是她一贯的作风。“我想告诉她，她不必这么做。”他说，“她知道我在姐姐的事情上经历过什么。”他斜眼看着我：“不过，我们都在用自己的方式应对这一切。”

他告诉我，杰克在大学里过得很好，还向我表达了他的思念。他的爸爸、山姆的姐夫中途退出了悲伤治疗的课程，说那不适合自己，即便它阻止了他和陌生女人上床的冲动。“眼下他正在化悲痛为食欲。自你离开之后又胖了将近七公斤。”

“你呢？”

“啊。我还应付得来。”

他说得轻巧，却让我心里的某个地方微微裂开了一道缺口。

“这不是永远的。”在我们停下脚步时，我说道。

“我知道。”

“趁你还在这里，我们可以做许多有趣的事情。”

“你有什么计划？”

“嗯，基本上就是‘你脱光。然后是晚饭，接下来又是你脱光。也许还可以绕着中央公园散散步，做些游客才会做的过时的事，像是斯塔顿岛游轮和时代广场，在东村购物，吃些真的很好吃的美食，加上你脱光’。”

他咧开嘴笑了：“你也会脱光吗？”

“哦，是的，这是笔买一赠一的交易。”我把头靠在了他的身上，“不过，说真的，我非常乐意你能过来，看看我工作的地方。也许还可以见见内森和阿肖克之类被我没完没了挂在嘴边的家伙。高普尼克夫妇出城去了，所以你可能不会碰到他们，不过你至少可以在脑海里留个印象。”

他停下来，把我的脸转向了他：“露。只要我们在一起，我真的不在乎做些什么。”说话时，他的脸微微红了，仿佛这些话连他自己都吃了一惊。

“真浪漫，菲尔丁先生。”

“不过，我要告诉你。要是我必须完成‘脱光’这一项，就得赶紧吃饭。我们去哪儿能弄些吃的？”

我们走过了周围环绕着庞大写字楼的无线电城音乐厅。“那里有家咖啡馆。”我说。

“哦，不。”他边说边拍起了手，“好家伙。一辆真正的纽约餐车！”他指向了其中一辆无时无刻不在那里的餐车。车上的广告语写着“千层玉米煎饼”：“你想怎么吃，我们就怎么做。”我跟在他的后面等待。他点了某种看上去和他的前臂差不多大的东西，闻起来像是热芝士和不明来历的肥肉。“我们今晚没有出去吃的计划，对吗？”他把煎饼的一头塞进了自己的嘴巴。

我忍不住笑了：“能让你保持清醒就行。不过我怀疑那东西会让你吃完就昏昏欲睡。”

“哦，天哪，真好吃。想来点吗？”

我还真的尝了一口。不过，我正穿着非常精致的内裤，不想让身上的肉罩住它。于是我一直等着他吃完后聒噪地舔了舔自己的手指，把餐巾纸丢进垃圾桶，心满意足地叹了口气。“好了。”他边说边挽住我的手臂。刹那间，一切都让人感觉正常得那么无忧无虑。“说到脱光这件事。”

我们沉默不语地走回酒店。我已经不再感到尴尬了，仿佛分开的日子在我们之间制造出了某段意料之外的距离。我再也不想说话了，只想感受他的肌肤与我厮磨，只想再一次完全属于他，被他包裹，被他拥有。我们朝着第六大道走去，经过了洛克菲勒中心。我已经再也注意不到阻碍我们的游客了，感觉自己被锁在了一个隐形的泡泡中，所有的感官都集中在了紧扣着我的那只温暖的手上，还有慢慢爬上我肩头的那只手臂。他的每个动作都在蓄意令人感到沉重，害得我几乎无法呼吸。我心想，我可以忍受缺席，如果我们在一起的时光能像这样令人心旷神怡。

还没完全走进电梯，他就转过身把我拉向了他。我在亲吻中融化了，迷失在他紧靠着我的感受中，血流瞬间冲上了耳朵，以至于几乎听不到电梯门打开的声音，便摇摇晃晃地和他走了出去。

“开门的东西。”他边说边火急火燎地拍了拍口袋，“开门的东西！我把它放在哪里了？”

“我有。”说罢，我费力地把它从后口袋里掏了出来。

“感谢上帝。”他说着，同时用脚把身后的门踹上，在我的耳边低语起来，“你不知道这一刻我想了多久。”

两分钟之后，我躺在倒霉的深紫红色床单上，汗珠在皮肤上冷却，不知道向下伸手去够自己的运动鞋是不是真的很糟糕。尽管检查过臭虫，这张床单上还是有某种东西，让我很想在自己的任何一部分肌肤与它之间拉起一道屏障。

山姆的声音在我身旁的空气中飘了过来。“抱歉。”他轻声低语道，“我知道自己很高兴见到你，但不知道竟然是这么个‘高兴’法儿。”

“没关系。”我答道，把脸转向了他。我从不理解那些会说男人能让她们感到安全的女人——可这就是我和山姆在一起的感觉。他的眼睛垂了下来，挣扎着不让自己睡去。我算了算，现在对他来说大约是凌晨三点钟左右。他低头吻了吻我的鼻子。“给我二十分钟就好。”

我用手指轻轻抚摸着他的脸庞，摸索着他的双唇，然后飞快地挪了挪身子，好让他能把被子拉到我们身上。我不知道山姆具备什么，能让我无法自持。触碰他的肌肤时，我不确定自己能岿然不动。我可以瞥见他的肩膀，他前臂的分量，还有那头以脖子为发际线、婴儿般柔软的深色头发。我几乎能够感觉到不可遏制的渴望。

“我爱你，露易莎·克拉克。”他温柔地说。

“二十分钟，嗯？”我边说边微笑起来。

可他就像某个跳下悬崖的人，跌入了梦乡。我看了他片刻，不知有没有可能把他叫醒、有什么方式可用，但紧接着便记起了自己刚到时有多么晕眩而疲惫。我还想到了他是如何刚刚值了一周二十小时的班，而这只不过是我们在一起整整三天时间里的几个小时。于是，我叹了一口气，放开他，扑通一声仰面躺了下来。外面此刻已是一片漆黑，远处车流的声响飘拂而上，朝我们涌来。我的心中五味杂陈，窘迫地发现其中一种感觉竟是失望。

停下，我坚定地告诉自己。我对这个周末的期待完全上升了，就像一个涨得过高而摇摇晃晃的蛋奶酥。他就在这里，和我在一起，而且不出几个小时的工夫，他就会再次醒来。睡吧，克拉克，我告诉自己，同时把他的手臂拽到自己的身上，嗅着他温热体肤的味道，闭上了双眼。

一个半小时之后，我躺在床铺的另一边，用手机刷着脸书网，为妈妈竟然对励志名言饶有兴趣以及托马斯穿着校服的照片吃惊不已。时间已经到了十点半，睡意还是没有兴趣靠近。我爬下床，上了个厕所，没有开灯，以免刺耳的电扇声将山姆吵醒。我犹豫了片刻才爬回床上。下陷的床垫意味着山姆会被轻轻翻转到中间，给我在床边只留下几英寸的空间，除非我差不多是摞在他身上的。我无所事事地掂摸着一个半小时的睡眠够不够，然后钻进被子，让自己的身体滑动着靠在他温热的身上。踌躇片刻之后，我亲吻了他。

山姆的身体先他一步醒了过来。他用一只手臂把我拥入怀中，一只大手在我的全身上下游移，缓缓地、充满睡意地回吻着我。他的动作温和而轻柔，让我的身体抵着他拱了起来。我挪动了一下，好让他能把体重压在我的身上，一只手摸索着他的手，手指与他交缠在一起，不自觉地发出了愉悦的叹息声。我能感觉到他想要我。昏暗的光线中，他睁开了双眼。我望着那双盈满了渴望的眼睛，吃惊地注意到他已经冒出了一身的汗。

他紧盯了我片刻。

"你好，帅哥。"我耳语道。

他动了动口型，像是要说些什么，却一个字也没有说出来。

他掉转视线，看向一边，紧接着突然从我的身上爬了下去。

"怎么了？"我问道，"我说什么了？"

"对不起。"他说，"等一下。"

他箭一般冲进厕所，用力关上了身后的房门。我听到了一句"哦，上帝啊"，然后便是那种动静。仅此一次，我对吱嘎作响的排气扇能够掩盖住大部分的声响心怀感恩。

我呆呆地坐在那里，爬下床，套上了一件T恤衫。

“山姆？”我靠在门边，把耳朵贴在上面，然后退了回去。我发现，在这种声音效果面前，两人之间的亲昵只能残存这么多。

“山姆？你还好吗？”

“我很好。”他低沉的声音传了出来。

他这样可算不上是很好。

“出什么事了？”

许久过后，传来了冲水的声音。

“我——嗯——我觉得我可能食物中毒了。”

“真的吗？我能做些什么吗？”

“不用了。只要——只要别进来就好。可以吗？”紧接着是更多的干呕与虚弱的咒骂声，“别进来。”

这样的局面几乎持续了两个小时的时间：门的另一边，他把自己困在了与五脏六腑的鏖战之中；门的这一边，我套着T恤衫焦虑地坐着。他拒绝让我进去看他——我想，是他的自尊心在作祟。

接近一点钟的时候，终于走出来的那个男人面如土色，脸上泛着抹了凡士林般的油光。我在房门打开时手忙脚乱地爬了起来。他微微有些踉跄，看到我还在那里似乎十分吃惊。我伸出一只手，好像我能阻止得了他这个身材的人跌倒似的。“我该怎么办？你需要看医生吗？”

“不用。只要……坐等它过去就好了。”他扑通一声倒在床上，喘起了粗气，还紧紧攥着自己的肚子，脸上挂着黑眼圈。他直勾勾地瞪着我：“你可以按照这话的字面意思来理解。”

“我去给你倒点水来。”我紧盯着他，“其实，我还可以到药店去一趟，给你买些止泻冲剂之类的东西。”他已经连话都说不出来了，只是侧身倒着，眼睛盯着前方，浑身大汗。

我拿到了所需的药，心里默默感谢这座“不仅不眠，还能提供补液冲剂的城市”。山姆嘎吱嘎吱地吞下了一袋，然后再次满怀歉意地退回了厕所里。偶尔，我会透过门缝递进一瓶水去。最后，我打开了电视。

“对不起。”接近四点，他再次跌跌撞撞地走出来时，嘴里咕哝着，然后跌坐在倒霉的床罩上，陷入了短暂而又断续的睡梦中。

我盖着酒店的浴袍睡了几个小时，醒来时发现他还在睡。于是我冲了个澡，穿好衣服，悄无声息地走出房间，好去大堂里拿杯咖啡。我感觉睡意蒙眬，告诉自己，至少我们还有两天时间。

可当我回到房间里时，山姆又钻进了厕所。

“真的对不起。”他再次出现时表示。我拉开了窗帘。如果有什么不同的话，日光中的他在酒店床单的映衬下看上去脸色更加灰白了。“我不确定自己的状态今天能够恢复多少。”

“没关系！”我回答。

“也许今天下午我就会没事了。”他说。

“好呀！”

“不过也许坐渡轮是不行了。我觉得自己哪里都不想去，除非是有……”

“……有公共厕所的地方。我明白。”

他叹了一口气。“这一天和我想象中的不太一样。”

“没关系。”我边说边爬上床，钻到他的身边。

“你能不能别说‘没关系’了。”他不耐烦地告诉我。

我踌躇了片刻，心中一阵刺痛，于是冷冷地应了一句：“好吧。”

他用余光看了看我：“对不起。”

“别道歉了。”

我们坐在床罩上，两人都直勾勾地看着前方。不一会儿，他的一只手伸了过来，摸索着我。“听着。”他终于开了口，“我可能得在这里逗留几个小时，努力恢复元气。别觉得你必须和我坐在一起，去逛逛街之类的吧。”

“可你只能在这里待到星期一。没有你，我什么都不想做。”

“我半点用处都没有啊，露。”

他好像很想一拳砸向墙壁，要是他还有力气提起拳头的话。

我步行两个街区，在报摊上买了一大堆的报纸和杂志，还给自己买了杯美味的咖啡、一只糠麸马芬蛋糕以及一只原味的白色贝果饼——以防他想要吃点什么。

“补给来了！”我边说边把东西丢在自己那一边的床上，“还是钻进被窝里好。”我们就这样度过了一天。我读完了《纽约时报》里包括棒球报道在内的每个部分，还在门上挂上了“请勿打扰”的标志，看着他打瞌睡，等待他的脸色好转。

也许他会及时地好起来，让我们有时间趁着白天散个步。

也许我们可以在酒店的酒吧里随便喝上一杯。

能坐起来就好了。

好吧，这样看来，他明天也许就能好起来了。

九点四十五分，当我关掉电视谈话节目、把所有的报纸都推下床、钻进被子里，身上唯一还会触碰他的部分就是我的手指了——与他的指尖交缠在一起。

星期天，他醒来时感觉轻快多了。我想他的体内应该已经没有什么东西可吐了，于是给他买了点清汤。他试探着把汤喝了，声称自己已经恢复到可以出门走走了。二十分钟后，我们又慢跑了回来。他把自己锁在了厕所里，那时的他已经出离愤怒了。我试着告诉他没关系，却似乎只会惹他更加生气。一个身高六英尺四英寸的高大男子竟连一杯水都举不起来，还想试着发火。没有什么能比这样的局面更加可悲的了。

于是，我真的暂时丢下了他，因为我的失望之情已经开始流露出来了。我需要去街上走走，提醒自己这不是某种征兆，也不意味着任何事情。当一个人缺觉、和一个患了肠胃炎的男人困在一起四十八个小时、厕所还缺乏隔音时，是很容易失去希望的。

可眼下已是星期天的事实却令我心碎。明天就要回去工作了，计划中的事情却一件都没有做。我们没有看上一场球赛，或是坐上斯塔顿岛的游轮，没有爬上帝国大厦的顶楼，或是挽着手臂在高线公园里散步。那晚，我们坐在床上。他吃着我从某家寿司餐厅买回来的煮米饭，我则嚼着索然无味的烤鸡肉三明治。

“现在舒服多了。”在我把被子拉到他身上时，他低声说道。

“很好。”我回答。没过多久，他就睡着了。

我无法面对另一个拿着手机刷来刷去的夜晚，于是悄悄起身，给他留了张字条，离开了。我感觉自己很可怜，异常愤怒。他为什么非要吃下某种会让他中毒的食物呢？他为什么不能让自己快些好起来呢？毕竟他是个急救员啊。他为什么不能挑一间好一点的酒店呢？我沿着第六大道漫步，双手深深地插在口袋里，听着周遭车流的刺耳响声。不久之后，我发现自己正在朝家走去。

家。

我吓了一跳，意识到自己如今就是这么想的。

阿肖克正在遮阳篷下和另一个门房聊天。一看到我靠近，那人便走开了。

“嘿，露易莎小姐，你不是应该和男朋友在一起吗？”

“他病了。”我答道，“食物中毒。”

“别逗了，他现在在什么地方？”

“睡了。我只是……无法面对再在房间里坐上十二个小时。”说来也怪，我突然感觉泪水马上就要夺眶而出。我觉得阿肖克看出来了，因为他打了个手势，示意我进去。在狭小的门房里，他烧了一壶水，给我泡了杯薄荷茶。我坐在他的办公桌旁，啜着茶水，他则不时向外望去，确保德威特太太没有在附近指责他偷懒。“对了。”我说，“你为什么还在值班？我以为应该是那个值夜班的家伙。”

“他也病了。我老婆现在对我可是气不打一处来呢。她本打算去参加某个图书馆的集会，可这样一来，我俩之中就没人可以照看孩子们了。她说要是我再把一个休息日耗费在这里，她就亲自去找奥维茨先生谈谈。谁都不希望如此。”他摇了摇头，“我的老婆是个可怕的女人，露易莎小姐，你是不会想要惹她生气的。”

“我可以帮忙，不过我觉得最好回去看看山姆再说。”

“温柔点。”在我把马克杯递给他时，他说道，“他可是不远万里来探望你的。我保证，他现在的感觉比你还要糟糕。”

我回到房间时，山姆已经醒了，正用枕头垫着身子，看着颗粒感十足的电视画面。他抬起头时，我恰好打开了房门。

“我只是出去散了散步。我——我——”

“无法面对再和我困在这里一分钟。”

我在门口停下脚步。他把脑袋瘫软在肩膀上，面无血色，沮丧之情无以言表。

“露——要是你知道我有多自责——”

“没关——”我即时制止了自己，“真的。”我回答，“我们很好。”

我为他打开淋浴，扶着他进去，好帮他洗头。我从酒店的洗发水小瓶中挤出最后几滴，然后看着带着泡沫的水流从他宽大的肩膀斜坡上滑下。就在这时，他抬起手，默默拉住我，温柔地亲吻了我的手腕内侧——那是道歉的吻。我把毛巾摊在他的肩头，费力地将他移到了卧室。伴随一声叹息，他躺倒在了床上。我把衣服换下，躺在他的身边，希望自己不会仍旧感觉如此了无生气。

“跟我说些与你有关、我却不知道的事情吧。”他说。

我转向他：“哦，你什么都知道。我是个极其坦率的人。”

“说吧。迁就我一下。”他的声音低沉地抵着我的耳朵。我想不到任何事情。说实话，我仍在为这个周末感到出离恼怒，即便这么说不公平。

“好吧。”在我显然不打算开口时，他说了一句，“那从我开始好了。除了白吐司面包，我再也不会吃任何东西了。”

“好笑。”

他仔细端详了我的脸一阵子，再次开口时，声音变得异常平静：“国内的事对我来说不是很顺心。”

“你这话是什么意思？”

过了一会儿，他才再次开口，仿佛即便是在那一刻，他都不确定自己该不该说：“是工作上的事。你懂的，中枪之前，我无所畏惧，能够很好地控制自己，可能还自以为具备几分硬汉气质。不过，今时今日，发生过的事情无时无刻不会浮现在我的脑海之中。”

我试着不露出受惊的表情。

他揉了揉脸庞：“自从我回去上班，就发现自己的行事方法跟以前产生了差异……我会在冲进门之前评估一下局势，试着弄明白出口路线和潜在的问题源头。即便是在我没有理由这么做的时候。”

“你害怕了吗？”

“是啊。我。”他冷冷地笑了笑，摇着头，“他们提出给我找个顾问聊聊。哦，据我参军的经历来看，我明白这其中的套路是什么：把话全都说出来，明白这是你的理智正在处理发生过的事情。我全都知道。可这还是会令人不安。”他滚过去仰面躺着，“跟你说实话，我感觉已经不像自己了。”

我等待着。

“这就是唐娜的离开为何会给我带来如此大的打击的原因，因为……因为我知道她一直都会照顾我的。”

“不过，这个新搭档肯定也会照顾你的。她叫什么名字？”

“凯蒂。”

“凯蒂会照顾你的。我是说，她经验丰富，而且你们这些家伙接受的训练就是要照顾彼此，不是吗？”

他的目光在不知不觉中朝我转了过来。

“你不会再中枪了，山姆。我知道你不会的。”

话一出口，我才意识到这太蠢了。我之所以会这么说，是因为无法忍受他不开心的念头；我之所以会这么说，是因为我想要希望事情是真的。

“我会没事的。”他平静地回答。

我感觉自己似乎令他失望了，不知他想要把这话告诉我有多久了。我们躺了一会儿。轻轻地，我用一只手指摸索着他的手臂，绞尽脑汁地想要说些什么。

“你呢？”他低声问。

“我什么？”

“跟我说些我不知道的事情，和你有关的。”

我想告诉他，他已经知道了所有重要的事。我想要在纽约做自己，精神焕发，野心勃勃，难以洞穿。我想要说些什么让他开怀大笑。可他告诉我的都是实话。

我转过身，好面对着他："有一件事。不过我不想让你对我的看法有所改变——要是我把它告诉你的话。"

他皱起了眉头。

"这件事发生在很久以前。不过你跟我说了一件事，所以我也要这样做。"我吸了一口气，对他倾诉起来。我给他讲了一个我只跟威尔述说过的故事——那个聆听过后将我从它的控制中解放出来的男人。我告诉山姆，十年前有个女孩抽了太多的烟，喝得太过酣醉，吃了太大的苦头，才让自己知道有那么一伙男孩并非因为出身名门就变得优秀。我说起此事时声音波澜不惊，还有些置身事外。毕竟这些日子以来，它似乎真的并非是发生在我身上的。山姆在几乎漆黑一片的光线中聆听着，双眼凝视着我，一句话也没有说。

"这就是我到纽约来的其中一个原因，对我来说至关重要。我已经自我封闭了许多年，山姆。我对自己说，这就是我为了感觉安全所要做的。如今……好吧，如今我需要推自己一把。我需要知道若是停止低垂着目光，我还能够做些什么。"

在我说完后，他沉默了良久，久得足以让我短暂怀疑究竟是否该把这些话告诉他。可他伸出一只手，拨了拨我的头发。"对不起。"他说，"我真希望能在那里保护你。我真希望——"

"没关系。"我答道，"那都是很久以前的事了。"

"怎么能没关系呢？"他把我拽向了他，让我能把头靠在他的胸口上，全神贯注地聆听他稳定的心跳。

"你懂的，只要别用不同的眼光来看待我就好。"我耳语着。

"我忍不住要换种眼光来看待你。"

我歪过头，好让自己能够看到他。

“这样我才能觉得你更加了不起。”说罢，他用双臂把我拥入怀中，“除了我爱你的其他所有原因，你还是个勇敢、坚强的人，恰好让我想起……我们都有属于自己的障碍。我会克服我的。不过我向你保证，露易莎·克拉克。”他的声音脱口而出时既低沉又温柔，“没有人能再伤害到你。”

09
遗憾的离别

收件人：SillyLily@gmail.com

发件人：BusyBee@gmail.com

嗨，莉莉：

我是在地铁里匆匆写下这封信的（这些天我总是匆匆忙忙的），不过很高兴收到你的来信。很开心学校里的事一切顺利，虽然听上去你在抽烟的问题上还挺走运的。特雷纳太太是对的——要是你还没有考试就被开除了，就太丢人了。

不过，我是不会教训你的。纽约很棒。我十分享受身在这里的每一刻。要是你能来就太好了，可是你得住在酒店里，所以也许先得和家长商量一下。还有，我很忙，因为和高普尼克夫妇一起工作的时间很长，所以眼下没有太多的时间出去玩。

山姆很好，谢谢。不，他还没有甩了我。事实上，他现在就在这里，今天晚些时候才会回国。等他回去，你可以和他商量一下借他摩托车一用的事。我觉得这也许是你们两人之间才能解决的问题。

好了——我快要到站了。代我向特雷纳夫人致意。告诉她，我正在做你爸爸信中提过的事情（并非是所有事：我还没有和长腿的金发公关女孩们约过会呢）。

露

六点三十分，闹钟响了，用不友好的微弱警报声打破了沉默。七点三十分，我就要回到高普尼克家去。轻轻抱怨了一声，我把手伸向床头柜，笨拙地关掉了闹钟。走回中央公园要花十五分钟的时间，于是我在脑海中飞快地过了一遍待办事项，不知道浴室里还有没有剩下任何洗发水，以及我是否需要熨烫自己的上衣。

山姆伸过一只手臂，把我拉向了他。“别走。”他睡意蒙眬地说。

“我必须走了。”

他的手臂压住了我。

“迟些去嘛。”他睁开一只眼睛，身上闻上去又暖又香。他把一只沉重而强壮的腿缓缓压在了我的身上，眼睛还一直凝视着我。

拒绝他是不可能的。山姆的感觉好多了，显然恢复了不止一星半点。

“我得去穿衣服了。”

他亲吻了我的锁骨，轻柔如羽毛般的吻让我浑身上下都颤抖起来。他的嘴轻柔而专注，开始循着某种踪迹一路向下。他在床罩下抬起头来看着我，挑起了半边眉毛：“我都忘了这些伤疤了，我真的很喜欢它们。”他低下头，亲吻着我臀部上那几道泛着银光的条纹，我的思绪紧接着便断了线。

“山姆，我得走了。真的。”我的手指攥住被单，“山姆……山姆……我真的……哦。”

一段时间过后，我的皮肤因为正在干涸的汗水而刺痛起来，嘴里用力喘着气，趴在那里，脸上带着愚蠢的笑容。我身上几个令人意外的部位肌肉疼痛不已，脸都被头发蒙住了，却提不起力气将它拨开。一根线头随着我的呼吸起伏着。山姆躺在了我的身边，一只手在床单上摸索着握住了我的手。“露易莎·克拉克。”他低声唤了一句，声音低沉得令人无法想象，在我内心的某个地方引起了共鸣，“你都对我做了些什么。”

“准确地说，我觉得是你对我做了些什么。”

他的脸上充满了温情。我扬起脸庞，凑近他，仿佛过去的四十八个小时已然烟消云散，而我正身处某个对的地方，和对的男人在一起，被他用双臂拥在怀中。他的身体是那样美妙而熟悉。我用一只手指触碰着他的脸颊，然后靠过去，缓缓地亲吻他。

“别再那么做了。”说话时，他的眼神一直在凝视我。

“为什么？”

“因为那样我就无法控制自己了，何况你已经迟到了。我可不想为你丢了工作负责。”

我转过头看看闹钟，眨了眨眼睛。“差一刻钟八点？你在开玩笑吗？见鬼，怎么可能差一刻钟八点了呢？”我蠕动着从他的身子下面钻了出来，拍打着双臂，蹦向了浴室。“哦，上帝啊，我太迟了。哦，不——哦，不不不不不。”

我飞快地奔进淋浴间，动作敏捷得可能水滴还没来得及触碰我的身体。当我回到房间，他就站在那里，为我举着几件衣服，好让我能够立刻套上。

“鞋，我的鞋呢？”

他把鞋子举了起来。“头发。”他比画着说，“你需要梳梳头，它们全都……嗯……”

“怎么了？”

“缠在一起了，很性感，是刚刚做完爱的头发。我给你收拾东西吧。”他说。在我蹦向门口时，他却一把抓住我的手臂，把我拽向了他，“或者你可以——你知道的——再晚一点。”

“我已经迟到了，太迟了！”

“仅此一次嘛。她是你新的好朋友，他们是不会开除你的。”他将我揽进怀里，双唇从我的脖子一路吻了下去，“这是我在这里的最后一个早上了……”

“山姆。”

“五分钟。”

“永远都不可能是五分钟。哦，天哪——我不相信自己竟然会把这说成是一件坏事。”

他失望地抱怨起来：“见鬼。我今天感觉状态不错，真的不错。”

“相信我，我能看得出来。”

“抱歉。”他说罢又告诉我，“不，我才不抱歉呢，一点也不。”

我咧开嘴对他笑了，闭上双眼回吻了他，即使在那一刻也能感受得到，干脆跌回深紫红色的倒霉床单上、任由自己再次迷失有多容易。“我也是。不过，我晚些时候还会见到你的。”我扭动着挣脱了他的双臂，奔出房间，沿着走廊跑了起来，听他喊着“我爱你”。我心想，除了潜在的臭虫、不卫生的床单和不佳的浴室隔音，这间酒店还是挺不错的。

高普尼克先生的腿疼得厉害，半宿没有睡着，害得艾格尼斯忧心忡忡、暴躁乖戾。她在乡村俱乐部里度过了一个糟糕的周末，因为其他女人都把她排斥在对话之外，还在温泉浴场里说她坏话。我在大厅里与内森打了个照面。从他低语的样子来看，事情听上去就像是几个十三岁的女孩在朋友家度过了一个不愉快的夜晚。

“你迟到了。”和乔治跑步归来的艾格尼斯怒气冲冲地喊了一句，用毛巾抹了抹脸。隔壁房间里，我能听到高普尼克先生一反常态地对着电话提高了嗓门。她说话的时候眼神并没有看向我。

“对不起，因为我的……”我开口说道，可她已经走了过去。

“今晚的慈善招待会就快把她逼疯了。”迈克尔抱着一大堆干洗的衣服和一个写字夹板从我的身边经过，嘴里低声嘟囔着。

我绞尽脑汁，在脑海中的名片盒里使劲翻找起来。“儿童肿瘤医院？”

“就是那个。”他答道，“她理应带上一幅涂鸦作品过去。”

“涂鸦？”

“就是一张小小的画作，画在特殊的卡片上，他们会在晚宴的时候进行拍卖。”

“这能有多难？她可以画一张笑脸，或是一朵花之类的。要是她喜欢，我可以来画。我可以画一匹吝啬地微笑着的马，再给它画上一顶帽子，让它竖起耳朵。”我仍旧满脑子想着山姆，发现自己很难从任何事情中看出问题。

他看了看我：“甜心，你觉得‘涂鸦’意味着真正的涂鸦吗？哦，不。它必须是真正的艺术。”

“我中考时艺术课程得过B呢。”

“你太可爱了。不行，露易莎，他们是不会亲笔去画画的。显然，为了冷冰冰的现金，从这里到布鲁克林大桥之间的每一位艺术家愿意利用周末创作些饶有趣味的小钢笔画。她昨天晚上才发现这一点，而且是在离开俱乐部前偶然听到两个‘巫婆’说的，这才向她们问出了真相。所以，猜猜你今天要做什么？祝你度过一个美好的早晨！”

他送了我一个飞吻，急匆匆地出门去了。

趁着艾格尼斯冲澡、吃早饭的工夫，我上网搜了搜“纽约艺术家”。这样做的结果和搜寻“有尾巴的狗”效果差不多。开设了网站、愿意费心接我电话的艺术家简直是凤毛麟角，其回复就像是我要求他们绕着最近的商场裸体跳华尔兹一样。“你想要费歇尔先生画一幅……涂鸦？为了一场慈善午宴？”有两个人挂掉了我的电话。原来艺术家都是十分重视自己的。

我给能找到的所有人打了电话，还致电了切尔西的几位画廊经营者以及纽约艺术学院。自始至终，我都在努力不去思考山姆正在做些什么。他应该正在我们提起过的那家小餐馆里吃着美味的早午餐；他会去高线公园散步，就像我们计划的那样；在他出发返回英格兰之前，我得及时赶回去和他一起坐渡轮。黄昏时分的渡轮之旅是分外浪漫的。我想象着我们：他会用手臂搂住我，抬头凝视着自由女神像，低头吻吻我的头发。我把思绪拽了回来，绞尽脑汁。就在这时，我想到了在纽约认识的另外一个有可能帮得到我的人。

“乔希？”

“谁啊？”他的背后传来了上百万个男人的声音。

“我是——我是露易莎·克拉克，我们在黄色舞会上见过面？”

“露易莎！接到你的电话真好！你怎么样？”他听起来是那么放松，仿佛一周七天都会有陌生的女人给他打电话——她们说不定真的会这么做。“稍等。让我到外面去接……现在好了，有什么事吗？”

他总是能让你一下子就放松下来。我不知道美国人是否天生就是如此。

“老实说，我遇到了点困境，在纽约认识的人又不多，所以就想到你也许可以帮我。”

“说说看。”

我把事情的来龙去脉解释了一番，却没有提及艾格尼斯的情绪与妄想症，以及自己已经被纽约艺坛吓得说话都口吃了。

“应该不是什么太难的事情。你什么时候需要这东西？”

“这就是棘手的地方了。今晚。”

一声猛的吸气。“好——吧。这就有点困难了。”

我用一只手捋了捋头发：“我知道，这简直就是疯了。要是我早点知道这件事，也许还能做些什么。真的很抱歉来打扰你。”

“没事，没事，我们会解决的。我能给你回电话吗？”

艾格尼斯到阳台上抽烟去了，原来我竟不是会利用那片空间的唯一的人。外面很冷，所以她用一条巨大的羊绒围巾把自己包裹了起来，从柔软的羊毛中伸出来的手指微微泛着粉红色。

“我打了许多个电话，就等某个人回复我了。”

“你知道他们会说什么吗，露易莎？要是我给他们带去一幅愚蠢的涂鸦。”

我等待着。

“他们会说我没有教养。你对一个蠢笨的波兰按摩师能有什么期待？或者他们会说，没有人愿意替我来画。”

“现在才十二点二十分，我们还有时间。”

“我不知道我这是何苦。”她温柔地说。

严格而言，我想说，为此烦心的人不是她。她此刻主要关注的似乎是“抽烟时看起来郁郁寡欢”。不过我知道自己的地位。就在那时，我的电话响了。

“露易莎？”

“乔希？”

“我觉得我找到可以帮忙的人了。你看你能到东威廉斯堡来一趟吗？”

二十分钟之后，我们坐上车，朝着中城隧道驶去。

身处车流之中，冷漠的加里沉默不语地坐在前面，艾格尼斯则在给高普尼克先生打电话，为他的健康和痛楚焦虑不已。“内森到办公室了吗？你有止疼片吗？……你确定自己没事吗，亲爱的？你不想让我给你带点什么东西吗？……不……我在车里。我得为今晚的活动挑些东西。是的，我还是会去的。一起都很顺利。”

我只能隐约听到他在电话另一头的声音，低沉却令人安心。

挂上电话，她望向窗外，长长叹了一口气。我等了片刻，然后开始在自己的笔记中草草扫视起来。

“是这样的，这个史蒂芬·利浦科特在美术界的地位蒸蒸日上。他曾在几个非常重要的地方办过展览，而且他……”我在笔记中仔细查找着，“……很具象，不是抽象风格的。所以你只需要告诉他，你想要他画什么，他就能画出来。不过，我不确定这要花多少钱。”

“无所谓。”艾格尼斯说，“反正这怎样都会是一场灾难。”

我把视线转回平板电脑，在网上搜了搜这个艺术家的名字，欣慰地注意到他的作品真的很美，画的都是人体优美的线条。我把平板电脑递给艾格尼斯，好让她也能看一看。她的精神一下子振奋了起来。“真不错。”她看上去几乎吃了一惊。

“是啊，要是你能想到要什么，我们就能让他画好，也许在……四点之前赶回去？”然后我就能离开了，我心想。在她翻看其他图片时，我给山姆发了条短信。

“你怎么样？”

“还不赖。好好散了散步，给杰克买了顶啤酒帽当作纪念品。别笑。”

“真希望我能和你在一起。”

停顿了一下。

“所以说，你觉得自己几点可以出发？我估计七点之前就得动身去机场了。”

“希望是四点吧。保持联系。”

纽约拥堵的交通意味着我们花了一个小时才来到乔希给我的地址所在地：位于某工业区背后一座破旧得毫无特点的大楼，这里曾经是一座办公楼。加里满腹狐疑地吸了吸鼻子，停下车。“你确定是这个地方？”他边说边奋力地从座位上转过身。

我核实了一下地址：“写的就是这里。”

“我会在车里等着，露易莎。我要给莱昂纳德再打一个电话。”

楼上的走廊旁立着一排门，其中几扇大敞着，传出了刺耳的音乐。我沿着走廊缓缓迈步，查看着门牌号码。某几扇门的外面摆了几罐白色乳化剂颜料。我走过一扇敞开的门，看到一个身穿肥大牛仔裤的女子正把帆布罩在巨大的木框上。

“嗨！你知道史蒂芬在哪里吗？”

她用一把巨大的金属枪往画框里钉了一连串的订书钉。“十四号。不过我觉得他刚刚出门买吃的去了。”

十四号位于走廊的远端。我敲了敲门，试探性地推开房门，走了进去。工作室里排列着油画，两张巨大的书桌被几盘稀薄的油彩和破烂的蜡笔盖住了。墙壁上悬挂的巨幅美丽画作中，女子们裸露的状态各不相同，其中有的还没有完工。空气中飘散着颜料、松节油和陈腐香烟的气味。

“你好。”

我转过身，看到一个男人正拎着一个白色的塑料袋。他三十岁左右，五官端正，眼神热情如火。他下巴上的胡子还没有刮，衣服是皱皱巴巴的实用款式，仿佛不太注重自己穿的是什么，看上去就像某本晦涩难懂的时尚杂志中的男模。

“嗨，露易莎·克拉克。我们早些时候通过电话？哦，我们没有——是你的朋友乔希叫我来的。”

“哦，对，你想要买一幅画。”

“不是这样的。我们需要你画一幅画。只要很小的一幅。”

他在一张小凳子上坐下，打开装有面条的纸盒，用筷子揪起面条、飞快地塞进嘴巴，吃了起来。

“是为了一场慈善活动，人们会画些涂……小作品。”我纠正自己，“据说纽约许多顶级的艺术家都在为别人画画，所以——”

“‘顶级艺术家’。”他重复道。

“嗯，是的。显然亲手动笔画画是不符合传统的，所以艾格尼斯——我的老板——需要某个真正有才华的人来为她作画。”我的声音听上去既高亢又焦虑，“我是说，这应该占不了你太多时间。我们——我们不想要任何花哨的东西……”

他紧盯着我，于是我听到自己的声音逐渐弱了下去，变得纤细而含糊。

“我们——我们可以付钱，相当丰厚的费用。”我补充道，“而且是为了慈善。”

他又吃了一口，心无旁骛地望着自己的饭盒。我则站在窗边等待。

“哦。”咀嚼完嘴里的东西，他应了一句，“我不是你要找的人。”

“可是乔希说——”

“你想要我创作一幅作品，满足某个不会画画的女人的自尊心，免得她在和自己共进午餐的女士们面前难堪……”他摇了摇头，“你想让我给你画的是一张贺卡吧。”

“利浦科特先生，求你了。我可能解释得不好，我——”

“你解释得恰到好处。”

“可是乔希说——”

“乔希没提过有关贺卡的事情，何况我讨厌慈善晚宴之类乱七八糟的事。”

“我也是。”艾格尼斯站在了门口。她迈步走进房间，低头扫视着，以防踩到散落在地板上的其中一管颜料或是些许纸屑。她伸出了一只纤长、苍白的手。“艾格尼斯·高普尼克。我也讨厌该死的慈善活动。”

史蒂芬·利浦科特缓缓站起身。紧接着，他压抑不住冲动地抬起手来，和她握了握，如同某个处在更爱讨好别人的年纪的人，眼神就是无法离开她的脸庞。我已经忘了，第一次见到艾格尼斯的人都会变成这副模样。

“利浦科特先生——对吗？利浦科特？我知道这对你来说是件不寻常的事。可我不得不和一屋子的巫婆出席这种场合。你明白吗？真正的巫婆。我画的画就和戴着连指手套的三岁小孩画的一样。要是我必须出现，还得向她们展示我的画作，可供她们说的坏话就更多了。”她坐下来，从手包中掏出一支烟，然后拾起他画桌上的打火机，点了烟。史蒂芬·利浦科特还在注视着她，手中的筷子都松了。

“我不是本地人，是个波兰的按摩师，这没什么好丢脸的。不过我不想给那些巫婆再次蔑视我的机会。你知道被人看不起是什么样的吗？”她呼了一口气，紧盯着他，还歪着脑袋，好让烟能够水平地朝他的方向徐徐飘散。我觉得他可能真的把它吸了进去。

“我——嗯——是的。”

“所以我求你办的就是这么一件小事。帮帮我，我知道这不是你喜欢做的事情，也知道你是个认真的艺术家，可我真的需要帮助。我会付给你一大笔钱的。”

房间里沉寂了下来。手机在我的后口袋中震动，我试着忽视它。因为那一刻，我知道自己不该有任何动作。我们三人就该这样永远地站在那里。

“好吧。”他终于答应了，“不过有个条件。”

“说吧。”

“我要画你。”

一瞬间，谁也没有开口。艾格尼斯扬起半边眉毛，缓缓吐了一口烟，目光并没有从他的身上移开。“我。”

“这可能不是第一次有人这么问。”

“为什么是我？”

“别装得像个天真无邪的少女似的。”

说罢他笑了，可她却一直绷着脸，仿佛是在判断自己是不是遭到了侮辱。她的眼神落在了脚上。抬起头时，一丝微弱而又疑惑的笑容出现在她的脸上。那就是他相信自己已经赢得的奖励。

她在地板上踩灭了自己的香烟。“要花多长时间？”

他将面条盒猛地推到一旁，把手伸向了一本厚厚的白色拍纸簿。也许只有我注意到了他压低音量的样子：“这取决于你有多擅长静止不动。”

几分钟之后，我回到车里，关上了车门。加里又在听录音带了。

“请说慢一点。”

“请，说——慢一点。”他用一只肥胖的手掌拍打着仪表盘，“啊，讨厌。让我再试一遍。说慢一点。”他又练了三行，然后朝我转过身，“她要很长时间吗？”

我凝视窗外，看着二楼的假窗。“我真的希望不会。”我答道。

一个小时四十五分钟之后，在加里和我已经耗尽了有限的话题时——差一刻钟四点——艾格尼斯终于出现了。加里用苹果平板电脑上看了一集下载的有线电视喜剧（他并没有提出和我分享）之后，已经打起了盹，下巴靠在宽厚的胸脯上，轻轻打着呼噜。我坐在车子后面，随着时间一点一滴地流逝，心中愈发紧张，变着花样地定时给山姆发去信息：“她还没有回来。还没有回来。哦我的上帝，她到底在那里做什么啊？”他在城市另一边的一家熟食小店里吃了午餐，说自己饿得能吃下十五匹马。他听上去很开心，很放松，但我们交换的每一个字都在告诉我，我不该待在这里，而是应该陪在他的身旁、靠着他，感觉他的声音在我的耳朵里隆隆作响。我开始憎恨艾格尼斯。

突然间，她出现了，带着灿烂的微笑大步迈出大楼，一只手臂下还夹着一个扁平的包裹。

“哦，感谢上帝。”我说道。

加里惊醒过来，快步绕过车子，为她打开车门。她平静地钻进车里，仿佛自己只离开了两分钟，而非两个小时，身上还带着淡淡的烟味和松节油味道。

“回去的路上，我们需要在麦克奈利·杰克逊书店停一下，买点好看的纸把它包起来。”

“我们有包装纸，就在——”

“史蒂芬告诉我，有种特殊的手工熨烫纸。加里，你知道我说的是什么地方吧？我们可以在回去的路上顺便去一趟苏合区，对吗？”她挥动着一只手。

我有些绝望地靠后坐好。加里出发了。豪华轿车轻柔地颠簸着驶过停车场上的坑洞，朝着被他看作是城市的地方返程。

四点五十分，我们回到了第五大道。在艾格尼斯爬出车子时，我急急忙忙地钻出来站到她的身边，手里紧紧攥着装有那种特殊纸张的袋子。

“艾格尼斯，我——我想知道……你说我今天可以早些下班……”

“我不知道今晚是该穿坦珀利还是巴杰利·米施卡的衣服，你觉得呢？”

我试着回忆这两件礼服中的任何一件，却怎么也想不起来。于是，我努力算起了赶回山姆此刻正在等待的时代广场要花多久。“我觉得，坦珀利吧。当然了，它太完美了。艾格尼斯——你记得自己说过我今天可以早些下班吗？”

“可它是那种深蓝色的，我不确定我穿这样的蓝色会好看，而且配套的鞋子会磨脚后跟。”

“我们上周就说过这件事情。可以吗？我只是真的很想去机场送送山姆。”我拼命压抑着话音中的不耐烦。

“山姆？”她朝着阿肖克点头致意。

“我的男朋友。”

她想了想：“嗯，好吧，他们会对这幅画印象深刻的。史蒂芬是个天才，你知道吗？真正的天才。”

“那我可以走了？”

“当然。”

我的肩膀如释重负地松了下来。要是我在十分钟之内离开，还能赶上南向的地铁，在五点半之前回到他的身边。这样一来，我们还有一个小时多一点的时间能够待在一起。聊胜于无。

我们身后的电梯门关上了。艾格尼斯打开小粉盒，检查了一下口红，对着自己的影子噘起了嘴："不过，也得等我穿戴整齐吧。这件坦柏利的衣服我还需要别人的意见。"

艾格尼斯换了四套衣服。我已经迟得无法和山姆在中城区、时代广场或者其他任何地方见面。我在他进入安检区前的十五分钟才赶到肯尼迪机场。我在其他乘客间推搡着挤了进去，看到他正站在出发告示牌下，于是冲过机场大门，从后面猛地抱住了他。"对不起，非常、非常对不起。"

我们拥抱了彼此片刻。

"出什么事了？"

"还不就是艾格尼斯嘛。"

"她不是允许你早退吗？我以为她是你的朋友。"

"她只不过是对艺术这件事着了迷，搞得一切都……哦，天哪，真让人抓狂。"我在空中甩了甩手，"这么愚蠢的工作我还有什么好做的呀，山姆？她之所以让我等着，就是因为没想好自己要穿什么。而我为威尔工作时，至少他是真正需要我的。"

他歪过头，用前额抵着我的额头。"我们还有一个早上可以待在一起。"

我吻了他，伸手搂住了他的脖子，好让自己的整个身子都能靠着他。我们就这样待在那里，闭着双眼，任由机场的人群在我们的身边移动、摇摆。

就在这时，我的手机响了。

“我不会理它的。”我对着他的胸口说。

它还在继续响着，坚持不懈。

“有可能是她哦。”他温柔地把我从他的身上推开。

我发出了低沉的咆哮声，从后口袋里掏出手机，放到耳边：“艾格尼斯？”

“我是乔希，打电话来就是想问问今天的事情怎么样了。”

“乔希！嗯……哦。是的，很好。谢谢你！”我微微转过身，把一只手举到了另一只耳朵旁边，感觉山姆在我的身旁绷直了身子。

“所以，他有没有为你们画画？”

“有啊，她真的很高兴。非常感谢你的安排。听着，我眼下正忙，不过谢谢你，你真是个大好人。”

“很高兴一切顺利。听着，给我打电话，好吗？我们有空喝杯咖啡。”

“当然！”挂断电话，我发现山姆正在注视着我。

“乔希。”他说。

我把电话放回了口袋。

“你在舞会上认识的那个家伙。”

“说来话长。”

“好吧。”

“他今天帮我为艾格尼斯解决了画的事情。我已经绝望了。”

“所以你有他的电话号码。”

“这里是纽约，每个人都有所有人的电话号码。”

他用一只手挠了挠头顶，转过了身。

“什么事都没有，真的。”我朝他迈了一步，抓住他的皮带扣，把他拽了回来，感觉这个周末再次从我的身边缓缓溜走了，“山姆……

山姆……”

他泄了气，展开双臂搂住我，还把下巴放在了我的头顶上，左右摇晃着自己的脑袋：“这……”

“我知道。”我说，“我知道这是什么。不过我爱你，你爱我，而且我们至少设法做了些需要脱光的事情嘛。这很棒，不是吗？脱光的事情？”

“也就大约五分钟。”

“在过去的四个星期里，这就是最棒的五分钟了。能够支撑我度过接下来那四个星期的五分钟。”

“可接下来还要再等七个星期。”

我把两只手偷偷塞进了他的后口袋中：“别这么糟糕地结束这一切，求你了。我不想让你满腔怒火地离开，就因为某个准确地说对我没有任何意义的人打来的一通愚蠢的电话。”

与我目光交汇时，他的表情一如往常地柔和了下来。这就是我爱他的其中一个原因：他的五官在睡梦中是那么冷酷，望见我时却会融化。“我不是在生你的气，而是在生自己的气。还有飞机餐、玉米煎饼之类的事情，以及你的那位显然无法自己穿裙子的女人。”

“我圣诞节的时候就回去了，能待上整整一个星期呢。”

山姆皱起眉头，用双手捧起我的脸庞。他的手是那么温暖，略微有些粗糙。我们在那里站了片刻，然后亲吻了彼此，仿佛几十年的光阴已然流逝。他直起身，看了看告示牌。

“现在你必须得走了。”

“现在我必须走了。”

我吞下了喉咙里涌起的肿块。他再次吻了我，然后把背包甩到了肩上。我站在中央大厅里，在安检区将他吞没后注视着他站过的地方，呆了整整一分钟的时间。

一般来说，我不是个喜怒无常的人，不擅长于处理摔门、闷闷不乐、心怀不满那一套。可那晚回到城市中的我却在推开人群、挤进地铁站台时，像个本地人一样满面愁容。一路上，我一直在看时间。他应该在候机室了。他应该登机了。他……已经走了。他的飞机应该起飞的那一刻，我感觉心里有什么东西沉了下去，情绪变得更加糟糕了。我中途买了些外带寿司，从地铁站步行走回了高普尼克家的大楼。回到自己狭小的房间，我坐下来紧盯着柜子，然后是墙壁，心知无法带着这些思绪独自待在那里，于是敲了敲内森的房门。

“进来！”

内森正在看美式橄榄球，举着一杯啤酒，身上穿着冲浪短裤和T恤衫。他一脸期待地抬头看了看我，眼神丝毫没有耽搁。人们想让你知道自己正专注于其他事情时都会这么做。

“我能不能在你这儿吃我的晚饭？”

他再次把目光从屏幕上强行拉开，“这一天不顺心吗？”

我点了点头。

“需要一个拥抱吗？”

我摇了摇头：“一个虚拟的拥抱就好。要是你对我太好，我可能会哭出来的。”

“啊，你的男人回家了，对吗？”

“这简直就是一场灾难，内森。自始至终，他大部分时间都在生病。后来，艾格尼斯又不肯遵守承诺、允许我今天早退，害得我差点没有时间去见他。当我终于见到他时，我们之间的气氛却变得……越来越尴尬。”

内森叹了一口气，调低电视音量，拍了拍床边。我爬上床，把外卖的袋子放在大腿上，脑袋靠着他的肩膀——后来，我发现酱油已经漏到了我的工作服裤子上。

“远距离恋爱充满了艰难险阻。”内森宣称，仿佛他是第一个悟出这个道理的人似的。紧接着，他又补充道：“可以说，是真的很难。”

“没错。”

“不仅仅是性爱，还有不可避免地嫉妒——”

“我们都不是善妒的人。”

“可他将不是第一个能让你倾诉的人——日常的那些零星小事，还有重要的大事。”

他把自己的啤酒递了过来，于是我豪饮了一大口，递了回去。“我们都知道，这不会是什么容易的事。我是说，在我离开之前，我们就已经讨论好了所有事情。可你知道真正让我心烦的是什么吗？”

他把目光从屏幕上拽了回来，“你说。”

“艾格尼斯知道我有多想陪在山姆身边，我们聊过的，而且正是她提出我们必须要在一起、不该分开之类的废话。可她后来却让我留下来陪她，生生待到了最后一刻。”

“这份工作就是这样，露。他们才是第一位的。”

“可她知道这对我来说有多重要。”

“也许吧。”

“她应该是我的朋友。”

内森挑起了半边眉毛。“露，特雷纳一家可不是正常的雇主，威尔也不是正常的老板。他们都不是高普尼克夫妇。这些人也许表现得慈眉善目，但追根究底，你必须记住这是一种权力关系，是生意上的交易。”他咽下一大口啤酒，“你知道高普尼克夫妇的上一个社交秘书出了什么事吗？艾格尼斯告诉老家伙高普尼克，那人会在自己的背后说她坏话、散播秘密。于是他们就解雇了她。在她工作了二十二年之后，他们解雇了她。”

“那她这么做了吗？”

“她做了什么？”

“散播秘密？”

“我不知道。不过重点不在于此，不是吗？”

我不想反驳，不想解释艾格尼斯和我为何会不一样，因为这意味着背叛。于是，我什么话也没有说。

内森似乎打算开口说些什么，却很快改变了主意。

“怎么了？”

“你看……没有人能够拥有一切。”

“你这话是什么意思？”

“这真的是一份不错的工作，对吗？我是说，今晚你可能不会这么想，但你正身处纽约的核心地带，拥有一份体面的收入和一位像样的雇主，还得以出入各种光鲜亮丽的地方，偶尔获得一些额外的津贴。他们给你买了一条将近三千美元的礼服裙，不是吗？几个月前，我有机会跟随高普尼克先生去了巴哈马群岛。五星级酒店，沙滩房，应有尽有，一天只工作几个小时。所以我们是幸运的。可从长远来看，这一切的代价也许就是和某个人生与我们截然不同、差之千里的人谈恋爱。这是你出发时就已经做出的选择。”

我紧盯着他。

“我只是觉得，你得实事求是地看待这些事。”

“你真的没有帮上什么忙，内森。”

“我这是在对你坦白。还有，嘿，看看好的一面。我听说你今天在画的事情上表现得非常出色。高普尼克先生告诉我，他真的印象深刻。”

“他们真的喜欢它吗？”我试着压抑住脸上奕奕的神采。

“哦，天哪！说真的，爱死了！出席慈善活动的那些夫人会对她钦佩不已的。”

我靠着他，任他把音量重新调大。“谢谢，内森。”我边说边打开自己的寿司，“你真够意思。”

他微微做了个鬼脸：“是啊。那东西鱼腥味太重了，你有没有可能等到回自己的房间时再吃？”

我合上了寿司饭盒。他是对的，没有人能够拥有一切。

10
艾格尼斯的秘密

收件人：MrandMrsBernardClark@yahoo.com

发件人：BusyBee@gmail.com

嘿，妈妈：

很抱歉这么晚才回信。这里很忙！总是那么丰富多彩！

我很高兴你喜欢这些照片。没错，地毯是百分之百羊毛的，其中一些小地毯是丝绸的，木头绝对不是饰面薄板，而且我问过伊拉里亚，他们家的窗帘会趁他们每年在汉普顿斯度假的那个月被送去干洗一次。清洁工干起活来非常细致，不过伊拉里亚还是会日日亲自打扫厨房的地板，因为她不信任他们。

是的，高普尼克夫人拥有一间步入式的淋浴房，更衣室里还有一个步入式的衣柜。她很喜欢自己的更衣室，会花很多时间给身在波兰的妈妈打电话。我没有时间如你所愿去数那些鞋，不过我得说它们应该超过一百双了。她会把它们堆叠在前面贴了鞋子照片的盒子里，这样就能知道哪双是哪双了。她买来一双新鞋时，拍照就成了我的工作。她竟然有台相机就是为了自己的鞋盒准备的!

我很高兴艺术课程的进展一切顺利。《夫妻间的良好沟通》这门课听起来很不错，但你必须告诉爸爸，这和闺房之乐没有关系。他这个星期给我发了三封邮件，问我他能否假装心脏有杂音。

很抱歉听说外公身体不太舒服。他还会把蔬菜藏在桌子底下吗？你确定必须放弃夜校吗？听起来好遗憾啊。

好了——我得走了。艾格尼斯在叫我了。圣诞节的事我会让你知道，但别担心，我会到场的。

爱你的，露

附言：不，我没有再看到罗伯特·德尼罗，不过好的，要是我见到他，一定会告诉他你非常喜欢他的《战火浮生》。

再附：不，我真的没有去过安哥拉，没有迫切地需要汇款。别接那种电话。

我不是抑郁症方面的专家，甚至在威尔死后也无法理解自己的病症。可我发现艾格尼斯的情绪特别难以看穿。我母亲那些患有抑郁症的朋友——这种人的数量似乎多得令人沮丧——好像是被生活击垮的，在突如其来的迷雾中挣扎前行，直到再也看不到任何乐趣，也没有了幸福的希望。它模糊了他们前进的路。你能从这种人耸着肩膀在城里四处游走、嘴巴隐忍地抿成一条细线的样子中看出，悲伤似乎正从他们的身上徐徐渗透出来。

艾格尼斯则不同。她这一分钟还情绪高涨、喋喋不休，下一分钟就会泪眼婆娑、怒不可遏。我听说她感觉自己遭到了孤立，总是会被人品头论足，还缺乏盟友。可这并非总是对的，因为我与她相处的时间越多，越是会注意到她其实并没有遭到那些女人的威胁，而是会被她们激怒。她会为不公而发火，对着高普尼克先生尖叫；她会背着他模仿她们，以别人的痛苦为乐，愤怒地抱怨第一任高普尼克夫人，或是伊拉里亚和她腹黑的样子。她是反复无常的，是幻化为人形的怒火，咆哮着贱人、傻瓜或者荡妇（我下班后会用谷歌搜索这些字眼，直到耳朵都开始泛红）。

过不了多久，突然间，她又会变成某个截然不同的人——一个会消失在房间里默默哭泣的人，一个会用波兰语打完冗长的电话后，满脸紧张呆滞的人。她的悲伤会表现为头疼，而我永远也无法确定它是不是真的。

来到纽约的第一个早上，坐在咖啡馆里，我曾借免费无线网和特丽娜提起过这件事。我们用的是视频通话的语音功能，但我更喜欢在聊天的时候注视着彼此的表情——我会为自己的鼻子看起来那么大，或是身后的某个人正在做什么而走神。不过我也不想让她看到我正嚼着的那个黄油马芬蛋糕有多大。

“说不定她是个躁郁症患者。”特丽娜答道。

“是啊。我查过，不过似乎不太符合。她本身从来没有狂躁过，就是有点……精力充沛。”

“我不确定抑郁症是种能够符合所有症状的病，露。”我妹妹说道，“此外，美国人不是都有点毛病吗？他们不都是大把大把吃药的吗？”

“和在英格兰不一样。在英格兰，妈妈可能会让你出去轻快地散个步。”

“让你消消气。”妹妹窃笑道。

“把皱起的眉毛颠倒过来。”

“抹上点好看的口红，让脸色亮起来。你瞧。谁需要那些愚蠢的药呢？”

自我离开以后，特丽娜和我之间的关系就发生了某种改变。我们每个星期都会给对方打电话。自我们成年以来，她第一次没有一和我说话就唠叨个没完，似乎对我过着怎样的生活发自内心地感兴趣，还会问我工作如何，去过什么地方，周围的人整天都会做些什么。在我向她征求建议时，她通常会给我一个深思熟虑的答复，而不是说我是个蠢货，或是问我懂不懂谷歌是干什么用的。

她有喜欢的人了，半个月前吐露了这个秘密。两人去肖迪奇的一家酒吧里喝了时髦的鸡尾酒，然后又去了科拉普顿的临时电影院。几天之后，她仍旧感觉神魂颠倒。我妹妹也能神魂颠倒这个念头还真是新鲜。

“那是个什么样的人？你现在就必须跟我说说。”

“我还不打算说些什么。每次我谈论这种事情，都会出问题。”

“就连我也不行吗？”

“暂时不行。这……好吧。总之，我很幸福。”

“哦，所以这就是你为何会这么和颜悦色的原因。”

“什么？”

“你有点懂了，我觉得这是因为你终于赞同我应对生活的方式了。”

她笑了。我妹妹通常是不会笑的，除非是对我。“我只是觉得一切顺利是件好事。你在美国有了一份非常不错的工作，我也爱我的工作，托马斯和我喜欢住在这座城市里，我感觉局势真的在对我们所有人明朗起来。”

这简直不像是我妹妹会说的话，以至于我都没有勇气把山姆的事情告诉她。我们又聊了几句，说起妈妈想在当地的一所学校里做份兼职工作，而外公日益恶化的健康状况意味着她还无法提出申请。吃完玛芬蛋糕、喝完咖啡，我意识到，尽管我满怀关心，却一点也不想家。

“不过，你不会开始满嘴都是该死的可怕美国口音了吧？”

“我就是我，特丽娜。这几乎是无法改变的。”我用该死的可怕美国口音答道。

“你真是个蠢货。”她说。

“哦，上帝。你还在这里。”

我到家时，德威特太太在遮阳篷下戴着手套，正要离开大厦。我退了回去，熟练地躲开了差点用牙一口咬住我一条腿的迪恩·马丁，彬彬有礼地朝她笑了笑：“早安，德威特太太。我还能去哪里呢？”

“我以为那个爱沙尼亚的脱衣舞娘这时候已经把你解雇了呢。我很惊讶她不怕你和那个老家伙私奔，就像她所做的那样。”

“这真的不是我的作风，德威特太太。”我欢快地答道。

“前两天夜里，我又听到她在楼道里喊叫来着，吵死人了。至少另外那个女人只是生了几十年的气，但作为邻居相处起来容易多了。”

“我会转告她的。”

她摇了摇头，正打算离开，却又停下了脚步，紧盯着我身上的行头。我穿着打了细褶的金色短裙和假皮草马甲，戴着托马斯两年前圣诞节时收到的一顶毛线帽。那顶帽子的颜色就像是一只巨型的草莓，害得托马斯因为它太“女孩子气”而拒绝戴它。我的脚上穿了一双别致的布洛克鞋，是我在某家童鞋商店打折时买的。当我意识到它们十分合脚时，还在一群筋疲力尽的母亲以及惊声尖叫的婴儿中挥动拳头庆祝了一番。

“你的裙子。”

我低头看了看，打起精神，准备直面针对我的一切讽刺。

“我也有一条类似的，是从碧芭店里买的。”

“这就是碧芭牌的衣服！”我高兴地答道，“我两年前在一次网络拍卖中把它买了下来。四十英镑五十便士！只不过腰带上有个小洞。”

“我的裙子和这条一模一样。我六十多岁的时候经常外出旅行。无论何时去伦敦，我都会在那家店里逛上几个小时，还曾往曼哈顿的家里运过整箱的碧芭牌连衣裙。我们这里没有什么能够与之媲美。”

“听上去就像天堂，我看过图片。”我说，“能做到这一点还真是令人吃惊呢，你是做什么的？我是说，你为什么经常外出旅行？”

“我从事的是时装行业，为一家女性杂志工作。那是——”她向前倾着身子，突然咳嗽起来。我一直等到她缓过气。“好吧。总之，你看上去挺通情达理的。”她边说边用一只手扶住墙壁，转身踉跄着沿街走去。迪恩·马丁充满恶意地同时注视着我和身后的路沿。

正如迈克尔所说的那样，接下来的一个星期很有意思。塔贝莎位于苏荷区的公寓正在装修，于是我们的公寓在此期间便成了一片战场，上演着一系列表面上无法被男性的目光看到、仅在艾格尼斯眼中显而易见的地盘争夺战。我曾听到她对高普尼克先生咬牙切齿地说起自己觉得塔贝莎有多过分。

伊拉里亚十分享受身为步兵的角色。她做了塔贝莎最喜欢的菜——辣咖喱和红肉，以此表明自己的观点。这些都不是艾格尼斯会吃的东西，可她却在艾格尼斯抱怨时声称并不知道。她会确保先洗塔贝莎的衣服，工工整整叠好后放在她的床上。与此同时，艾格尼斯却裹着毛巾浴袍在公寓里匆匆跑过，试图弄明白自己那天计划要穿的衬衫出了什么问题。

晚上，塔贝莎会趁艾格尼斯给身在波兰的妈妈打电话时赖在客厅里，嘴里吵闹地哼哼唧唧，刷着平板电脑，直到默默被触怒的艾格尼斯起身转移到更衣室去。偶尔，塔贝莎还会邀请女友们到公寓里来，霸占厨房或是电视房，叽叽喳喳地吵闹个不停。要是艾格尼斯碰巧经过，正在咯咯笑着谈天说地的一圈金色脑袋便会陷入一片沉默。

“这里也是她的家，我亲爱的。”高普尼克先生会在艾格尼斯抗议时温和地说，“她是在这里长大的。”

“她待我就像对待一个临时工。”

“她终究会习惯你的。在许多方面，她还是个孩子。”

“她已经二十四岁了。”艾格尼斯发出了低沉的咆哮声——我十分确定，没有哪个英国女人能够掌握这么一种声音（我真的试过好几次）——恼怒地甩了甩手。迈克尔会从我的身边走过，面无表情。我们的眼神会无声地默默转向彼此。

艾格尼斯让我通过联邦快递寄送一个包裹去波兰，还要我用现金支付，并保留收据。盒子很大，方方正正的，不算特别重。我们是在她的书房里进行这段对话的。她喜欢锁上书房的门，让伊拉里亚十分扫兴。

“这是什么？”

“只不过是给我母亲的礼物。”她挥了挥一只手，“但莱昂纳德觉得我在自己家人的身上花了太多的钱，所以我不想让他知道我寄的任何东西。”

我把包裹扛到了第五十七街西段的联邦快递办公室，站在队伍中等待。和助理填好表格时，他问我：“里面是什么东西？要做报关声明。”我这才意识到我并不知道，于是发短信给艾格尼斯。她很快回复道：“就说是给家人的礼物。”

“不过，是哪一种类型的礼物呢，夫人？”那个男人懒洋洋地问道。

我又发了一条信息。身后队伍中的某个人非常夸张地叹了一口气。

“小玩意儿。”

我紧盯着信息，然后把手机递了过去：“对不起，我不知道怎么读。”

他瞥了一眼。“嗯，女士。这对我真的没有什么帮助。”

我给艾格尼斯回了信息。

“告诉他管好自己的事情！我想给我的母亲寄什么，关他什么事！”

我把手机塞回了口袋。“她说是化妆品，一件套头外衣和几张数码影碟。”

价值？

“一百八十五美元五十二美分。”

“真不容易。”联邦快递的雇员嘟囔道。我把钱递过去，希望没有人看到我另一只手上交叉的手指。

星期五下午，在艾格尼斯开始上钢琴课时，我退回自己的房间，给英格兰那边打电话。拨通山姆的号码时，一想到即将听到他的声音，我就兴奋不已地感到了一种熟悉的躁动。有些日子里，我对他的想念浓得像是随身带着一种痛。电话响起时，我坐下来等待着。

接起电话的是一个女人。

“你好？”对方应了一句。她说起话来十分优雅，话音略微有些刺耳，仿佛抽了太多的烟。

“哦，对不起，我肯定打错了。”我暂时将电话从耳边拉下来，紧盯着屏幕。

“你找谁？”

“山姆？山姆·菲尔丁。”

“他在洗澡。等一下，我去叫他。”她用一只手捂住话筒，呼喊他名字的声音短暂地被蒙住了。我愣了，没听说山姆的家里还住着一个年轻女性。“他这就过来。”过了一会儿，她问道，“我该说是谁打来的电话？”

“露易莎。”

“哦，好的。”

说来也怪，长途电话会让你习惯稍有不同的语气和重音。这句“哦”中就夹杂了什么让我十分不安的语气。在我准备开口询问对方是谁时，山姆接起了电话。

“嘿！”

“嘿！”没想到我的喉咙竟然这么干，以至于诡异地破了音，害得我不得不说了两遍。

“怎么了？”

“没事！我是说没有什么要紧的事。我——我只不过，你懂的，想要听听你的声音。”

“等等，我把门关上。”我能够想象他坐在小小的火车车厢里，拉上卧室的房门。回来时，他听起来十分雀跃，和我们上一次说话时截然不同。“所以说，最近怎么样？你那里一切都好吗？几点了？”

“刚过两点。嗯，那是谁？”

“哦，是凯蒂。”

“凯蒂？”

“凯蒂·英格拉姆。我的新搭档？”

“凯蒂！好吧！所以……嗯……她在你家里做什么？”

“哦，她只不过是来接我参加唐娜的欢送会的。我的摩托车被送修了，排气有问题。”

“那她还真照顾你。”我心不在焉地想着他有没有围上一条毛巾。

“是啊，她就住在这条路上不远的地方，所以是合情合理的。”他说话时用的是十分随性的中立语气，而这正是某个意识到有两个女人在听他说话的人会用的语气。

“所以，你们大家要去哪里？”

“哈克尼的那家西班牙小吃店？那个曾经是间教堂的地方？我不确定我们去过那里。”

“一间教堂！哈哈哈！这么说，你们全都得拿出最好的表现才行了！”我笑得太过吵闹了。

“一群急救员过夜生活？我表示怀疑。”

一阵短暂的沉默。我试着忽视胃里像是打了一个结似的难受。山姆的声音软了下来：“你确定自己没事吗？你听上去有点……”

“我没事！完全没事！就像我说的，我只不过想要听一听你的声音。”

“甜心，能和你说说话真好，不过我得走了。凯蒂顺路过来接我可算是帮了我一个大忙了。何况我们已经迟到了。”

“好的！嗯，晚上玩得愉快哦！别做任何我不会做的事情！”我是带着感叹号说话的，“向唐娜致以我最好的祝福！”

“会的。我们很快会再通话的。”

“爱你。”这句话比我预料中的更加悲哀，“给我写信！”

“啊，露……”他说。

就在这时，他挂了，丢下我在过于安静的房间里紧盯着自己的手机。

我为高普尼克先生的生意伙伴准备好小型观影室，组织了一场新电影的私人放映会，还布置好了与之搭配的开胃小菜。我为自己没有收到的一张账单与人争辩了一番，然后又跑去丝芙兰，为艾格尼斯买了两瓶她在《时尚》杂志上看到后想要带去郊区的指甲油。

下班后两分钟，待高普尼克夫妇出发前往周末度假屋，我谢绝了伊拉里亚拿出的肉丸，跑回了自己的房间。

我的读者，我做了一件愚蠢的事情：我去脸书网上看了看那个凯蒂。

不到四十分钟的工夫，我就把她从另外一百多个凯蒂·英格拉姆中筛选了出来。她的简介是公开的，里面包含着英国国家医疗服务体系的标志。她的工作描述是这么写的：“急救员。我热爱我的工作！！！”她的发色是红色的，或是略带金黄的红色，照片中很难分辨。她可能不到三十岁，长着短扁上翘的鼻子。在她发布的前三十张照片中，她都在和朋友们欢笑，停格在那些美好的时光之中。她穿比基尼的样子好看得令人讨厌（斯基亚索斯岛2014！！真好笑！！！！），她还养了一只毛茸茸的小狗，特别喜欢令人晕头转向的高跟鞋，身边最好的朋友有一头黑发，喜欢在照片中亲吻她的脸颊（一时间，我满心希望她是同性恋，可她却属于一个名叫“如果你为布拉德·皮特又成了单身窃喜就举手！！”的群组）。

她的“感情状况”被设定成了单身。

我往回翻了翻她发布过的内容，心中默默憎恨自己的做法，却欲罢不能。浏览她的照片时，我试图找出一张她看起来又肥又胖、闷闷不乐或是得了某种可怕鳞状皮肤病的画面，于是点啊、点啊。就在我准备关上电脑时，停住了。就在那里，就在三个星期前发布的一条信息中，明媚冬日里的凯蒂·英格拉姆穿着深绿色的制服，脚边骄傲地堆着自己的背包，站在东伦敦的救护车站外。这一次，她的手臂挽着的是身穿制服、插着手臂、正对着照相机微笑的山姆。

“世界上最好的搭档。”大标题写道，“好爱我的新工作！”

就在照片的下方，她那个深色头发的朋友发表了一条评论：“我不知道为什么……？！”还加上了一个眨眼的表情。

嫉妒就是如此，看上去并不美好。你心里理智的那一部分知道，自己不是那种善妒的人！这样的女人糟糕透了！说不通！如果某个人喜欢你，就会和你在一起；要是他们对你的喜欢不足以和你在一起，也不值得你与之相处。你心知肚明，你是个理智而成熟的二十八岁女孩，读过心灵鸡汤类的文章，也看过《菲尔博士》的节目。

可当你和自己英俊善良、性感火辣的急救员男友相隔三千五百英里，他又有了一个听上去、看上去简直像邦女郎一样的新搭档时——要知道，这个女人每天至少有十二个小时都要紧随你爱的男人，一个已然承认自己发现真正分隔两地有多难的男人——你心里荒谬的那一部分便会如同一只蹲坐着的巨型蟾蜍般，将你理智的那一部分死死压扁。

我做了什么不重要，却无法将他们两人的画面从我的脑海中擦除。它就这样自行扎了根，如同黑色照片中的白色影像，在我眼睛后面的某个地方挥之不去：她略显深褐色的手臂紧紧搂住他的腰，手指轻轻放在他制服的腰带上。他们是不是正肩并肩地坐在某家深夜的酒吧里？她会不会为了某个两人都知晓的笑话轻轻推搡他？她是不是那种过分多愁善感的女人，会同情地把手伸过去拍拍他的手臂？她闻上去会不会很香，以至于他每天离开她之后都会隐隐觉得错过了什么？

我知道自己这是在发疯，却情不自禁。我想要给他打电话，却又不想让自己像个喜欢跟踪别人、缺乏安全感的女朋友那样，凌晨四点就拨去电话。我的思绪分崩离析，跌进了一大团有毒的云雾中。我为这些思绪而憎恨自己，可它们却愈发地支离破碎。

"哦，你为什么就不能和一个和蔼的中年男子搭档呢？"我对着天花板低语道。凌晨时分的某个时候，我终于睡着了。

星期一，我们跑了步（途中我只停了一次），然后去了梅西百货购物，为艾格尼斯的外甥女买了一大堆的儿童服饰。我赶去联邦快递把它们寄去了克拉科夫，这一次对包裹的内容确信无疑。

午饭时，她对我说起她的姐姐非常年轻时就嫁给了当地一个酿酒厂的厂长。对方对她很不尊重，害得她如今已经被践踏得一无是处，连艾格尼斯都无法说服她离开。"她每天都会为了他说过的话对我的母亲哭诉。她太胖，或是她太丑，抑或是他本可以娶个更好的女人。那个臭烘烘的浑蛋小鸡仔。就算是一只狗喝了一百桶水，也不会愿意在他的腿上尿尿。"

吃着甜菜和甜菜根沙拉，她承认自己最终的目标是把姐姐接到纽约来，远离那个男人。"我想我可以让莱昂纳德给她找份工作，也许是在他的办公室里做秘书。或者，更好的是，来我们家做管家，这样我们就能摆脱伊拉里亚了。你知道吗，我的姐姐很棒，尽职尽责。可她不想离开克拉科夫。”

“也许她不想中断女儿的教育。我妹妹就对带上托马斯搬去伦敦的事情十分紧张。”我答道。

“嗯。”艾格尼斯应了一声。不过我能看得出来，她其实并不认为这是什么阻碍。我不知道有钱人的眼里是不是干脆就不存在任何的阻碍。

我们回来还不到半个小时，她就看了看手机，宣布我们要去东威廉斯堡。

“那个艺术家？可我以为——”

“史蒂芬在教我画画，画画课。”

我眨了眨眼睛。“好的。”

“这是要给莱昂纳德的一个惊喜，所以你必须保密。”

一路上，她一眼都不曾看向我。

“这么晚才回来。”我赶回家时，内森对我说。他正要出发和健身房里的几个朋友去打篮球，肩上挂着帆布包，卫衣的帽子兜住了头顶。

“是啊。”

我丢下包，给水壶加满了水。我的塑料袋里有一盒面条，我把它放在了台面上。

“去了什么好地方？”

我犹豫了一下：“只不过是……到处逛逛。你知道她喜欢什么。”我接通了水壶的电闸。

“你还好吗？”

“我很好啊。”

我能够感觉到他的目光正落在我的身上，直到我转过身，挤出了一个微笑。很快，他拍了拍我的后背，转身出门去了。“有些日子就是这样，不是吗？”

有些日子就是这样，的确。我紧盯着厨房的工作台面，不知该对他说些什么，不知该如何解释加里和我在车里等待她的那两个半小时。我的目光反复在暗窗的灯光与我的手机之间闪烁。一个小时之后，加里厌倦了语言教学磁带，发短信告诉艾格尼斯，自己被一个停车管理员赶走了，所以她需要离开的时候要给他发信息。可她并没有回复。我们驾车在街区里绕了几圈。他给车子加满了油，然后示意我们去喝杯咖啡。“她没说她要待多久，这通常意味着她至少要去几个小时。”

“这种事情以前也发生过吗？”

“高普尼克夫人乐意做什么就做什么。”

他在一家几乎空无一人的小餐馆里给我点了杯咖啡。被压成了薄片的菜单上印着的每一道菜的图片都很沉暗。我们几近沉默地坐在那里，各自留意着自己的手机，以防她打来电话，同时注视着威廉斯堡的黄昏逐渐变成被霓虹点亮的夜色。我已经搬到了地球上最令人激动的城市，但某些日子里，我还是感觉自己的生活正在缩小——坐着豪华轿车去公寓，再从公寓回到豪华轿车里。

“所以说，你为高普尼克夫妇工作很长时间了吗？”

加里缓缓搅动着咖啡里的两块糖，用肉乎乎的拳头拧着包装纸。“一年半了。”

“你以前是为谁工作的？”

“另外的某个人。”

我啜了一口咖啡，那味道竟出奇地香甜。“你从不会介意吗？”

他抬起一对浓眉，看了看我。

“总是要到处消磨时间？”我澄清道，“我是说——她经常这么做吗？”

他还在搅拌咖啡，目光已经回到了自己的马克杯上。“孩子。”过了一会儿，他才回答，“我不是有意要无礼。但我看得出来，你做这一行还不算太久。要是你不提问，可能还能做得长久一些。”他肥硕的身躯靠回椅子上，“我是司机。他们需要我的时候，我就在那里。有人跟我说话的时候，我就说话。我什么也看不见，什么也听不见，什么也记不住。这就是我为何能在这一行里做上三十二年的原因，是我如何能供两个不知感恩的子女读完大学的原因。两年半之内，我就能提前退休，搬去在哥斯达黎加的海滩住宅。这就是你该有的做法。”他用一张纸巾擦了擦鼻子，颌骨颤抖起来。“你明白我的意思吗？”

“什么也看不见，什么也听不见……”

“……什么也记不住。你明白了。想来个甜甜圈吗？这里的甜甜圈不错。全天都是现做的。”他站起身，迈开沉重的脚步挪到柜台旁。回来时，他没有对我多说些什么，只在我告诉他“是的，甜甜圈真的很不错”时心满意足地点了点头。

艾格尼斯和我们重新见面时什么话也没有说。过了几分钟，她问道：“莱昂纳德打电话来了吗？我不小心关机了。”

“没有。”

“他肯定在办公室，我会打给他的。”她捋直头发，靠在座位上坐定，“这课不错，我感觉自己的确受益匪浅。史蒂芬是个非常优秀的艺术家。”她声明。

直到我们已经走到回家的半路上，我才注意到她并没有带回任何一幅画作。

11
两位夫人

亲爱的托马斯：

我给你寄了一顶棒球帽，因为我和内森昨天去看了一场真正的棒球赛，所有的球员都戴着这种帽子（其实他们戴的是头盔，不过这是它的传统版本）。我给你和我认识的另外一个人各买了一顶。让你妈妈给你照张相，我好把它挂在墙上！

不，我恐怕要很难过地说，美国的这一部分没有任何的牛仔——不过今天我要去一家乡村俱乐部，所以会留心注意有没有牛仔骑着马经过的。

谢谢你给我的屁屁和我想象中的狗画了张很好看的画。我还从未意识到，我的裤子从后面看去下方是一片紫色的阴影。不过我会记住的，要是我决定像你画的那样裸体走过自由女神像。

我觉得你这个版本的纽约比现实中的还要令人兴奋呢。

很多的爱，露姨妈

大柏树乡村俱乐部在繁茂的郊外占据着数英亩的土地，其间起伏的树林和田野是那么完美，苍翠鲜亮得仿佛是从七岁孩童的蜡笔画中跳出来的景象。

某个爽朗的晴天，加里驾车载着我们缓缓驶上了长长的车道。车子停在一座不断向外延伸的白色建筑前时，某个身穿浅蓝色制服的年轻男子走上前来，为艾格尼斯打开了车门。

“早上好，高普尼克夫人。今天你好吗？”

“很好，谢谢，兰迪。你好吗？”

“再好不过了，夫人。里面已经开始忙活了，今天是个大日子！”

高普尼克先生因为工作耽搁了，于是给玛丽赠送退休礼物的事就落在了艾格尼斯的手中——玛丽是高普尼克先生所在的乡村俱乐部里一位资深的员工。这一周大部分的时间里，面对这项不得不完成的任务，艾格尼斯已经清楚地表达了内心的感受。她憎恨乡村俱乐部，那里肯定有前任高普尼克夫人的闺蜜。何况艾格尼斯讨厌在公共场合发言，没有莱昂纳德，她是做不来这种事情的。可仅此一次，他竟然不为所动。“这能帮你宣称自己的地位，亲爱的。而且露易莎会陪在你身边的。”

我们演练了她要发表的演讲，还制定了一项计划。我们会尽可能赶在开胃菜上桌前的最后一刻迟些到达公共活动室，这样就能一边道歉一边坐下，责怪曼哈顿的交通。喝完咖啡，即将退休的玛丽·兰德会在下午两点时站起来，让几个人为她说些溢美之词。紧接着，艾格尼斯便会起身为高普尼克先生不可避免的缺席道歉，再为玛丽多美言几句，然后把她的退休礼物递给她。我们会得体地多等半小时再离开，托词是城里还有重要的事情。

“你觉得这条裙子可以吗？”一反常态，她穿上了保守的两件套套装：紫红色的宽松直筒连衣裙和颜色稍浅的短袖外套，配上一串珍珠。这不是她日常的装扮，但我明白她需要感觉自己就像是穿了一身戎装。

“完美。”她吸了一口气。我笑着用手肘轻轻推了推她，她暂时牵住我的手捏了捏。

“进去就出来。”我说，“易如反掌。”

“两只巨大的手指。”她低声嘟囔了一句，朝我微微一笑。

大楼本身既庞大又明亮，画着木兰花纹，到处都是大盆的鲜花与古董家具复制品。橡木镶板的走廊，墙壁上的创始人画像和默默在房中进进出出的工作人员，伴随着温和的低语声和咖啡杯、玻璃杯偶尔碰撞的声响。每一幕都是那么的美妙，每一个需求似乎都能得到满足。

公共活动室里已然人满为患，容纳了六十人左右，里面摆放着装饰优雅的餐桌。屋里满是衣着华丽的女子，手举着装有矿泉水或水果酒的玻璃杯，觥筹交错。她们的发型一律是用吹风机精心吹出来的，偏爱的连衣裙也都是昂贵而优雅的款式——剪裁入时的仿羔皮呢外套，或是精心搭配的单衣。空气中充斥着令人头晕的混合香水味道。某些桌旁，一个男人两侧围绕的全都是女子，却在这样一个大部分都是女性的房间里看上去异常得中性。

对于漫不经心的旁观者——或是普通人——来说，看上去几乎没有什么不太对劲。我们经过时，人们微微翘首，含蓄地低声交谈起来，还有人轻轻噘了噘嘴唇。我走在艾格尼斯的身后，她却突然犹豫了，害得我差点撞上了她的后背。紧接着，我看到了桌旁坐着的人：塔贝莎、一名年轻男子、一名年长男子、两位我不认识的女子，以及我身边那位仰着头、直视着艾格尼斯眼睛的年长女子。服务生迈步向前，为她拉出座椅。于是，艾格尼斯就这样面对着“大团的紫色”——凯瑟琳·高普尼克本尊——坐了下来。

“下午好。”艾格尼斯和全桌人打了个招呼，设法在说话时不望向第一任高普尼克夫人。

“下午好，高普尼克夫人。”坐在我这边桌旁的那个男子答道。

“亨利先生。”艾格尼斯应了一句，脸上的笑容犹豫不决，“塔贝莎，你没说你今天也要来呀。”

“我不知道我们还得把自己的一切动向都告诉你，是这样吗，艾格尼斯？”塔贝莎答道。

“你是哪位？”我右手边那位年长的绅士朝我转过身来。我正要说自己是艾格尼斯在伦敦的朋友，却意识到此刻这样说已经是不可能的了。“我叫露易莎。”我答道，“露易莎·克拉克。”

“艾米特·亨利。”说罢，他伸出了一只扭曲的手，“很高兴认识你。你说话是带着英格兰口音吗？”

“没错。”我抬起头，对那个给我倒了些水的女服务生表示了感谢。

“多讨人喜欢啊。你是来玩的吗？”

“露易莎是艾格尼斯的助理，艾米特。”塔贝莎在餐桌对面提高了嗓门，“艾格尼斯的喜好真是越来越离奇了，喜欢带着自己的工作人员出席社交场合。”

我的双颊一下子红了，感觉自己正被凯瑟琳·高普尼克密切关注的目光和桌旁其他人的眼神灼烧着。

艾米特想了想：“哦，你们知道，在过去的十年中，我的朵拉去哪儿都一定要带上自己的保姆。餐厅、剧院……无论我们去什么地方。

她过去常说，老丽碧比我健谈多了。”他拍了拍我的手，咯咯笑了起来。桌边的另外几个人也亲切地笑了起来。“我敢说她是对的。”

就这样，我被一个八十六岁的男人从社交场合的耻辱中救了出来。吃龙虾开胃菜时，艾米特·亨利一直在与我说话，述说他与这家乡村俱乐部悠久的渊源和他在曼哈顿做律师的那些年，以及他在不远处一家老年机构里的退休生活。

“你知道吗，我每天都会到这里来。它能让我保持活力，让我总是有人可以聊天。这里就是我的第二故乡。”

“这里很美。”我一边说，一边回头望了望。几个脑袋立刻转开了，“我明白你为什么想来。”

虽然艾格尼斯表面上故作镇静，但我能够觉察到她的双手在微微颤抖。

“哦，这是一座历史悠久的建筑，亲爱的。”艾米特伸手指了指房间一侧立着的一块牌匾，“可以追溯到……”他停顿了一下，好确保让我大吃一惊，然后小心翼翼地宣称：“……1937年。”

我不想告诉他，就连我们在英格兰居住的市政简易住房都比这里还要古老。说不定我妈妈的某条紧身裤年头都比这还久远。我微笑着点了点头，吃着盘中的鸡肉配野蘑菇，不知自己有没有办法能靠无疑痛苦不堪的艾格尼斯更近一些。

饭局还在缓慢而吃力地进行着。艾米特给我讲了无数个有关俱乐部的故事，还有我从未听说过的人说过或做过的趣事。艾格尼斯偶尔抬起头时，我会朝她微笑，但我能够看出她的低落。众人的目光悄悄向我们这桌闪烁而来，还有人在交头接耳，似乎在说：“两位高普尼克夫人就坐在距离彼此几英寸的地方啊！你能想象吗！”主菜过后，我找个借口离开了座位。

“艾格尼斯，你介意告诉我女洗手间在哪里吗？”我猜，就算远离这个房间十分钟也能有所助益。

在她还没来得及回答之前，凯瑟琳·高普尼克便把餐巾放在桌上，朝我转过头来。“我带你去，亲爱的。我也要去呢。”她拾起自己的手包，站在我身边，等待着。我望了望艾格尼斯，她却一动不动。

艾格尼斯点了点头。“你去吧。我要——吃完我的鸡肉。”她说。

我跟随第一任高普尼克夫人绕过大房间里的餐桌，来到外面的走廊，思绪飞快地转着。我们沿着铺了地毯的走廊走着。我就在她身后几步，停在了女洗手间门口。打开桃花心木的大门，她往后一站，允许我先她一步走了进去。

“谢谢。”我低声应了一句，走进某个隔间。可我甚至并不想小便，只好坐在马桶上，心想要是我在这里待得够久，她也许就会在我出来之前离开。可当我钻出来时，她就在水池旁，补着口红，目光在我洗手时朝我转了过来。

“所以，你住在我以前的家里。”她说。

“是的。”在这一点上撒谎似乎没有太多的意义。

她噘起嘴唇，然后心满意足地收起口红。“这一切对你来说肯定非常尴尬。”

“我只不过是在尽我的职责。”

“嗯。”她掏出一把小梳子，轻轻捋了捋头发。我不知道离开会不会太过粗鲁，还是说按照规矩，我应该和她一起回到桌旁。我擦干双手，靠向镜子，查看眼睛下面有没有污渍，尽可能放慢了动作。

“我的丈夫怎么样？”

我眨了眨眼睛。

“莱昂纳德，他还好吗？我确信你告诉我这些算不上是泄露了什么天大的机密。”她的影子望着镜子外的我。

“我……我很少见到他，不过他看起来很好。”

“我不知道他为什么没有来，他的关节炎是不是又犯了。”

“哦，没有。我觉得他今天有什么工作上的事。”

“‘工作上的事’，嗯，我猜这是个好消息。”她把梳子小心翼翼地放回包里，掏出一只粉盒，在鼻子上拍了一次、两次——两边各一次——然后将盒子关上。我已经没有事情可做了，于是在包里乱翻起来，试图回忆自己带没带粉盒。就在这时，首任高普尼克夫人转身对我说：“他幸福吗？”

“不好意思？”

“这是个直截了当的问题。”

我的心顶着肋骨尴尬地怦怦直跳。

她的声音是流畅而平稳的：“塔贝莎不会和我谈起他，她还在生自己父亲的气，虽然她也无可救药地爱着他。她永远都是爸爸的宝贝女儿，所以我不认为她能准确地描述出什么。”

“高普尼克夫人，恕我直言，我真的不觉得自己有资格——”

她扭过头。“是啊，我也是这么想的。”她把粉盒小心地放进手包里，“我敢肯定地猜测你早就对我有所耳闻了吧，这位小姐……”

“克拉克。”

“克拉克小姐，我相信你也意识到了，人生中很少有事情是非黑即白的。”

“这我同意。”我咽了口唾沫，“我还知道艾格尼斯是个好人。聪明，善良，有教养，不是一个用色相骗取钱财的女人。如你所言，这些事情很少是非黑即白的。”

她的目光与我的在镜中相汇了。我们又站了几秒。很快，她合上手包，最后瞥了一眼自己在镜中的影子，拘谨地微微笑了笑：“我很高兴莱昂纳德一切都好。”

我们返回桌旁时，正好赶上盘子被清走。下午剩下的时间里，她都没有对我说过一个字。

甜点和咖啡是一起被端上桌的。对话逐渐冷淡下来，午餐也拖拖拉拉地渐进尾声。几个老妇人被搀扶着去了女洗手间，起身时助行架轻碰椅腿的声音引起了一阵骚动。那个身穿西服套装的男人在前方的小讲坛上站定，领子里微微泛着汗珠，开口感谢了所有人的到来，还为俱乐部即将举办的活动讲了几句，包括两周之内的一场慈善晚会——晚会的票显然已经售罄了（听到这一消息，现场响起了一轮掌声）。终于，他说道，他们有一个消息要宣布，并朝着我们这桌点了点头。

艾格尼斯吐了一口气，站起身来。整个房间的目光都落在了她的身上。她走向讲坛，代替经理站到了麦克风旁，等待他领着一位身穿深色套装的年迈非裔美国女子走到了屋子前面。只见那个女子摆动着双手，仿佛所有人都在不必要地小题大做。艾格尼斯朝她微微笑了笑，像我教她的那样深吸了一口气，把两张小卡片谨慎地摆在架子上，开口说了起来，声音既清晰又从容。

“大家下午好。感谢各位今天莅临，感谢全体工作人员准备了如此美味的午餐。”

她的声音经过了精心修饰，加之上个星期数小时的练习，措辞也如同打磨过的石头。屋里响起了一阵赞同的低语声。我瞥了瞥表情难以分辨的高普尼克夫人。

“正如许多人所知的那样，这是玛丽·兰德在俱乐部里工作的最后一天。我们想要祝福她拥有幸福的退休时光。莱昂纳德要我告诉你，玛丽，他非常抱歉今天无法前来。他要感谢你为俱乐部所做的一切，心知在座的其他所有人也是如此。”她照我教她的那样停顿了片刻。房间里鸦雀无声，女人们各个都聚精会神。“玛丽自1967年起在大柏树俱乐部里担任帮厨，后来升任为大堂副理。在座的许多人都很享受你多年的陪伴与辛勤的工作，玛丽，我们会非常思念你的。我们——还有俱乐部里的其他成员——想要向你略表心意，衷心地祝福你拥有最美好的退休时光。”

伴随一轮礼貌的掌声，艾格尼斯接过一尊上面刻有玛丽名字的玻璃卷轴雕塑。她满脸堆笑地把雕塑递给老妇人，静静地站在那里任由人们拍照。很快，她挪到平台边缘，返回桌旁，脸上为自己终于获准离开众人注目的焦点闪过了一丝释怀的神情。我注视着玛丽面带微笑地多拍了几张照片，这一次是和经理。就在我打算靠过去祝贺艾格尼斯时，凯瑟琳·高普尼克站了起来。

“其实。”她的声音穿透了人们喋喋不休的话语声，“我还有几句话想说。”

在我们的注视下，她走向讲台，接过玛丽手中的礼物，把它递给了经理。“哦，玛丽。”她说罢转过身去，好让她们能够面向外面，“玛丽，玛丽，玛丽。你是多么可爱呀。”

房间里自发地爆发出了一片掌声。首任高普尼克夫人点了点头，一直等到掌声平息下来。“多年以来，在我们在这里度过的上百个——不，是上千个小时中，我女儿是在你的看护下长大的——我们也一样。那是多么快乐、幸福的时光啊。即使我们遇到的是最微不足道的问题，你也总是会在这里为我们解决，为擦破的膝盖贴上创可贴，或是给撞伤的脑袋持续敷上冰袋。我觉得大家都还记得船屋里的那起事故吧！”

屋里响起了一阵笑声。

“你格外疼爱我们的孩子，使得这里对于莱昂纳德和我来说就像是一座避难所，因为我们知道自己的家庭在这个地方将是安全而幸福的，那些美丽的草坪见证了太多的美好时光与欢声笑语。在我们离开去打高尔夫，或是和朋友们在球场边线上喝着美味的鸡尾酒时，你会照看好我们的孩子，或是递来一杯杯别人无法仿效的冰茶。我们都爱喝玛丽的特调冰茶，对吗，朋友们？”

大家欢呼起来。我眼看着艾格尼斯越来越僵硬，机械地鼓着掌，仿佛不确定自己还能做些什么。

艾米特朝我靠了过来：“玛丽的冰茶堪称一绝。我不知道她在里面放了什么，我的天啊，那玩意儿简直致命。”他抬起目光，望向了上空。

“和今天在座的许多人一样，塔贝莎是专程从城里赶来的，因为我知道她不仅把你看作这家俱乐部里的工作人员，还是我们家庭的一员。我们都知道，家人是无法被替代的！”

此时此刻，在掌声再次爆发时，我已经不敢望向艾格尼斯了。

“玛丽。”待掌声平息，凯瑟琳·高普尼克说道，“你有助于维系这个地方真正的价值——被某些人认为太过传统，却在我们眼中成就了这家乡村俱乐部的价值：包容、卓越与忠诚。你就是它微笑的脸庞，它跳动的心脏。当我说，这里没有你将不再一样时，我知道自己道出了所有人的心声。”老妇人的脸上此刻正绽放着笑容，眼中还噙着泪花。“所有人，举起你们的酒杯，敬我们美好的玛丽。”

房间里沸腾了。那些能够起身的人纷纷站了起来。在艾米特蹒跚着爬起来时，我环顾四周，也跟着站了起来，不知怎么感觉有些背信弃义。艾格尼斯是最后一个从椅子上起身的人，双手仍在鼓掌，脸上却是皮笑肉不笑的那种龇牙咧嘴。

一座着实拥挤的吧台总有令人欣慰的地方，你不得不把手臂塞进里三层外三层的队伍里，才能引起酒保的注意。要是你挣扎着返回桌旁时，手中玻璃杯里的饮料还能剩下三分之二，就算是幸运的了。内森告诉过我，巴尔萨泽可以说是苏荷区久负盛名的酒馆：总是拥挤不堪，却又乐趣十足，堪称纽约酒吧景观中的重要组成部分。即便是星期日，今晚的这里也是人满为患、热闹非凡，足以让噪音、脚步永不停歇的酒吧服务生、灯光和哗哗声驱走我脑海中这一天的琐事。

我们各自咽下几杯啤酒，在吧台旁站定。内森向我介绍了他在健身房里认识的几个伙伴，他们的名字我几乎听完就忘了，但这群人既风趣又友善，只不过需要一个女人作为彼此欢快打趣的借口。终于，我们争取到了一张桌子。我喝下了更多的酒，还吃了一只芝士汉堡，感觉舒服了一些。十点钟前后，这几个小伙子忙着嘟哝起了自己对健身房里其他常客的印象，还要配上面部表情和爆出的青筋，于是我趁机起身去了厕所。我在那里待了十分钟，在补妆和打乱自己的头发时享受着那份相对的宁静。我试着不去想山姆正在做些什么。这对我来说已经不再是一种安慰，反而会让我的胃里如同打了个结。没过多久，我就回到了外面。

“你在跟踪我吗？”

我在走廊上转过身，只见一身衬衫、牛仔裤打扮的乔希·莱恩正站在那里，挑着眉毛。

“什么？哦，嗨！”我的手本能地伸向了自己的头发，“不——没有，我只是和几个朋友过来的。”

“我在和你开玩笑呢。你好吗，露易莎·克拉克？这里距离中央公园可是够远的。”他蹲下来吻了吻我的脸颊。他身上的气息很好闻，是酸橙和某种柔软且充满麝香味的东西的味道。“哇。多么富有诗意啊。”

“我刚好在探索曼哈顿的各大酒吧。你懂的。”

“哦，是啊。‘尝试某种新的事物’。你看上去很可爱，我喜欢这种……”他用手指了指我的宽松直筒连衣裙和短袖开襟羊毛衫，“……预科生的感觉。”

“我今天逼不得已去了一家乡村俱乐部。”

“你穿这身很好看。想去喝上两杯啤酒吗？”

“我——真的不能丢下我的朋友们。”刹那间，他看上去十分失望。“不过，嘿。”我补充了一句，“你来加入我们好了！”

“太棒了！容我去跟同行的人打声招呼。我是跟着两个出来约会的人一起来的——能甩掉我他们肯定很高兴。你在哪里？”

我费力地挤回内森身旁，脸突然红了，耳朵里微微地嗡嗡直响。他的口音如何不对，眉毛有多不同，眼睛边缘的斜角如何伸向了错误的方向，都无关紧要。望着乔希时，我就是无法不在他的身上看到威尔的影子。我不知道自己究竟会不会停止对此感到震惊，为自己竟会在心里下意识地说出“究竟”这个词感到吃惊。

“我偶然碰到了一个朋友！”乔希出现时，我说道。

“一个朋友。”内森答道。

“内森，迪恩，阿伦，这位是乔希·莱恩。”

“你忘了‘三世’。”他朝我咧嘴一笑，仿佛是在与我交换什么只有我们知道的笑话。“嘿。”乔希伸出一只手，俯身向前，握了握内森的手。我看到内森打量了他一番，紧接着眼神朝我转了过来。我扬起了一个不带任何感情色彩的灿烂微笑，仿佛自己在曼哈顿各处拥有一大堆英俊的男性友人，十分愿意到酒吧里来加入我们。

“我能给谁买上一杯啤酒吗？”乔希问道，“要是有人感兴趣的话，这里的食物也不错。”

“一个‘朋友’？”在乔希迈步走向吧台时，内森嘟哝了一句。

“是的，一个朋友。我是在黄色舞会上认识他的，和艾格尼斯一起。”

“他看上去很像——”

“我知道。”

内森想了想，看看我，又看了看乔希：“你那一套要说‘好’的理论。你没有……”

“我爱山姆，内森。”

“你当然爱他了，伙计。我只不过是说说而已。”

当晚剩下的时间里，我都能感觉到内森仔细审视的目光。不知怎么，乔希和我最终坐到了远离其他所有人的桌边。他谈起了自己的工作，还有他的同事为了应对办公需求每天疯狂塞进嘴里的鸦片制剂与抗抑郁药物，以及他是多么努力不去冒犯自己那位很容易被冒犯的老板，又是如何一直失败的。他还提到了自己那间永远没有时间装修的公寓，和洁癖的母亲从波士顿来看他时发生了什么。我点头微笑着聆听，在发现自己正注视他的脸庞时，努力确保目光是得体而关切的，而不是稍微有些神魂颠倒、默默想着“哦，可你长得和他太像了”。

“你呢，露易莎·克拉克？一整个晚上，你几乎一句也没有提到过自己。假期过得怎么样？你什么时候回去？”

工作。我猛然意识到，上一次见面时，我对自己的身份撒了谎。而且我已经醉得无法维系任何谎言，或是为自己可能应该忏悔的事感到羞耻。“乔希，我有件事情要告诉你。”

他俯身靠了过来：“啊，你结婚了。”

“没有。”

“哦，太好了。还是你得了什么不治之症？只剩下几个星期的寿命了？”

我摇了摇头。

“你无聊了？你无聊了。你其实宁愿和别人聊天？我懂了。我连口气都没停下来喘过。”

我笑了。“不。不是的。你是个很好的伴。”我低头盯住自己的双脚，“我……不是自己告诉过你的那个人，我不是艾格尼斯从英格兰来的朋友，我那么说只是因为她需要在黄色舞会上有个盟友。我，嗯，我是她的助理，我只不过是个助理。”

当我抬起头时，他正目不转睛地凝视着我。

“还有呢？”

我盯着他，他的眼神中闪烁着零星金色的光芒。

“露易莎，这里是纽约，所有人都会夸大自己——每一个银行出纳都是副总裁，每一个酒保都有一家出品公司。我猜你就是替艾格尼斯工作的，因为你在她身后忙前忙后的样子，没有哪个朋友会这么做的。除非他们，怎么说呢，非常愚蠢。你明显不是那种人。”

“那你不介意吗？”

“嘿，你还没有结婚我就已经很高兴了。除非你结婚了，这一点不是在撒谎，对吧？”

他握住了我的一只手。我感觉胸腔里微微漏了一口气，不得不咽下一口唾沫才能张嘴：“对。但我的确是有男朋友的。”

他的目光不曾离开过我的视线，也许是在脑海中搜寻某句令人发笑的妙语，然后不情愿地松开了我的手。“啊，那好吧，太遗憾了。”他向后靠在椅子上，嘬了一口酒，“那他怎么不在这里？”

“因为他在英格兰。”

“他要过来吗？”

“不。”

他做了个鬼脸，就是那种认为你在做什么蠢事，却又不想大声把话说出来时会摆的表情。他耸了耸肩。“那我们可以做朋友。你知道这里所有的人都会约会，对吗？不必是什么认真的事情，我可以做个陪你散步的帅哥。”

“你说的约会是‘做爱’的意思吗？”

“哇哦，你们英国女孩说起话来还真是口无遮拦啊。”

“我只是不想带你误入歧途。”

“你是在告诉我，我们可以做那种不会发生性关系的朋友。好的，露易莎·克拉克，我懂了。”

我试着不去微笑，却失败了。

“你非常可爱。”他说，“也很风趣，而且直接，和我遇到过的所有女孩都不一样。”

“你也很有魅力。”

“这是因为我有点神魂颠倒了。”

“我才是有些醉了呢。”

“哦，这话可让我受伤了，真的受伤了。”他作势攥住了自己的心口。

就在这一刻，我转过头，看到内森正在注视我们。他微微挑了挑眉毛，然后轻轻敲了敲自己的手腕。这就已经足以将我带回了现实之中。“是这样的——我真的得走了，还要早起呢。”

“我做得太过火了，把你吓跑了。”

“哦，我是不会那么容易被吓跑的，不过我明天的工作真的非常棘手。好几品脱的啤酒和一杯龙舌兰酒下肚之后，我又喝了那么多，晨跑肯定是跑不动了。”

“你会给我打电话吗？为了纯洁的友谊出来喝杯啤酒？好让我能够稍稍望着你出神？”

“我得警告你。‘出神’在英格兰的意义可是截然不同的[1]。”我告诉他，逗得他开怀大笑起来。

“好吧，我保证不这么做。当然，除非你想让我这么做。”

“这个提议还真是特别呢。”

“我是认真的，给我打电话。”

我走了出去，感觉他的眼神一路上都停留在我的背后。在内森招呼出租车的同时，我在关门的一瞬间转过身去，只能透过车门猛地合上前留下的那道狭窄的缝隙隐约看到他，却足以看到他仍在注视着我，脸上还挂着微笑。

我给山姆打了个电话。“嘿。”他接起电话时，我唤了一声。

“露？这还用问吗？还有谁会在凌晨四点四十五分给我打电话呢？”

“所以，你在做什么呢？我正仰面躺在床上，让脚上的鞋子掉到铺了地毯的地板上。”

“刚下班回来，看书呢。你还好吗？你听上去很高兴。”

“去了一间酒吧，过了十分难熬的一天。不过我现在感觉好多

1. 译者注：“出神”（moon）在英国英语中包含“开玩笑或侮辱性地对某人躬身露出裸露的臀部”的含义。

了，只想听听你的声音。因为我想你，而且你是我的男朋友。”

“何况你醉了。”他笑了笑。

“也许吧，有点儿。你说你在看书？”

“是啊，一本小说。”

“真的吗？我以为你是不读小说的。”

“哦，是凯蒂给我的，她还坚称要我好好享受。要是我一直不读的话，是无法面对没完没了的盘问的。”

“她还给你买书了？”我推着自己坐直身子，好心情突然烟消云散。

“怎么了？给我买书意味着什么吗？”他听上去有点被逗乐了。

“意味着她对你心存幻想。”

“才不是呢。”

“绝对是的。”酒精令我毫无顾忌。在我还没来得及阻止自己之前，就感觉话已经涌到了嘴边。“要是有女人试图让你读些什么，就是因为她们对你心存幻想，想要进入你的思想，让你思考些什么。”

我听到他咯咯笑了起来：“如果这是一本摩托车修理手册呢？”

“那也算，因为到时候她就会努力向你展示她是怎样一个又酷又性感、还喜欢摩托车的姑娘。”

“好吧，这和摩托车无关，是本法国小说。”

“法国小说？这就糟了。书名叫什么？”

“《夫人》。”

“什么夫人？”

“就是《夫人》。讲的是一位将军和一对耳环，还有……”

“还有什么？”

“他有了外遇。”

“她逼你去读讲述法国人出轨的书？哦，我的天哪，她绝对是在幻想你。”

“你错了，露。”

“我知道某个人什么时候会对别人心存幻想，山姆。”

“真的嘛。”他的声音听起来开始倦了。

“的确如此。今晚有个男人挑逗我来着，我知道他对我心存幻想，所以当即告诉他我已经名花有主，阻止了他。”

“哦，是吗？那么对方是谁？”

“他叫乔希。”

“乔希。是我离开时给你打过电话的同一个乔希吗？”

即便是透过微醺污浊的空气，我也能开始意识到，这段对话是个不明智的主意。“是的。”

“然后你碰巧在一间酒吧里遇到了他。”

“是的！我是和内森一起去的。准确地说，我是在女洗手间外偶然遇见他的。”

“所以，他说了什么？” 此刻，他的话音中夹杂着一丝微弱的怒气。

“他……他说这很遗憾。”

“是这样吗？”

“什么？”

“遗憾？”

短暂的沉默过后，我突然感觉清醒得可怕。“我只是告诉你他说了什么。我和你是一条心的，山姆。准确地说，我只是把这件事当个例子，来说明我是如何看出有人对我心存幻想的，而我又是如何趁他想歪之前予以阻止的。这个概念你似乎就是不愿意去理解。”

“不是的，在我看来，你半夜打电话给我，针对我的工作搭档借我一本书的事情批评我，但自己出门和这个乔希醉醺醺地谈情说爱就没事。上帝啊，直到我给你施加压力，你才承认我们正在恋爱。现在你还开心地谈起了自己和刚在酒吧里遇见的某个家伙聊起的亲密话题。要是你真的只不过是在酒吧里遇到他的话。”

“我只不过是需要一些时间，山姆！我以为你在胡闹！”

“你之所以需要时间，是因为你还爱着与另一个男人有关的记忆——一个死了的男人。这么说好了，你如今去了纽约就是因为他想要你去。所以我不知道你为何这么古怪，如此嫉妒凯蒂，你从不介意我和唐娜在一起的时间有多少。”

“因为唐娜对你没有心存幻想啊。”

“你甚至从没见过凯蒂！你怎么可能知道她对我有没有幻想？”

“我见过照片！”

“什么照片？”他爆发了。

我就是个傻瓜。我闭上了眼睛。“在她的脸书网主页上。她上传了一些照片，你和她的照片。”我咽了一口唾沫，“一张照片。”

良久的沉默。是在表达“你是认真的吗”的那种沉默，是让某人调整了他对你的看法时那种不详的沉默。再次开口时，山姆的声音低沉而又克制：“这是一段荒谬的讨论，我得睡一会儿了。”

“山姆，我——”

“睡吧，露，我们以后再说。”他挂断了电话。

12
漫长的周末

我几乎没怎么睡，心里希望或不希望说出的所有话如同无止境的旋转木马，在脑海中呼呼作响地旋转。我东倒西歪地在敲门声中醒来，跌跌撞撞地爬下床，打开房门，发现德威特太太正穿着睡袍站在我的门口。没有妆容和发型，她看上去既渺小又脆弱，表情因为焦虑而扭曲着。

“哦，你在这里呢。”她说道，好像我还会在别的什么地方似的，“来，来，我需要你的帮忙。”

“什——什么？谁放你进来的？”

“那个大块头，澳大利亚人。来吧，没时间可以浪费了。”

我揉了揉眼睛，挣扎着让自己苏醒过来。

“他以前帮过我，但是说他不能丢下高普尼克先生。哦，这有什么关系呢？今天早上，我打开门倒垃圾时，迪恩·马丁跑了出去。我在大楼里遍寻不到它的影子，不知道它去了哪里。我一个人是找不到它的。”她的声音颤抖却跋扈，双手在脑袋周围摆来摆去。“快点，好了，快点。我怕楼下有人会把大门打开，让它跑到外面的人行道上去。”她的两只手都绞在了一起，“它仅靠自己在户外是活不下去的，还有可能被人偷走。你知道，它可是纯种的。”

我一把抓过自己的钥匙，跟随她来到走廊，身上仍旧穿着T恤衫。“你看过什么地方？”

“哦，所有地方都找过了，亲爱的。我腿脚不太麻利，这就是我为什么需要你来找的原因。我会去把拐棍拿来。”她看着我，仿佛我说了什么格外愚蠢的话。我叹了口气，试图想象自己若是一只斜眼的小八哥犬，在体验到自由的滋味时会怎么做。

“它就是我的一切。你必须找到它。”她咳嗽起来，仿佛她的肺无法应对如此紧张的情绪。

“我先去大堂碰碰运气。”

考虑到迪恩·马丁不太可能按下电梯按钮，我跑下楼，在走廊上搜寻着一只愤怒小狗的身影。到处都是空空荡荡的，我看了看手表，略微有些失望地注意到，现在还不到早上六点。我瞥了瞥阿肖克的桌子后面和下面，然后跑去了他的办公室，办公室的门是锁着的。自始至终，我都在轻柔地呼唤迪恩·马丁的名字，默默感觉自己的做法很蠢。还是什么动静也没有。我又奔回楼上，在我们那一层也做了同样的事情，查看了厨房与后走廊，什么也没有。我在四层又重复了一遍，然后合理地思考了一下，要是连此刻的我都已经上气不接下气了，一只肥胖的小八哥犬能够飞快地奔上那么多级台阶的可能性是不大的。就在这时，我听到外面传来了垃圾车熟悉的哀鸣声，想起了我们家的老狗对人类最讨厌的气味却拥有特别的忍耐力——甚至十分享受。

于是，我朝着服务人员入口走去。果然，迪恩·马丁就站在那里，入迷地流着口水，看着几个男人来来回回地将臭气熏天的大垃圾桶从大楼推向他们的卡车。我缓缓走近它。噪音实在是太大了，以至于它的注意力完全锁定在垃圾上，直到我向下伸出手来，一把将它抓住，它才听到。

你有没有抱过一只出离愤怒的八哥犬？自从我把两岁的托马斯按在沙发上，好让妹妹从他的左鼻孔里取出一颗劣质的弹珠以来，我就从未感觉过任何能够蠕动得如此厉害的东西。在我与腋下的迪恩·马丁搏斗时，这只狗左右扭动着身体，眼睛愤怒地鼓了起来，愤慨的狂吠声充斥着大楼。我不得不用两只手臂把它抱起来，歪着脑袋，阻止它咔嚓作响的下巴碰到我。楼上，我听到德威特太太正朝着楼下呼喊："迪恩·马丁？是它吗？"

我费尽全身的力气才将它抓住，跑上最后几级楼梯，不顾一切地把它递了出去。

"接住它！"我气喘吁吁地说。德威特太太走上前来，伸出了双臂。她已经准备好了牵引绳，趁我把它放在地上时飞快地扣住了它的项圈。就在这一刻，它用与自己的身材体形完全不相称的速度猛转过身，牙齿咬住了我的左手。

要是楼里还有任何人没有被狗吠声吵醒，也该被我的尖叫声惊醒了。至少，声音刺耳得足以吓得迪恩·马丁松了口。我的身子弯得快要重叠起来，一边捂住自己的手一边咒骂。鲜血已经在我的伤口上冒起了泡泡。"你的狗咬了我！该死，它咬了我！"

德威特太太吸了一口气，微微直起身子。"嗯，它当然会咬你了，你抱它抱得那么紧。它可能非常不舒服！"她的嘴里发出了嘘声，把还在继续朝我咆哮、龇牙咧嘴的小狗赶进了室内。"这样，看到了吗？"她边说边用手指了指它，"你的乱喊乱叫吓到它了，它现在焦虑得很呢。要想准确地操纵狗，你就得了解它们。"

我说不出话，下巴都掉了下来，像个卡通人物一样。就在这时，身穿运动裤和T恤衫的高普尼克先生猛地推开了前门。

“到底是怎么回事，这么吵闹？”说罢，他迈开大步来到了走廊上。我被他凶猛的声音吓了一跳。在他眼前的这一幕中，我穿着T恤衫和运动鞋，紧紧攥着一只流血的手，而一只咬牙切齿的狗正站在一身睡衣的老妇人脚边。在高普尼克先生的背后，我隐约看到身穿制服的内森正把一条毛巾举到脸上。“到底发生了什么？”

“哦，问问这个可怜的女孩吧，是她挑起来的。”德威特太太用纤细的双臂再次将迪恩·马丁抱了起来，然后朝着高普尼克先生摇晃着一只手指。“你没有资格在楼里的噪音问题上教训我，年轻人！你的公寓里来来去去那么多人，那才是名副其实的拉斯维加斯赌场呢。竟然没有人向奥维茨先生抱怨过这件事情，真让我吃惊。”说罢，她昂首挺胸地转过身，关上了门。

高普尼克先生眨了两下眼睛，看着我，然后又回头看了看关上的房门。一阵短暂的沉默过后，他出人意料地大笑起来。“‘年轻人’！好吧。”他边说边摇了摇头，“已经很久没有人这么叫过我了。”他转向身后的内森：“你肯定做了什么对的事情。”

公寓里的某个地方，有人提高嗓门、模糊不清地回应了一句：“你少臭美了，高普尼克！”

高普尼克先生派加里开车载我去找他的私人医生，打上一支狂犬病疫苗。我坐在如同奢华酒店休息室般的候诊室里，由一位可能是我见过最热心的中年伊朗医生为我看病。当我看到高普尼克先生的秘书替我支付的账单时，被咬的事一下就被我抛到了九霄云外。相反，我以为自己可能会当场晕厥过去。

我回来时，艾格尼斯已经听说了此事。显然，我已成了楼里热议的话题。“你一定要起诉！”她兴致勃勃地对我说，“她就是个面目可憎、爱找麻烦的老太婆。还有那只狗，简直就是个危险的家伙。

我不确定我们同住在一座大楼里是否安全。你需要暂时休息一下吗？要是你需要请假，也许我可以告她赔偿我的损失。”

我什么话也没有说，心里暗暗对德威特太太和迪恩·马丁起了恶意。

“好人没好报，不是吗？”厨房里，内森在我偶然碰见他时说了一句。他举起我的一只手，检查着上面的创可贴。“天哪，那只小狗可真够凶残的。”

不过，即便我默默对她感到愤怒，却仍旧记得她刚走到门口时对我说的那句话：它就是我的一切。

那个星期，尽管塔贝莎已经搬回了自己的公寓，大楼里的气氛还是剑拔弩张、噤若寒蝉，说不准什么时候便会爆发。高普尼克先生还是会继续长时间地工作，艾格尼斯则把我们在一起的大部分时间都花在了用波兰语和母亲打电话上。我感觉某种家庭危机正在上演。伊拉里亚烫坏了艾格尼斯最喜欢的衬衫——我相信这真的是一次意外，因为新熨斗的温度控制问题已经被她抱怨了好几个星期——当艾格尼斯朝她尖叫，骂她是个不忠的叛徒，是她家里的贱人，还把坏掉的衬衫用力丢向她时，伊拉里亚终于爆发了。她告诉高普尼克先生，她再也不能在这里工作下去了，还说多年以来没有人能做得这么努力，却比她要求的回报更少。她再也无法忍受，要递交自己的辞呈。高普尼克先生同情地歪着脑袋，用温柔的措辞劝她回心转意（可能还拿出了一大笔现金）。如此显见的背叛行径引得艾格尼斯摔上了自己的房门，力道重得足以让二楼走廊边桌上的第二个小瓷花瓶伴着悦耳的声音碎了一地，也足以让她整个晚上都在更衣室里啜泣。

第二天，我出现时，艾格尼斯紧挨着丈夫坐在早餐桌旁，脑袋靠在他的肩头，听他对着自己的耳朵低声嘟囔着什么。两人的手指紧紧交缠在一起。当着他的面，她微笑着正式向伊拉里亚表示了道歉，却在他出门上班之后，趁我们绕着中央公园慢跑时用波兰语狠狠骂了一路。

那天晚上，她宣布要去波兰度个长周末，看看家人。我猜想她并不想带我同去，略微感觉松了一口气。有些时候，身处这间偌大的公寓，与艾格斯尼变幻莫测的脾气相伴，目睹她与高普尼克先生、伊拉里亚和他的家人相处，会让人感觉患上了难以想象的幽闭恐惧症。独处几天的念头就如同一片小小的绿洲。

"你离开的时候想让我做些什么吗？"我问道。

"放几天假吧！"她笑着说，"你是我的朋友，露易莎！我觉得你肯定能在我不在的时候度过一段愉快的时光。哦，能够见到家人真是太令我兴奋了，好激动啊。"她拍了拍手。"去波兰好了！没有愚蠢的慈善活动要参加！我太高兴了。"

刚到这里时，我还记得她曾有多不情愿离开自己的丈夫，即便只有一夜。不过，我把这样的念头推开了。

走回厨房后，我仍在沉思这一变化。伊拉里亚则在胸前画着十字。

"你还好吗，伊拉里亚？"

"我在祈祷。"她说着，目光并没有从平底锅上抬起来。

"一切还顺利吗？"

"很好，我在祈祷那个贱人再也不会回来。"

我给山姆发了一封电子邮件，感觉某个想法正在心中萌芽，浑身上下涌起了一股兴奋之情。我本应打电话给他，可他自从那次通话以来便音信全无，让我害怕他还在生我的气。我告诉他，我意外地获批了三天的周末，正在查看航班，打算把这些日子都挥霍在一趟意外的返乡探亲之旅上。这消息听上去怎么样？不然工资还能花在什么别的事情上？我在结尾的签名处加上了一个笑脸，一个飞机的表情符号，还有几颗心和几个吻。

不到一个小时的工夫，我就收到了回复。

抱歉。我正在全力工作，何况我答应了杰克，星期六的晚上要带他去O2体育馆看某个乐队。这个想法不错，不过这个周末不太合适。

山姆

我紧盯着电子邮件，试图不让自己心灰意冷。“这个想法不错。”仿佛我是在提议去公园里随便散个步。

“他是在冷落我吗？”

内森读了两遍。“没有。他是在告诉你，他很忙。你在这个时候意外地回国，时机不太好。”

“他是在冷落我，这封电子邮件里什么也没有，没有爱，没有……渴望。”

“或许他是在上班的路上写的，或是在上厕所的时候，或是在和上司说话的时候。男人就是这样。”

我才不信呢，我了解山姆。一遍又一遍地紧盯着那两行文字，我试着仔细剖析那语气及其背后隐藏的含义，然后做了一件会令我憎恨自己的事情。我打开了脸书网，想要看看凯蒂·英格拉姆有没有宣布自己周末有何特别的事情要做（让人气恼的是，她根本就什么也没发。要是你计划引诱别人火辣的急救员男友，这正是你会做的事情才对）。片刻之后，我吸了一口气，给他写去了一封回信。好吧，是好几封回信。不过这是我唯一没有删掉的一封。

没问题。我知道希望渺茫，就是想尝试一下！愿你和杰克度过一段美好的时光。

露

紧接着，我按下了“发送”，惊异于一封电子邮件的措辞竟能与你的真实感受如此大相径庭。

星期四的晚上，艾格尼斯满载着礼物离开了。我挂着灿烂的微笑与她挥手道别，然后重重地瘫倒在电视机前。

星期五一早，我到大都会博物馆时装学院看了一场中国戏服展览，花了一个小时的时间，欣赏绣工精巧繁复、颜色鲜艳亮丽的袍子以及泛着镜面光泽的丝绸。深受启发的我从那里去了第三十七街西段，到访几家我上个星期查过的布料与缝纫用品商店。十月的这一天天气凉爽，预示着即将到来的冬季。我坐上地铁，享受着肮脏而又闷热的暖意。我花了一个小时的工夫浏览货架，让自己迷失在一匹匹的花布之间。我决定为艾格尼斯的回归做点儿什么——将小小的躺椅和靠垫覆盖上鲜艳明快的颜色（翠绿色与粉色），上面有鹦鹉与菠萝的精巧印花，远非昂贵的室内设计师一直为她提供的那些柔和的锦缎与窗帘。要知道，它们全都是第一任高普尼克夫人的颜色。艾格尼斯需要在公寓里拥有属于自己的印记——某种大胆、鲜活而又美丽的东西。我解释了自己的意图，于是办公桌旁的那个女子向我提起了位于东村的另一家二手服饰店——店铺的后面存放了大量的复古布料。

这家店的店面并不理想——脏兮兮的二十世纪七十年代外表，号称是“古着百货，各个年代，各种风格，价格低廉”。可当我走进去，却立即停下了脚步。店铺位于一间仓库内，不同的区域里摆放着一个个衣架转盘，上方装饰的手作标牌上写着“二十世纪四十年代”“二十世纪六十年代”“用梦想制成的衣服”和“特惠专区：开线没什么好丢人的”之类的字眼。空气中飘散着萦绕了数十年之久的麝香香水味，闻上去像是被蛀虫啃噬过的毛坯和长期被人遗忘的晚礼服味道。我大口呼吸着这里的气味，如同吸入氧气一般，感觉莫名找回了连我自己都不知道已经被遗失的那一部分自己。漫步在店里，我试穿了一大堆从没有听说过的设计师们的服饰。他们的名字如同某个早已被人遗忘的年代低沉的回音——比如新泽西的米切尔·丰塞卡为阿拉米思小姐定制——我用手指抚摸着看不见的针脚，用脸颊磨蹭着中国丝绸和雪纺布料。我本可以买下十几样东西，却最终选定了一条带有巨大皮草袖口、开着低圆领的青蓝色贴身酒会礼服裙（我告诉自己，要是这条裙子的历史超过六十年，皮草是可以接受的）、一条复古牛仔布的铁路粗布工作裤和一件格子衬衫。穿上它，我很想砍下一棵树，或是骑上一匹尾巴瑟瑟作响的马。这里简直可以让我耗上一整天。

“我看上那条裙子已经好久了。”收银台旁的女孩在我把它放在柜台上时说道。她满身刺青，染出来的一头黑发被盘成了巨大的发髻，眼睛上勾勒着深色的眼线。“不过我的屁股塞不进去。你看上去很可爱。”她的声音十分沙哑，烟嗓很重，酷得不可思议。

“我完全不知道自己什么时候会穿上它，但我必须拥有它。”

“我对服饰一直都有这种感觉。它们会和你说话，不是吗？那条连衣裙就一直在对我尖叫：‘买我吧，你这个笨蛋！也许你可以放弃吃薯片！’”她摸了摸那条裙子，“拜拜，小蓝朋友。很抱歉我让你失望了。”

“你的店很棒。”

“哦，我们这是在勉强维系，和租金大涨的无情趋势以及宁愿去逛TJ·麦克斯百货，也不愿买些原创美丽物件的曼哈顿人做斗争。看看这质量。”她举起连衣裙的衬里，指了指那些微小的针脚，“印度尼西亚的血汗工厂怎么做得出这样的工艺来？整个纽约州都没有人能拥有这么一条连衣裙。”她扬起眉毛，“除了你，英国的这位女士。这件漂亮的衣服是从哪里来的？”

我身上的这件绿色军大衣曾被爸爸嘲笑闻起来就像是经历过克里米亚战争，头上还戴了一顶红色的无檐小便帽，下身是一双蓝绿色的马丁靴，一条花呢短裤和紧身裤袜。

“我喜欢这身打扮。要是你想处理那件大衣，我这就能把它卖掉。”她打了个响指，声音响亮得让我的头猛地向后缩了一下。“军大衣,永远不会让人感到乏味。我有一件红色的步兵外套，是我奶奶发誓从白金汉宫的一名警卫那里偷来的。我把外套的背后割开，做成了一件短夹克。你知道短夹克是什么，对吗？你想看张照片吗？”

我看了照片，就这样因为一件短夹克与她拉近了距离，就像别人会因为婴儿的照片而变得亲近一样。她的名字叫莉迪亚，住在布鲁克林。七年前，她和妹妹安杰利卡从父母的手中继承了这家店。她们的客户群体很小，却很忠诚。这家店之所以还能稳定发展，多半是靠电视和电影道具服设计师的光顾，他们会买些可供自己撕开或是重新缝纫的东西。她表示，店里大部分的服装都来自资产拍卖。“佛罗里达州是最棒的。那里的许多老奶奶家里都拥有装了空调的巨型衣柜，里面塞满了她们从未扔过的二十世纪五十年代酒会礼服。我们每过几个月便会飞去南方，大部分时间是从那些悲痛的亲戚手中补充些存货。不过情况已经越来越困难了，如今的竞争对手太多了。”她给了我一张名片，上面印着她们的网站和电子邮件。“要是你有任何东西想卖，就给我打个电话。”

“莉迪亚。”趁她把我的衣服用薄纱包裹起来、放进一个袋子里时，我说道，“我觉得自己多半是个买家，不是卖家。不过谢谢你，你的店是最棒的，你是最棒的。我感觉……我感觉就像是回家了一样。”

“你真可爱。”她说话时面部表情没有丝毫的改变，紧接着举起一根手指，蹲到了柜台下面。钻出来时，她的手里拿了一副复古太阳眼镜，深色的镜片外是浅蓝色的塑料镜框。

“几个月之前，有人把它丢在了这里。我正准备把它拿出来卖呢，但恰好突然想到你戴上它肯定好看极了，尤其是穿上那条裙子。”

“也许我不该再买了。”我开口答道，“我已经花了太多——”

“嘘！这是一份礼物。这样你就欠了我们一个人情，不得不回来。拿着，你戴上它多可爱啊？”她举起了一面镜子。

我不得不承认，我看上去的确非常可爱，于是伸手调了调架在鼻子上的太阳镜。“好吧，这已经正式成为我在纽约度过的最美好的一天了。莉迪亚，我下个星期再来，说白了就是要从现在开始把自己所有的钱都花在这里。”

“酷！我们就是这样从情感上勒索顾客，维系自身发展的！”她点了一支寿百年香烟，挥手与我道别。

我把下午的时间花在了拼凑情绪板上，还试了试自己的新衣服。时间突然就到了六点。我坐在床上，用手指敲打着膝盖。拥有属于自己的时间这个念头曾让我激动万分，但此刻的夜晚却像一片荒凉而平淡的风景，在我的面前铺展开来。我给仍和高普尼克先生在一起的内森发了条信息，看他下班后是否想要出去随便吃些什么，可他已经有约了。他说得十分委婉，用的却是人们真的不需要带上一个电灯泡时说话的方式。

我想过再给山姆拨个电话，却再也不相信我们的通话会像我脑海中设想的那样发生在现实生活中。尽管我的眼神一直紧盯着手机，手指却从未真正按下过什么数字。我想起了乔希，不知若是打电话约他喝上一杯，会不会被他以为有何用意。想到这里，我十分好奇自己想要约他喝上一杯的事实是否真的意味着什么。我查了查凯蒂·英格拉姆的脸书主页，不过她还是什么也没发。于是，我趁自己还没有做出任何其他愚蠢的行径之前走向了厨房，询问伊拉里亚是否需要帮忙做晚饭。穿着黑色便鞋的她抵着鞋跟晃来晃去，满脸狐疑地整整盯了我十秒钟。“你想要帮我做晚饭？”

“是的。”我边说边露出了微笑。

“不用。”她说完便转过了身子。

直到那天晚上，我才意识到自己在纽约认识的人有多么少。自从我来到这里，就一直忙忙碌碌，整个生活都是以艾格尼斯和她的日程与需求为基础旋转的，以至于从未想到过要去结交属于自己的朋友。不过，在一座城市里，漫无目的的周五夜晚也有它的魅力，会让你感觉……好吧，感觉有些失败。

我步行去了那家上好的寿司店，买了味噌汤和从未点过的某种生鱼片，试着不去想“鳗鱼！我真的在吃鳗鱼”。回家后，我喝了一杯啤酒，然后躺在床上，翻来覆去地换台，将其他思绪统统推开，比如山姆正在做些什么。我告诉自己，我身在纽约，宇宙的中心，所以，周五在家里度过又能怎样呢？我只不过是在结束了纽约苛刻的一周工作后休息一下。只要我真的想去，这周的任何一个晚上都可以出门。我就这样自言自语地重申了好几次。突然，电话响了。有短消息进来。

你又出去探索纽约最好的酒吧了吗？

不用看我也知道是谁打来的。我心里的某个地方猛地跳动了一下。踌躇片刻之后，我才开口回答。

“其实只是在家安安静静地待着。”

“想不想和一个筋疲力尽的工薪奴隶出来友好地喝杯啤酒？别的不提，你可以确保我不会跟着某个不相称的女人回家。”

我露出了微笑，写道：“你凭什么认为我有任何的防御力？”

“你是在说我们看起来永远都不可能在一起吗？哦，这话太伤人了。”

“我是说，你凭什么觉得我能阻止你和别人回家？”

“就凭你正在回我信息的事实？”（他在这句话后面加了一个笑脸。）

我停止打字，突然感觉不太忠诚。紧盯着手机，我注视着光标不耐烦地闪来闪去。最终，他发来了这么一段话：“我是不是搞砸了？我搞砸了，对吗？该死，露易莎·克拉克。我只不过想和某个漂亮姑娘在一个星期五的夜晚喝上一杯啤酒，还准备好了忽视自己知道她正爱着别人时那种隐约的沮丧。我就是这么享受你的陪伴。出来喝杯啤酒吗？就一杯。”

我仰面枕在枕头上，想了想，闭上双眼呻吟起来。没过多久，我坐起身写道:“真的非常抱歉，乔希。我不能。”

他没有回复。我冒犯了他，我永远也听不到他的消息了。

就在这时，手机砰的一声响了:“好吧。嗯，要是我给自己惹上了什么麻烦，明天一早会第一个发短信给你，让你来接我，还要假装你是我嫉妒得发狂的女友。准备好尽你最大的努力。好吗？”

我发现自己笑了，“至少这一点我是可以做到的。晚安。”

“你也一样。不过，别太安心了。此刻能让我继续下去的唯一的一件事，就是想到你正在心里偷偷后悔没和我出来呢。”

我的确有些后悔，我当然会后悔了，毕竟一个女孩可看的《生活大爆炸》只有那么几季。我关掉电视，紧盯着天花板，想起了身处世界另一侧的男朋友，以及那个长得很像威尔·特雷纳，真的想和我——而不是某个看上去就会在制服下穿着亮片丁字裤的狂野金发女郎——一起消磨时间的美国人。我想给妹妹打个电话，却又不想打扰托马斯。

自从来到美国，这是我第一次几乎实实在在地感受到自己正身处一个错误的地方，仿佛某根看不见的绳索正把我用力拽向数百万英里外的某个地方。某一刻，我走进浴室，在水池里看到了一只巨大的栗色蟑螂，情绪却糟糕得没有像之前那样叫出声来，还暂时考虑过把它当作一只宠物，就像童书里的一个角色。紧接着，我意识到自己此刻的思维真的像个疯子一样，于是用雷达杀虫剂对着它喷了一通。

十点钟，烦躁不安的我走进厨房，拿了内森两罐啤酒，在他的房门下面留了一张道歉的字条。我狼吞虎咽地咽下一罐又一罐，猛得不得不忍住一个巨大的嗝。我为那只该死的蟑螂感到难过。毕竟，它做了什么呢？只不过是蟑螂都会做的事情。也许它很孤独，也许它想要和我做朋友。我走过去，看了看它被踢进去的水池，可它真的死了。这让我没缘由地发起火来，我以为你下不了手、杀不死蟑螂的。在有关蟑螂的事情上，我一直都在撒谎。于是，我把这件事也加入了让我恼火的清单之中。

我戴上耳机，醉醺醺地唱起了碧昂丝的歌，心知这会让我感觉更糟，却不知怎么并不在乎。我刷了刷手机，看着自己和山姆一起拍过的几张照片，试图从他用手臂搂住我或是把头歪向我的方式中察觉他情感的浓淡。凝视着它们，我努力回想着是什么让我在他的怀中感到如此笃定与安全。于是我拿起笔记本电脑，点开电子邮件，写信给他。

你还想我吗？

按下发送键，在它嗖的一声飞向天际时，我意识到，在等待他回复邮件的间隙，我已经害自己陷入了不知要延续几个小时的焦虑之中。

13

我依然是我

我醒来时感觉十分恶心，却不是啤酒的缘故。不到十秒的工夫，呕吐感便顺着突触渐渐袭来，与我昨夜做过什么的记忆相连。缓缓打开笔记本电脑，我握起拳头揉了揉眼睛，发现——没错——那封信的确发了出去。而且，不，他还没有回复。即便我已经按了十四次“刷新”。

我像个婴儿那样抱了自己一会儿，试图让胃里打着的结消失。紧接着，我不知道要不要打个电话给他，轻描淡写地解释一句：“哈！我有些醉了，想家，只想听听他的声音，你懂的，对不起……”可他告诉过我，他周六一整天都要工作，而这意味着他此时此刻正和凯蒂·英格拉姆一起坐在急救车里。想到要在她的听力范围内进行这段对话，我的心里便有些畏缩。

自我来为高普尼克夫妇工作以来，周末的时光第一次如同一段跨越荒凉地貌的无尽旅程，在我的面前铺展开来。

于是，我做了所有女孩在远离家乡、略感伤感时会做的事情。我吃了半袋巧克力消化饼干，给妈妈打了个电话。

“露！是你吗？稍等，我正给你外公洗内衣呢。让我把热水关上。”我听到母亲走到厨房的另一边，背景中收音机遥远的哼鸣声戛然而止。我一下子就被送回了我们在伦弗鲁路上的那间小屋里。

“你好！我回来了！一切还好吗？”她听上去上气不接下气。在我的想象中，她正解开身上的围裙。在接听重要的电话时，她总是会解开围裙。

“很好！我几乎没有时间好好聊上几句，所以想要给你打个电话。”

“电话费不是贵得可怕吗？我以为你只想发电子邮件呢。你不会背上什么数千英镑的账单吧？我在电视上全都看到过了，有人因为在假期时打电话被逮捕了，回家后不得不卖掉自己的房子，就为了还债。”

“我查过话费。能听见你的声音真好，妈妈。”

妈妈和我说话时兴高采烈的样子让我为自己之前没有打过电话心怀惭愧。她唠唠叨叨，讲起了她如何计划在外公身体好转时开始上诗歌夜校，还提到了搬到街道尽头的叙利亚难民——她在给他们上英语课。“当然，他们说的话我半数都听不懂，不过我们可以画画，你懂吗？那家的妈妈泽伊娜总是会为我做些吃的，以表谢意。你是不会相信她能把千层酥做出什么花样来的，真的，太好吃了。”

她还说，新的医生叫她和爸爸减肥；外公的听力越来越差了，以至于每次打开小电视，刺耳的音量都会让她差点有些漏尿；住在隔壁第二户的蒂姆弗娜怀孕了，所以早、中、晚都能听到她干呕的声音。我坐在床上听着，说来也怪，竟会为生活还在地球的另外某个地方正常延续倍感欣慰。

“你和你妹妹通过话了吗？”

“好几天没有了，怎么了？”

她压低了嗓门，仿佛特丽娜就在房间里，而不是身处四十英里以外的某个地方："她有男人了。"

"哦，是的，我知道。"

"你知道？他是个什么样的人？她什么都不肯告诉我们。现在她一个星期会和他出去两三次，在我说起他时她嘴里总是哼哼唧唧的，满面春光。很奇怪。"

"奇怪？"

"你妹妹竟能笑得这么灿烂。我很不安，我是说，这的确是件好事，但她已经不是自己了。露，我去了伦敦，在她和托马斯那里留宿了一夜，好让她能够出门。她回来时竟然唱着歌。"

"哇哦。"

"我明白。而且几乎没有跑调，我把这件事告诉了你爸爸，他竟然指责我不浪漫。不浪漫！我告诉他，在洗了二十年内裤之后，只有真正相信浪漫的人才能维系自己的婚姻。"

"妈妈！"

"哦，上帝啊。我忘了，你肯定还没吃早饭。好了，总之，要是你和她打电话，试着替我们从她嘴里套点消息出来。顺便问一句，你的那个小伙子怎么样了？"

"山姆？哦，他……很好。"

"那太好了。你走之后，他到你的公寓里去过几回。我觉得他只是想更靠近你一些。保佑他。特丽娜说他难过得要命，一直都在周围找些事做，还来和我们吃过一顿烤肉晚餐。不过，他现在已经好久没有来过了。"

"他真的很忙，妈妈。"

"我相信他很忙。那是一份十分了不起的工作，不是吗？好了，嗯，趁这通电话让我们两个都破产之前，我得放你走了。我有没有告诉你，我这个星期要去见玛利亚？就是我们八月时去过的那间不错的酒店里洗手间的保洁员？我星期五要去伦敦探望特丽娜和托马斯，打算匆匆过去和玛利亚吃顿午饭。”

“在洗手间里？”

“别傻了。莱斯特广场附近的意大利连锁餐厅有个买一送一的意大利面套餐，我记不得餐厅的名字了。她对自己会去的地方十分挑剔——她说，你应该通过女洗手间的清洁程度来评判一家餐厅的厨房。显然这家店的维护明细表做得很不错，每小时整点打扫一次。你一切都好吗？第五大街上光鲜亮丽的生活怎么样？”

“大道，是第五大道，妈妈。很好啊，一切都……棒极了。”

“别忘了多发些照片给我。我向爱德华兹太太展示了你参加黄色舞会的照片中的其中一张，她说你看上去就像个电影明星。没说是哪一个，不过我知道她这话是好意。我还跟你爸爸说，我们应该趁你变成个不愿认我们的重要人物之前去看看你。”

“就好像这种事情真的会发生似的。”

“我们好骄傲啊，甜心。我无法相信自己居然有个女儿进入了纽约上层社会，能坐着豪华轿车，和那些阔气的帅哥对饮。”

我环顾四周，看了看狭小的房间里那层二十世纪八十年代的墙纸，还有水池下的死蟑螂。“是啊。”我答道，“我真的非常幸运。”

山姆已经不再会为了与我亲近到访我的公寓了。我试着不去想这其中包含了什么重要意义，便穿上衣服，喝了杯咖啡，走下楼。我要回到古着百货店去。我有种感觉，莉迪亚是不会介意我过去闲逛的。

我这一次的打扮是精心挑选出来的——中式紧身马褂风格的蓝绿色宽松上衣，配上黑色的羊毛裙裤和红色的芭蕾舞鞋。光是动手打造一身不包含马球衫和尼龙便裤的装扮，就让我感觉更加活出了自我。我把头发编成两条辫子，用一只红色的小蝴蝶结将辫子绑在脑后，还加上了莉迪亚送我的墨镜和一对诱人的自由女神像形状耳环，尽管它们是从一个贩卖廉价旅游小玩意的货摊上买来的。

走下楼梯时，我听到了一阵骚动，一时间不知道德威特太太这一回又要搞什么鬼。不过在我拐过弯时，却看到提高了嗓门的人是一个年轻的亚洲女子。她显然正把一个小孩塞给阿肖克。"你说过，今天是属于我的，你保证过。我必须去参加游行！"

"我做不到，亲爱的。文森特走了，他们就没人照看大堂了。"

"那你的孩子们可以坐在这里陪你上班。我要去参加游行了，阿肖克。他们需要我。"

"我没法在这里照看孩子们！"

"图书馆就要关张了，宝贝，你明白吗？你知道的，那里是我夏天能去的一个带空调的地方，是能让我冷静的地方。你告诉我，在我每天十八个小时都孤零零一个人的时候，高地还有什么别的地方能让我带上这些孩子。"

就在我站在那里时，阿肖克抬起了头："哦，你好，露易莎小姐。"

她转过头来。我不确定自己对阿肖克的妻子怀揣什么样的期待，但不会是这个穿着牛仔裤、戴着印花大头巾、凶神恶煞、背后还散着一头鬈发的女人。

"早上好。"

"早上好。"她转过头，"我不能和你再讨论下去了，宝贝。你告诉过我，星期六是属于我的。我要去参加游行，保护有价值的公共资源。就是这样。"

"下个星期还有一场游行呢。"

"我们得持续施压！现在正是市议员们决定拨款的时候！如果

我们此刻不在外面，当地新闻就不会报道，他们就会以为没有人在乎！你知道公共关系是如何运作的吗，宝贝？你知道这个世界是怎么运转的吗？”

“要是我的老板下来看到三个孩子，我会丢掉饭碗的。是的，我爱你，纳蒂亚，我真的爱你。别哭了，甜心。”他转向怀中那个刚学会走路的小孩，吻了吻她湿润的脸颊，“爸爸今天还有工作要做。”

“我现在就要走了，宝贝，我下午早些时候回来。”

“你别走，你敢——嘿！”

她已经离开了，一只手掌向上，仿佛是在抵挡进一步的抗议，在大摇大摆地迈出大楼后，蹲下来拾起了被她留在门边的标语牌。像是完全设计好了似的，三个小孩全都哭了起来。阿肖克轻声咒骂着：“见鬼，我现在该怎么办啊？”

“我来吧。”还没反应过来自己在做些什么，我便脱口而出。

“什么？”

“家里没人，我可以把他们带到楼上去。”

“你说真的吗？”

“伊拉里亚每个星期六都会去探望自己的妹妹，高普尼克先生去俱乐部了，我可以把他们安顿在电视机前，这能有多难？”

他望着我。“你没有孩子，对吗，露易莎小姐？”很快，他冷静了下来，“不过，天哪，那你真是我的救星。要是奥维茨先生顺便过来，看到我带着三个孩子，会把我开除的，嘿，你都不用说……”他思考了片刻。

“你被开除了？”

“没错。好了，让我和你一起上去，解释一下谁是谁，谁喜欢什么。嘿，孩子们，你们会到楼上和露易莎小姐一起探险！多酷啊？”三个孩子用泪眼蒙眬、满是鼻涕的小脸紧盯着我。我朝他们露出了灿烂的微笑，三人却一前一后地再次哭了起来。

如果你发现自己正陷入忧郁之中，远离家庭，对于爱人又有些缺乏自信，我极力推荐你临时照顾三个小小的陌生人，而且其中至少有两个还无法在无人帮助的情况下上厕所。在我发现自己正在价值连城的奥布松地毯上追着一个满地乱爬、半吊着的尿布里装满了排泄物的婴儿时，“活在当下”对我才真正有了意义，何况我同时还要试图阻止一个四岁的孩子追逐一只心理受了创伤的猫。老二阿布希克可以用饼干来安抚，于是我把他安置在电视机房的卡通片前，任他用肥胖的小手把饼干渣胡乱塞进满是口水的嘴巴。我试着引领另外两个孩子至少在二十平方英尺的同一半径内活动。他们既滑稽又可爱，活泼善变，令人筋疲力尽，总是会大喊大叫、跑来跑去，还会反复撞上家具。花瓶被搞得摇摇晃晃，书籍被从书架上用力拖拽出来，再草草地塞了回去。噪音——还有各种各样令人讨厌的气味——充斥在空气中。某一刻，我坐在地板上，卡着两个孩子的腰，任由老大拉查娜用黏糊糊的手指戳着我的眼睛大笑。我也笑了，是那种感谢上帝一切就要结束了的滑稽笑容。

两个小时之后，阿肖克上楼告诉我，他的妻子在抗议活动中无法脱身，我能否再照顾孩子们一个小时。我答应了。他睁大了眼睛，一脸着实非常绝望的表情。反正我没有别的任何事情可做。不过，我还是采取了预防措施，把他们挪进我的房间里，放上几段卡通片，试图阻止他们打开房门，让心中某个冷漠的部分学会接受：大楼这一部分的气味也许永远不会是相同的了。就在我努力阻止阿布希克把蟑螂喷剂放进嘴巴里时，有人敲响了我的房门。

“等一下，阿肖克。”我喊道，试图趁他的父亲看到之前把罐子从那孩子的手里夺走。

但出现在我门边的却是伊拉里亚的脸。她紧盯着我，看看那几个孩子，然后目光又回到了我的身上。阿布希克暂时停止了哭泣，用一双棕色的大眼睛瞪着她。

“嗯。嗨，伊拉里亚！”

她什么话也没有说。

“我——我只不过是替阿肖克帮忙照看他们几个小时。我知道这不切实际，但是，嗯，请别说出去。他们只会在这里再待一小会儿。”

她看了看眼前的这一幕，然后嗅了嗅空气。

“我之后会给房间香薰消毒的。请别告诉高普尼克先生，我发誓这种事情再也不会发生了。我知道自己应该先问上一句的，但这里一个人都没有，而阿肖克又很绝望。”我说话时，拉查娜哀号着冲向了这个老妇人，像颗橄榄球一样用力撞向了她的肚子。我的脸在伊拉里亚向后踉跄时抽搐了几下。“他们马上就走，我现在就可以给阿肖克打电话。真的，没有人会知道……”

可伊拉里亚只是抻了抻衬衫，单手一把将小姑娘抱了起来。

“你渴了吗，小家伙？”她没有回头看上我一眼，便拖着脚步慢吞吞地离开了，任由拉查娜抱着她宽大的胸膛，小小的一只拇指还插在嘴巴里。

我坐在那里时，伊拉里亚的声音在走廊里回响起来：“把他们带到厨房里来。”

伊拉里亚做了些炸香蕉，一边做饭一边把小片的香蕉递给孩子们，好给他们找点事做。我重新倒了几杯水，试图阻止年纪小一些的两个孩子从厨房的椅子上摔下来。她没有和我说话，却一直低声哼着什么，脸上充满了令人意外的和蔼表情，和他们聊起天来声音低沉又悦耳。几个孩子就像小狗响应令行禁止的驯兽师那样，一下子就变得安静而顺从，伸着胖乎乎双手索要另一片香蕉，还会按照伊拉里亚的指示记得说“请”和“谢谢”。他们吃啊吃啊，笑容越来越灿烂，性子越来越平静。最小的那个婴儿还用拳头揉了揉眼睛，像是准备好要睡觉了。

“饿了。”伊拉里亚边说边朝空盘点了点头。

我努力回忆阿肖克有没有告诉过我，婴儿的帆布背包里有食物这件事，但我太过心不在焉，没有去看。我只是很感激家里能有一个成年人。“你带起孩子来还真有一套。”我边说边嚼着一片炸香蕉。

她耸了耸肩膀，看上去却心满意足：“你应该给小的那个换个尿布。我们可以用你的底层抽屉给她铺一张床。”

我目不转睛地盯着她。

“因为她会从你的床上滚下来，对吧？”她翻了个白眼，仿佛这该是什么显而易见的事情。

“哦，当然。”

我把纳蒂亚带回房间，皱眉蹙额地为她换了尿布，拉上了窗帘，然后拉出底层的抽屉，将我的工作服排列整齐，把纳蒂亚放在衣服里，等她入睡。她起初还在挣扎，大眼睛紧盯着我，长满肉窝的胖手抬起来摸索我的手，但我看得出来，这是一场她会败下阵来的战役。我试着模仿伊拉里亚，温柔地唱上一首摇篮曲。好吧，那严格说来不是一首摇篮曲：而是我能记住歌词的唯一的一首歌《玛拉弘基之歌》，逗得她咯咯笑了起来。还有一首唱的是希特勒只有一颗睾丸，是爸爸在我很小的时候唱给我听的。不过小宝宝似乎很喜欢这首歌，眼睛开始闭上了。

我听到阿肖克的脚步声在楼道里响了起来，我身后的门被打开了。

“别进来。”我低声说，“她就快要睡着了……西穆勒有个类似的东西……”

阿肖克就留在原地，没有动弹。

“但可怜的老戈贝尔根本就没有睾丸。”

就这样，她睡着了。我等了一会儿，把蓝绿色的羊绒圆领上衣盖在她的身上，以防她冻着，然后爬着站起身来。

“要是你愿意的话，可以把她留在这里。”我低声说道，“伊拉里亚和另外两个孩子在厨房里。我觉得她——”

我转过身，惊声尖叫起来。山姆就站在我的门口，抱着双臂，脸上隐约露出了笑容，两脚之间的地板上放着一只手提旅行袋。我朝他眨了眨眼睛，不知这是不是自己的幻觉。很快，我把双手缓缓地举到了脸上。

“惊喜！”他默默比了个口型。我跌跌撞撞地穿过房间，把他推到走廊上，好让自己能够亲吻他。

他告诉我，在我把意外获批周末假期的消息告诉他的那天晚上，他就已经计划好了。杰克那里不成问题——他不缺乐意领走一张免费音乐会门票的朋友——而他也安排好了自己的工作，求人和他换了班。于是，他在最后一刻订了张廉价航班的机票，赶来给我这个惊喜。

“你很幸运，我没有下决心为你做出同样的事情。”

“飞到三万英尺的高空上时，这个想法的确在我的脑海中突然出现过：你会不会就在对面的方向上飞行。”

“我们能有多长时间？”

“我恐怕只有四十八小时，周一一早就得离开。不过，露，我只是——我不想再等上几个星期了。”

他没有再说什么，但我知道他的意思。“我好高兴你这样做了，谢谢你，谢谢。所以，是谁放你进来的？”

“是你前台的那个伙计。他警告过我孩子的事情，还问我的食物中毒恢复得怎么样了。”他挑起了半边眉毛。

“嗯，这座大楼里是没有秘密的。”

“他还告诉我，你是个漂亮的大好人，是这里最善良的人。当然，这我已经知道了。后来，某个带着吵闹小狗的小老太太迈上走廊，开始对他叫嚷起有关垃圾收集的事情，所以我就让他去忙了。”

我们喝起了咖啡，直到阿肖克的妻子赶来接走几个孩子。她叫米娜，脸上还残留着团体游行的能量赋予她的光彩。她衷心向我表示了感谢，还说起了他们试图挽救的那家华盛顿高地图书馆。伊拉里亚似乎不想把阿布希克还给她：她正忙着对他咯咯地笑，轻轻掐着他的脸颊逗弄他。站在那里和这两个女人聊天时，我能感觉山姆的手从始至终都在扶着我的腰骶，庞大的身形充满了我们的厨房。他闲着的那只手握着其中一只咖啡杯，让我突然感觉这个地方更像是我的家了，因为我此刻能够想象他在里面。

“很高兴见到你。”他边说边对伊拉里亚伸出一只手来。一改往常满腹狐疑的单调表情，她笑了——一种不易察觉的微笑——握了握他的手。我这才意识到，很少有人会费心地向她介绍自己。大多数时候，她和我都是隐形人。也许是因为她的年龄或是国籍，伊拉里亚的情况与我相比更是如此。

“确保别让高普尼克先生看到他。”她在山姆走进洗手间时嘟囔道，“这座大楼是不允许男朋友出入的，走服务人员入口。”她摇了摇头，仿佛是不相信自己竟会赞同如此伤风败俗之事。

“伊拉里亚，我不会忘了这件事情的。谢谢你。”我边说边展开双臂，像是要拥抱她，可她却用犀利的目光瞪了我一眼。我半途停下，换成了某种竖起两个大拇指的姿势。

我们吃的是比萨饼——搭配安全的蔬菜配料——然后顺便去了一家幽暗、肮脏的酒吧，头顶上的电视小屏幕中闪烁着棒球的画面。我们促膝坐在一张小桌旁。半数的时间里，我都不知道我们在说些什么，因为我还是无法相信山姆就在这里，就在我的面前，向后靠在椅背上，为我的话发笑，还用一只手揉着自己的脑袋。就像是约好了似的，我们避开了有关凯蒂·英格拉姆和乔希的话题，而是聊起了各自的家人。杰克交了新的女友，很少再去山姆那里了。他说自己很想他，即便他理解没有哪个十七岁的男孩真的想要和自己的舅舅一起玩。“他更幸福了。可他的爸爸还没有把自己的事情处理好，所以我只要为他感到高兴就好。不过说来也怪，我已经习惯有他在身边了。”

“你随时都可以去探望我的家人啊。”我说。

“我知道。”

“我可不可以第五十八次告诉你，你能来我有多高兴？”

“你想告诉我什么都可以，露易莎·克拉克。”他温柔地回答，把我的指关节举到了他的唇边。

我们在酒吧里一直待到了十一点。奇怪的是，不管我们在一起的时间有多少，都不会像上次那样急不可耐地想要充分利用每一分钟。他的存在是种如此意外的嘉奖，以至于我认为我们都默默赞同，只要享受彼此的陪伴就好。

我们拥着彼此、跌跌撞撞地走出酒吧，如同两个快乐的酒鬼。迈上路沿，我把两只手指放在嘴里吹起了口哨，在黄色的出租车尖叫着急停在自己面前时丝毫没有畏缩。我转过身，示意山姆坐进去，可他却紧盯着我。

“哦，是的，是阿肖克教我的，你得把手指放在舌头下面一些，看——就像这样。”

我对着他露出了微笑，可他的表情中有些什么令我感到了不安。我以为他喜欢我打车时稍微有些夸张的动作。相反，他倒像是突然认清了我。

我们回到了鸦雀无声的大楼。莱弗里寂静而伟岸地矗立在那里，俯瞰公园，高耸在城市的喧嚣与混沌上方，仿佛不知怎么竟能超然于万物之上。迈上从前门延伸出来的带篷步道时，山姆停下脚步，抬头凝视着赫然立在自己头顶上的建筑，望着它丰碑式的砖立面和帕拉迪奥风格的窗户。他摇了摇头，几乎是为了自己，然后和我走了进去。大理石的大堂里一片寂寥，守夜人正在阿肖克的办公室里打着瞌睡。我们掠过服务电梯，步行走上台阶，脚步声在大片的皇家蓝地毯上变得模糊不清，双手沿着擦得锃亮的黄铜栏杆滑动，然后迈上另一段楼梯，直到步入高普尼克家的走廊。远处，迪恩·马丁开始吠叫起来。我带着山姆走了进去，轻轻关上身后巨大的房门。

内森房里的灯已经灭了。走廊远处，伊拉里亚的电视发出了嘟嘟囔囔的响声。山姆和我踮着脚尖穿过宽敞的门厅，经过厨房，来到我的房间。我换上T恤衫，突然希望自己睡觉时能够穿些更加精致的衣服，然后走进浴室开始刷牙。在我仍旧刷着牙漫步出来时，发现山姆正坐在床上紧盯着墙壁。我露出了极其疑惑的表情——在你满嘴都是薄荷味泡沫时才能露出的那种表情。

“怎么了？”

“这……很奇怪。”他说。

“我的T恤衫？”

“不是。身在这里，在这个地方。”

我转身回到浴室，吐掉嘴里的泡沫，漱了漱口。

“没事的。”我开口说道，关上了水龙头，“伊拉里亚没有意见，高普尼克先生星期日晚上才会回来。要是你真的不舒服，我明天可以在内森知道的那家小酒店里给咱们订个房间。它就在两个街区以外的地方，我们可以——”

他摇了摇头：“不是这件事，是你，是这里。在酒店时，那就像是平日里的你和我，只不过换了不同的地点。在这里，我终于能够看清一切是如何将你改变的。拜托，你住的可是第五大道啊，世界上最昂贵的住址之一。你在如此疯狂的建筑里工作，四处闻上去都是钱的味道，可这在你看来完全没有什么异常的地方。”

说来也怪，我竟然摆出了防备的姿态：“我依然是我。”

“当然。”他回答，“但你现在所处的位置已经不同了。事实便如此。”

他的话波澜不惊，却包含了某种让我不安的意味。我放轻步子，光着脚朝他走去，把手放在他的肩头。我的话音比想象中的更加急迫一些。“我仍旧只不过是露易莎·克拉克，你那个来自斯托特福德，有点笨手笨脚的女孩。”看他没有说话，我又补充道，“我只不过是受雇在这里帮忙的，山姆。”

他望着我的双眼，然后伸出一只手，摸了摸我的脸颊：“你不懂，你看不到自己变了多少。你已经不一样了，露。你在这座城市的街道上四处走动时的样子就像是它们全都归你所有，你用口哨呼唤的出租车招之即来。你已经长成了你自己，或许你已经长成了别人。”

“你看，你现在说的是一件好事，却不知为何听起来像是一件坏事。”

“这不是什么坏事。”他答道，“只不过……不一样了。”

于是我挪动身子，微微叉开双腿，坐在他的牛仔裤上，把脸凑到他面前，顶住他的鼻子，嘴和他只相距几英寸的距离。我用双臂环抱住他的脖子，好让自己能够感受到他柔软的深色短发磨蹭着我的皮肤，他温暖的鼻息打在我的胸口。天色一片漆黑。一盏冰冷的霓虹灯在我的床上洒下了一条窄窄的光线。

我吻了他。通过这个吻，我试图表达他对我意味着什么，表达我可以用一个口哨唤来上百万辆出租车，却依然知道他是唯一我想与之爬进被窝的人。我吻了他，吻得越来越深，越来越激烈，直到他向我屈服，直到他的手环抱住我的腰，向上滑去，直到我感觉到他停止思考的那一刻。他猛地把我拽向他，紧紧压住我的嘴。我在他的身体扭曲时喘息着被他推倒了。他整个人都弱化成了一个目的。

那天晚上，我给了山姆些什么。放纵不羁的我已经不像我自己，而是成了另外一个我，因为我是如此不顾一切地想要向他展示我需要他的真相。这是一场战斗，即便他并不知情。我隐藏了自己的力量，让他被自己的权力所蒙蔽。没有温情，没有甜言蜜语。当我们的眼神相汇时，我对他几乎是愤怒的。“我依然是我，”我在心底默默告诉他：“你敢怀疑我！从此以后就不会了。”他捂住我的眼睛，用嘴轻啄着我的头发，将我占有。我任由他摆布，想要他为此有些发疯，想要他感觉自己已经拿走了一切。当一切结束时，我的耳朵还在嗡嗡作响。

“这……不太一样。”当我们得以再次呼吸时，他说道。他的手从我的身上划过，动作十分轻柔，大拇指轻轻拨弄着我的大腿。“你以前从没有这样过。”

“也许我以前从未这么想你过。”我靠过去亲吻他的胸膛。我们就在黑暗中躺着，朝着映在天花板上的那一道霓虹灯光眨着眼睛。

“都是同一片天空。”他对着黑暗说，“我们必须永远记住，我们还在同一片天空下。”

远处传来了警笛声，随之而来的是某种刺耳的曲调。老实说，我已经再也注意不到它们了：纽约的声音变得如此熟悉，逐渐消失在听不到的白色噪音之中。

山姆转向我，脸庞被阴影遮住了。“你知道吗，我已经开始遗忘了，你身上所有那些我热爱的小细节。我都记不得你头发的味道了，”他朝我低下头，吸了一口气，“或是你下巴的形状，抑或是我这样做时你皮肤的颤抖……”他用一只手指从我的锁骨轻轻向下滑去。我为身体不由自主做出的反应微微一笑。“你事后望向我时那可爱的恍惚表情……所以我不得不到这里来，提醒自己一下。”

“我依然是我，山姆。”我答道。

他吻了我，双唇轻柔地落在我的唇上，四次，五次，耳语道：“好吧，无论你是哪一个自己，露易莎·克拉克，我爱你。”他边说边缓缓滚动身体，叹息着仰面躺了下去。

然而，就在这一刻，我不得不承认某个令人不安的真相。我已经与他不同了，而这不仅仅是因为我想向他展示我有多想要他，多想宠爱他，尽管这是其中一个原因。

从某个漆黑的隐蔽层面上来说，我想要向他展示的是，我比她好。

14
总要来临的芥蒂

我们一直睡到十点过才下楼，去了哥伦布环岛附近的一家路边小饭馆，吃得肚子都痛了，还喝了好几加仑的现煮咖啡，然后坐在彼此对面，膝盖交缠。

“为自己这一趟过来感到高兴吗？”我问道，好像我并不知道答案似的。

他伸出一只手，轻轻放在我的脖颈上，隔着桌子靠过来，直到能够旁若无人地吻到我，直到我已经得到了自己所需的所有答案。在我们身边坐着的有举着周末报纸的中年夫妇，几群打扮得稀奇古怪、刚从夜总会出来却还没去睡觉、正和彼此聊着天的人，还有带着暴躁小孩、面带倦容的夫妇。

山姆坐回自己的椅子上，长长叹了一口气：“你知道吗，我姐姐一直想到这里来，却竟然从没有来过，这似乎很愚蠢。”

“真的吗？”我把手伸向他，于是他翻过手掌，握住了我的手，用手指紧紧包住了它。

“是啊。对于自己想做的事情，她列过一整套清单呢，比如去看一场棒球比赛。是吉克斯队吗？还是尼克斯队？还要在一家纽约的小餐馆里吃饭。她最想做的就是登上洛克菲勒中心的楼顶。”

“不是帝国大厦吗？”

“不是。她说洛克菲勒中心应该更好——你可以隔着玻璃瞭望台观赏风景。显然你还能从那里看到自由女神像。”

我捏了捏他的手：“我们今天就可以过去。”

“可以啊。”他说，“不过，这会促使你思考，不是吗？”他把手伸向咖啡，“机会来了就得把握。”

一种模糊的忧郁包围了他。我并没有试图摆脱这种忧郁，因为我比任何人都明白，有些时候，一个人是需要被容许感觉悲伤的。等了片刻，我才开口：“我每天都有这种感觉。”

他朝我转了回来。

“我现在要说一件和威尔·特雷纳有关的话了。”我的话音像是在提出警告。

“好吧。”

“来到这里，我几乎每天都觉得他会为我感到骄傲。”

话一出口，我就感觉到了一丝极其微妙的焦虑，意识到了自己是如何在我们交往之初就试探山姆，没完没了地提起威尔，提起他对我的意义，提起他留下的那个“威尔形状”的空洞。可他只是点了点头。“我也觉得他会为你骄傲。”他用大拇指摩挲着我的手指，“我知道我会的，为你骄傲。我是说，我发了疯似的想你。可是，老天啊，你是那么优秀，露。你去了一座自己一无所知的城市，还承担起了这份工作，让百万富翁、亿万富翁为你效劳，并结交到了朋友，为自己创造了这一切。很多人一辈子都做不到你的十分之一。”他用手指了指身边的人。

“你也能做到。”这句话直接脱口而出，“我查过。纽约当局一直都很需要优秀的急救员。不过我相信我们是有办法做到的。”我是在开玩笑，可说罢便意识到自己有多想要事情成真。我俯身向前，趴在桌子上。“山姆，我们可以在皇后区或者某个别的地方租间小公寓，这样就能每晚都待在一起了。我们可以依靠疯狂加班的那个人来养家糊口，然后每个星期天都能到这里来吃饭。我们可以在一起，这该有多好啊？”

“你的人生只有一次。”我听到耳边响起了这句话。“答应啊，”我轻声告诉他，“现在就答应啊。”

他把手伸向我，紧接着叹了一口气：“我不能这么做，露。我的房子还没有盖好。即便我决定把它租出去，也必须要盖好它才行。而且我还不能丢下杰克，他需要知道我还在他的身边。时间再长一点就好。”

我迫使自己露出了笑脸，那种表示我并非如此认真的笑脸。“当然了！这只不过是个愚蠢的想法。”

他把双唇按在了我的手掌上。“不蠢，只不过现在还不可能。”

我们心照不宣地下定决心，不再提起任何存在潜在困难的话题。要知道，因此而被扼杀的话题数量还真是多得惊人——他的工作、他的家庭生活、我们的未来——我们在高线公园散步，然后改道去了古着百货店。在那里，我像个老朋友一样和莉迪亚打了个招呼，穿上一件二十世纪七十年代的亮片连身衣裤，然后又套了一件五十年代的皮草外套，戴上一顶水手帽，把山姆给逗乐了。

“好了。”在我穿着一条粉黄相间的尼龙迷幻效果宽松直筒连衣裙走出更衣室时，他说道，“这才是我认识和热爱的露易莎·克拉克。”

“她有没有向你展示过那条蓝色的鸡尾酒会礼服裙？有袖子的那条？”

“我无法抉择是该要这件还是要皮草。”

“甜心。”莉迪亚点了一支寿百年香烟，开口答道，“你是不能在第五大道上穿皮草的，那些人意识不到你是在讽刺他们。”

在我终于离开试衣间时，山姆已经站在了收银台旁，伸手递给我一个袋子。

“是那条六十年代的连衣裙。”莉迪亚帮忙说了一句。

“你为我把它买下来了？”我从他的手里接过袋子，“真的吗？你不觉得它太花哨了吗？”

“它简直会让人发疯。”山姆面无表情地答道，“但你穿着它的时候看上去那么幸福……所以……”

“哦，天哪，这家伙值得你与他长相厮守。”在我们出门时，莉迪亚低语道，嘴角上还叼着香烟，“还有，下次让他把那条连身裤给你买下来。你看上去完全就是一副老大的模样。”

我们回到公寓里待了几个小时，打了个盹儿，穿戴得整整齐齐，单纯拥着彼此，肚子里满满都是碳水化合物。四点钟的时候，我们东倒西歪地爬起来，同意该出门走走，最后进行一次短途旅行，因为山姆隔天一早八点就要去肯尼迪机场赶飞机。趁他打包几样东西的空当，我去厨房里泡茶，发现内森正在混合某种蛋白质奶昔。他咧嘴一笑：“我听说你的男人来了。”

“这条楼道里就彻底没有任何的隐私了吗？”我在水壶里加满水，轻轻按下开关。

“这里的墙壁这么薄，隐私是谈不上的，伙计，谈不上。”他答道，“我开玩笑的！”看到我的脸一下子红到了发际线，他赶紧说：“我什么也没听见。不过，从你的脸色来看，我很高兴你度过了一个美好的夜晚！”

就在我打算捶他一顿时，山姆出现在了门边。内森在他的面前停下脚步，伸出了一只手："啊，大名鼎鼎的山姆。很高兴终于见到你了，伙计。"

"我也一样。"

我迫不及待地等着看他们会不会为了男性领袖的地位和彼此一争高下。可内森天生就是个过于放松的人，而山姆仍旧沉浸在二十四个小时美食与性爱的笼络之中。两人只是握了握手，对着彼此咧嘴一笑，交换了几句客套话。

"你们今晚要出去吗？"在我把倒上茶的马克杯递给山姆时，内森豪饮了一口自己的饮料。

"我们觉得也许可以到洛克菲勒广场三十号去一趟，这是一项任务。"

"啊，伙计，你是不会想要把最后一晚的时间浪费在和游客一起排队上的。去东村的假日鸡尾酒餐吧好了，我要在那里和我的朋友们见面。露，我们上次去玩的时候，你见过他们。他们今晚要在那里举办某种推介会，这种活动总是特别热闹。"

我望向了山姆，他耸了耸肩。我说，我们可以顺便过去待上半个小时，然后说不定可以自行前往洛克菲勒中心的顶楼。那里一直开到十一点十五分呢。

三个小时之后，我们挤在了一张凌乱的餐桌旁。被端上桌的一杯杯鸡尾酒让我的大脑微微有些天旋地转。我穿的是那条迷幻效果的直筒宽松连衣裙，因为我想要向山姆展现自己有多爱它。与此同时，和那些十分享受有其他男性做伴的男人一样，他已经和内森及其朋友打成了一片。他们吵闹地数落着彼此的音乐选择，比较着年轻时在现场演出中发生过的恐怖故事。

我身体的一部分正笑着融入对话，另一部分却在盘算自己能在经济上贡献多少，好让山姆能来这里的次数比计划中的翻上一倍。我们在一起是多么快乐啊。

山姆起身去买下一轮的饮料。“我去拿几份菜单。”他比了个口型。我点了点头，心知要是不想让自己稍后丢脸，可能就该吃点东西。

就在这时，我感觉有只手搭在了我的肩膀上。

“你真的在跟踪我！”乔希满脸堆笑地低头看着我，笑容灿烂得露出了雪白的牙齿。我猛地站起身，脸红了。转过身，我看到山姆还在吧台边，正背对着我们。

“乔希！嗨！”

“你知道这里几乎算得上是我最爱的另外一间酒吧了，对吗？”他穿着一件柔软的蓝色条纹衬衫，卷着袖子。

“我没有！”我的音调过于高亢，语速也太快了。

“我相信你。你想喝上一杯吗？他们这里还有某种传统饮料，不过那就是另一回事了。”他伸出手，碰了碰我的手肘。

我弹了回去，像是被他烫到了似的。“是啊，我知道。不用了。谢谢你。我是和朋友们来的，还有……”我转过身，恰巧看到山姆回来，手里托着一盘酒水，腋下还夹着几份菜单。

“嘿。”他边说边瞥了瞥乔希，然后把托盘放在桌子上，缓缓直起身，好好打量了他一番。

我站起来，双手僵硬地摆在体侧：“乔希，这是山姆，我的——我的男朋友。山姆，这是——这是乔希。”

山姆紧盯着乔希，像是在试图一眼看清什么。“哦。”山姆终于开了口，“我想我明白了。”他看了看我，然后又回过头去看了看乔希。

“你们——你们大家想不想喝上一杯？我是说，我知道你们已经喝了一些，不过我很愿意排队再买上几杯。”乔希朝着吧台做了个手势。

“不用了。谢谢，伙计。”山姆仍旧站着，好让自己能比乔希高出半个头，“我觉得我们待在这里挺好的。”

一阵尴尬的沉默。

“那好吧。”乔希看着我点了点头，“很高兴见到你，山姆，你在这里要待很久吗？”

“够久的。”山姆的笑容并没有延伸到眼角眉梢。我从未见过他如此易怒。

“哦，那么……我就不打扰你们了。露易莎——我们回头见。晚上玩得愉快。”他举起两只手掌，做了个安抚的手势。我张开嘴，却说不出任何一句听上去合理的话，于是挥了挥手，手指奇怪地摆动着。

山姆重重地坐了下来。我瞥向桌对面的内森，他的脸上完全是一副中立的表情。其他几个人似乎并未察觉什么，仍在谈论上一次现场演出的票价。山姆暂时陷入了沉思，当他终于抬起目光时，我把手伸向了他，他却没有捏捏我以示回应。

情绪并未恢复。酒吧里太过喧闹，害得我无法与他交谈，何况我也不确定自己想要说些什么。啜着鸡尾酒，我在脑海里翻来覆去地琢磨着上百种论据。山姆大口喝着酒，为大家的笑话点头微笑，我却看出了他下巴的抽搐，知道他的心已经不在这里了。十点钟的时候，我们和大家道别，坐上出租车回家去了。

我会任由他爆发。

按照指示，我们是坐服务电梯上楼的，在偷钻进我的房间之前，我还竖起耳朵听了听。高普尼克先生显然已经上床睡觉去了。山姆沉默不语地走进浴室去换衣服，还关上了背后的房门，后背十分僵硬。我在悄悄爬上床时听到了他刷牙的声音，让人感觉既慌乱又愤怒，似乎是打算一辈子待在里面。终于，他打开房门，穿着四角短裤站在了那里，腹部上的伤疤仍是一道鲜亮的红色。

“我就是个大傻瓜。”

“没错，你就是个大傻瓜。”

他重重地吐了一口气，看着威尔的照片——它被我摆在了他的照片和我妹妹与一只手指插在鼻子里的托马斯的合影之间。

“对不起，我只是很困惑，他看起来太像……”

“我不知道。不过你也可以说，你和我妹妹相处的时候，她和我的相像也很奇怪。”

“只不过她并不像你。”他挑起了眉毛，“……怎么了？”

“我在等你说，我好看多了。”

“你好看多了。”

我推开床罩，好让他爬上床，钻到我的身边。

“你比你妹妹好看多了，好看得多得多。说白了，你就是个超模。”他把一只手放在我的臀部，既温暖又沉重，“不过腿要短一些。你觉得这么说怎么样？”

我试着不笑：“好多了。但是说我腿短也太粗鲁了吧。”

“这腿很美，是我最喜欢的腿了。超模的腿实在——太无聊了。”他把身子挪过来，好压住我。每次他这么做，我的身体里就像是有什么东西不知不觉活了过来，害得我不得不努力让自己不去蠕动。他用手肘撑住身体，把我按在原地，低头望着我的脸庞。我努力露出坚定的表情，即便一颗心正在怦怦直跳。

“我觉得你可能把那个可怜的家伙吓得魂飞魄散了。”我说，“你看上去有点像是想要揍他一顿。”

“那是因为我的确很想揍他。”

“你是个傻瓜，山姆·菲尔丁。”我抬起手，吻了他。回吻我时，他再次露出了微笑，下巴上密布着他懒得去刮的胡茬。

这一次，他很轻柔。其中一部分原因是我们现在相信墙壁很薄，而他其实不应该待在这里。不过我觉得，在今晚的意外之后，我们都想要小心地对待彼此。每一次他碰触我时，都是怀揣着某种敬畏之心的。他告诉我他爱我，声音低沉而温柔，说话时还径直望着我的双眼。这些字眼如同地震一般，在我的身体里回响。

我爱你。

我爱你。

我也爱你。

我们把闹钟定在了四点四十五分。我咒骂着被刺耳的响声从睡梦中拽了起来，身边的山姆呻吟着把一只枕头拽到了头上。于是我不得不把他推醒。

我嘟嘟囔囔地把他推进了厕所，打开淋浴，然后拖着脚步走进厨房，泡了两杯咖啡。回来时，我听到了洗澡水被关掉时沉重的响声。坐在床边，嘬着咖啡，我不知道在星期日的晚上去喝那么浓烈的鸡尾酒到底是谁出的好主意。浴室的门在我扑通一声躺回床上时打开了。

“我能不能把鸡尾酒的事情赖在你的头上？我需要找个人来推卸责任。”我的太阳穴咚咚直跳。轻轻地，我把头抬了起来，又放下。“那些鸡尾酒里都放了些什么啊？”我用指尖抵住太阳穴。“肯定都是双份的，我通常是不会感觉这么糟糕的。哦，天哪，要是我们直接去洛克菲勒广场三十号就好了。”

他什么话也没有说。我转过头，好让自己能够看到他。他就站在浴室的门口：“你想要和我聊聊这个吗？”

“聊什么？”我推着自己坐直了身子。他的腰间围着一条毛巾，手里举着一个三角形的小白盒子。刹那间，我以为他要试着送我珠宝，差点笑出声来。可当他把盒子递给我时，脸上却并没有微笑。

我从他的手里接过它，难以置信地盯着验孕试纸。盒子是敞开的，里面松散地放着一只白色的塑料棒。我看了看它，意识中某个遥远的部分注意到上面没有蓝线，于是抬起头来望向他，暂时失去了言语。

他重重地坐在了床边："我们是用了安全套的，对吗？上一次我过来的时候，我们用了安全套。"

"什么——你是在哪里找到这东西的？"

"你的垃圾桶里，我只不过把我的刮胡刀丢了进去。"

"这不是我的，山姆。"

"你还和别人同住在这间屋子里吗？"

"没有啊。"

"那你怎么会不知道这是谁的？"

"我就是不知道！不过——不过它不是我的！我没有和其他任何人发生过性关系！"我意识到，在你表示抗议时，坚称自己没有和别人发生过关系的做法听上去就像是在掩饰事实。"我知道事情看似是怎样的，但我不知道这东西为什么会在我的浴室里！"

"这就是你为何总是要与我提起凯蒂的原因吗？因为你其实是在为自己还和别人有交往而内疚？话是怎么说的来着？移情？难道——难道这就是你……那天晚上会如此不同的原因？"

房间里的空气已经被抽干。我感觉就像是被人掴了一个耳光，于是紧盯着他："你真是这么想的？在我们经历了这一切之后？"

他默不作声。

"你——你真的觉得我对你不忠？"

他脸色苍白，和我一样震惊不已。“我只是觉得，如果一样东西看起来像只鸭子，叫起来也像只鸭子，那么，你懂的……它通常就是一只鸭子。”

“我不是什么该死的鸭子……山姆。山姆。”

他不情愿地转过了头。

“我没有背叛你，这不是我的，你得相信我。”

他的目光掠过我的脸庞。

“我不知道自己能说多少次，这不是我的。”

“我们在一起的时间这么短，其中又有那么长的时间分居两地。我不……”

“你不什么？”

“这就是其中一种情况，你知道吗？要是你告诉酒吧里的那些家伙呢？他们会对你露出这样的表情，就像——伙计……”

“那就不要和你在酒吧里的那群该死的朋友说！听我说！”

“我想要说，露！”

“那你的问题到底在哪里？”

“他看上去很像威尔·特雷纳！”话从他的口中喷涌而出，仿佛没有其他的去处。他坐了下来，把脑袋埋进双手的指尖，然后再次轻声开了口：“他看上去就像是威尔·特雷纳。”

我的眼中溢满了泪水。用掌根抹掉眼泪，我心知自己眼下可能已经将昨晚的睫毛膏擦得满脸都是，却真的不太在乎。说话时，我的声音低沉而严肃，听上去很不像我自己。

“我打算再说一次：我没有和其他任何人上床。要是你不相信我……那好，我不知道你还在这里做什么。”

他没有回应，却让我感觉他的答案正静静飘荡在我们之间：我也不知道。他起身走向了自己的行李，从里面掏出一条裤子，用短促而愤怒的动作将它猛地拉到身上。“我得走了。”

除此之外，我什么话也说不出来，只是坐在床上看着他，感觉既落寞又恼火。在他穿戴整齐，把其他东西都丢进行李时，我只字未发。很快，他把行李甩到肩头，走向房门，然后转过身来。

“一路平安。”我说道，却并没有露出一丝微笑。

“我到家会给你打电话的。”

“好。”

他弯下腰吻了我的脸颊。在他打开门时，我并没有抬起头。他又在那里站了一会儿，然后便离开了，悄悄关上了身后的房门。

艾格尼斯是正午时分被加里从机场接回来的。到家时，她的情绪异常低迷，仿佛并不情愿待在这里。隔着墨镜，她匆匆和我打了声招呼，然后便钻回更衣室，锁上门，在里面待了四个小时。下午茶时间，冲完澡、穿戴整齐的她出现了，在我抱着完工的情绪板走进她的书房时勉强露出了一个微笑。我和她讨论了一下颜色和布料，她心不在焉地点着头，可我看得出来，她其实并不知道我做了些什么。我让她喝了几口茶，等到自己知道伊拉里亚已经下楼去了，才关上书房的门，好让她抬头看着我。

“艾格尼斯。”我轻声说道，“这是个有些奇怪的问题，不过你有没有在我的浴室里放过一根验孕棒？”

她隔着茶杯朝我眨了眨眼睛，然后把杯子放在茶碟上，做了个鬼脸：“哦，那个，是的，我正要告诉你呢。”

我感觉怒火正如胆汁般在身体里涌动：“你正要告诉我？你知道我的男朋友发现了吗？”

“你的男朋友来度周末了？太好了！你们过得开心吗？”

“在他发现我的浴室里有根用过的验孕棒之前，还不错。”

“但你告诉他那不是你的了，对吗？”

“是的，艾格尼斯。不过，说来也怪，男人在自己女友的浴室里发现验孕棒时，心情都会有些暴躁。特别是当你的女朋友住在三千英里以外的地方时。”

她挥了挥手，仿佛是要驱散我的担忧：“哦，看在上帝的分上。要是他信任你，就不会有事。你没有背叛他，他应该不至于那么愚蠢。”

“可为什么？你为什么要把验孕棒放在我的浴室里？”

她愣住了，眼神在我的四周东张西望，像是在检查书房的门是否真的关上了。突然间，她的表情变得严肃起来。“因为要是我把它留在我的浴室里，就会被伊拉里亚发现。”她的话直截了当，“而我不能让伊拉里亚看到这种东西。”她举起手，仿佛是我疑心太重：“莱昂纳德在我们结婚时就曾明确过不要孩子，我们已经说好了。”

“真的吗？但这不是……要是你决定要孩子，怎么办？”

她噘起了嘴巴：“我不想要。”

“不过——不过你和我年纪相仿，你怎么能确切地知道呢？大多数日子里，我连自己是否想要一直使用同一个牌子的护发素都说不清楚。许多人都会改变心意的——”

“我是不会和莱昂纳德要孩子的。”她厉声说道，“好了吗？孩子的话题说够了吧。”

我不太情愿地站起身，而她则猛地转了过去，一脸凶相。“对不起，要是我给你惹了什么麻烦，对不起。”她用掌根推了推眉毛，“好吗？对不起。现在我要去跑步了，我一个人就行。”

不一会儿，在我走进厨房时，伊拉里亚正在里面。她在搅拌钵里用力地揉着一大坨面团，还会捶上几拳，却并没有抬起头来。

“你觉得她是你的朋友。”

我停下来，举向咖啡机的马克杯停在了半空中。

她格外用力地推动着面团。“只要能拯救自己，那个婊子会出卖你的。”

“你这话是帮不上什么忙的，伊拉里亚。”我答道。这是我第一次不曾与她顶嘴。填满马克杯后，我走向了门边。“还有，信不信由你，你知道的并非事情的全貌。”

在楼道里走到半路，我听到了她愤怒的哼声。

我到楼下阿肖克的办公桌那里领取艾格尼斯的干洗衣物，还停下来聊了几句，试图将灰暗的心情推到一边。阿肖克总是平和而乐观的，和他说话就像是打开了通往某个更加轻松的世界的一扇窗。回到公寓时，前门外立着一个微微有些褶皱的小塑料袋，我弯下腰把它捡了起来，吃惊地发现那是送给我的，或者至少是“我觉得收件人的名字叫作露易莎”。

我回到自己的房间，打开塑料袋。只见袋子里用回收棉纸包裹着一条碧芭牌的复古丝巾，上面点缀着孔雀羽毛的印花。我将它展开、垂在脖子上，欣赏着布料微妙的光泽，以及它在昏暗的光线下也能闪光的样子。它闻起来像是丁香和陈年香水的味道。紧接着，我把手伸进袋子里，掏出了一张小卡片。卡片的顶部用深蓝色的圆形字体写着这么一个名字：玛格特·德威特。下面，有人用颤颤巍巍的草体字写道：谢谢你救了我的狗。

15
拯救图书馆

收件人：MrandMrsBernardClark@yahoo.com

发件人：BusyBee@gmail.com

嗨，妈妈：

是的，万圣节在这里算是一桩大事。

我在城里逛了逛，气氛很不错。许多小鬼、小巫婆都挎着装有糖果的篮子，身后远远跟着手拿电筒的父母。他们中有些人也会盛装打扮一番。这里的人似乎真的很享受这个节日，不像我们的街道，半数的邻居都会把灯关掉，或是躲在后面的屋子里，以防孩子们来敲门。

所有的窗户上都挂满了塑料南瓜和人造鬼怪。所有人似乎都很喜欢身着盛装。就我所见，甚至没有人会向任何人丢鸡蛋。

不过，我们的大楼里是没有人会玩“不给糖、就捣蛋”的游戏的，我们所住的社区其实不属于人们会敲响彼此家门的那种。也许他们会朝彼此的司机大喊大叫，何况他们还不得不从守夜人的身边走过。他这个人本身就有点可怕。

接下来就是感恩节了。在火鸡广告播放之前，他们几乎是不会清走那些鬼怪剪影画的。我甚至无法完全确定感恩节是做什么的——我想，多半就是吃吧。这里大部分的节日似乎都是如此。

我很好。很抱歉不能常打电话，向爸爸和外公转达我的爱。

我想你。

露

和那些刚刚离婚的男人一样，高普尼克先生最近正在为家庭聚会的事情伤神。他宣布，自己想在公寓里举办一场感恩节晚宴，利用前任高普尼克夫人要和姐姐去佛蒙特州的这段时间，邀请最亲近的家人到场。一想到这件“喜事”——以及他十八个小时的工作日安排——就足以让艾格尼斯陷入持续的恐惧状态中。

山姆回家后给我发过一条信息——其实是在他回去后二十四个小时才发来的——说自己很累，觉得这比他想象中更难。我只是回复了一句“是的”，因为老实说，我也十分疲惫。

我一早便会和艾格尼斯、乔治去跑步。不跑步的时候，我会伴着耳边的城市声响在狭小的房间里醒来，脑海中想象着山姆站在我的浴室门口。我就躺在那里，辗转反侧，直到身体被床单缠绕起来，思绪一片漆黑。一整天就这样在还未开始之前便已失去了光泽。在不得不起床、穿上跑鞋出门的日子里，我醒来时大脑就已经在忙前忙后了，强迫自己为别人的生活深思，还要惦记我大腿上的肌肉拉伤、胸口里的凉气和耳朵里呼吸的声响。我感到紧绷却强大，已经准备好击退这一天里有可能迎接我的任何乱七八糟的破事。

那个星期的破事很多。加里的女儿从大学里退学了，害他陷入了糟糕的情绪之中，所以每次艾格尼斯下车之后，他都会抱怨这些不知感恩的孩子，说他们不理解一个有工作的男人赚来的血汗钱有什么价值，或是需要付出什么代价。面对艾格尼斯越来越古怪的习性——比如点些她后来又不想吃了的食物，或是在她不在的时候锁上更衣间的门、害得伊拉里亚无法为她收拾衣物——伊拉里亚时常怒火中烧。“她想让我把她的内衣放在走廊里吗？她想把自己的性感服饰全都展示给送杂货的男人看吗？总之，她在那里能藏些什么东西？”

迈克尔会像幽灵一样从公寓里掠过，脸上带着身兼二职的男人那种因业务缠身而筋疲力尽的表情；就连内森也失去了些许的冷静，突然火冒三丈，因为前来查看小猫状况的日裔女士暗示，正是因为他的鞋子总是突然落下，才导致它充满了“负能量”。“我这就给她点特别负面的能量看看。”他一边抱怨，一边把跑鞋丢进了垃圾桶里。针对钢琴的事，德威特太太一周会来敲响我们的房门两次。为了报复，艾格尼斯会放上一段被称为《魔梯》的录音，在我们出门前把音量调大。“这是利盖蒂的曲子。”在我们走向电梯时，她哼了一声，用小粉盒看了看自己的妆容。震耳欲聋、毫无旋律的音调在我们的头顶上爬升、后退。我默默给伊拉里亚发去一条私信，要求她在我们离开后把音乐关掉。

降温了。就连人行道都变得愈发拥挤。圣诞节的装饰已经开始偷偷爬上了商店的门面，如同一片华而不实、闪闪发光的红疹。我带着些许期待订好了回家的航班，却无法知晓自己将获得哪一种欢迎。我给妹妹打了个电话，希望她不会提出太多的问题。我本不需要担忧。她还是如我认识的那样健谈，聊着托马斯在学校里的功课、他在住宅区里认识的新朋友以及他在足球方面的超凡技术。被我问及男朋友的事情时，她却一反常态地安静了下来。

“你不打算跟我说说他吗？你知道妈妈已经快被逼疯了。”

“你还会在圣诞节的时候回来吗？”

“是啊。”

“那我可能会介绍你认识一下。要是你能在几个小时的时间里设法不像个十足的笨蛋一样。”

“他和托马斯见过面了吗？”

“这个周末吧。”她答道，声音突然有些不太自信，“直到现在，我都没让他们见过彼此。要是事情行不通怎么办？艾迪喜欢小孩，但是如果他们无法——”

“艾迪！”

她叹了一口气：“是的，艾迪。”

“艾迪，艾迪和特丽娜。‘艾迪和特丽娜，坐在一棵大树下，亲——亲。’”

“你真是个孩子。”

一整个星期，这是我第一次大笑。“他们会没事的。”我说，“一旦你让他们见了面，就可以带他去看爸爸妈妈了。这样一来，你就会成为妈妈一直谈论婚期的那个人，而我就能摆脱对母亲的内疚感了。”

“是‘罪恶感’。你又不是美国人，就好像这种事真的会发生似的。你知道吗——她担心你已经优秀得不会在圣诞节时和他们说话了？她觉得你不想在机场坐上爸爸的厢式货车，因为你已经习惯坐豪华轿车出入了。”

“这是真的，我已经习惯了。”

“说真的，怎么了？你对自己身边发生了什么事可是一个字都没有提起呀。”

“热爱纽约。”我的话流畅得如同一句口头禅，“努力工作。”

“哦，你还真是废话连篇。我得挂了，托马斯醒了。”

“告诉我进展如何。”

“我会的。除非事情的走向非常糟糕，那我就会移居海外，余生都不会和任何人再说一个字。”

“这可是咱们家，你总能得到适当的反应的。”

星期六的天气很凉，还伴着阵阵狂风。我从不知道纽约的风能如此凛冽，仿佛高楼大厦就是微风的漏斗，将它打磨得冰冷、凶猛且不间断，我时常感觉自己仿佛正走在某种肆虐的风洞里。压低脑袋，我将身体弯曲呈四十五度，偶尔还要伸出手来攥紧消防栓或灯柱，去赶前往古着百货店的地铁。我在那里停留了一杯咖啡的时间，暖了暖冻僵的身子，以低于市场价的十二美元特价买下了一件斑马纹的外套。事实上，我流连忘返，不想回到自己那间寂寞的小屋，听着伊拉里亚房间里的新闻节目声嘟嘟囔囔地从走廊尽头传来，隐约感觉山姆的声音如同幽灵般四处回响，还要遏制住每十五分钟就要查看一下电子邮件的诱惑。我到家时，天都已经黑了。浑身发冷的我已经累得足以感觉不到焦躁不安，或是沉浸在纽约带给我的那种挥之不去的体会中——待在家里不出门就意味着我正在错过些什么。

我坐在房间里看电视，想给山姆发封电子邮件，却还气得不愿和解，不确定自己要说的话能否让局势有所好转。我从高普尼克先生的书架上借了一本约翰·厄普代克的小说，可里面讲的全都是现代恋爱关系的错综复杂，何况其中的每个人似乎都郁郁寡欢，或是在疯狂地苛求某个人。于是我最终关上了灯，睡觉去了。

第二天早上，我下楼时看到米娜正在大厅里。这一次她没带小孩，身旁陪伴的却是未着制服的阿肖克。看到他身穿便服在办公桌下翻找什么，我有点吃惊，突然想到我们没换上便服时，富人们有多容易拒绝了解关于我们的一切。

“嘿，露易莎小姐。”他说道，“我忘了戴帽子，所以不得已在去图书馆之前顺便过来一趟。”

“就是他们想要关闭的那家图书馆吗？”

“没错。”阿肖克回答，“你想和我们一起去吗？”

“来帮我们保住图书馆吧，露易莎！”米娜用戴着连指手套的一只手拍了拍我的后背，“我们需要自己所能得到的一切支援！”

我本来计划要去咖啡馆，但也没有别的事情可做，何况星期日正像一片荒原似的在我面前展开，于是我答应了。他们递给我一张上面写着“图书馆不仅与书有关”的海报，还检查了一下我已戴好帽子和手套。“你这身衣服待上一两个小时是没有问题的，不过第三个小时就会感觉天寒地冻了。”米娜在我们出门时说道。她就是那种会被我父亲形容为“敢作敢为”的女子——一个妖娆的长发性感纽约客，会机智地反驳丈夫说的每一句话，喜欢取笑他的发型、他带孩子的方式和他的性能力。而他显然十分宠爱她，两人频繁地互称“宝贝”，以至于我偶尔都会好奇他们是不是忘记了对方的名字。

我们坐上北上的地铁，驶向华盛顿高地，途中聊起了米娜怀第一胎时，他是如何找到这份临时工作的，以及孩子们达到学龄时，他要如何开始寻找别的差事——某种朝九晚五的差事，好多帮帮家里。（“不过这份工作的健康福利不错，让人很难放弃。”）他们是在大学里相遇的——我汗颜地承认，自己以为他们属于包办婚姻。

当我告诉她时，米娜哄然大笑起来："姑娘？你觉得我就不能让我的父母给我挑个比他更好的人吗？"

阿肖克："你昨晚可不是这么说的，宝贝。"

米娜："那是因为我的注意力全都集中在电视上了。"

当我们终于笑着爬上地铁的台阶，来到第一百六十三街时，我突然进入了一个截然不同的纽约。

华盛顿高地这一部分的建筑看上去十分单调：封着木板且垂着太平梯的店面、酒水饮料店、炸鸡店、窗户上贴着卷曲褪色过时发型图的美容沙龙。一个轻声咒骂的男人推着装满塑料袋的购物车从我们身边走过。几群孩子无精打采地站在街角，对彼此喝着倒彩。不规则地成堆叠放的垃圾袋散布在路沿上，要不就是里面的东西散落了出来。这里丝毫没有曼哈顿下城区的光鲜，也没有中城区纵贯长空的坚定抱负，空气中充满了油炸食物的味道与幻灭。

米娜和阿肖克似乎并没有注意到这些。他们迈开大步走着，脑袋靠在一起查看手机，确保正在照顾孩子们的米娜母亲没有遇到什么问题。米娜转过头，看我是否还跟在他们身后，脸上露出了微笑。我瞥了瞥背后，把钱包往夹克更里面的地方塞了塞，快步跟在后面。

还没看到抗议的人群，我们便率先听到了他们的动静——远处传来的空气震荡声逐渐变得明晰起来。绕过街角，我们发现就在那里——就在一座被煤烟熏黑的红砖建筑前——站了大约一百五十个人。大家都在挥舞海报，振振有词，声音多半对准了一小群摄像人员。在我们靠近的途中，米娜猛地把自己的标语戳向了空中。"全民教育！"她喊道，"不要夺走我们子女的安全空间！"我们穿过人群，很快便被吞没其中。我想过纽约是多种多样的，但此刻才意识到自己眼中所见的只是人们的肤色与衣着风格。这里的人属于一个完全不同的范畴，有戴着针织帽的老妇人、背上绑着小孩的嬉皮士、编着整齐发辫的年轻黑人，还有穿着纱丽服的年迈印度妇女。大家生机勃勃地为了一个共同的目标聚集在一起，众志成城地想要让人们理解他们的观点。我也呼喊着加入其中，注视着米娜面带微笑地一边拥抱相识的抗议者、一边在人群中穿梭。

“他们说，这次的抗议会在晚间新闻里播出。”一个上了年纪的女子朝我转过身，心满意足地点了点头，“这是市议会能够留意到的唯一的事情。他们全都想上新闻。”

我笑了。

“年年如此，不是吗？每年我们都必须抗争得更努力一些，维护社区的团结，每年我们都得把属于我们的东西抓得更紧。”

“对不起，我真的不懂，我只不过是跟着朋友到这里来的。”

“但你还是来帮我们了，这才是最重要的。”她把一只手放在了我的手臂上，“你知道我的孙子在这里做辅导项目吗？他们雇用他教其他年轻人使用电脑，而且真的会付钱给他。他也教成年人，帮助他们申请工作。”她把两只戴着手套的手攥在一起，试图为自己取取暖。“要是议会把它关了，这么多人就无处可去了。你可以打赌，第一批抱怨年轻人在街角上无所事事的人就会是那些市议员。你懂的。”她朝我笑了笑，好像我真的能够明白似的。

前方，米娜再一次举起了自己的标语，身旁的阿肖克弯下腰和一个朋友的小儿子打了个招呼，将他抱起来，举过人群，好让他能够看得更清楚一些。没有了门房的制服，人群中的他看上去全然成了另外一个人。老实说，尽管我们说过那么多话，我却只能透过制服的棱镜去看待他，从未好奇过他在大堂办公桌以外的生活——他是如何供养自己的家庭的，或是上班途中要花多长时间，抑或是工资能拿多少？说来也怪，我审视着摄像机刚一离开便逐渐安静下来的人群，为自己对纽约的探索其实少之又少而感到羞愧。毕竟这里和遍布光鲜摩天大楼的中城区是一座城市。

我们又持续呼喊了一个小时的口号。汽车和卡车会在经过时鸣笛助威，我们则会欢呼着以示回应。两位图书馆工作人员走了出来，尽其所能地为人们提供足够多的热饮。我没有去拿。那时，我已经注意到了那个老太太外套上脱落的线头，还有身边那些人衣着的褴褛与破旧。一个印度妇女带着儿子走过马路，手里托着盛有热乎乎炸蔬菜小吃的铝箔托盘。我们扑了过去，向她连胜道谢。“你们正在做的事情至关重要。”她说，“我们要感谢你们。”我拿到的小吃里满是豌豆和土豆，辣得足以让我大口喘息，却十分美味。“他们每个星期都会给我们送来这些东西，上帝保佑他们。”老太太边说拂了拂围巾上的点心渣。

一辆警车缓缓地驶过了两三次，车上的警员面无表情地扫视着人群。“帮忙拯救我们的图书馆吧，警官！”米娜朝他喊道。他把脸别了过去，但是他的同事笑了。

某一刻，米娜和我走进图书馆去上厕所。我这才有机会一睹自己似乎正在为之抗争的地方是什么模样。这是一座古老的建筑，拥有高高的天花板和外露的管道，充满了肃静的氛围；墙壁上覆盖着提供成人教育、冥想课程、六美元一小时的简历与薪酬辅导课程的海报。不过，图书馆里全都是人，儿童区挤满了年轻的家庭，电脑区也满是小心敲打着键盘、对自己所做的事情还不太自信的成年人。一群青少年坐在某个角落里低声聊着天，有的在读书，有的则戴着耳机。看到图书馆馆员的办公桌旁竟然站着两个保安，我吃了一惊。

“是啊，这里发生过好几次斗殴。图书馆对任何人都是免费的，你知道吗？”米娜低声说道，“通常是毒品惹的祸。你总是会惹上点什么麻烦。”在沿着楼梯返回时，我们经过了一个老太太身旁。她的帽子脏兮兮的，蓝色的尼龙外套皱皱巴巴，属于流浪汉会穿的款式，肩膀上还有几道裂缝，像是曾经缝有肩章。我发现自己一直紧盯着她的后背，看着她一步步爬上楼梯，破旧的拖鞋几乎已经不跟脚了，手里攥着的袋子里露出了一本平装书。

我们又在外面逗留了一个小时——久得足以让一个记者和另外一个新闻工作者顺便过来采访，承诺他们会竭尽全力报道此事。没过多久，一点钟的时候，人群开始散去。米娜、阿肖克和我掉头返回地铁。他们两人一直在精力旺盛地谈论自己和谁说了话，以及计划于下个星期举行的抗议。

“要是图书馆关闭了，你们打算怎么办？”坐上车后，我问他们。

“老实说吗？”米娜一边回答，一边推了推头发上的大头巾，“不知道。不过他们最终有可能还是会把它关闭。两英里以外还有另外一家设备更好的图书馆。他们会说，我们可以带着孩子到那里去，因为这里显然人手一辆汽车。况且让老人们在九十华氏度的高温中走上两英里也是有好处的。”她翻了个白眼。“不过我们会一直奋斗到那个时候为止，对吗？”

“你们得给社区留出些地方。”阿肖克断然举起一只手，在空中划来划去，“你们得留出能让人们见面、攀谈和交换意见的地方。这不只是钱的问题，你懂吗？书是能够教会你人生的东西。书能教你去同情。不过，要是你赚的钱都不够付房租，就买不起书。因此图书馆就成了一种至关重要的资源。露易莎，关闭一家图书馆不仅仅是关闭了一座建筑，而是泯灭了希望。”

短暂的沉默。

“我爱你，宝贝。”米娜说，结结实实吻住了他的嘴。

“我也爱你，宝贝。”

他们凝视着彼此。我掸了掸想象中外套上的渣滓，试着不去思念山姆。

阿肖克和米娜要去她母亲的公寓接孩子，于是拥抱了我，让我保证下个星期还来。我走进一家小餐馆，喝了一杯咖啡，吃了一角派，脑海里情不自禁地回想着抗议，回想着图书馆里的人，还有周围污秽不堪、坑坑洼洼的街道。我不断想象着那个女人外套上的裂缝，还有我身边的老妇人，以及她对孙子能够通过辅导来谋生有多骄傲。我还想起了阿肖克对社区百姓慷慨激昂的辩护。于是，我记起了自己的人生是如何因为家乡的图书馆而改变的，记起威尔曾坚称“知识就是力量”。如今我读过的每一本书、做出的每一个决定，是如何可以追溯到那个年代的。

我还想起了人群中的每一个抗议者都认识另外的某个人，要么是和其他人拥有某种关联，会给他们买来食物、饮料或是与他们交谈，想起了一个共同的目标是如何让我感觉到能量的涌动与喜悦。

我想起了自己的新家。这座沉寂的大楼里大约住了三十几个人，可除了在自己的平和遭到了微不足道的侵犯时抱怨连连之外，没有一个人会和别人交谈，显然也没有人喜欢彼此，或是愿意费心去认识彼此、发现自己是否会喜欢对方。

我就这样一直坐到面前的派都已经渐渐地冷了。

回来后，我给德威特太太写了一张简短的便条，感谢她送来那条美丽的围巾，告诉她这件礼物让我整个星期都很开心。要是她在狗的问题上还需要进一步的帮助，我很乐意多学些有关犬类护理的事情。我把便条放进一个信封，塞进了她的房门下面。

我敲了敲伊拉里亚的门。在她打开门、用毫不掩饰的疑惑眼神紧盯着我时，我努力不露出胆怯的表情。“我路过了一家咖啡店，里面在卖你喜欢的肉桂饼干，所以就给你买了一些。给。”我把袋子递了过去。

她警惕地看了看它：“你想要什么？”

“什么也不想要。”我答道，“只是……想要感谢你那天带孩子的事。你懂的，我们是一起工作的同事，所以……”我耸了耸肩：“这只不过是几块饼干。”

我把饼干递到距离她只有几英寸的地方，好让她不得不从我的手中接过它们。她看了看袋子，又看了看我。感觉到她就要把饼干塞还给我，我趁她还没来得及动手之前便挥了挥手，快步钻回了自己的房间。

那天晚上，我上网查了查能找到的所有有关图书馆的信息：预算削减的新闻报道、关闭的威胁、成功的小故事——《当地青少年将获得的大学奖学金归功于图书馆》——并将其中关键的内容下载下来核对，把所有有用的信息保存到了一个文件夹里。

差一刻钟九点的时候，一封电子邮件突然从我的收件箱里蹦了出来，标题写着“抱歉”。

露：

一整个星期，我都在值夜班，想找段超过五分钟的时间写信给你，心知事情已经不可能被我搞得更糟了。我不善言辞，所以猜想只有一个词是真正重要的：对不起。我知道你不会出轨。想想就觉得我很白痴。

天各一方，不知道你过得如何是那么艰难。我们见面时，就好像一切事物的音量都被开得太大了似的，我们就是无法对彼此放松。

我知道在纽约的时光对你来说非常重要，我不想让你停在原地不动。

再次抱歉。

你的山姆

这是他发给我的东西中最接近书信的一样了。我盯了那几个字片刻，试图拆解内心的感受。最终，我打开一封电子邮件写道：

我知道。我爱你。等我们圣诞节见到彼此时，希望能有时间实实在在地在对方身边放松下来。

露，亲亲

发出这封信之后，我又给妈妈回了一封电子邮件，还给特丽娜写了一封。我写下这两封信时心和手都是机械的，心里一直惦记着山姆。是的，妈妈，我会去脸书网看看花园的新照片。是的，我知道柏妮丝的女儿在她的照片里一直噘着嘴，她应该是觉得这样挺好看的。

我登录银行账号，然后又登录了脸书网，看着柏妮丝的女儿噘着浸了橡胶似的嘴巴拍的那些没完没了的照片，发现自己露出了微笑。我还看到了妈妈在我家小花园里拍的照片，看到了她从园艺中心买来的新椅子。紧接着，几乎是一时兴起，我发现自己点开了凯蒂·英格拉姆的页面，即便希望自己没有这么做。一片鲜亮的斑斓色彩中出现了刚刚上传的七张急救员狂欢夜的照片——也许就是我打电话时他们正准备赶往的那场活动。

或者，更糟糕的，有可能不是。

凯蒂穿着看似丝绸材质的深粉色衬衫，脸上挂着灿烂的笑容和会意的眼神，正隔着桌子探过身，表明什么观点，或是在大笑着仰起头时露出修长的脖颈。山姆则穿着破旧的夹克和一件灰色T恤衫，一只大手紧紧扣住一杯貌似盛着浓缩柠檬汁的玻璃杯，比其他所有人都要高出几英寸。这群人在每张照片中都十分欢快，为大家都知道的什么笑话哄堂大笑。山姆看上去一副泰然自若的样子，全然有种在家的感觉。而在所有照片中，凯蒂·英格拉姆都在紧贴着他，趁着众人围坐在酒吧的餐桌旁时依偎在他的腋下，或是抬起头凝视着他，一只手轻轻搭在他的肩膀上。

16
钢琴

“我有个任务要交给你。”在艾格尼斯经常光顾的那家超级时髦的理发店里，我在她染发、吹干的过程中坐在角落里等待。我正看着当地人抗议图书馆关闭的新闻报道，在她顶着满头小心分层卷好的头发靠近时飞快地关上了手机。她在我的身旁坐了下来，没有理会显然想要让她坐回座位上的染发师。

“我想要你为我寻找一台非常小的钢琴。寄去波兰。”

她这话说得就像是要我从杜安里德超市里买包口香糖。

“非常小的钢琴。”

“供小孩子学琴用的那种特别、特别小的钢琴，是给我姐姐的小女儿买的。”她答道，“不过，质量必须是上乘的。”

“你在波兰没有小钢琴可买吗？”

“没有这么好的。我想要一台霍斯维纳与杰克逊牌的，那是世界上最好的钢琴了。你还必须安排一次专门的运输，掌握天气情况，以防钢琴受到冷气或是潮气的影响，使音色有所改变。不过琴店在这个问题上应该可以帮得上忙。”

“再告诉我一下，你姐姐的小孩多大了？”

“她四岁了。”

“哦……好吧。”

“钢琴必须是最好的，这样她才能听出区别。你知道，音色之间是存在巨大区别的。就像是拿一把斯特拉迪瓦里的小提琴和廉价的小提琴相比。”

“当然。”

“不过，事情是这样的。”她转过身，没有理会此刻正在沙龙另一边朝着她的脑袋焦急地打着手势、敲打着不存在的手表的染发师，“我不想让这笔支出出现在我的信用卡上。所以你必须每个星期取些钱来付款，一点一点地取。好吗？我手头已经有些现金了。”

“不过……高普尼克先生肯定是不会介意的，对吗？”

“他觉得我在外甥女的身上花了太多的钱，是不会理解的。要是塔贝莎发现了这件事情，更是会曲解一切，让我看上去像个坏人。你知道她是个什么样的人，露易莎。所以，你能够做到吗？”她顶着一层层的锡箔纸，专注地望着我。

“嗯，好的。”

“你太棒了，我好高兴能够拥有你这样的朋友。”她猛地抱住了我，害得锡箔纸重重撞到了我的耳朵上。染发师马上跑过来，查看我的脸给她的发型造成了什么损害。

我打电话给琴店，让他们发来了两种不同迷你钢琴加上运费的价格。我眨了眨眼睛，把相关报价打印出来，拿给了待在更衣室里的艾格尼斯。

“这可是一份大礼。”我说道。

她挥了挥一只手。

我吞咽了一下：“运费还要另加两千五百美元。”

我眨着眼睛，艾格尼斯却纹丝未动。她走向梳妆台，用牛仔裤里的一把钥匙将它打开，当着我的面掏出了一堆乱七八糟、和她手臂一样粗的五十美元一卷的纸币。“给。这里有八千五百美元。我需要你每天早上去自动取款机把剩下的钱取出来，一次五百美元。可以吗？”

想到要在高普尼克先生不知情的情况下取出这么多钱，我的心里并不太舒坦。但我知道艾格尼斯和波兰的家人十分亲近，也比大多数人更明白一个人有多渴望能与远在天涯的家人感觉亲近。毕竟，我坚信一台小小的钢琴还不及她拥有的连衣裙价值更高。

接下来的十天时间里，我都会趁着白天的某个时间尽忠职守地走去莱克星顿大道的自动取款机取钱，在步行返回之前把钞票深深地塞进我的内衣里，准备好与永远不曾出现的抢劫犯搏斗。我会在与艾格尼斯独处时把钱交给她，让她把钱加入梳妆台里藏匿的那堆钞票里，然后再次上锁。终于，我将所有的钱带去了钢琴店，签下申购表，当着一脸困惑的店员的面把钱数了出来。钢琴会在圣诞节期间准时送达波兰。

这似乎是能让艾格尼斯高兴的唯一的事情了。每个星期，我们都会驱车前往史蒂芬·利浦科特的工作室，送她去上艺术课。加里和我会在最佳甜甜圈店里沉默地摄入过量的咖啡因和糖。或者，听他认为成年子女都是些忘恩负义之徒以及他对焦糖甜甜圈的看法，我会低声嘟囔着表示赞同。几个小时之后，我们会去接走艾格尼斯，努力忽视她并没有带来任何画作的事实。

她对无情慈善圈的憎恶之情与日俱增。利用在厨房里抓紧时间喝杯咖啡的工夫，迈克尔低声告诉我，她已经不会再试图善待其他女人了，只是优美而沉闷地坐在那里，等待每个活动结束。“考虑到她们待她有多恶毒，我猜你不能怪她。不过，这多多少少就快要把高普尼克先生逼疯了。哦，对他来说，就算不要个花瓶一样的妻子，身边有个至少能准备偶尔笑一笑的人也是非常重要的。”

工作和生活都让高普尼克先生感到筋疲力尽。迈克尔告诉我，工作上的事非常棘手。在某个新兴经济体中支撑起一家银行的大案子出了问题，于是他们全都在夜以继日地工作，试图挽救它。与此同时——或许正是因为如此——内森说高普尼克先生的关节炎复发了，因此要多做几个疗程才能维持他的正常行动。他会吞下很多的药片，每个星期还要找私人医生上门看诊两次。

“我憎恨这样的生活。”在我们步行穿过公园时，艾格尼斯告诉我，“他捐赠的这些钱都是为了什么？为了我们每个星期都有四次机会和一群干瘪的老家伙坐下来吃些干巴巴的开胃小菜，为了让那些干瘪的女人能够说我的坏话吗？”她停顿片刻，回头看了看大楼。我发现她的眼里溢满了泪水，声音也降了下来：“有些时候，露易莎，我觉得我已经再也无法这样下去了。”

“他爱你。”我答道，不知道还能说些什么。

她用手掌抹了抹眼睛，摇着头，仿佛是在努力摆脱这样的情绪。“我知道。”她朝我微微一笑。那是我见过最无法使人信服的微笑了。“但我已经很久都不曾相信爱能够解决一切了。”

我一时心血来潮，迈步上前，拥抱了她。事后，我说不清这么做是为了她，还是为了我自己。

我是在感恩节晚宴前不久突然想到这个主意的。艾格尼斯一整天都拒绝起床，不愿面对当晚的某场精神健康慈善活动。她说她太抑郁了，无法出席，显然不愿觉察自己的话有多讽刺。

我用了一盏茶的工夫思考了一下，判定我也没什么好损失的。

“高普尼克先生？”我敲响了书房的房门，等他邀我进去。

他抬起头，浅蓝色的衬衫整洁无瑕，目光疲倦地向下垂去。大部分日子里，我都会为他感到有些抱歉，就像你会为一只身陷囹圄的熊感到抱歉，却又要对它保持略带恐惧的衷心赞赏一样。

“什么事？”

“我——很抱歉打扰您。不过我有个主意，心想也许能够帮到艾格尼斯。”

他向后靠在皮椅上，打了个手势，示意我把房门关上。我注意到，他办公桌上的一只含铅平底玻璃杯里已经倒上了白兰地，时机比平日里更早一些。

“我能否有话直说？”我问道，紧张得有点反胃。

“请便。”

“好吧。嗯，我忍不住留意到艾格尼斯不是……嗯……那么快乐了。”

“这么说还算是客气的。”他低声回答。

“在我看来，她的许多问题都与被迫离开过去的生活，又无法真正与新的生活相融合有关。她告诉过我，她无法和老朋友们相处，因为她们真的不能理解她的新生活。依我所见，怎么说呢，许多新朋友似乎也不是那么渴望与她交往。我觉得她们会认为这是……不忠的。”

“对我的前妻不忠。”

“是的。所以她没有工作，没有团体，何况这座大楼里也没有真正的社区。你有你的工作，周围又是与你相识多年、喜欢并尊重你的人，但艾格尼斯没有。我知道她觉得慈善圈格外难以相处。不过，慈善事业对于你来说真的非常重要。所以我有一个想法。”

“说吧。”

“嗯，华盛顿高地有一家图书馆正面临关闭的威胁。我这里有它所有的信息。”我将文件推向了办公桌的另一边，“它是一家真正的社区图书馆，可供各种国籍、年龄和类型的人使用，维系它的开放对于当地人来说绝对是至关重要的。他们正在努力争取保住它。”

“这是市议会的事情。”

“嗯，也许吧。不过我和其中一个馆员聊过天，她说图书馆曾收到过能让他们维持生计的个人捐款。”我俯身靠了过去，“要是你能去一趟，高普尼克先生，就会看到那里既有辅导班，也有为了保证子女温暖与安全的母亲，还有真正渴望通过切实可行的办法改善自身境遇的人。我知道这不如你参加的活动那么光鲜亮丽，我是说，那里不会举办什么舞会，可它仍旧是一项慈善事业，不是吗？我认为，也许……嗯，也许你可以参与进去。更好的是，要是艾格尼斯能够参与其中，就会成为某个群体中的一员。她可以拥有属于自己的项目。你和她就能做些了不起的事情。”

“华盛顿高地？”

“你应该去一趟，那是个鱼龙混杂的地方，和这里……截然不同。我是说，其中的某些地方已经贵族化了，但这一点——”

“我知道华盛顿高地，露易莎。”他用手指敲了敲桌子，“你和艾格尼斯谈过了吗？”

“我觉得可能应该先和你提及此事才对。”

他把文件拽过去翻开，对着第一页纸皱起了眉头——那是其中一场早期抗议活动的剪报。第二页是我从市议会网站上下载下来的预算表，上面显示的是最近一个财年的情况。

“高普尼克先生，我真的认为你能够扭转乾坤。不只是对艾格尼斯，也是对整个社区。”

就在这一刻，我意识到他似乎无动于衷，甚至是不屑一顾。他的表情并没有发生什么彻底的转变，而是略显强硬地垂下了目光。我突然想到，像他这样富有的人可能每天都会收到上百份这样的请求，或是有关他应该做些什么的暗示。成为其中的一部分，我也许跨越了雇员和雇主之间隐形的界线。

“总之，这只不过是一个想法。可能不太好。要是我说得太多了，很抱歉。我要回去工作了。要是你很忙，不必觉得必须要看这个东西。我可以把它拿走，要是你——”

“没关系，露易莎。”他用手指抵住太阳穴，紧闭着双眼。

我愣住了，不确定自己是否可以离开。

终于，他抬起头望向了我：“能不能请你去和艾格尼斯谈谈？看看我是否不得不一个人出席今天的晚宴？”

“好的，当然。”我从房间里退了出来。

她出席了精神健康慈善活动的晚宴。我们并没有听到任何争吵的声音，不过第二天，我发现她睡在了自己的更衣室里。

在即将启程回家度圣诞前的两个星期，我养成了一种习惯，几乎沉迷于脸书网之中。我发现自己早晚都会查看凯蒂·英格拉姆的页面，阅读她和朋友的公开对话，查看她可能发布的新照片。她的一个朋友曾问起她喜不喜欢自己的工作。她写道：“我爱死它了！”还加上了眨眼的表情（她对于眨眼表情的喜爱令人恼火）。另一天，她宣布：“今天真是难熬的一天。感谢上帝让我拥有如此出色的搭档！保佑。”

她又发了一张山姆站在救护车车轮旁边的照片。他在大笑，还举起了一只手，像是在阻止她。看到他的表情，想到这个镜头有多亲密，仿佛我正和他们一起、就坐在驾驶室里，我就喘不上气来。

前一天晚上，我和山姆曾按照他的时间安排了一次通话，可当我打过去时，他却没有接。我又试了一次，两次，还是无人应答。两个小时之后，在我愈发焦急之际，我收到了一条信息：“抱歉——你还在吗？”

“你还好吗？是工作的事情吗？”他打给我时，我问了一句。

他隐约踌躇了一下才回答我：“也不全是。”

“你这话是什么意思？”我正和加里坐在车上，等待艾格尼斯给脚趾做美甲。我意识到，加里有可能在偷听，无论他在假装多么专心致志地阅读《纽约邮报》的体育版面。

“我在帮凯蒂做些事情。”

光是提到她的名字，我的胃就沉了下去。“帮她做什么？”我试着让自己的声音保持轻快。

“只不过是一个衣柜，宜家的，她买来之后无法自己组装，所以我就说帮她一把。”

我感觉很不舒服：“你到她家去了？”

“是公寓。我只不过是去帮她组装一件家具，露。她没有别人可以帮忙，何况我就住在马路另一头。”

“你还带上了你的工具箱。”我想起了他曾是如何到我的公寓里来修东西的，那是我爱上他的最初几件事情之一。

“是的，我带上了工具箱，我无非是帮她组装了一个宜家的衣柜。”他的声音越来越令人厌倦了。

“山姆？”

“怎么了？”

“是你主动提出要过去的吗？还是她要求你过去的？”

“这有什么关系吗？”

我想要告诉他是的，因为她显然是在试图从我的身边偷走他，轮流扮演着无助的女性、有趣的交际花、通情达理的红颜知己和工作伙伴的角色。若是他并非对此熟视无睹，那就更糟了。在网上的照片中，她没有一张不像某种抹了口红的水蛭一样粘在他的身边。有些时候，我不知道她是否会猜测我能否看到这些照片，又是否会因为知道这种做法会给我不适而心满意足。这是不是她计划中的一部分？就为了让我肝肠寸断、胡思乱想？我不确定男人能够理解女人们在对付彼此时会用到的那些极其微妙的武器。

通话时，我们之间的沉默变得越来越久，形成了一个污水口。我知道自己赢不了。要是我试图警告他眼下正在发生什么，就会变成一个嫉妒的鸟身女妖。要是我不这么做，他就会继续盲目地走进她布下的陷阱。直到有一天，他会突然意识到自己对她的思念和我对他的已经相差无几，或是在劳累了一天之后，在酒吧里发现她依偎着自己时，正悄悄将柔软的手塞进他的手里寻求安慰。或许他们会因为共同的肾上腺素冲动，在面对某件濒临死亡的事故时紧密地联系在一起，自然而然地亲吻和——

我闭上了眼睛。

“所以你什么时候回来？”

“平安夜。”

“太好了，我会试着调个班。不过，圣诞节期间我还有几天要工作，露。你懂的，这份工作就是这样，停不下来。”

说罢，他叹了口气，停顿片刻之后才再度开口：“听着，我在想，也许让你和凯蒂见见彼此会是个好主意。这样你就能明白她是个好人了，她是不会试图做什么超越朋友关系的事的。”

她不会才怪呢。

“太好了！听上去很不错。”我答道。

“我想你会喜欢她的。”

“我相信我会的。”

就像我会喜欢埃博拉病毒一样，或是砍掉我自己的手肘，抑或是吃掉长了虫的奶酪。

他听上去如释重负，说了一句：“等不及要见到你了。你要回来待上一个星期，对吗？”

我低下头，试图稍稍蒙住自己的声音：“山姆，凯蒂——真的想要和我见面吗？你们是不是已经讨论过了？”

“是啊。”看我沉默不语，他又补充道，“我是说，不是……我们没有谈论过你和我会发生什么之类的话题。不过她明白，这对我们来说肯定十分艰难。”

“我懂了。”我感觉自己下巴一紧。

“她觉得你听上去很棒。我当然告诉她，她误解了。”

我笑了，不确定世界上还有比他更蹩脚的演员，能让这话听起来越发缺乏说服力。

“你见到她的时候就会明白的。等不及了。”

他挂断电话时，我抬起头，发现加里正在后视镜里注视着我。他的眼神和我的短暂相遇之后，很快便溜走了。

考虑到我所居住的地方是世界上最繁华的大城市之一，我开始明白世界其实真的非常之小，紧紧围绕着高普尼克夫妇的需求，从早上六点，通常要持续到深夜，我的人生已经完全与他们缠绕在了一起。就像对待威尔那样，我开始习惯艾格尼斯的每一种情绪，能够通过最微不足道的迹象察觉到她是抑郁、愤怒或仅仅需要食物。如今，我已经知道她的月经何时会来，会把日期标记在我的个人日志里，好让自己能为五天的高度紧张情绪或格外多愁善感的钢琴演奏做好准备。我知道如何在家庭冲突期间变成隐形人，或是何时应该始终存在。我成了一个影子，以至于有时几乎感觉自己稍纵即逝——仅在涉及另外某个人时才会变得有用。

我在遇到高普尼克夫妇之前的人生已经逐渐远去，成了一种模糊如幽灵般的东西，通过零散的几通电话（在高普尼克夫妇的日程安排允许的情况下）或是不定时的几封电子邮件才能体会得到。我两个星期都没有给妹妹打电话，在收到母亲寄来的一封手写书信时哭了出来——随信寄来的照片中，她和托马斯去看了午后场喜剧，上面还写着“以防你忘了我们长什么样子”。

事情变得更棘手了。为了寻找平衡，即便已然筋疲力尽，我每个星期还是会和阿肖克、米娜去趟图书馆——在他们的小孩生病时，我甚至还单独去过一次。在穿衣御寒和制作属于自己的标语牌方面——知识就是力量！这句话是在偷偷向威尔致意——我已经越来越得心应手了。我会乘坐地铁返回，此后自行前往东村，去古着百货店喝杯咖啡，看看莉迪亚和她的妹妹囤了什么新货。

高普尼克先生再也没有提起过图书馆的事情。我有些失望地意识到，慈善在这里意味着某些截然不同的东西；光是给予是不够的，你还必须在给予的过程中被人看到。医院会在大门上用六英尺高的字母写上捐献者的名字；舞会则是以出资人的名义命名的；就连大巴车的后窗旁都写着一连串的名单。莱昂纳德·高普尼克夫妇之所以会被称为慷慨的捐助者，是因为他们的行为在社会上有目共睹。而某个破败社区里的肮脏图书馆是无法提供这种荣誉的。

阿肖克和米娜邀我去华盛顿高地的公寓与他们共度感恩节，在我透露自己没有任何计划时吓了一跳。“你可不能一个人过感恩节！”阿肖克说。我决定不去提及英格兰很少有人知道这个节日到底是什么。“我的母亲会做火鸡——不过别期待这道菜的做法会是美式风味的。”米娜说，“我们无法忍受任何清淡的事物。这将是一只真正的坦杜里火鸡。”

我就这样轻而易举地答应了一件新鲜事，满心雀跃，还为米娜的母亲买了一瓶香槟、一些花哨的巧克力以及一束花，穿上了带有皮草袖子的蓝色短礼服裙。我猜想，印度的感恩节应该是个适合这条裙子首次出门的场合，或者至少是个没有明确着装要求的场合。伊拉里亚正在为高普尼克家族晚宴竭尽全力做着准备，于是我决定不去打搅她，检查是否带上了阿肖克给我的说明后，便自顾自地出了门。

沿着楼道走去时，我注意到德威特太太家的房门是敞开的，听到公寓深处的电视机发出了嘟嘟囔囔的声响。在距离房门几英尺的地方，迪恩·马丁正站在楼道里紧盯着我。我不知道它是否打算再次逃跑，于是按响了门铃。

德威特太太出现在了楼道里。

“德威特太太？我觉得迪恩·马丁也许正打算出去走走呢。”那只狗慢条斯理地走回了她的身旁。她靠在墙上，看上去既虚弱又疲惫：“你能把门关上吗，亲爱的？我肯定你没有关好。”

“好的，感恩节快乐，德威特太太。”我答道。

“是吗？我都没有注意。”她消失在房间里，身后跟着小狗。我关上了前门。我从未见过她有什么常客上门，想到她要一个人度过感恩节，一时间感到有些悲哀。

我正要转身离开时，艾格尼斯穿着健身服从楼道的另一头走了过来。看到我，她似乎吓了一跳：“你要去哪里？”

“去吃晚饭？”我不想说自己准备和谁出去，不知这座大楼的业主要是知道自己的员工不带他们聚会，心里会做何感想。她一脸惊悚地看着我。

“可你不能走，露易莎。莱昂纳德的家人就要来了，我自己是应付不来的。我告诉他们了，你也会在这里。”

“你说了？可是——”

“你必须留下来。”

我看了看大门，心头一沉。

这时，她的声音降了下去：“求你了，露易莎。你是我的朋友，我需要你。”

我给阿肖克打了个电话，告诉了他。令我感到安慰的是，他的工作让他一下子就明白了我的处境。“很抱歉。”我对着电话低声说，“我真的很想过来。”

“别这么说，你必须留下。嘿，米娜在大喊，说她会给你留上几块火鸡。我明天就给你带去……宝贝，我告诉她了！我说了！她说要把他们所有昂贵的红酒都喝掉。好吗？”

刹那间，我的泪水眼看就要夺眶而出。我期盼的夜晚应该充满了咯咯欢笑的孩子、美味可口的食物和人们的欢声笑语。相反，我却要再次成为一个影子，成为冰冷房间中一个沉默不语的道具。

我的恐惧是合情合理的。

高普尼克家的另外三位成员赶来过感恩节了：高普尼克先生的哥哥皮肤更加苍白，比他还要乏味，似乎从事的是法律行业里的某种工作，也许是负责美国司法部。他还带来了他们的母亲。老太太坐在轮椅上，一整个晚上都拒绝脱掉皮草大衣，还会大声抱怨自己听不到任何人在说些什么。高普尼克先生的嫂子曾是一位貌似小有名气的小提琴家，一直陪在他们的身边。只有她费心问了一句我是做什么的。在和艾格尼斯打招呼时，她吻了她两次，还露出了可以被用在任何人身上的那种职业的微笑。

塔贝莎是来充数的，迟迟赶到时身上带着某种气息，像是在打车过来的路上和某人打过电话，深入讨论了一下自己有多不想过来。在她赶到后不久，我们便在餐厅里就座了。餐厅紧挨着主客厅，被一张长长的椭圆形桃花心木餐桌所占据。

公平地说，餐桌旁的对话很不自然。高普尼克先生很快便沉浸在了对话之中，谈论的都是正与自己做生意的那个国家相关的法律法规；两位妻子则互相询问了几个十分呆板的话题，仿佛两个正在用外语练习闲聊的人。

“你怎么样，艾格尼斯？”

“很好，谢谢。你呢，维罗妮卡？”

“非常好，你看上去不错，裙子很美。”

“谢谢。你看上去也挺好的。”

“我是不是听说你去了波兰？我肯定莱昂纳德曾经说过，你去探望自己的母亲了。”

“我是两个星期前回去的。见到她很好，谢谢。”

我坐在塔贝莎和艾格尼斯中间，看着艾格尼斯喝下了太多的白酒，塔贝莎则叛逆地刷着手机，偶尔还会翻上一个白眼。我嘬着南瓜鼠尾草汤，点头微笑着，努力不让自己满怀渴望地想念阿肖克家的公寓，以及那里充满欢声笑语的喧闹。我本可以问问塔贝莎这个星期过得如何——说些能够推动这段时断时续的对话继续下去的内容——可她已经尖酸刻薄地提过很多次了，让“工作人员”参加家庭聚会有多令人讨厌，吓得我不敢开口。

伊拉里亚端出了一盘又一盘的菜。“这个波兰贱人不会做饭。所以某个人就必须放弃自己的感恩节。”她事后嘟囔道。她精心安排的火鸡、烤土豆之类的美食盛宴是我这个随扈从未见识过的，不过我怀疑它当场就能让我患上II型糖尿病——糖制的甘薯砂锅菜搭配棉花糖装饰配料，青豆配蜂蜜与培根，淋了枫糖浆的烤榛子配培根，黄油玉米面包，蜂蜜香料烤胡萝卜，还有空心松饼——某种约克郡布丁——我瞥见他们偷偷看了看这些点心是否也装饰上了糖浆。

当然，只有两个男人吃掉了大部分的晚餐。塔贝莎在盘子里把自己的那份推来推去。艾格尼斯吃了几口火鸡，其他的几乎一口都没有碰。我每样都吃了一些，感恩自己还能有事可做，同时也十分感激伊拉里亚不会再把盘子重重地摔在我的面前。事实上，她斜眼看了我好几次，仿佛是在对我的窘境默默表示同情。男人们一直聊着生意上的事，丝毫没有意识到——或是不愿承认餐桌的另一边如同冰冻上一般。

老高普尼克夫人偶尔会打破沉默，要求某人帮她盛些土豆，或是大声地——第四次——询问那个女人到底对胡萝卜做了什么。几个人会异口同声地回答她，仿佛是为自己能够找到某个焦点而感到欣慰，无论它有多荒谬。

“这条裙子还真是非同一般啊，露易莎。”格外冗长的一阵沉默之后，维罗妮卡说道，“令人印象深刻。你是在曼哈顿买的吗？皮草袖如今已经很少见了。”

“谢谢，我是在东村买的。”

“是马克·雅可布牌的吗？”

“哦，不是的。这是一条古着连衣裙。”

“古着。”塔贝莎哼了一声。

“她说什么？”高普尼克夫人高声问道。

“她在谈论那个女孩的裙子，母亲。”高普尼克先生的哥哥答道，“她说那是古着。”

“古着的什么？”

“‘古着’有什么问题吗，塔贝莎？”艾格尼斯冷冷地说。

我在自己的座位上缩了回去。

“这是个毫无意义的名词，不是吗？只不过是‘二手货’的一种说法。穿上某种东西，但这东西已经变了属性。”

我想要告诉她，古着的意义远不止这些，却又不知该如何表达——何况我怀疑不应该这么说。我只想让整个对话向前推进，远离我。

“我相信古着服装现在很流行。”维罗妮卡运用外交官的技巧直接对我说道，“当然，我的年纪太大了，已经无法理解眼下年轻人的时尚了。”

“而且礼貌得说不出这种话来。”艾格尼斯嘟囔道。

“抱歉，你说什么？”塔贝莎追问。

“哦，现在你才觉得抱歉？”

“我是说，你刚才说什么？”

高普尼克先生从自己的盘子上抬起头，眼神警惕地从妻子的身上扫向了自己的女儿。

“我是说，你为何一定要对露易莎如此粗鲁。她在这里是我的客人，即便她是一位工作人员。你就非得对她的打扮恶语相向吗？”

“我没有恶语相向，只不过是在陈述一个事实。”

“如今的‘恶语相向’就是这个样子。我分得清楚，就像我能看得见一样，我只不过是实话实说。流氓的语言，我们都知道是怎么回事。”

“你刚才叫我什么？”

“艾格斯尼，亲爱的。”高普尼克先生把手伸了过来，按住了她的手。

“她们在说什么？”高普尼克夫人问道，“让她们大点声说话。”

“我说塔贝莎对我的朋友十分粗鲁。”

“她才不是你的朋友呢，搞什么鬼。她是你雇来的助理。不过，现如今，我怀疑你只能靠这种方法来交朋友了。”

“塔贝莎！”她的父亲喊道，“这话说出来太可怕了。”

“哦，这是真的，没人想和她扯上半点关系。不管我们去哪儿，你都无法假装自己看不到。你知道这个家庭就是一个笑柄吧，爸爸？你已经成了一个迂腐之徒。她就是个老掉牙的话题。为了什么？我们都知道她的计划是什么。”

艾格尼斯拿开大腿上的餐巾，把它攒成了一个球：“我的计划？你想要告诉我，我的计划是什么吗？”

“还不是和其他所有手腕高明、急于求成的移民一样。你不知怎么设法说服爸爸娶了你，现在肯定正竭尽所能让自己怀孕，生出一两个宝宝来，然后不出五年就会和他离婚。这样一来，你这一生就算是成功了。嘭！再也不用去按摩了。只有波道夫·古德曼精品店、司机，还能和一直追随你的那群波兰女巫吃午饭。”

高普尼克先生在餐桌上探过身子：“塔贝莎，我不希望你再在这座房子里用侮辱的方式提到‘移民’这个词。你的曾祖父就是移民。你就是移民的后代——”

“不是那种移民。”

“这话是什么意思？”艾格尼斯的双颊通红。

“非得让我把话亲口说出来吗？有的移民通过艰苦努力达成了自己的目标，有的则是通过躺在他们的——”

“像你一样吗？”艾格尼斯叫嚷起来，“像你一样，快二十五岁了还靠着信托基金生活？你这辈子是不是连份工作都没有做过？我应该以你为榜样吗？至少我知道努力工作是什么——”

“是啊，跨坐在陌生男人的裸体上，这还真是一份了不起的工作呢。”

“够了！”高普尼克先生站了起来。“你大错特错了，塔贝莎。你必须道歉。”

“为什么？就因为我能不戴玫瑰色镜片来看待她吗？爸爸，我很抱歉这么说，但是你对这个女人的真正面貌一直熟视无睹。”

“没有，你才是那个错了的人。”

“所以说，她从不想要孩子吗？她才二十八岁，爸爸，醒醒吧！”

“他们在说什么？”老高普尼克夫人满腹牢骚地询问自己的儿媳。维罗妮卡在她的耳边低语了几句，“可她提到了什么裸体男人，我听到了。”

“这和你没有半点关系，塔贝莎，不过这个家里不会再有小孩了。艾格尼斯和我在结婚之前就已经在这一点上达成了共识。”

塔贝莎做了个鬼脸。“哦——她同意了，就好像这能代表什么似的。像她这样的女人在嫁给你时什么话都说得出来！爸爸，我讨厌这么说，但你幼稚得简直无可救药。不出一年左右的工夫，就会出现某个小小的‘意外’，让她劝你——”

“不会有什么意外的！”高普尼克先生用一只手狠狠地砸向了桌面，害得玻璃器皿都震颤起来。

“你怎么知道？”

“因为我做了该死的输精管切除手术！”高普尼克先生坐了下来，双手还在颤抖，“就在我们结婚前两个月，在西奈山，在艾格尼斯的完全赞同之下。你现在满意了吗？”

屋子陷入了沉默。塔贝莎目瞪口呆地注视着自己的父亲。

老太太左顾右盼，然后望着高普尼克先生问道：“莱昂纳德做了阑尾切除手术吗？”

我内心深处的某个地方响起了低沉的哼鸣声，仿佛远远听到高普尼克先生坚持要女儿道歉，然后注视着她推开座椅，一言不发地离开了餐桌。我还看到维罗妮卡和丈夫交换了一个眼神，然后疲倦地长时间豪饮了一口酒。

就在这个时候，我望向了艾格尼斯。只见她正无声地凝视着盘子上凝固在蜂蜜与培根之中的食物。就在高普尼克先生伸出一只手、捏了捏她的手时，我的脉搏在耳朵里响亮地怦怦跃动起来。

她没有看向我。

17
归乡

12月22日，我穿着新买的斑马纹古着外套，满载着礼物飞回了家。说来也怪，后来我才发现，这件衣服似乎受到了767客机里循环回收空气的不利影响。到达希斯罗机场时，我闻起来就像是一只死了的马科动物。

其实我本应等到平安夜再出发的，但是艾格斯尼坚持要我早些启程，因为她临时打算短暂返回波兰，看看身体有恙的母亲。这样一来，我显然就没有事情好做了，不如回去陪陪家人。高普尼克为我支付了机票改签的费用。自感恩节晚宴以来，艾格尼斯对我既过分友好又疏远冷淡。我则以专业而服从的态度予以回报。有时，我的脑袋会因为里面装载的信息感到天旋地转，让我想起自己刚到这里的那年秋天加里说过的一句话："你什么也看不见，什么也听不见，什么也记不住。"

圣诞节的准备过程中发生了些事情，让我的情绪有所放松。也许我只不过是在为自己能够离开那座存在机能障碍的房子而释怀。或许购买圣诞礼物的行为让我找回了与山姆的关系中某种被埋葬的感觉。毕竟，我上一次为某个男人购买圣诞礼物是什么时候的事情了？在我们交往的最后两年中，帕特里克只给我发过电子邮件，里面夹带着他想要的几件特殊的健身器械链接。不用费神把它们包装起来，亲爱的，以免你买错的话我还需要把它们送回去。我要做的就是按下一个按钮。我从未和威尔度过圣诞。此刻，我正和其他购物者并肩走在萨克斯百货里，试想我的男朋友穿着羊绒毛衣的样子。我的脸磨蹭着山姆喜欢在花园里穿的柔软格子衬衫，还有REI牌的户外厚袜。我给托马斯买了几样玩具，一边闻着时代广场上的M&M豆商店里飘散出来的香味，一边兴奋不已。我还在麦克纳利·杰克逊书店给特丽娜买了些文具，在梅西百货给外公挑了件漂亮的便袍。鉴于自己在过去几个月的时间里陪伴父母的时间太少，我心血来潮地到蒂凡尼店里给妈妈买了一条小手链，又为爸爸买了一台可以在小屋里使用的收音机。

紧接着，转念一想，我为山姆买了一只长袜，在里面填上了各种小礼物：须后水、新奇口香糖、袜子和一个穿着牛仔热裤女人形状的啤酒支架。最后，我返回自己给托马斯买礼物的那家玩具商店，买了几件娃娃屋家具——一张床、一个桌子和几把椅子、一个沙发和卫浴套装。我把它们包起来，在标签上写道：直到真正的房子完工为止。我还找到了一个小药箱，把它也加了进去，为里面所包含的细节吃了一惊。刹那间，圣诞节让人感觉既真实又兴奋。想到自己能够远离高普尼克夫妇和这座城市将近十天，这本身就像是一份礼物。

我到达机场，默默祈祷礼物的重量不会超重。登机手续柜台的女子接过我的护照，要求我把行李箱提到秤上——看着屏幕，她皱起了眉头。

“有什么问题吗？”我在她望向我的护照，又看了看我的身后时问道，心里盘算着自己可能要为额外的重量支付多少钱。

“哦，没有，女士，你不该排这一队。”

“你在开玩笑吧。”我的心在望向身后拥挤的队伍时沉了下去，“哦，我应该去哪里？”

“你坐的是商务舱。”

“商务舱？”

“是的，女士，你被升舱了，应该在那边办理登机手续。不过这不是什么问题。我可以在这里为你办理。”

我摇了摇头：“哦，我不这么认为。我……”

就在这时，手机叮的一声响了，我于是低头看了看。“你现在应该已经到达机场了！希望这能让你的回家之旅更加舒适一些。来自艾格尼斯的小礼物。新年再见，盟友！迈克尔。”

我眨了眨眼睛。“那好，谢谢你。”我看着超重行李箱消失在传送带的尽头，把手机放回了包里。

机场里人山人海，飞机的商务舱区域却是一片祥和。没有了外面节日的喧嚣，这里就成了一群自命清高的家伙小小的绿洲。登机后，我研究了一下过夜礼包里的洗漱赠品，套上免费的袜子，努力不去和隔壁座位上那个最终戴上眼罩、躺了下去的男人说话。我仅在一只鞋子卡在躺椅脚踏板里时遇到过一个小问题，但空姐和蔼可亲地向我展示了如何把它拿出来。我吃了雪莉酒包裹的鸭肉和柠檬挞，还对所有给我拿来东西的空乘人员表示了感谢。我看了两部电影后，意识到其实应该试着小睡片刻。不过，在整段经历是如此令人愉快时，你是很难入睡的。这正是我会在家书里提起的那种事情——只不过，我紧张地心想，如今我可以亲口告诉所有人了。

回到家乡的露易莎·克拉克已经彻底变了一个人。山姆是这么说的，因此我决定相信他的话。她更加自信，更加职业，和六个月前那个悲哀、矛盾、身体都已经垮掉的人相差甚远。我想到了山姆大吃一惊时脸上的表情，就像他让我吃惊时一样。他给我发来了接下来两个星期的值班表副本，好让我能够做好探望父母的计划。我打算把行李放在公寓里，利用个把小时陪陪妹妹，然后到他家去等他下班。

我想，这一次我们不会把事情搞砸，而是会在一起度过美好的漫漫时光。这一次，我们会适应某种套路——某种不带创伤或是误解的存在方式。前三个月总是最辛苦的。我把毯子拉到身上，尽管飞机已在大西洋上飞出去好远，睡也没有什么用，却还是尝试了一下。睡不着的我胃里绷得紧紧的，思绪随着像素显示屏上闪过的小飞机缓缓滑过。

午饭后不久，我回到公寓，笨拙地摸索着钥匙，自己开了门。特丽娜去上班了，托马斯还在学校。闪烁的圣诞彩灯和商店里我曾听过数百万遍的圣诞颂歌刺穿了伦敦的灰暗。我走上老楼的台阶，嗅着廉价空气清新剂熟悉的味道和伦敦的湿气，打开了自家的前门，将行李丢在一旁的地板上，舒了一口气。

家，或是某个像家的地方。

我迈上走廊，脱下外套，径自走进了客厅。我一直有些害怕回到这里——害怕记起自己身陷抑郁、酗酒过度的那几个月，在空荡又寂寞的房间里，为我没能挽救那个给我这间公寓的男人而自责。但我很快就明白了，这已经不是同一间公寓了：三个月的时间里，它已经彻底改变。曾经空空如也的内饰如今色彩斑斓，每一面墙上都钉着托马斯的画作。沙发上摆着绣花的靠垫，还增添了新的扶手椅、窗帘和一个塞满了视频光盘的架子。厨房里塞满了食物包装和新的器皿。彩虹餐具垫上，一个盛着可可米谷物的碗暗示着某顿匆匆被人抛弃的早餐。我打开客房的门——这里如今是托马斯的房间——对着足球海报和卡通图案的床罩露出了微笑。新的衣柜里填满了他的衣服。紧接着，我又走进了自己的卧室——它如今已经归特丽娜所有了——发现了一团凌乱的被子、一个新的书架和一扇百叶窗。衣服仍旧没有几件，不过她加了一把椅子和一面镜子。小小的梳妆台上摆得满满当当的保湿乳、梳子和化妆品告诉我，在我离开的短短几个月时间里，妹妹可能已经变得我都认不出来了。唯一能够告诉我这个房间属于特丽娜的是床头上的读物：《托利公司资本减免》和《工资入门指导》。

我知道自己劳累过度，却又感到手忙脚乱。难道这就是他第二次飞去看我时的感受吗？我是不是看上去既熟悉又陌生？我的双眼因为疲倦而模糊起来，生物钟乱七八糟。他们还有三个小时才回家。我洗了脸，脱下鞋，叹着气躺在沙发上，耳边伦敦车水马龙的声响缓缓退散。

一只黏糊糊的小手拍打着我的脸颊，把我吵醒了。我眨着眼睛，试图把它轰走，但胸口上沉甸甸的，有什么东西正在移动。一只手又拍了我一下，很快，我睁开眼睛，发现自己正盯着托马斯的双眼。

“露姨！露姨！”

我呻吟了一声：“嘿，托马斯。”

“你给我买了什么？”

“至少让她先睁开眼睛吧。”

“你坐在我的胸脯上了，托马斯。嗷。”

被放开的我推着自己坐直身体，朝着此刻正在上蹦下跳的外甥眨了眨眼睛。

“你给我买了什么？”

妹妹弯腰吻了吻我的脸颊，把一只手搭在我的肩头捏了捏。她浑身散发着昂贵香水的气味，于是我把她稍稍推开，以便更好地看看她。她的脸上化着妆，是那种认真、巧妙融合过的妆容，而不是过去的十年中，每当遇到需要“盛装打扮”的场合，她就会用某本

1994年的杂志免费附送的蓝色眼线笔化出来的那种。

“所以你成功了。没有坐错飞机，最后跑到加拉加斯去。我和爸爸还小小打了个赌呢。”

“厚颜无耻。”我抬起一只手，牵住了她，时间比我们任何一方期待得都要更久一些，“喔。你看上去真美。”

她的确很美，头发被修剪成了齐肩的长度，带着吹干的波浪卷垂挂在那里，而不是平日里刮得一丝不苟的马尾辫。剪裁合体的衬衫和睫毛膏着实让她看上去光彩动人。

“嗯，其实是为了工作。在大城市里，你不得不努力。”说这话时，她扭过了头，所以我并不相信她。

“我觉得我需要见见这个艾迪。”我说，“我肯定没有为了打扮成你这样付出过这么多的努力。”

她给电水壶灌满水，摁下了开关。“那是因为你一向只会穿得像是有人给了你两英镑的旧货店义卖优惠券、而你决心挥霍一空似的。”

外面的天色越来越暗了。我正处于时差中的大脑突然明白了这句话的意味。“哦，喔，现在几点了？”

“是你该给我礼物的时候了？”托马斯露着牙缝的微笑浮现在了我的眼前，举起的两只手呈祈祷状。

“你不会有事的。”特丽娜答道，“山姆还有一个小时才下班呢，时间充裕。托马斯——露喝完茶、找到自己的除臭剂就会把她买的东西给你。还有，你丢在门厅里的那件该死的条纹外套是什么？闻上去像是陈年的鱼。”

如今看来，我真的到家了。

“好的，托马斯。”我说，“蓝色的袋子里可能有些给你准备的节前小玩意，去拿过来吧。”

我冲了个澡，重新化了个妆，这才感觉恢复了人性。我穿上一件银色的迷你裙，一件黑色的套头圆领衫，脚上踩着自己从古着百货店买来的小羊皮坡跟鞋，戴好德威特太太的碧芭丝巾，还喷了威尔说服我买下、能给我自信的“逐梦蝴蝶”香水。她给我端了些芝士番茄意面，可我的胃已经开始打结了，生物钟一片混乱。

“我喜欢你化的眼妆，非常性感。”我对她说。

她做了个鬼脸：“你可以开车吗？你简直连路都看不清楚。”

“反正又不远，何况我已经小睡过一觉了。”

“那你几点钟会回家？新的沙发床舒服极了，如果你想知道的话。是正经的弹簧床垫，绝不是你那种两英寸的垃圾海绵。”

“我希望自己这一两天都不必使用沙发床。”我给了她一个虚伪的微笑。

“那是什么？”托马斯咽下一口东西，指了指我手臂下的那个包裹。

“啊。这是圣诞袜。山姆圣诞节那天还要工作，所以我晚上才能见到他，心想可以在他醒来时给他些什么。”

“嗯，别问里面装了什么，托马斯。”

“这里没有什么是我不能给外公的，只不过是些好玩的东西罢了。”她真的朝我眨了一下眼睛。我在心里默默向艾迪和他的鬼斧神工表示感谢。

“晚些时候给我发短信，好吗？这样我就知道要不要挂上门链了。”

我吻了他们母子俩，朝着前门走去。

“别用你那半吊子的美国口音让他分心！”我一边走出公寓，一边竖起了中指，“别忘了靠左行驶！别穿那件闻起来和马鲛鱼一样的外套了！”

关上门时，我听到了她开怀大笑的声音。

过去的三个月，我要不就是走路，要不就是招出租车，要不就是坐上巨大的黑色豪华轿车、让加里载着我出行。钻进那辆离合器都已损坏、副驾驶座位上还残留着饼干的掀背小汽车，我吃惊地发现，习惯坐在方向盘后面竟要花费如此多的注意力。我出发驶入了最后的晚高峰车流中，扭开收音机，努力忽略胸膛里的锤击声，无法确定自己是在害怕开车，还是在害怕即将再次见到山姆。

天色已经暗了，挂着一串串圣诞彩灯的街道上挤满了购物的人。踩下离合器，颠簸着驶向郊区时，我的双肩从两耳附近的某个地方缓缓垂了下来。人行道变成了路缘，人群逐渐稀疏、消失，只有少数几个人会在我驶过时透过灯光明亮的窗口望向我。于是，八点刚过，我便放慢车速，趴在方向盘上向前望去，在没有灯光的马路上确认自己是否已经到了对的地方。

那节列车车厢就立在漆黑的田野中发光，从窗口洒下的一道金色灯光落在了泥巴和草地上。我只能在大门的另一边隐约看清他的摩托车正塞在树篱背后的小棚屋里，他甚至还在前面的山楂树上挂了一小片圣诞彩灯，他真的在家。

我把车停在超车道上，关掉车灯，看了看车厢。没过多久，几乎是灵机一动，我拿起了手机。“真的很期待见到你，”我写道，“现在用不了多久了！”

短暂的停顿过后，一条回复砰的一声发了回来。“我也是。一路平安。”

我露齿一笑，爬出车子，这才迟迟意识到把车停在了一摊水中，害得冰冷泥泞的水一下子溅到了我的鞋上。“哦，谢谢你，老天。”我低声说，“做得好。”

我小心翼翼地把买来的圣诞帽戴在头上，从副驾驶座位上拽过长袜，然后轻轻关上车门，手动将它锁上，以防哔哔作响的声音提醒他我来了。我的脚步在蹑手蹑脚向前挪动时嘎吱作响起来，让我想起了自己初到这里时是如何被突如其来的暴雨淋得浑身湿透，最终穿上了他的衣服，而我的那身湿衣服则被挂在了闷热的小浴室里晾干。那是不同寻常的一夜。他仿佛剥掉了威尔的死在我身边筑起的层峦叠嶂。我突然想起了我们的初吻，想起了他的大袜子软软地套在我冰凉双脚上的感觉，浑身上下不由激动得颤抖了起来。

我打开大门，如释重负地注意到自从我上一次到这里来，他已经用铺路板铺好了一条通往列车车厢的小径。一辆车驶过，借着车前灯稍纵即逝的亮光，我瞥见了眼前这座尚未建成的房子。如今，它的房顶已经铺好，窗户也已经装上。在缺了一扇窗户的地方，蓝色的柏油防水布在缺口上轻柔地翻动，从而让这里似乎一下子就成了我们有一天会入住的真实地方。想到此，我突然吓了一跳。

我踮着脚又走了几步，在门外停了下来。某种东西的气味正透过敞开的窗户飘散出来——是什么炖菜吗？——浓香馥郁，充满了番茄的清香，还有一丝酸味。我意外地感觉到了饥饿。山姆从不会吃泡面或是罐装青豆：他的所有吃食都是从生鲜食材料理出来的，仿佛能从有条不紊的做事过程中获得什么乐趣。紧接着，我看到了他——仍旧穿着制服——肩膀上搭着一条毛巾，正弯下腰查看煎锅里的东西。就在那一刻，我站在看不见的一片漆黑之中，内心十分平静。我听到了远处树林间的微风，还有被关在附近鸡笼中的母鸡轻柔的咯咯声，以及远方进城车流的哼鸣声。我感受着冰凉的空气磨蹭着肌肤，吸了吸空气中充满圣诞氛围的期待所带来的强烈味道。

一切皆有可能。过去的这几个月中，我已经学会了这一点。人生有可能是纷繁复杂的，但最终存留的只有我、我爱的那个男人、他的列车车厢和即将到来的这个美好的夜晚。我吸了一口气，任由自己享受这样的思绪，迈步向前，把一只手放在了门把上。

就在这时，我看到了她。她穿过车厢，嘴里模模糊糊地说着些什么，声音被玻璃蒙住了。她的头发盘了起来，脸颊旁垂着几缕柔软的发卷，身上还穿着一件男人的T恤衫——是他的吗？——手里举着一只红酒瓶。我看到他摇了摇头。紧接着，在他弯腰俯在炉灶上时，她走到他的身后，把两只手放在了他的脖子上，朝他靠了过去，拇指微微划圈地揉着那里周围的肌肉，动作似乎十分熟稔。她的大拇指指甲被涂成了深粉色。我愣在原地，呼吸都被困在了胸腔里。他把头向后靠去，紧闭双眼，似乎已经屈服于她那双有力的小手。

很快，他转过头去，面对着她露出微笑，脑袋还歪向了一侧。她退了几步，大笑起来，朝他举起了一只玻璃杯。

其他的我什么也没有看见，我心怦怦直跳，耳朵里的声音响亮得让我以为自己有可能会就地昏厥。我踉跄着向后退去，然后转身沿着小径跑了回去，大声喘着气，湿漉漉的鞋子里双脚冰凉。即便车子被我停在了大约五十码开外的地方，我却还是能听到她爆发的笑声透过敞开的窗户回荡在空中，如同被震裂的玻璃杯。

自家大楼背后的停车场里，我坐在车中，直到确定托马斯已经上床睡觉。我无法隐藏自己的感受，也无法忍受当着他的面向特丽娜解释事情的原委。每过一段时间，我就会抬头望一望，看着他卧室里的灯亮了，半个小时之后又再度灭了。我熄了火，任由引擎在滴答作响中停止运转。随着滴答声逐渐逝去，我紧抓不放的所有梦想也跟着消失殆尽。

我不应感到吃惊。我为什么要吃惊呢？凯蒂·英格拉姆从一开始便把牌亮在了桌面上。令我感到震惊的是，山姆竟然一直与她沆瀣一气。他并没有对她不理不睬，而是回复了我，然后为她做上一顿饭，还任她揉搓自己的脖子，为了……为了什么做准备呢？

每次想象他们在一起的情形，我都会发现自己正紧紧攥住胃部，对折起身体，像是被人打了一拳。我无法摆脱脑海中这两人共处的画面：他在她手指的按压下回头歪过脑袋的样子。她开玩笑似的自信表情——仿佛是听了两人之间共同知晓的某个笑话。

最奇怪的是，我哭不出来，感觉到的是比悲哀还要庞大的某种东西。我是麻木的，大脑被问题搅得嗡嗡直响——多久了？到什么程度了？为什么——后来，我发现自己又把身子折了起来，想要让这个新的讯息、这强有力的一击、这份巨大的痛苦令自己怒不可遏。

我不确定在那里坐了多久，但是十点钟前后，我缓缓走上楼，径自钻进了公寓。我希望特丽娜已经睡了，可她却穿着睡衣，正看着新闻，膝盖上还托着笔记本电脑。屏幕上的什么内容让她露出了微笑，害得她在我开门时吓了一跳。

“天哪，我差点吓得命都没了——露？”她把笔记本电脑推到一边，“露？哦，不是吧……”

将我置于死地的总是善良。我妹妹，一个认为成人间的肢体接触比看牙科还要令人不舒服的女人，用她的双臂环抱住了我。发自内心最深处某个出人意料的地方，我由衷地哭了起来，泪珠大颗大颗的，哭得喘不过气，鼻涕横流。自从威尔去世之后，我就再也没有这样哭过，哭声中包含了梦想的幻灭，以及预见到未来几个月心碎历程时的恐惧。我们缓缓地陷进了沙发里。我把头埋在她的肩膀上，抱着她。这一次，妹妹把头靠在了我的头上，抱着我，没有松开。

18
愁肠百结的圣诞节

鉴于山姆或我父母都没有料到能够见到我，接下来的两天时间里，躲在公寓里假装自己不在并不是什么难事。我还没有准备好和任何人见面，也没有准备好与任何人交谈。我忽视了山姆的短信，推断他会相信我正像只无头的小鸡一样在纽约到处乱跑。我发现自己会反复盯着他的两条信息看——“你平安夜的时候想做什么？教堂礼拜吗？还是会太累？”以及“我们节礼日那天能不能见面？”——我为之感到惊奇，这个男人，最坦率、最值得尊敬的男人，竟然学会了对我撒谎这么厚颜无耻的能力。

那两天，托马斯在家的时候我都会挂上笑脸，在他边吃早饭边聊天时折好沙发床，消失在淋浴间里。他离开的那一刻，我就会回到沙发上躺着，抬头凝视着天花板，眼角渗着泪珠，或是冷冷地琢磨我似乎能把事情全都搞错的众多方法。

我之所以一头扎进了与山姆的爱情中，难道是因为自己仍在为威尔感到悲哀吗？我究竟是否真的了解过他？毕竟人总是会看到自己想看的东西，尤其是被外貌的吸引力所蒙蔽时。他这么做难道是因为乔希吗？因为艾格尼斯的验孕棒？甚至可以说，事情真的必然要有一个理由吗？我已经不再相信自己的判断足以辨别得清了。

仅此一次，特丽娜并没有喋喋不休地要我起床，做些有建设性的事情。她摇了摇头，难以置信，在托马斯听不到的地方咒骂山姆。即便深陷自己的悲哀之中，我还是会细细思量，感叹艾迪竟有这般能力，可以潜移默化地向我妹妹的心里灌输某种类似同情心的东西。

考虑到我住在数千英里以外的地方，她一次也没有说过这又没什么好吃惊的，或者肯定是我做了什么，才把他推进了凯蒂·英格拉姆的怀抱，抑或这一切都是不可避免的。在我讲述事情是如何逐渐走向这样的地步时，她会倾听，会确保我吃饱、洗漱干净、穿戴整齐。尽管她并不是个爱喝酒的人，却还是带回家两瓶红酒，说她觉得我可以获准堕落几天（但补充称我要是吐了，就必须自己打扫干净）。

平安夜到来那天，我已经逐渐长出了一个硬邦邦的甲壳，如同一尊冰雕。某一刻，我意识到，我将不得不开口与他说话，却还没有准备好。我不确定究竟还能不能做好准备。

“你打算怎么做？”在我泡澡时，特丽娜坐在马桶上问道。她直到圣诞节才能见到艾迪，正要把自己的脚指甲涂成浅粉色作为准备，尽管她不愿承认。外面的客厅里，托马斯把电视调到了震耳欲聋的音量，正因为圣诞节前的狂热而在沙发上跳上跳下。

“我觉得我可能会直接告诉他，我错过了航班，圣诞节后再通话好了。”

她做了个鬼脸。“你会不想和他说话？他是不会相信的。”

“眼下，我真的不在乎他相信什么，只想和家人平平淡淡地过个圣诞。”我沉回水里，好不去听特丽娜喊叫着让托马斯把音量调低。

他不相信我。他在短信中写道：“什么？你怎么可以错过航班呢？”

“——我就是错过了，”我写道，“我节礼日那天再和你见面吧。”

当我发现自己没有加上任何一个亲吻时，一切已经晚了。长久的沉默过后，回复只有一个词："好吧。"

特丽娜开车载着我们去了斯托特福德。路上整整一个半小时，托马斯一直在后座上蹦蹦跳跳。我们听着收音机里的圣诞颂歌，没怎么开口说话。距离镇子还有一英里时，我对她的关心表示了感谢。她低语道，这不是为了我——艾迪其实没有见过爸爸或妈妈，所以她一想到圣诞节，就感觉不舒服。

"一切都会顺利的。"我告诉她。她一闪而过的笑容并没有什么说服力。

"别这样，他们很喜欢你年初约过的那个做会计的家伙啊。老实说，特里，你单身的时间实在是太长了，只要你现在带回家的不是匈奴王阿提拉，任何人都会让他们高兴的。"

"好吧，这个理论就要经受考验了。"

在我们还没来得及多说些什么时，车子便靠边停了下来。我看了看自己那双哭了太多次、已经变成豌豆大小的眼睛，钻出了车子。母亲冲出前门，沿着小径一路奔来，就像一个离开起跑架的短跑选手。她张开双臂拥抱了我，抱得太紧，以至于我都能感觉到她的心正在嗵嗵直跳。

"看看你！"她大呼小叫起来，把我推到一臂远的地方抱着我，然后再次将我拉入怀中。她拨开我脸上的一缕头发，朝着站在台阶上插着腰的父亲转过身，露出了灿烂的微笑。"她看上去多棒啊！伯纳德！看看她看上去多有精神！哦，我们太想你了！你瘦了吗？你看上去瘦了，还很疲惫。你需要吃点东西，快进屋。我打赌他们在飞机上没给你吃早饭，反正我听说早饭全都是蛋白粉。"

她又拥抱了托马斯。趁父亲还没来得及迈步上前时，她一把夺过了我的包，大跨步地沿着小径走了回去，点头招呼我们全都跟上。

“你好，甜心。”父亲温柔地说。我钻进了他的怀里。在他们紧紧围绕在我身边时，我终于能够允许自己舒上一口气了。

外公连楼梯那里都走不过去。妈妈低声说，他又一次突发了轻微的脑出血，现在连起身或走路都有困难，所以白天大部分时间里都坐在客厅里的靠背椅上。（“我们不想让你担心。”）他穿着一件讲究的衬衫，还为了庆祝这个场合穿了一件套头毛衣，在我走进门时歪歪地笑了笑。看到他颤颤巍巍地举起一只手，我拥抱了他，心里某个遥远的地方注意到他看起来竟然如此瘦小。

可紧接着，我纳闷眼前的一切似乎都变小了。父母的房子，房里二十年的壁纸，那些不是因为美丽而是得到某人好心馈赠，或是为了遮挡墙壁上的凹痕而选择的艺术品，下陷的三居室，狭小的用餐区——要是你把椅子向后推得太远，就会撞到墙面——还有距离父亲的头只有几英寸的吊灯。我发现自己正冷冷地把这里和那座庞大的公寓相比——那里上千平方米的抛光地板、巨大的华丽天花板，还有门外喧嚣的曼哈顿全景。我本以为自己在家可能会感觉更舒心呢。

相反，我感觉我已经无拘无束了，仿佛猛然意识到此刻的我并不属于任何一个地方。

我们吃了一顿简便的晚餐，有烤牛肉、土豆、约克郡布丁和乳脂松糕，这些不过是妈妈在明晚的大餐之前“将就着做出来”的几个微不足道的菜。由于冰箱里放不进火鸡，爸爸就把它存在了小棚屋里，每半个小时便要出去看看它有没有落入隔壁的猫咪胡迪妮的“魔爪”。妈妈简明扼要地向我们叙述了邻居们遭遇的各种悲剧：“哦，当然了，那是安德鲁患上带状疱疹之前。他向我展示过他的肚子，吓得我都不敢吃维他麦了。我告诉过蒂姆弗娜，她得在孩子出生之前把那两只脚抬起来，休息一下。老实说，她的静脉曲张就像奇特恩斯的B级公路图。我有没有告诉你们，坎普夫人的父亲去世了？他背负持枪抢劫的罪名服刑四年之后，人们才发现犯罪的是邮局里一个戴着同款假发的家伙。”妈妈喋喋不休地说。

仅在她清理盘子时，爸爸才俯身过来问我：“你能相信她很紧张吗？”

“紧张什么？”

“你，你所有的成就。她有点害怕你不想回来了，害怕你想要和男朋友共度圣诞节，然后直接返回纽约。”

“我为什么会想要这么做？”

他耸了耸肩说：“我不知道。可能她以为你已经长大了，容不下我们了。我告诉她，她这是在犯傻。别误会，亲爱的，她为你骄傲得要……把你所有的照片都打印出来，贴在剪切簿上，向邻居们炫耀，害得大家无聊得表情都僵硬了。老实说，我也是这么想的。”他露齿一笑，捏了捏我的肩膀。

刹那间，我为自己原本打算和山姆共度回来的大部分时光而感到羞耻。我本来计划让妈妈来处理所有的圣诞节事务，照顾全家人和外公，就像我没去纽约前年年都会做的那样。

我让特丽娜和托马斯留下来陪爸爸，自己端着剩下的盘子走进厨房，在友好的沉默氛围中和妈妈一起洗了会儿碗。她转向了我：“你看上去真的很累，亲爱的，是时差的缘故吗？”

“也许吧。”

“你去和他们坐一下吧，我来处理就好。”

我强迫自己挺了挺肩膀：“不用了，妈妈。我好几个月都没有见到你了，你为什么不跟我聊聊最近怎么样了呢？你的夜校如何？医生对外公的病情说了些什么？”

夜色还在蔓延。电视在房间的角落里发出了嘟嘟囔囔的响声。温度也升高了，直到我们全都陷入了半昏睡的状态，如同大腹便便的孕妇般抱着肚皮。妈妈的简便晚餐过后，大家总是会变成这副模样。想到明天还要如此，我的胃便微微蠕动起来，以示抗议。外公在椅子上打起了瞌睡。于是我们把他留在那里，去做午夜弥撒。我站在教堂里，身边围绕着自小就认识我、会微笑着用手肘轻推我的人，唱起了记忆中的颂歌。遇到不会唱的歌，我也会比比口型，试着不去思索山姆此刻正在做些什么——正如我一天会做一百一十八次的那样。偶尔，特丽娜的目光会顺着靠背长凳与我的相遇，对我露出一个鼓励的微笑。我也会回敬她一个微笑，仿佛是在说，我没事，一切都好，即便自己并非没事，一切也并非都好。回家后，我离开所有人，来到储藏室，松了一口气。也许是因为回到了童年故居，又或许是因为三天的激昂情绪已经让我筋疲力尽，自从返回英格兰以来，我第一次沉沉地睡了过去。

我在一片蒙眬中意识到特丽娜清晨五点就醒了，还听到了某种激动不已的重击声。很快，爸爸朝着托马斯喊叫起来，说现在天还黑着，要是他不回到床上，他就叫圣诞老人把所有的礼物再带回去。我再次醒来时，妈妈正把一杯茶放在我的床头柜上，对我说，要是我能穿上衣服，家里人就要开始拆礼物了。现在是差一刻钟十一点。

我拿起小闹钟，斜眼看了看，还晃了晃它。

“你需要它。”她边说边拨弄了一下我的脑袋，走开去照料自己种的嫩芽了。

二十分钟之后，我穿着搞笑的驯鹿套头毛衣走下了楼。这件衣服上带有一只会发光的鼻子，是我在梅西百货买的，因为我知道托马斯会喜欢它。其他人都已经下楼了，穿戴整齐，吃过了早餐。我亲吻了每一个人，祝他们拥有一个快乐的圣诞节，把驯鹿鼻子上的灯开了又关，然后开始分发自己的礼物。从始至终，我都在努力不去思念那个本应收到一件羊绒衫以及一件着实柔软的法兰绒衬衫的男人。这两件衣服现在正在我的箱子底部失去活力。

我坚定地告诉自己，今天不要想他。和家人在一起的时光是如此珍贵，我才不会因为感怀伤心而坏了自己的兴致。

我的礼物让大家感到格外满意。显然，来自纽约赋予了让这些礼物格外令人向往的有利条件，虽然我十分确信同样的东西在阿格斯商店里也能买到。“从纽约一路带回来的！”在每样东西被拆开之后，妈妈都会一脸敬畏地这样说道，直到特丽娜翻起了白眼，托马斯也开始模仿她说的话。当然了，最受欢迎的礼物是最便宜的：我在时代广场游客纪念品摊上买来的一个塑料雪球。我十分确定，这个星期还没过完，里面的液体就会默默地在托马斯的衣柜里流干。

作为回报，我收到了：

——外公送的袜子，（我百分之九十九肯定它们是妈妈挑选和购买的）；

——爸爸送的肥皂（同上）；

——一个银色的小相框，里面已经装好了我们的全家福（“这样你无论去到哪里，都能把我们带在身边了”——妈妈。爸爸：“她究竟为何要这么做？她到该死的纽约去就是为了摆脱我们所有人。”）；

——一个能够去除鼻毛的东西，来自特丽娜（“别这么看我，你会到那个年纪的。”）；

——托马斯送的一张圣诞树的画，画的下面还写了一首诗。细细一问，这幅画竟然其实并非是出自他的手。“老师说，我们没法把装饰品贴在正确的地方，所以是她替我们贴的。我们只不过在上面写下了自己的名字。”

我还收到了莉莉的一份礼物，是她和特雷纳夫人去滑雪的前一天留下的——“她看上去很好，露。不过我听说，她把特雷纳夫人累得够呛”——那是一只复古戒指，银色的戒托上镶着一枚巨大的绿色宝石，和我小拇指的尺寸完全吻合。我给她寄过一对看上去很像袖扣的银色耳环。那个时髦得可怕的苏荷区店铺售货员向我保证过，它们非常适合十几岁的少女，特别是时下那些貌似十分乐意在意外的地方穿孔的少女。

看着外公打盹，脸上还挂着微笑，我对所有人表示了感谢，觉得自己给别人留下的印象还不错，像个十分享受这一天的人。但妈妈可比我以为的聪明多了。

“一切还好吗，亲爱的？你看上去很沉闷。”她在土豆上淋了一勺鹅油，在它喷出一股愤怒的水雾时退了几步，“哦，你能不能看看那些？它们很快就会变得又脆又香。”

“我没事。”

“还是时差的缘故？住在隔壁第三户的罗尼说过，他去佛罗里达时，过了三个礼拜才不会走路撞墙。”

“差不多吧。”

“我不相信自己居然有个会有时差的女儿。你知道吗，我可是俱乐部里所有人嫉妒的对象呢。”

我抬起头。“你又去那里了？”

威尔自杀之后，我父母去了许多年的社交俱乐部就开始排斥他们了。大家反而怪罪我顺从了他的计划。在令我感到愧疚的众多事情中，这正是其中之一。

“嗯。那个玛乔丽已经搬去塞伦赛斯特了。你知道，在爱说闲话的人里，她是最糟糕的一个。后来，汽车修理厂的斯图尔斯告诉爸爸，他有时间应该过来打上一局撞球，就像往常一样。一切都已经没事了。”她耸了耸肩，“而且你懂的，那些事如今都已经过去好几年了，人们还有别的事情可以去想。”

人们还有别的事情可以去想——我不知道这句无邪的话为何会扼住我的喉咙，但事实的确如此。就在我试图咽下突如其来的一波忧伤时，妈妈把一盘土豆推回烤箱里,心满意足地咣当一声关上门，朝我转过身，摘下了手上的烘焙手套。

“我差点忘了——最奇怪的是，你男朋友今天早上打电话来了，问我们节礼日那天怎么去接机，还问我们是否介意让他亲自去接你？”

我愣住了：“什么？”

她提起一只平底锅的锅盖，放出一股热气，然后又再次将它盖上。“嗯，我说他肯定搞错了，你已经到了，所以他说稍后会顺路过来一趟。老实说，值班肯定把他累坏了。我在收音机里听说，上夜班对大脑的损害是非常大的。你可能会想要把这一点告诉他。”

“什么——他什么时候来？”

妈妈看了看时钟。“嗯……我觉得他说三四点钟下了班之后就来。圣诞节这天还要大老远地赶路！对了，你见过特丽娜的男朋友了吗？你有没有注意到她如今的穿着打扮？”她望了望身后的房门，声音里充满了好奇，“她几乎就像是变成了一个正常人似的。”

圣诞节午餐的过程中，我一直高度警惕地坐在那里，貌似平静，却在每次有人经过我家门口时都会畏缩一下。妈妈做的菜每一口都在我的嘴巴里被嚼成了粉末。爸爸讲述着从饼干里抽到的蹩脚笑话，可它们一个个都径直从我的脑海中飞了过去。我吃不下，听不见，也没有了感受，被锁在满是悲哀期待的钟形玻璃罩里。我望了望特丽娜，可她看上去也是心事重重。我这才意识到她正在等待艾迪的到来。这能有多难？我冷冷地想。至少她的男朋友没有背着她出轨，至少他想要和她在一起。

天下起雨来。雨滴无情地拍打着玻璃，阴暗的天色与我的情绪十分相符。这座挂满了金属箔和闪光贺卡的小房子在我们身边收缩起来。我一会儿感觉自己身处其中已经无法呼吸，一会儿又害怕即将发生的任何事情。偶尔，我会看到妈妈的眼神朝我这边转来，像是在好奇发生了什么，却又一句话也没有说，于是我没有主动开口。

我帮忙洗干净了碗盘，聊起了纽约的日用百货送货是多么有意思，自觉很能吸引听众。终于，门铃响了，我的腿一下子就软了。

妈妈转过身来看着我。“你还好吗，露易莎？你的脸色很苍白。”

“我之后再告诉你，妈妈。”

母亲用力地盯着我，表情很快便软了下来。“我就在这里。”她伸出手，把一缕头发塞到我的耳后，“不管是什么事情，我都会在这里。”

山姆穿着一件我之前从未见过的柔软深蓝色套头衫，站在门前的台阶上。我不知道这衣服是谁给他的。他朝我微微一笑，却没有俯身亲吻我，或是像我们上次见面时那样伸开双臂拥抱我。我们警惕地注视着彼此。

“你想进来吗？”我的声音听上去正经得有些古怪。

“谢谢。”

我在他前面步入狭窄的走廊，在穿过客厅的房门时等他和我的父母打了个招呼，然后将他领进厨房，关上了身后的房门。我能够清醒地意识到他的存在，仿佛我们两人都遭到了微弱的电击。

“能给我来杯茶吗？”

“当然……套头衫不错。”

“哦……谢谢。”

“你的……鼻子还亮着。”

“哦对。”我垂下手，关上灯，不愿纵容任何可能软化我俩之间情绪的事情。

他在桌旁坐了下来。在我家厨房餐椅的衬托下，他的身形不知为何显得格外庞大。他的眼睛仍在凝视着我，双手紧扣在桌面上，像是某个正在等待工作面试的人。我能够听到爸爸在客厅里对着某部电影大笑，还有托马斯要求知道笑点在哪儿的尖叫声。虽然让自己忙于泡茶，我却仍然能够感觉到他的目光自始至终都在我的后背上灼烧。

“所以说。”在我把马克杯递给他并坐下时，他开口说道，“你回来了。”

那一刻，我几乎屈服了，望向桌子另一边那张英俊的脸庞，看着他宽阔的双肩和轻轻握住马克杯的双手，脑海里蹦出了一个念头：要是他离开我，我会受不了的。

可紧接着，我发现自己再次站在了那节冰冷的台阶上，看到她纤细的手指抚摸着他的脖颈，而我湿透的鞋子里双脚冰凉。于是，我慢慢重新冷淡了下来。

“我是两天前回来的。”我答道。

他极其短暂地停顿了片刻。“好吧。”

“我想去给你个惊喜。就在星期四的晚上。”我刮了刮桌布上的一道印痕，“结果大吃一惊的人是我。”

我注视着领悟的表情缓缓在他的脸上绽开：他微微蹙眉，眼神愈发冷淡，随即在明白我可能看到了什么时虚弱地闭上了眼睛。“露，我不知道你看到了什么，不过——”

“不过什么？‘事情不是你想的那样？’”

“嗯，是也不是。”

这就像是一记重拳。

“我们不要这样了，山姆。”

他抬起了目光。

“我十分确定自己看到了什么。要是你试图说服我事情并非是我想的那样，我会太渴望相信你，以至于有可能真的信了。在过去的两天时间里，我已经意识到……这对我没有好处。对我们俩谁都没有好处。”

山姆放下自己的马克杯，用一只手沉沉地托住了腮，望向了一旁。“我不爱她，露。”

“我真的不在乎你对她的感觉。”

“好吧，我想要你知道。是的，你对凯蒂的看法是对的。我可能误解了信号，她的确喜欢我。”

我苦笑了一声：“你喜欢她。”

“我不知道自己对她是什么看法，你才是我脑海里的那个人，你才是我醒来时想起的那个人。可问题在于，你——”

“问题在于，我不在这里。别把这件事赖在我的头上，你竟敢把事情赖在我的头上！是你让我去的，是你让我去的。”

我们沉默不语地坐了几分钟。我发现自己目不转睛地盯着他的手——被磨损了的强壮指关节，看上去是那么强硬，那么有力，却可以如此温柔。我决绝地紧盯着桌布上的痕迹。

“你懂的，露，我以为自己一个人会没事的，毕竟我已经单身很长时间了，可你撬开了我心里的某种东西。”

“哦，所以说，这是我的错。”

“我没有那么说！”他脱口而出，“我正在试着解释啊。我是说——我是说我已经不再像自己以为的那么善于独处了。姐姐去世后，我不想再对任何人心存任何的感觉，行吗？我的心里还有空间照料杰克，却已经装不下其他任何人了。我有工作，还有一座盖了一半的房子，还有我的鸡。这都没有问题。我只要……继续生活下去就好。然后你来了，从那座该死的楼上掉了下来。准确地说，你第一次握住我的手时，我就感觉内心有什么东西妥协了。刹那间，我有了一个期待与之聊天的人，一个能够理解我做何感受的人，她是真的、真的能够理解我。我会开车经过你的公寓，知道糟糕的一天结束之后，我可以打电话给你，或是稍后顺道过来看看，心里就感觉舒服多了。是的，我知道我们存在某些问题，但是——内心深处——还是有些什么是没有错的，你明白吗？”

他在茶杯上方低垂着头，紧咬着下巴。

“后来，在我们逐渐亲近时——比我和任何一个活人的关系都亲近得多时——你……你就走了。我感觉就像是有人一只手给了我这份礼物，这把可以开启万物的钥匙，然后又用另一只手将它一把夺走了。”

“那你为什么要放我走？”

他的声音在房间里爆发了：“因为——因为我不是那种男人，露！我不是那种坚持要你留下的男人。我不是那种会阻止你去冒险、去成长、去做你想做的一切的男人，我不是那种人！”

“是啊——你是那种我一走就勾搭上别人的男人！某个和你拥

有同一个邮区号的人！”

“是邮编！你现在在英格兰，看在上帝的分上！”

“没错，你都不知道我有多希望自己不在这里。”

山姆背过身去，显然是在努力克制自己。厨房门外，尽管电视仍旧开着，我还是隐约意识到前面的房间里一片寂静。

过了几分钟，我低声开了口：“我已经做不到了，山姆。”

“你做不到什么？”

“我做不到为凯蒂·英格拉姆和她诱惑你的企图忧心忡忡——因为无论那晚发生了什么，我都明白她想要什么，即便我不知道你想要什么。这会让我发疯，让我难过，更糟糕的是……”我狠狠咽了一口唾沫，“……这会让我恨你。我无法想象自己是如何在短短三个月的时间里，落到这种地步的。”

“露易莎——”

有人谨慎地敲了敲门。母亲的脸出现了。“很抱歉打扰你们两位，不过你们介不介意我飞快地泡杯茶？外公又气喘了。”

“当然不介意。”我一个劲地把脸别向一旁。

她手忙脚乱地钻进来，装满水壶，背对着我们。“他们在看某部外星人电影，不是很符合圣诞节的氛围。我记得圣诞节的时候看的都是《绿野仙踪》或者《音乐之声》之类的东西，大家都能一起看。如今你们看的都是些乒乒乓乓射击的荒唐影片，所有人的话我和外公一个字都听不懂。”

妈妈喋喋不休地说着，显然是为自己的存在感到窘迫。她一边等着水烧开，一边用手指敲击着料理台的台面。“你知道我们连女王的演讲都还没看吗？爸爸把它放在老录像机里了。不过事后再看就不是一回事了，对吗？我喜欢在所有人都在看的时候去看。可怜的老太太，直到所有人都看完外星人和卡通片之后才能挤进那些视讯的盒子里。在位六十多年之后——她已经在位多少年了？——至少我们能在她发表演讲时看看她。听着，爸爸说我很荒谬，因为她可能好几个星期以前就已经录好了。山姆，你要吃些蛋糕吗？”

“我不用了，谢谢。”

“露呢？”

“不用了，谢谢妈妈。”

“那我就不打扰你们了。”她尴尬地笑了笑，往托盘上装了拖拉机车轮那么大的一个水果蛋糕，匆匆出去了。山姆起身在她的背后关上了房门。

我们沉默不语地坐着，听着厨房里的挂钟滴答作响，空气如铅般沉重。两人之间没说出口的那些话的重量让我感觉自己已经被压垮了。

山姆长时间地喝了一通茶水。我想让他离开，却又觉得他若是离开，我可能会死去。

“对不起。”他终于开了口，“关于那天晚上的事。我从未想过要……好吧，我估错了形势。”

我摇了摇头，再也说不出一句话。

“我没有和她睡过。要是你听不进去别的话，我只需要你听到这句。”

“你说过——”

他抬起了头。

“你说过……没有人能再伤害到我。你说过，在你来纽约的时候。” 我的声音从胸口里的某个地方钻了出来，“我一刻都未曾想过你竟会是伤害我的那个人。”

“露易莎——”

“我觉得我现在想让你离开了。”

他缓缓地站起身，犹豫不决，两只手还搭在面前的桌子上。我没有望向他，无法目睹我爱的那张脸即将永远消失在我的生命之中。他直起身子，清晰地叹了一口气，转过身背对着我。

他从衣服的内袋里掏出一个包裹，放在了桌子上。“圣诞快乐。”说罢，他便走向了房门。

我跟随他重新步入走廊，迈了长长的十一步，很快就站在了前廊上。我无法望向他，不然就会迷失，就会恳求他留下，承诺放弃自己的工作，也求他换份工作，再也不要和凯蒂·英格拉姆见面。我会变得可悲，变成我会怜悯的那种女人。他永远也不想要的那种女人。

我站着，肩膀僵硬，拒绝望向他那双过大的愚蠢双脚以外的地方。一辆车停了下来，街上某个地方的门被人重重地关上了，鸟儿在鸣叫。我站着，被锁在属于自己的悲哀中某个固执地拒绝结束的时刻。

就在这时，他突然走上前，把我拥入了怀中。在他把我拉向自己时，我从这个拥抱中感受到了我们对彼此意味的一切，其中的爱与痛，还有那该死的可能性。在他看不到的地方，我的脸扭曲了。

我不知道我们在那里站了多久，可能只有几秒钟吧。但时间在刹那间停止了，延伸开来，消失殆尽。只有他和我，还有从我的脑海默默爬向双脚的那种可怕的死亡感，仿佛我正逐渐被石化。

“别，别碰我。”再也忍不住时，我说道。我的声音哽咽了，已经失去了本来的面目。我一把将他推开，让他远离了我。

“露——”

但那不是他的声音，是我妹妹。

“露，能不能请你——抱歉——把路让开，我需要过去。”

我眨了眨眼，转过头。只见妹妹扬着头，正在狭窄的门厅里试图从我们的身边挤到走廊上。“对不起。”她说道，“我只是需要……”

山姆猛地放开了我，迈开大步走了，耸着僵硬的双肩，只在大门打开的一瞬间暂时停下过脚步，却并没有回头望。

“是不是我们特丽娜的新男朋友来了？”妈妈在我身后问了一句。她猛地扯掉身上的围裙，动作流畅地捋直了头发。“我以为他四点钟才会来呢，所以连口红都没抹……你们还好吗？”

特丽娜转过身。透过蒙眬的泪眼，我只能隐约看到她的脸上微微露出了一个充满希望的笑容。“妈妈，爸爸，这是艾迪。”她说道。

一个穿着花朵图案短连衣裙的瘦小黑人女子迟疑地朝我们挥了挥手。

19
重重惊喜

事实证明，要想让自己从痛失人生第二个挚爱的事情中分心，我强力推荐你的姐姐在圣诞节这天出柜，尤其是和一个名叫艾德文娜的有色种族年轻女子。

妈妈用一阵过分热情的欢迎之辞掩盖着自己最初的震惊之情，承诺要泡些茶水，并护送着艾迪和特丽娜走进客厅。她暂时停住脚步，看了我一眼。如果我母亲是那种会骂脏话的人，她在通往厨房的走廊上消失之前，脸上的表情一定是在说“见鬼，这都是怎么回事啊”。托马斯出现在客厅里，一边叫喊着“艾迪”，一边给了我们的客人一个大大的拥抱。他不安地踮着脚，等待接过礼物拆开，然后抱着新的乐高玩具组合跑开了。

彻底沉默不语的爸爸只是凝视着眼前发生的一切，如同被丢进了致幻剂引发的梦境之中。我看到特丽娜一反常态地露出了焦虑的神情，感觉空气中的恐慌感正在逐渐升温，心知自己必须做点什么。我低声朝着爸爸嘟囔了几句，让他闭上嘴，然后迈步向前伸出一只手来。“艾迪！”我说，“嗨！我是露易莎。我妹妹无疑已经把与我有关的坏话全都告诉你了。”

“其实。”艾迪回答，“她告诉我的只有好话呢。你住在纽约，对吗？”

“大部分时间是的。”我希望自己的微笑不会像感觉上的看似那么勉强。

“我毕业后在布鲁克林住过两年，仍旧非常想念那里。”

她脱下铜棕色的外套，等待着特丽娜把它塞进我家过于拥挤的衣架中。她的个子十分娇小，如同瓷娃娃一般，拥有我见过最精致的对称五官，眼角在夸张的黑色睫毛衬托下向上挑着——也许礼貌得让我父母无法承认几乎隐藏不住的震惊——弯下腰和外公握了握手。外公朝她撇嘴一笑，然后回过头继续紧盯着电视。

我从未见过妹妹这副模样，就好像我们刚刚认识了两个陌生人，而不是一个。一个是艾迪，礼貌得无可挑剔，风趣幽默，满心投入，优雅地驱使我们穿过波涛汹涌的对话之河；另一个则是特丽娜，表情阴晴不定，笑容稍显脆弱，一只手偶尔会伸到沙发的另一边，捏一捏女友的手，仿佛是为了安心。爸爸在她第一次这样做时下巴足足掉下去三英寸，害得妈妈反复用手肘戳着他的肋骨，他才重新把嘴闭好。

“所以说！艾德文娜！”妈妈边说边倒茶，“特丽娜——嗯——没有向我们太多地提起过你。你们两个是——怎么认识的？”

艾迪笑了：“我在卡特丽娜的公寓附近经营了一家内饰店。她顺路来过好几趟，买了靠垫和布料之类的，我们就聊上了。我们去喝过东西，后来又去看了电影……你懂的，事实证明，我们拥有许多共同之处。”

我发现自己点着头，正在努力弄清妹妹和我眼前这个精致优雅的生物之间可能有何共同之处。

“共同之处！多好啊。共同之处是件好事。没错。还有——你是哪里人——哦，上帝。我的意思不是……”

"我是哪里人？布莱克希斯。我知道——极少有人会从伦敦南部搬到北边来。三年前，我的父母退休时搬去了伯翰姆伍德。所以我就是那些极少数人之一——一个住在伦敦北部的伦敦南城人。"她朝着特丽娜微微一笑，仿佛是出于某个彼此都知道的笑话。很快，她转回头望向了妈妈。"您一直都住在这附近吗？"

"妈妈和爸爸会在斯托德福德住到自己入土为安为止。"特丽娜说。

"我们希望这一天不要太早到来！"我答道。

"这个镇子看起来很美。我能明白你们为什么想要留下。"艾迪边说边举起了自己的盘子，"这个蛋糕太好吃了，克拉克夫人。是您自己做的吗？我的母亲会用朗姆酒来做，还发誓你必须把水果泡上三个月，才能得到浓烈的酒香。"

"卡特丽娜是同性恋？"爸爸问道。

"这很好吃，妈妈。"特丽娜说，"小葡萄……真的……很湿润。"

爸爸的目光从我们一个人的身上飘向了另一个人。"我们特丽娜喜欢女人？没有人说点什么吗？就一个劲地谈论该死的靠垫和蛋糕？"

"伯纳德。"我的母亲开了口。

"也许我应该给你们所有人一点时间。"艾迪回答。

"不，留下，艾迪。"特丽娜望了望正沉浸在电视中的托马斯，说道，"是的，爸爸。我喜欢女人。或者，至少，我喜欢艾迪。"

"特丽娜也许属于流动性别者。"妈妈紧张地说，"这么说对不对？夜校的年轻人告诉我，他们中许多人如今都不属于非黑即白的那种。有一种东西叫作范畴。或是频谱。我永远也记不住是哪个词。"

爸爸眨了眨眼睛。

妈妈掷地有声地咽下了一大口茶水，听了几乎令人心疼。

“嗯，就我个人而言。”在特丽娜停止轻拍她的后背时，我说了一句，“我只是觉得，有人想陪特丽娜出去就是挺好的一件事了。任何人都行。你们知道，任何长着眼睛、鼻子和一颗心之类的人。”特丽娜由衷感激地瞪了我一眼。

“你长大的过程中，总是很喜欢穿牛仔裤。”妈妈抹了抹嘴，沉思道，“也许我应该多强迫你穿裙子。”

“这和牛仔裤没有关系，妈妈。也许是基因的关系吧。”

“哦，我们的家族里肯定没有这种基因。”爸爸答道，“没有冒犯你的意思，艾德文娜。”

“没关系，克拉克先生。”

“我是同性恋，爸爸。我是同性恋。我比任何时候都要幸福，而我选择如何才能过得幸福其实和任何人都没有关系。不过，要是你和妈妈能为我感到高兴，我真的会很开心。因为更重要的是，我希望艾迪能在我和托马斯的人生中度过很长一段时间。”她望向了正对自己露出安心微笑的艾迪。

大家沉默了良久。

“你从未提起过。”爸爸的语气充满了谴责的意味，“你从未表现出同性恋的一面。”

“同性恋该如何表现？”特丽娜问道。

“嗯，同性恋，比如……你以前从没有带过一个女孩子回家。”

“我以前从未带过任何人回家。除了森迪普，那个会计。你不喜欢他，因为他不喜欢足球。”

“我喜欢足球。”艾迪颇有助益地答道。

爸爸坐下来，紧盯着自己的盘子。终于，他叹了一口气，用两只手掌揉了揉眼睛。揉完时，他的整个表情似乎都茫然了，如同某个突然从睡梦中醒来的人。妈妈专注地望着他，脸上写满了焦虑。

“艾迪，艾德文娜。很抱歉我给人的印象就像个糟老头一样，其实我不憎恨同性恋，但是……”

“哦，上帝。”特丽娜说，“还有但是。”

爸爸摇了摇头。“但是反正我要说的话可能都是错的，还会引起各种各样的冒犯，因为我只不过是老家伙，不明白任何新奇的术语，也不明白大家都是如何行事的——我的妻子会告诉你这一点。综上所述，就连我都知道，从长远来看，最重要的是我的两个女儿都能幸福。要是你能让她幸福，艾迪，就像山姆能让我们家露幸福那样，那就行。我很高兴认识你。”

他站起来，把一只手伸到咖啡桌的另一边。过了一会儿，艾迪也俯身向前，握了握他的手。

“好了，现在我们吃点蛋糕吧。”

妈妈如释重负地轻轻叹了口气，把手伸向了餐刀。

我竭尽全力露出了微笑，然后快步离开了房间。

心碎的程度绝对是分等级的。我明白了，心碎的最高等级是你爱的人死去。没有哪种情况能引来更大的震惊与更彻底的同情：人们的脸色会变得黯然，关切的手会伸出来捏一捏你的肩膀。哦，上帝，我很抱歉。在那之后的事就留给另外某个人了——相关两人的背叛与邪恶会带来愤怒与一致的肯定。哦，这对你来说一定很震惊。你可以再加上被迫分离、宗教障碍和严重疾病。但我们各奔东西是因为生活在不同的大道上，这话虽然不假，却除了一个确认的点头、一个务实而又理解的耸肩之外什么也无法激起。是啊，这是常有的事。

说完我的消息，我从母亲的回应中看出了她的反应——尽管是在母爱的掩饰下——然后是父亲的反应。“哦，那真是一大憾事。但我猜这不是什么值得大吃一惊的事情。”而我无法言语的方式让自己感到心中微微有些刺痛——“你说这不值得大吃一惊是什么意思？我爱过他。”

节礼日的时光缓缓流逝，时间变得枯燥乏味、令人忧伤。我断断续续地睡着，为艾迪制造出来的问题能让大家分心而感到高兴，因为这样一来，我就不必成为注意的焦点了。我躺在浴缸里，躺在床上，躺在狭小的储物间里，抹去零星的泪水，希望没有人会注意。妈妈给我端来了茶水，试着不去过多地提及妹妹容光焕发的快乐。

这是个喜闻乐见的局面，或者本应如此，要是我并非如此心碎的话。我注视着两人会趁妈妈端来晚餐时在桌子下面偷偷牵着手，在讨论杂志里的什么东西时歪着脑袋靠在一起，看电视时双脚都要碰在一起。托马斯会带着全心全意被爱的自信表情挤在两人中间，并不在意爱他的是谁。经历过如此大的惊喜，我明白了：在那个女人的陪伴下，特丽娜如此快乐、放松的模样是我未曾见过的。偶尔，她会飞快地瞥向我，眼神中带着羞涩与默默的得意，于是我会回敬她一个微笑，希望它看上去不会像感觉上那么虚伪。

因为我只能感觉到，我的心曾在的地方第二次出现了一个巨大的空洞。没有了过去四十八小时内使我义愤填膺的怒火，我只剩下一片空白。山姆已经走了，实际上就是被我赶走的。对别人来说，这段恋情的结束也许很容易就能理解，但对我而言，它不知怎么根本就毫无意义。

节礼日的下午，趁着家人还在沙发上打盹的工夫（我已经忘了在家里，有多少时间会被花在讨论该吃什么，或是怎样吃掉和消化食物上），我起身去斯托特福德城堡走了走。那里空空如也，将一个身穿防风夹克、牵着狗、精力充沛的女子挡在了外面。她对我点头致意的样子暗示我，她并不想进一步与我攀谈，于是我径自地爬上堡垒，来到了可以俯瞰迷宫和斯托特福德南半部的一条长凳旁。我任由凛冽的微风刺痛耳尖，任由双脚越来越冷，还告诉自己，不能总是如此感怀伤心。我会去想一想威尔，想一想我们在这座城堡周围曾度过多少个午后，而我又是如何在他死后幸存下来的。我坚定地告诉自己，新的伤痛并没那么严重：我面对的并不是那种会持续好几个月的深刻得令我作呕的悲哀。我不愿去想山姆，不愿去想他和那个女人。我不会去看脸书网，而是会回到纽约，回到刺激、多变且丰富的新生活中。一旦彻底远离了他，我身体里仍感焦头烂额的那些部分就会被摧毁，而我最终就能得以痊愈。也许我们并不像我以为的那样；也许第一次相遇时的紧张程度——毕竟谁能够抵挡得了一个急救员呢？——让我们相信这就是属于我们的。也许我只是需要某个人来让我停止哀伤；也许这就是一段反弹式的爱情，而我恢复得比想象中更快。

我一遍遍地这样告诉自己，心里的某个地方却还是固执地拒绝去听。终于，在厌倦了假装一切都会没事时，我闭上双眼，把头埋在双手之间哭了起来。其他所有人都待在家里的这一天，我在一座空荡的城堡旁任由悲伤控制我的身体，抑制不住地啜泣，丝毫不怕被别人发现。我哭得既愤怒又悲哀，是我在伦弗鲁路的那座小房子里做不到的。一旦返回高普尼克家中，我便再也无法这样落泪，因此这就是某种精神放血。

“你这个浑蛋。”我把头埋在膝盖里啜泣道，“我才离开三个月……”

我的声音听起来很奇怪，像是被卡住了。就像托马斯哭鼻子时会故意望向镜子里的自己，然后哭得更凶一样，这些词语的话音是那么可悲，决绝得可怕，害我哭得更凶了。“去死吧，山姆，你竟然让我觉得这一切是值得冒险的。”

“那我能不能也坐下来，还是说，这是什么私密的悲伤节日？”

我猛地抬起头来。站在我面前的人是莉莉，身上裹着一条巨大的黑色披肩和一条红色的围巾，双臂抱在胸前，看上去已经站在那里仔细端详我好一阵子了。她露齿一笑，仿佛其实能在我最黑暗的时刻见到我，不知怎么还挺有趣的，于是等待着我振作起来。

“好吧，我猜我不需要询问你的人生出了什么事。”她边说边狠狠打了我的手臂一拳。

“你怎么知道我在这里？”

“我出去滑雪两天，回来顺路去你家打声招呼。你连一通电话都懒得打。”

“对不起。”我答道，“事情……”

“事情很棘手，因为你被性感的山姆甩了。是因为那个金发的巫婆吗？”

我擤了擤鼻子，紧盯着她。

“圣诞节前，我在伦敦待了几天，于是去救护车站打了个招呼。她就在那里，像某种人形霉菌一样拉着他不放。”

我哼了一声：“你看出来了。”

“上帝啊，当然。我正要警告你呢，可转念一想，这又有什么意义呢？你身在纽约，又做不了什么。不过男人还真是愚蠢，他怎么就看不透呢？”

“哦，莉莉，我想你。”那一刻之前，我都不知道自己有多想念她。威尔的女儿，浑身上下都散发着机智善变的少女光芒。她在我的身旁坐了下来，让我靠着她，仿佛自己已经是个成年人了。我们凝视着远方，而我只能隐约看出威尔的家，格兰奇斯特宅邸。

“我是说，就因为她漂亮、丰满，还长着一张看起来特别适合口交的色情嘴巴——”

“好了，你说到这里就可以了。”

“总之，我要是你，就不会再哭了。”她明智地表示，“其一，没有哪个男人值得你哭。就连凯蒂·佩里都会这么告诉你。而且你哭的时候眼睛会变得真的、真的很小，就像，微粒照片那么小。”

我忍不住捧腹大笑起来。

她站起身，伸出了一只手。“来吧，我们走回你家。节礼日是没有哪里会开门的，何况爷爷、黛拉还有那个不会犯错的婴儿已经搞得我晕头转向的了。在奶奶来接我之前，我还有整整二十四个小时可以消磨。嘿，你把鼻涕印留在我的夹克上了吗？没错！你得把它全都擦掉！”

在我家喝茶时，莉莉把自己在电子邮件中未曾提到的消息统统详细告诉了我——她有多爱自己的新学校，却无法像计划中的那样抓紧功课。（“原来逃学太多的确会有影响。听着大人们说‘我早就告诉过你’，其实还挺气人的。”）她非常喜欢和奶奶生活在一起，甚至认为可以用幽默欢快的讽刺语气说她坏话——莉莉在对待她真正爱的人时都会这样。奶奶对莉莉把自己的房间墙壁刷成了黑色这件事表现得非常不近人情。而且她还不让莉莉开车——即便莉莉完全知道如何开车，只不过是想在开始上课之前先行一步罢了。

只有在说起自己的母亲时，她乐观的举止才会彻底消失。莉莉的母亲终于离开了她的继父——“这是当然的了”——可住在街道另一头、她计划与之共度余生的那个建筑师却并不配合，拒绝离开自己的妻子。于是，她的母亲如今带着双胞胎住在荷兰公园的租住房屋里，过着悲惨至极的生活，换了一个又一个保姆。尽管这些保姆各个忍耐力惊人，却很少有人能够在谭雅·霍顿·米勒的手下撑过几个星期的时间。

“我从未想过自己会对两个弟弟感到抱歉，但我的确是这么想的。”她说，“唉，我真的很想抽支烟。一谈到我妈妈，我就想抽上一支。你不必是弗洛伊德也能明白，对吗？”

“我很抱歉，莉莉。”

“别这样，我没事。我和奶奶在一起，而且还有学可上。我妈妈的戏剧性事件其实已经再也无法触动到我了。好吧，她会在我的语音信箱里留些冗长的信息，哭哭啼啼，或是说我不搬回去陪她是自私的，但我不在乎。”她打了个哆嗦，“有些时候，我觉得自己要是留在那里，会彻底发疯的。”回想起几个月前曾出现在我家门口的那个人——酒气熏天、郁郁寡欢、形单影只——我的心里一时间默默涌起了一股愉悦之情。通过接纳威尔的女儿，我帮助她和威尔的母亲——那女孩的奶奶建立起了一段幸福的关系。

妈妈进进出出，为托盘补充着火腿切片、奶酪和温热的肉馅饼，似乎为莉莉的出现感到十分高兴，尤其是当嘴里塞得满满当当的莉莉为她总结了大宅子里都发生了什么时。莉莉觉得特雷纳先生不是特别的开心。他的新妻子黛拉认为母亲这个角色是种挑战，不断地过分关怀那个婴儿，无论孩子何时大叫都会畏缩与啜泣。基本上来说，那孩子无时无刻不在尖叫。

“爷爷大多数时间都待在书房里，害她更是气不打一处来。不过，在他试着帮忙时，她又会说他做的一切都是错的。‘史蒂芬！别那么抱她！’‘史蒂芬！你把那件外套彻底穿反了！’我会叫她走开，但他太善良了。”

“他这一辈人和婴儿是扯不上什么关系的。”妈妈和蔼地说，

“露，我觉得你父亲就没有换过一片尿布。”

“他总是问起奶奶的事，所以我告诉他，她有新的男人了。”

“特雷纳夫人有男朋友了？”母亲的眼睛圆得如同茶杯托一般。

“没有。她当然没有了。奶奶说，她很享受自己的自由。但他不需要知道这些，不是吗？我告诉爷爷那是一个开着阿斯顿马丁汽车的银发老帅哥，每个星期会来接她两次。我不知道他的名字，不过能够见到奶奶再次如此幸福是件好事。我能看出他真的想要提问，却又不敢在黛拉在的时候开口，所以只是点点头，露出着实非常虚伪的笑容，答上一句‘很好’，然后重新钻回自己的书房。”

“莉莉！”母亲说，“你不能这么撒谎！”

“为什么不能？”

“因为，嗯，这不是真的。”

“生活里有许多事情都不是真的，圣诞老人就不是真的。但我打赌，你无论如何还是会把他的事情告诉托马斯。爷爷有了另外一个人。要是他觉得她正在巴黎和某个火辣而富有的退休老头愉快地度着短假的话，对他来说是件好事——对奶奶来说也一样。他们永远也不会和彼此说话，所以这有什么坏处呢？”

就逻辑而言，这话令人印象深刻。我能看得出来，因为妈妈的嘴巴就像某个正在摸索松脱牙齿的人那样嘟着，却想不出任何理由辩称莉莉为何是错的。

“不管怎样。”莉莉说，“我得回去了。家庭晚宴，吼——吼——吼。”

就在这时，带着托马斯外出去游乐场玩的特丽娜和艾迪走了进来。我看到妈妈瞬间露出了几乎难以掩饰的焦虑表情，心想，哦，莉莉，别说什么难听的话。我朝着她们做了个手势。“这是莉莉，艾迪。艾迪，莉莉。莉莉是我的前雇主威尔的女儿，艾迪是——”

“我的女朋友。”特丽娜应道。

“哦，很好。”莉莉握了握艾迪的手，然后朝我转过身来，“好了。我仍在计划强迫奶奶带我去趟纽约。她说自己是不会在天气这么凉的时候去的，不过春天的时候可以，所以准备好休上几天假。四月绝对算得上是春天了，对吗？你愿意我们去吗？”

“迫不及待。”我回答。站在我身边的妈妈如释重负地默默松了一口气。

莉莉用力拥抱了我，然后奔下门前的台阶。我看着她离开，好生嫉妒年轻人充沛的活力。

20
艾格尼斯的心事

收件人：KatrinaClark@scottsherwinbarker.com

发件人：BusyBee@gmail.com

照片太好看了，特里！真的很可爱。我喜欢它，和你昨天发的四张一样喜欢。不，我最喜欢的还是你星期四发的那张，你们三个人在公园里拍的。是的，艾迪的眼睛真的好美，你看上去肯定十分幸福。我真的很高兴。

回复你的另一个要点：我的确认为现在就拿一个裱框送给爸妈也许有些为时尚早。不过，嘿，你最懂了。

问候小托马斯

露，亲亲

又及：我很好。谢谢关心。

我是冒着你们会在新闻里看到的那种纽约式的暴风雪赶回来的。平日里川流不息的街道上只能看得到车顶和孩子们的雪橇，就连天气预报员也掩饰不住幼稚的欢欣。遵循市长的要求，宽阔的大道上干干净净。巨大的市政扫雪机吱嘎作响，尽职尽责地在主要道路上来回清扫，如同身形庞大的驮兽。

通常，见到这样的大雪，我可能会激动得忘乎所以。然而我内心的天气却是灰暗而潮湿的，如同一颗冰冷的秤砣正悬在我的头顶，吸取着周遭的一切乐趣。

我以前从未心碎过，至少不曾为某个活着的人心碎。我离开帕特里克是因为深知对于我们两人来说，这段感情已经成了一种习惯，像是你可能并非真心喜欢却又没有脱掉的鞋——就因为你懒得去买一双新的。威尔离开人世时，我曾以为自己再也不会拥有任何的感受了。

事实证明，知道你爱过却已经失去的那个人还活着并不能给你带来太多的安慰。一整天，我受虐狂式的大脑就是坚持要一次又一次地回到山姆的身上。他现在在做什么？他在想什么？他正和她在一起吗？他有没有后悔我们之间发生过的事？他到底有没有想我？我一天能在心里默默和他争论上十几次，其中有几次甚至还能获胜。我心中理性的那个自己会闯进来，告诉我想他是没有意义的。木已成舟，我已经返回了另一片大陆，我们的未来相差数千英里。

接下来的日子里，一个略显躁狂的自我会带着某种牵强的乐观介入进来——我可以成为自己想要的任何人！我不用依赖任何人！我可以去世界上任何一个地方，心里都不用感到矛盾！几分钟的工夫里，这三种自我便能在脑海里你争我抢、夺取空间，时常如此。这是某种精神分裂症，能彻底让人筋疲力尽。

我却沉浸其中。清晨时分，我会跟着乔治和艾格尼斯跑步，在胸口疼痛、胫骨如同炙热的拨火棍时也不曾放慢速度。我会嗖嗖作响地快速在公寓里移动，预料艾格尼斯的需要，在迈克尔看似劳累过度时主动帮忙，在伊拉里亚身旁削土豆，无视她的哼哼唧唧。我甚至会主动帮助阿肖克铲除走道上的积雪——不放过任何能够阻止自己坐下来思考人生的差事。他做了个鬼脸，告诉我别发疯了："难道你想看我失业吗？"

我回来的第三天，乔希给我发来了短信。那时，艾格尼斯正在一家童装店里手举一双童鞋，用波兰语和母亲打电话，显然是在努力弄清自己该买什么尺寸，她的姐姐又是否会同意。我感觉到手机在震动，于是低头看了看。

"嘿，露易莎·克拉克一世，好久没有听到你的消息了。希望你度过了一个愉快的圣诞节。想找个时间喝杯咖啡吗？"

我愣住了，没有理由拒绝，却不知为何觉得不太对劲。我太过朴实，脑子里仍旧被三千英里以外的那个男人填得满满当当。

"嘿，乔希，眼下有点忙。(艾格尼斯害我忙得四脚朝天！)不过不久的某个时候也许是可以的。希望你一切都好。露。"

他没有回应。说来也怪，我的心情竟会为此十分低落。

加里把艾格尼斯买来的东西放进车子里时，艾格尼斯的手机嗡嗡响了起来。她从包里掏出手机，盯着看了看，然后朝窗外望去，还瞟了瞟我。"我忘了还有一节艺术课，我们必须到东威廉斯堡去一趟。"

这显然是个谎言。我突然记起了那顿糟糕的感恩节午餐，恍然大悟，却努力不让自己的表情透露些什么。"那我把钢琴课取消好了。"我用平静的语气答道。

"好的。加里，我有艺术课。我忘了。"

加里沉默不语地把豪华轿车驶上了马路。

加里和我默不作声坐在停车场里，让平稳运行的引擎保护我们抵御外面的寒冷。我为艾格尼斯选择在这个下午去上"艺术课"而暗自恼火，因为这意味着我要和自己的思绪——一群不受欢迎却又拒绝离开的客人——独处。戴上耳机，我放了些欢快的音乐，用平板电脑安排好了艾格尼斯这个星期剩余的事务，还和妈妈玩了三局拼字游戏，回复了特丽娜的一封电子邮件，就她是否应该带艾迪去参加工作晚宴、还是说一切为时尚早表达了自己的看法——我觉得她可能应该直接放手去做。我紧盯着窗外飘雪的阴森天空，不知道雪是否会越下越大。加里在自己的平板电脑上看着一个喜剧节目，跟着预先录制好的笑声轻蔑地发出了哼哼声，下巴垫在胸口上。

"想来杯咖啡吗？"在我已经没有指甲可咬时，我开口问道，"她还要好长时间呢，不是吗？"

"不了。医生告诉我，我得戒掉甜甜圈了。你知道我们要是去那家好吃的甜甜圈店会怎么样。"

我揪了揪裤子上的一根线头。"你想不想玩'我是间谍'的游戏呢？"

"你在开玩笑吗？"我叹息着靠回座位，听着剩余的喜剧节目。没过多久，加里沉重的喘息慢了下来，变成了间歇的呼噜声。天空开始暗了，化作冷漠的铁灰色。在车流中穿梭返回要花上好几个小时的时间。就在这个时候，我的手机响了。

"露易莎？你和艾格尼斯在一起吗？她的手机似乎关机了，你能让她接我电话吗？"

我望向窗外，看到史蒂芬·利浦科特的工作室灯光在楼下灰蒙蒙的雪地上映照出了一个黄色的三角形。

"呃……她正在……她正在试衣服，高普尼克先生。等我跑到更衣室那里，就让她直接给你回电话。"

楼下的门在两桶油漆的支撑下大敞着，仿佛有人正在搬运什么东西。我跑上水泥台阶，沿着走廊来到了工作室。在紧闭的房门前，我停下脚步，狠狠地喘着气，低头盯着自己的手机，然后抬头看了看天。我不想走进去，不想得到感恩节那天暗示的事情背后确凿的证据。于是我把耳朵贴在门上，试图弄清敲门是否安全，却感觉自己鬼鬼祟祟的，仿佛有错的人是我。不过，我能听到的只有音乐和模糊不清的对话声。

我更加自信地敲了敲门，几秒钟之后试着打开了房门。史蒂芬·利浦科特和艾格尼斯正站在房间的另一头背对着我，注视着墙壁上靠着的一摞帆布画。他把一只手搭在她的肩头，另一只手则朝着其中一幅小一些的帆布画挥舞着。房间里散发着香烟与松节油的气息，还有淡淡的香水味。

“哦，你为什么不给我带些她其他的照片呢？”他说道，“要是你觉得它不能真正代表她，那我们就应该——”

“露易莎!”艾格尼斯转过身，扬起一只手掌，似乎是要挡住我。

“对不起。”我一边说，一边举起了手机，“是——是高普尼克先生，他一直在试图联系你。”

“你不该到这里来！你为什么不敲门？”她大惊失色地答道。

“我敲了。对不起，我没有任何办法……”退出房门时，我瞟了一眼帆布画。画的是一个孩子，满头金发，大大的眼睛，正半转过头，仿佛眼看就要溜走——我在所难免地恍然大悟，什么都明白了：那些忧愁，和母亲无穷无尽的对话，没完没了地购买玩具和鞋子……

史蒂芬俯身将画拾起。“你看，要是你愿意的话，就带上这一幅走吧。想一想——”

“闭嘴，史蒂芬！”史蒂芬听到艾格尼斯的呵斥后畏缩了一下，似乎不确定是什么激起了她的反应。然而此举却最终坐实了我的领悟。

“我到楼下等你。”说罢，我默默在背后关上了房门。

我们沉默不语地乘车回到了上东区。艾格尼斯给高普尼克先生打了个电话道歉，称自己并没有意识到手机已经关机了。这是设计上的缺陷——那玩意儿总是背着她自行关机——她其实需要一台新的手机。“是的，亲爱的，我们现在就回去了。是的，我知道……”

她没有看向我。老实说，我也几乎没有望向她。我的脑子里嗡嗡作响，将如今的领悟和过去几个月里发生的事情联系在了一起。

终于到家时，我跟在她身后几步远的地方穿过走廊。可就在我们走到电梯旁时，她转过身，凝视着地板，然后又朝着电梯门转了回去。“好吧，跟我来。”

我们坐进了一间镀金的幽暗酒店酒吧里，就是我想象中富有的中东商人招待客户、看都不看就挥手打发吧台账单的那种地方。酒吧里几乎空无一人。艾格尼斯和我坐在灯光昏暗的角落卡座中，等待服务生招摇地放下两杯伏特加汤力水和一盆泛着光泽的绿橄榄。我试着不与艾格尼斯眼神交汇，却失败了。

“索菲亚是我的——”艾格尼斯在他走开后说道。

我抿了一口自己的饮料，很高兴它的味道强烈得如此惊人。找点什么东西来让自己集中注意力似乎很有帮助。

“我女儿。”她的声音紧巴巴的，异常兴奋，“她和我姐姐住在波兰。她很好——在我离开时还太年幼，几乎不记得和妈妈住在一起的时光——我姐姐很高兴，因为她无法生育。不过我母亲对我非常生气。”

“可是——”

“我认识他的时候没有告诉他，好吗？我只是太……太高兴他这样的人能够喜欢我了，我从没想过我们能在一起。这就像一个梦，你懂吗？我心想，我只要小小地冒上一次险，等工作签证到期就可以离开，把这件事永远记在心里。后来的一切发生得太快了，他竟然为我离开了自己的妻子。我不知道该如何告诉他。每次见到他，我都会心想，就是现在了，就是现在了……没过多久，我们在一起时他告诉我——他告诉我，他不想再要孩子了。他说他已经受够了，觉得自己把家庭搞得一团糟，不想再让重组的家庭、同父异母的兄弟姐妹之类的事把情况搅得更糟。他爱我，但是不要孩子这件事对他来说是不能通融的，所以我那时候怎么能告诉他呢？”

我俯身靠了过去，以免被别人听到：“可是……可是这简直太疯狂了，艾格尼斯，你已经有个女儿了！”

“如今已经过去了两年，我又怎么能告诉他呢？难道你觉得他不会认为我是个坏女人吗？难道你觉得他不会把这看作一个极其可怕的谎言吗？我给自己惹得麻烦已经够大了，露易莎。我知道。”她猛地咽了一大口酒。

“我一直在想——一直——我该如何解决这个问题，可我什么也解决不了，我骗了他。对他来说，信任就是一切。他是不会原谅我的，事情就是这么简单。这样一来，他高兴，我高兴，我就能供养所有人。我会试着说服我姐姐某天搬到纽约来住，那我就能每天见到索菲亚了。”

“可你肯定非常想念她。”

她的下巴绷紧了。“我在为她的未来做准备。”说话时，她仿佛是在阅读脑海里某个排演了很久的清单，“以前，我的家庭并不是十分富裕。如今，姐姐住上了上好的房子——四间卧室，一切都是新的，地段也非常不错。索菲亚可以上波兰最好的学校，弹最好的钢琴，她将能拥有一切。”

“却没有母亲。”

她的双眼突然溢满了泪水。“是啊，我要不就必须离开莱昂纳德，要不就必须离开她。所以这就是我的……我的……哦，那个词怎么说来着？……不能和她生活在一起，就是我的苦修。”她有些破音了。

我嘬了一口伏特加，不知还能做些什么。于是，我们两人的目光都紧紧盯着自己的酒杯。

“我不是什么坏人，露易莎。我爱莱昂纳德，非常爱。”

“我知道。”

“我有过这样的想法，也许等我们结了婚，等我们在一起有段时间了，我就能告诉他。他会有些沮丧，但说不定是能转过弯来的。或者我可以来回往返波兰，你明白吗？或许她可以过来住上一阵子。但一切却变得如此——如此复杂。他的家人对我恨之入骨。你知道要是他们现在发现了有关她的事情，会怎么样吗？你知道要是塔贝莎知道我有这么一个把柄，会怎么样吗？”

我可以猜到。

“我爱他。我知道你对我有许多的想法，但我爱他，他是个好人。有些时候，我觉得很辛苦，因为他的工作量那么大，而他的世界里又没有人能照顾我……我变得如此孤独，也许……我的做法并非永远都是完美的，可一想到没有他的生活，我就受不了。他真的是我的灵魂伴侣，从第一天起，我就知道。”

她用一只纤细的手指摩挲着桌子上的某个图案。“但我紧接着就会想，我的女儿还要在接下来的十年、十五年间，继续在没有我的陪伴下长大，我就……我就……”

她颤抖着叹了一口气，声音大得足以引起酒吧服务员的注意。

我把手伸进包里，却找不到一张纸巾，于是递给她一条鸡尾酒餐巾。抬起头时，她的脸上充满了温情。那是我以前不曾见识过的一种表情，洋溢着爱与温柔。

“她是那么美丽，露易莎。她已经快满四岁了，聪明又机灵。她知道一个星期有几天，还能在地球上仪上指出各个国家、放声唱歌。她知道纽约在哪里，能在没有人指导的情况下在地图上的克拉科夫与纽约之间画上一条线。每一次我去看她时，她都会紧紧抓着我不放，问道：‘你为什么必须要走啊，妈妈？我不想让你走。’我心里某个小小的地方就这样碎了……哦，上帝啊，它碎了……如今的某些时候，我甚至不想去看她，因为不得不离开她的痛苦……那种痛苦……”艾格尼斯俯在酒杯上隆起后背，一只手呆板地抬了起来，抹掉了默默滴落在闪亮桌面上的眼泪。

我又递给她一条鸡尾酒餐巾。“艾格尼斯。”我轻声说道，“我不知道你还能坚持多久。”

她用餐巾沾了沾眼睛，低着头。当她抬起头时，你都看不出她曾经哭过。“我们是朋友，对吗？好朋友。”

“当然。”

她望了望身后，俯身向前，靠在了桌子上。“你和我——我们都是移民，都知道在这个世界上寻找立足之处有多难。你想要过上更好的生活，在不属于你的国家里努力工作——创造新的人生，结识新的朋友，寻找新的爱人，就得成为一个新的人！但这永远不会是什么轻而易举的事情，永远不可能没有代价。”

我吞咽了一口，把列车车厢里山姆那个性感而又令人愤怒的画面推开了。

“我知道——没有人能够得到一切，我们这些移民比任何人都清楚这一点。你总是要把一只脚放在两个地方，永远无法真正幸福，因为从你离开的那一刻起，无论身在何方，你身体里的两个自我永远都在呼唤对方。这就是我们的代价，露易莎，这就是我们这种人的代价。”

她嘬了一口酒，然后又嘬了一口，深深吸了一口气，把两只手伸到桌子的另一边，仿佛是在透过指尖让自己摆脱多余的情绪。再次开口时，她的声音如同钢铁一般：“你不可以告诉他，你不可以告诉他你今天看到了什么。”

“艾格尼斯，我不知道你如何才能永远隐瞒下去。这件事太大了，它——”

她伸过一只手，搭在我的一只手臂上，指尖紧紧地攥住了我的手腕。“求你了，我们是朋友，不是吗？”

我咽了一口唾沫。

事实证明，富人之间是没有真正的秘密的，只有拿了他们的钱、为他们保密的人。我走上楼梯，感觉心中这个新的重担意外的沉重。我想起地球另一边的某个小女孩已经拥有了一切，却无法拥有她在这个世上最想要的东西。某个女人可能也有相同的感受，即便她才刚刚开始有所领悟。我想过给妹妹打个电话——这世上剩下的唯一也许能和我聊聊的人——但我不用说话也知道她会做何判断。她宁愿砍掉自己的手臂，也不愿把托马斯丢在另一个国家。

我想起了山姆，想起我们为了替自己的选择进行辩护所做的讨价还价。那天晚上，我在自己的房间里一直坐着，直到思绪在我的脑袋周围下坠、变黑，才掏出了手机。“嘿，乔希，你的提议仍旧有效吗？不过，比方说，是去好好喝杯酒，而不是喝咖啡？”

不出三十秒的工夫，一条回复砰的一声出现了：“告诉我时间地点就好，露易莎。”

21
那一夜之后

最终，我们在时代广场附近乔希熟悉的一间廉价酒吧里见了面。酒吧又长又窄，挂满了拳击手的照片，脚下的地板还黏黏糊糊的。我穿着黑色的牛仔裤，梳了条马尾辫。在我从一群中年男子、轻量级选手签名照和脖子比头还要宽的男人身边挤过去时，谁也没有抬头看我一眼。

他坐在酒吧尽头的一张小桌子旁，穿了一件打过蜡的深棕色夹克——就是你会买来让自己看上去像个乡下人的那种。看到我，他突然露出了颇具感染力的微笑。刹那间，在这个让人感觉肮脏得不可思议的世界里，我为还有一个不那么世故的人愿意见我一面而感到欢欣。

“你好吗？”他站起来，看上去像是要迈步上前，拥抱我，却被什么事情——也许是我们上一次见面时的情形——阻止了。相反，他拍了拍我的手臂。

“我这一天过得有些糟糕，其实是整个星期都很糟糕。我真的需要和一张友善的脸庞喝上一两杯。你猜怎么着——你是我在纽约想到的第一个名字！”

“你想要什么？听着，他们这里供应大约六种饮料。”

“伏特加汤力水？”

"我十分确定这就是其中之一。"

不出几分钟的工夫，他就带回了为自己点的一瓶啤酒和为我点的伏特加汤力水。说来也怪，脱掉外套坐在他的对面竟会让我感到紧张。

"所以说……你这个星期都遇到了什么事情？"

我啜了一口酒，这酒下肚后舒服得很。"我……我今天发现了一件事情，是能让我大吃一惊的那种。我不能告诉你是什么，不是因为不信任你，而是因为它事关重大，会影响到各种各样的人。而且我不知道该如何是好。"我在座位上挪了挪，"我觉得只不过需要稍微把它咽一咽，学会如何不让它害我消化不良。这话说得通吗？所以我希望能见你一面，喝上几杯，听听你的生活——某种没有巨大黑暗秘密的美好生活，假设你没有任何黑暗秘密的话——然后提醒自己，人生可以是正常而美好的。但我真的不想让你试图逼我说起我的事情。比如说，要是我碰巧放下了内心的防备之类的。"

他把一只手放在了自己的心口上。"露易莎，我不想知道有关你的事情，我只是很高兴能够见到你。"

"老实说，要是我能讲，全都会告诉你的。"

"无论这是什么能够改变人生的天大秘密，我都不会好奇。你和我在一起是安全的。"他喝了一大口酒，朝我露出了一个完美的微笑。两个星期以来，我第一次感觉有点不那么孤独了。

两个小时之后，酒吧里变得热闹非凡。筋疲力尽的游客们将吧台围了个里三层外三层，为三美元一杯的啤酒惊叹不已。常客们挤在狭长的走廊上，大多数人的注意力都集中在角落电视里的一场拳击比赛上。他们会因一记敏捷的上勾拳异口同声地尖叫，在他们支持的人被揍得血肉模糊、扭曲变形、摔倒在围绳上时咆哮起来。乔希是整个酒吧里唯一不看比赛的人。他默默地靠在啤酒瓶旁，紧盯着我。

反过来，我伏在桌面上，长篇累牍地向他讲述着圣诞节那天特丽娜和艾德文娜的故事。这是我所知的少有几个能够大大方方与他分享的故事之一，还有外公中风以及钢琴的事情（我说那是为艾格尼斯的外甥女买的）。为了防止自己的话听起来太过沮丧，我还提到了从纽约飞往伦敦时幸福地得到了升舱的事情。到那时为止，我已经不知道喝了多少杯伏特加——在我还没有意识到上一杯已经喝完之前，乔希往往就已经像是会施魔法般把它们放在我的面前了。不过，我心中某个遥远的部分还是能够意识到，我的声音逐渐变得怪异了起来，如同唱歌般上下滑动，无法始终与我所说的内容相一致。

“哦，那很酷，对吗？”在我说到爸爸针对幸福发表的那番演讲时，他答道。我说得也许比实际上更像是真人秀电影一些。在这个最新的版本中，爸爸已经变成了《杀死一只知更鸟》中面对法庭发表最后陈述的阿提克斯·芬奇。

“这很好啊。”乔希继续说道，“他只不过想要她幸福。我的表兄蒂姆向我的叔叔表示出柜后，他有大约一年的时间没有和他说话。”

“她们是那么幸福。”我边说边在桌面上伸展着双臂，好让自己能够感觉到皮肤上的那点冰凉，试着不去介意桌子上的黏腻。“这很好，真的很好。”我又嘬了一口酒，“这就像是，看着她们两人在一起时，你会感觉那么开心，因为你知道，特丽娜单身已经一百万年了。不过老实说……要是她们在彼此身边时能够稍稍不那么光芒四射就真的太好了。比方说，不要总是凝视着彼此的眼睛，或是为了某个只有她们自己知道的笑话偷偷微笑，或是意味着她们刚刚享受了真的、真的非常好的亲密时的那种微笑。也许特丽娜可以不要再给我发她们的合影了，或是发信息把艾迪说过、做过的每一件了不起的事情都告诉我。”

“啊，别这样。她们刚刚坠入爱河好吗？是人都会这么做的。”

“我就没有这么做过。你做过吗？说正经的，我从未给任何人发过我亲吻某个人的照片。要是我把自己和男朋友依偎在一起的照片发给特丽娜，她的反应会和我给她发了一张男人生殖器的图片一样。我是说，她可是认为一切感情的流露都很恶心的那种女人啊。”

“那这就是她第一次正经谈恋爱。下次你发给她一张和你男友幸福得令人作呕的照片时，她会很高兴的。”他看上去似乎是在对着我笑，“也许不要发什么生殖器的图片。”

“你觉得我是个糟糕的家伙。”

“我没有觉得你糟糕，只是个十分……令人神清气爽的人。”

“我知道，我是个糟糕的家伙。我不是不要她们幸福，只是想要她们能够稍微敏感一些地对待我们这些可能不会……只是……”我失去了言语。

此刻，乔希仰坐在椅子上，注视着我。

“前男友。”我说话的声音已经微微有些含糊了，“他现在已经是前男友了。”

他挑起了眉毛：“哇哦，那已经好几个星期了。”

“哦，兄弟。”我把前额抵在了桌子上，“你都不知道。”

我意识到了缓缓落在我们两人之间的一阵沉默。霎时间，我不知道是否可以直接在那里大睡特睡。这种感觉真好。拳击比赛的声响暂时弱了下来，我的前额有一点潮湿。就在这时，我感觉他的手搭在了我的手上。“好了，露易莎，我觉得是时候带你离开这里了。”

出去的路上，我和所有友好的人道了别，尽可能多地与大家击掌（有些人似乎错过了我的手——笨蛋）。出于某种原因，乔希一直在大声地道歉。我想这也许是因为他在我们走路的时候一直撞到他们吧。来到酒吧门口，他把我的夹克披在我身上，逗得我咯咯地笑了起来，因为他就是无法把我的胳膊穿进袖子里去，穿好时却又套反了。“我放弃了。”他终于说道，“就这么穿着吧。”我听到有人喊了一句：“悠着点，女士。”

“我是个淑女！”我声称，“一位英国淑女！我是露易莎·克拉克一世，不是吗，乔舒亚？”我朝他们转过身去，手舞足蹈起来，身子靠着照片墙，害得不少照片哗啦哗啦地落到了我头顶。

“我们这就走，这就走。”乔希边说边朝服务员举起了双手。有人开始喊叫起来，他还在对所有人道歉。我告诉他，道歉是没有用的——威尔教过我。你得昂起头来。

突然之间，我们来到了室外凛冽的空气中。不一会儿，在我还没有反应过来之前，脚下就被什么东西绊住了，猛地摔倒在冰凉的人行道上，双膝重重地撞向了硬邦邦的水泥地。我破口大骂起来。

“哦，天哪。”乔希边说边用一只手臂紧紧环抱住我的腰，将我直直拽了起来，“我们需要给你弄杯咖啡。”

他身上的味道是那么好闻，闻起来很像威尔——昂贵，如同奢侈品商店男士区域的味道。我用鼻子顶住他的脖子，在和他沿着人行道踉跄着前进时吸着气。“你身上真好闻。”

“非常感谢。”

“很贵的味道。”

“很高兴知道。”

“我可能会舔你一口。”

“要是这样能让你感觉好一些的话。”

我舔了他。他须后水的味道尝起来不如闻上去那么美好，但能够舔舔某个人多多少少还是不错的。“这的确让我感觉好多了。”我有些吃惊地答道，“真的！”

“好——吧，这里是最方便打车的地方。”他巧妙地转过身，好面对着我，把双手放在我肩上。我们周围的时代广场令人头晕眼花，宛若闪光的霓虹马戏团，庞然大物般的画面泛着令人难以忍受的亮光，缓缓向我压了下来。我徐徐回身，抬头凝视着灯光，感觉自己就要跌倒了，于是在灯光变得模糊不清时转啊转啊，脚下稍稍有些蹒跚。乔希一把接住了我。

“我可以叫辆出租车送你回家，因为我觉得你可能需要睡上一觉。或者我们可以走回我家，让你喝点咖啡。你来选。”时间已经过了凌晨一点，可他却不得不高声大喊才能盖过周围人的噪音。身着衬衫和夹克的他是如此英俊，轮廓那么清晰，看上去十分硬朗。我太喜欢他了，钻进他的怀里朝着他眨了眨眼睛。要是他能够停止摇晃就好了。

“你真是个好女孩。”他说。

“我把所有的话全都大声说出来了吗？”

“是啊。”

“抱歉。不过你真的是这样的，帅得要命。是美国人的那种帅，像个真正的电影明星。乔希？”

“嗯？”

“我觉得我可能得坐下来，脑袋有点晕。”眼看自己就要坐到地上时，我感觉他再次猛地把我拉了起来。

“那我们走吧。”

“我真的想要把那件事情告诉你，可我不能。”

“那就别告诉我。”

“你会理解的，我知道你会的。你知道……你看上去很像我爱过的某个人，真正爱过的某个人。你知道吗？你长得和他是如此相像。”

“知道这件事……我很开心。”

“很好。他也帅得要命，就像你一样，像电影明星那么帅……我是不是已经说过了？他死了，我有没有告诉过你他死了？”

“节哀顺变。不过我觉得得带你离开这里。”他扶着我走了两个街区，叫来一辆出租车，有些费力地搀着我坐了进去。我挣扎着在后座上坐好，紧紧抓住了他的袖子。他的身子一半在车门的里面，一半还在外面。

“去哪儿，女士？”司机回头看了看。

我望着乔希说：“你能留下来陪我吗？”

“当然，我们去哪儿？”

我在后视镜里看到了司机机警的眼神。他座位后面的一台电视正闪烁着亮光，电视演播室里的观众突然爆发出了一阵掌声。车外，所有人都立刻按响了汽车的喇叭。灯光太耀眼了，纽约在刹那间变得过于嘈杂纷繁。“我不知道，你家吧。”我答道，“我不能回去，现在还不行。”我望着他，突然感觉泪眼蒙眬。“你知道我把两条腿放在了两个地方吗？”

他朝我歪过脑袋，露出了和蔼的表情：“不知怎么回事，露易莎·克拉克，这并没有让我感到吃惊。”

我任由自己把头靠在了他的肩膀上，感觉他的一只手臂在不知不觉中环抱住了我。

我是被刺耳而迫切的电话铃声吵醒的。令人快慰的是，那该死的铃声停住了。一个男人的声音模模糊糊地响了起来，还有咖啡那令人愉悦的苦涩香气。我挪动着身子，试图从枕头上抬起头，却感觉一阵强烈的痛楚毫不留情地穿透了我的太阳穴。我微微发出了动物般的哀号，像是一条尾巴被门夹住的狗。闭上双眼，我吸了一口气，然后重新睁开。

这不是我的床。

第三次睁开双眼时，这仍旧不是我的床。

无可争辩的事实已经足以刺激我再次试图抬起头，这一次没有理会剧烈的头痛，久得足以让自己集中注意力。不，这绝对不是我的床，这里也不是我的卧室。事实上，这里不是我以前见过的任何一间卧室。我看到了衣服——男人的衣服——整整齐齐地叠在椅背上，还有角落里的电视机、书桌和衣橱。我意识到，那个声音越来越靠近了。房门打开时，已经穿戴整齐的乔希走了进来，一只手举着马克杯，另一只手则将电话紧紧地按在耳边。和我的眼神相汇时，他扬起了半边眉毛，把马克杯放在床头柜上，仍在对着电话里说话。

“是的，地铁出了点问题。我会打车过去，到那里要二十……当然。没有问题……不，她已经在处理了。”

在努力挣扎着坐直身体时，我发现自己正穿着一件男士T恤衫。我花了好几分钟的时间才逐渐领悟到这一幕的后果，顿时感到了尴尬。

“不，我们昨天已经谈过这个问题了。他已经准备好了所有的文件。”

趁他转过身，我蠕动着身子重新躺了下去，好用被子围住脖子。我还穿着短裤。这很重要。

“是啊，那太好了。好的——午餐听上去不错。”乔希挂断电话，把手机塞进了口袋，“早上好！我正要给你拿些止疼片当配菜呢。想要我给你拿几片来吗？我恐怕得走了。”

“走？”我的嘴里臭烘烘的，干得像是微微化成了粉末。我把嘴巴开开合合了好几次，发现它会发出某种令人恶心的微弱轻快响声。

“去上班，今天是星期五。”

“哦，上帝，几点了？”

“差一刻钟七点。我得赶紧走，已经迟到了。你自己出去没问题吧？”他在一只抽屉里胡乱翻找了一通，取出一个吸塑包装，放在我的身旁。“给，这应该有用。”

我把头发从脸上拨开，发丝因为汗水而有些潮湿，乱得让人吃惊。“什么——发生什么事了？”

“我们可以以后再说。把你的咖啡喝了吧。”

我顺从地啜了一口。咖啡的味道既浓烈又提神，我猜我还需要再来六杯。“我为什么穿着你的T恤衫？”

他露齿一笑：“那都是跳舞的缘故。”

“跳舞？”我的胃里猛地翻江倒海。

他弯下腰亲吻了我的脸颊，身上散发着肥皂的干净味道，还有柑橘类植物和各种清洁用品的气息。我意识到，自己的身上反倒散发着阵阵炙热的腐臭汗味和酒气，还有羞耻的味道。“昨晚很有意思。嘿——确保你离开的时候用力关上房门，好吗？这门有时候关不严。我稍后再给你打电话。”

他在门口朝我打了个招呼，转身离开时还拍了拍口袋，仿佛是在安慰自己，一切都已经带好。

“等等——我在哪里？”一分钟之后，我喊叫起来，可他已经走了。

原来我身在苏荷区，和我该去的地方隔着一大团愤怒的拥挤车流。我从春天街坐上了开往第五十九街的地铁，试着不在昨天皱皱巴巴的衬衫下微微流汗，默默感恩自己没穿平日里晚上穿的亮晶晶的衣服。直到那天早晨，我还从未真正理解过“肮脏”这个词。对于前一晚的事情，我几乎什么也记不起来，能想起的都是些讨厌而炙热的闪回镜头。

我坐在时报广场的中央。

我舔了乔希的脖子，我真的舔了他的脖子。

跳舞是怎么回事?

要不是我拼命抓住地铁的栏杆，我可能会把头埋进两手之间。我闭上双眼，踉踉跄跄地坐了一站又一站，挪动身体避开背包和戴着耳机的暴躁通勤者，试着不让自己吐出来。

熬过今天就好，我自言自语。如果生活教会了我什么，那就是答案很快就会自行出现。

就在我打开房门的那一刻，高普尼克先生出现了。他仍旧穿着运动装备（这对于七点钟之后露面的他来说很不寻常），看到我时举起了一只手，仿佛已经找了我有一段时间了。“啊，露易莎。”

“对不起，我——”

“我想在书房里和你聊聊，现在。”

你当然会想要和我谈谈了，我心想。这还用问。他转身迈上了走廊。我痛苦不堪地望了望自己那间保存着干净衣服、除臭剂和牙膏的房间，心中渴望再来上一杯咖啡。但高普尼克先生可不是那种会一直等你的男人。我低头看了看手机，赶忙慢跑着跟了上去。

走进书房时，我发现他已经坐下了。

“很抱歉我迟到了十分钟。我通常是不会迟到的，只不过我必须……”

高普尼克先生坐在办公桌背后，表情令人难以捉摸。艾格尼斯穿着运动装坐在咖啡桌旁的扶手椅上。两人都没有要我坐下，这种氛围吓得我一下子清醒过来。

“一切……还好吗？”

“我希望你能来告诉我。今天早上，我的个人客户经理给我打来了电话。”

“你的什么？”

“负责处理我银行业务的人。我不知道你能否解释一下这个。”

他把一张纸推给了我。那是一张银行对账单，合计的部分被涂黑了。我的目光有些模糊，但只有一样东西是清晰可见的，那就是“现金支出”下那一连串的五百美元数字。

这时，我才注意到艾格尼斯的表情。她专注地盯着自己的双手，嘴巴抿成了一条细线。稍后，她的目光朝我闪烁过来，然后再次移开。我站起身，背后淌下了一缕细细的汗水。

“他告诉了我一件非常有趣的事情。显然，圣诞节前，有人从我们的联名账户里取走了一大笔钱，是一天一天从附近的自动取款机里支取的，数额——也许——是故意不想引人注意。事情之所以会被他发现，是因为他们使用了反诈骗软件。这种软件是为识别银行卡的一切奇怪使用行为专门设计的，因此这样的模式会被标记为不寻常。这显然让人有些担心，于是我询问了艾格尼斯，她说这和她没有任何关系。所以我让阿肖克调取了相关日子里的监控视频，让我的安保人员将其与取钱的时间相匹配。结果，露易莎。”说到这里，他径直望向了我，“那些时段里进出大楼的唯一的人就是你。”

我睁大了双眼。

“现在，我可以去相关银行，要求他们提供这些钱款被取走时自动取款机里的监控视频，但我不想给他们添麻烦。所以，说真的，我想要知道你如何解释这是怎么回事。为什么我们的联名账户里被取走了将近一万美元。”

我望着艾格尼斯，可她仍旧没有看向我。

我的嘴巴比今天早上还要干涩。

“我不得不为圣诞节做些……采购，替艾格尼斯。”

“你有采购用的卡，那张卡清清楚楚地显示了你去过哪家商店，而你也提供了每一次购物的收据。我从迈克尔那里知晓，直到现在为止，你都是这么做的。但是现金……现金就没有这么一目了然了。你有采购的收据吗？”

“没有。”

“那你能告诉我你买了什么吗？”

“我……不能。”

“那钱去哪儿了，露易莎？”

我说不出话来，咽了咽口水，开口答道：“我不知道。”

“你不知道？”

“我——我没有偷任何东西。”我感觉自己的脸慢慢红了。

“所以是艾格尼斯在撒谎？”

“不是的。”

“露易莎，艾格尼斯知道我会给她想要的一切。老实说，她可以在一天之内花掉十倍于这个数字的钱，我都不会眨一下眼皮。所以她没有理由偷偷摸摸地从最近的自动取款机里提取现金。我再问你一遍，钱去哪儿了？”

我脸红了，惊慌失措。就在这个时候，艾格尼斯抬起头来看了看我，摆出了一副无声恳求的表情。

“露易莎？”

“可能是我——可能是我拿了。”

“可能是你拿了？”

“为了购物。不是给我。你可以检查我的房间，可以检查我的账户。”

“你把一万美元花在了‘购物’上，买什么？”

“只不过……是些零碎的小玩意儿。”

他暂时低下了头，仿佛是在试图控制自己的脾气。

“零碎的小玩意儿。”他缓缓重复道，“露易莎，你明白吗，你能够在这个家里存在都是出于被信任。”

“我明白，高普尼克先生，我是十分严肃地看待这个问题的。”

“这个家的大部分内部运作你都接触得到。你手里握着钥匙和信用卡，还知道我们的私人行程，你为此得到了丰厚的回报。因为我们明白，这是一个负有责任的职位，而我们信赖你不会背叛这样的责任。”

“高普尼克先生，我热爱这份工作，我不……”我愤怒地瞥了一眼艾格尼斯，但她仍旧低垂着视线。我看到，她的其中一只手正紧握着另一只手，指甲深深地嵌入了大拇指握成的肉球里。

“你真的无法解释那些钱去哪儿了吗？”

“我——我没有偷钱。”

他专注地盯着我看了很长一段时间，仿佛是在等待什么。发现自己要等的东西并没有出现时，他的表情僵硬了。“这太令人失望了，露易莎。我知道艾格尼斯很喜欢你，觉得你是她的得力助手。但我不能让家里存在一个我不信任的人。”

“莱昂纳德——”艾格尼斯开了口，可他却举起了一只手。

“别说话，亲爱的。我以前也经历过这种事情。对不起，露易莎，你的职务即日起被终止了。”

“什——什么？”

“你有一个小时的时间清理房间，然后给迈克尔留一个转递地址。欠你的一切，都会由他来联系你。我要借此机会提醒你，你的合同里包含了保密要素。这段对话的细节不可以让别人知道。我希望你能明白，这既是为了我们好，也是为了你好。”

艾格尼斯花容失色：“不行，莱昂纳德，你不能这么做。”

“我不会再进一步讨论这件事情了，我还要去上班。露易莎，给你的时间从现在开始计算。”

他站起身，等待着我离开房间。

我头晕目眩地从书房里走了出来。迈克尔正在等我。我花了好几秒钟的时间才明白，他不是来看我是否有事，而是来护送我返回自己的房间。从现在开始，我真的无法在这间房子里被信任了。

我默不作声地迈上走廊，模糊地意识到厨房门边出现了伊拉里亚吃惊的脸，还有公寓另一头某个地方激昂的对话声。我遍寻不到内森的踪影。在迈克尔站在门口时，我从床铺下面拉出了自己的行李箱，开始毫无条理、七手八脚地打包。我猛地拽出抽屉，尽可能迅速地把东西拽过来，意识到自己正在与反复无常的时间赛跑。我的大脑嗡嗡直响——不要忘记任何东西的需求让我的震惊与愤怒之情有所缓和：我有没有把要洗的衣服忘在洗衣房里？我的训练鞋呢？很快，二十分钟之后，我就收拾好了。所有的财产都被装进了一只行李箱、一个手提旅行袋和一个格纹大购物袋中。

“好了，我来拿吧。”看到我挣扎着把三个包拖到卧室门口，迈克尔一边说，一边把手伸向了带轮旅行箱。过了片刻，我才意识到，这一动作与其说是出于善意，不如说是为了追求效率。

“平板电脑？”他问道，“工作手机？信用卡？”我把这些东西连同房门钥匙悉数递了回去，让他放进自己的口袋。

我沿着走廊迈开脚步，仍在尽力让自己相信眼前发生的一切。伊拉里亚站在厨房门口，戴着围裙，圆胖的双手紧紧攥在一起。经过她的身边时，我瞥向一旁，以为她会用西班牙语骂我，或是向我投来她这个年纪的女人对待盗窃嫌疑犯的那种讽刺目光。然而恰恰相反，她走上前，沉默不语地摸了摸我的手。迈克尔转过身，仿佛自己什么也不曾看到。很快，我们就来到了前门。

他把行李箱的把手递给了我。

“再见，露易莎。”他说道，脸上露出了难以捉摸的表情，“祝你好运。”

我迈了出去。巨大的桃花心木房门在我的身后紧紧地关上了。

我在路边的小餐馆里坐了两个小时，仍旧处在震惊的状态之中。我没有哭，也不愤怒，只是感觉浑身瘫痪。刚开始，我以为艾格尼斯会解决这个问题。她会找到一种方法告诉丈夫，他错了。毕竟，我们是朋友。于是我坐在那里，等待着迈克尔带着略微有些尴尬的神情出现，准备把我的行李拉回莱弗里大楼。我紧盯着手机屏幕，等待那条短信——“露易莎，这是一场可怕的误会”——却什么也没有收到。

意识到这样的事情可能不会发生时，我想过干脆返回英国，可这样做会给特丽娜的生活造成巨大的破坏——她和托马斯最不需要的就是被我从公寓里赶出去。我不能搬回爸爸妈妈家住——这不光是因为搬回斯托德福德的念头有多沮丧，还因为我若是两次失败后都不得不返乡，可能会没命的：第一次是醉酒后从楼上掉下来摔坏了身子，第二次则是被我深爱的工作开除。

当然，我已经再也无法和山姆住在一起了。

我用仍旧颤抖的手指捧住咖啡杯，发现自己和人生其实已经被有效地分割开来。我想过给乔希打电话，但考虑到我还不确定那是否算是我们的第一次约会，开口就问我能否搬过去实在是不合时宜。

就算我真的找到了栖身之所，又能怎样呢？我没有工作，不知道高普尼克先生是否会驳回我的工作许可。我猜这张许可只会在我为他工作的时候才存在。

最糟糕的是，我的脑海中无法摆脱他看我的眼神，那种彻底失望的表情，以及我无法说出令人满意的答案时隐约可见的蔑视。他沉默不语的赞许曾是我在这里生活时其中的一件微不足道的乐事——地位如此显赫的男人竟会觉得我的工作做得不错，让我信心倍增。自从照顾威尔以来，我就再也没有感觉过自己如此能干与专业了。我是那么渴望向他澄清自己，重新获得他的好感，可我怎么能这么做呢？我看到了艾格尼斯睁大眼睛的恳求表情。她会打电话来的，不是吗？她为什么还没有打电话来？

“你想要续杯吗，亲爱的？”我抬起头，看到顶着橘色头发的中年女服务员正举着咖啡壶。望向我的行李时，她的表情仿佛在说，这样的情形她以前已经见过数百万次了。“刚来吗？”

“不完全是。”我试着微笑，却露出了某种痛苦不堪的表情。

她倒了些咖啡，弯下腰压低了嗓门：“我的表亲在本森赫斯特那里开了一家青年旅馆，如果你想不到要在哪里落脚的话。收银台旁边有名片。那里算不上华丽，但是又便宜又干净。打个电话吧，宜早不宜迟。你知道我在说什么吗？床位很快就会被占满的。”她把一只手短暂地放在了我的肩膀上，走向了下一位顾客。

这个小小的善举几乎毁掉了我的沉着。第一次，我感觉不知所措，为心知自己正孤身处在一座已经不再欢迎我的城市里而伤心。

显然跨越两座大陆的桥梁都在冒着浓浓黑烟，我已经不知该何去何从了。我试着想象向父母解释事情的原委，却发现自己再一次被艾格尼斯的秘密那面宽阔的墙挡住了。你能否做到在不让真相缓缓泄露出去的情况下把事情告诉一个人？站在我的立场上，父母肯定会怒不可遏，何况我不相信爸爸不会打电话给高普尼克先生，就为了纠正他对那个虚伪妻子的看法。要是艾格尼斯全盘否认会怎么样？我想起了内森的话——追根究底，我们都是工作人员，不是朋友。要是她撒谎，说钱是我偷的，会怎么样？事情会不会变得更糟？

自从来到纽约，这是我第一次希望自己不曾来过。我的身上仍旧穿着昨晚那套臭烘烘、皱巴巴的衣服，感觉更加糟糕了。我默不作声地闻了闻，用一张纸巾擦了擦鼻子，眼睛紧盯着眼前的马克杯。门外，曼哈顿的生活仍在继续，毫不知情，飞快流逝，毫不理睬堆积在水沟里的碎石。我现在该怎么办，威尔？我心想，喉咙里涌起了一个巨大的肿块。

仿佛是得到了某种暗示，手机叮的一声响了。

“该死的，到底发生了什么事情？”内森写道，“给我打电话，克拉克。”

不由自主地，我笑了。

内森说，我绝不能去那个天知道是哪里的地方，住进什么鬼知道是什么样子的青年旅馆，和强奸犯、毒贩和天晓得什么样子的人待在一起。我要做的就是等到七点半，待该死的高普尼克夫妇出发去参加什么该死的晚宴，和他在服务处入口见面，商量下一步到底该怎么办。就三条信息而言，这里面的脏话真是够多的了。

我赶到时，他已经一反常态地愤怒了。

“我不明白，他们仿佛只是想摆脱你，像是什么可恶的黑手党灭口法则。除了‘诚信问题’之外，迈克尔什么都不肯告诉我。我告诉他了，我这该死的一生中就从没有遇到过一个比你更诚实的人，他们全都应该去找医生看看脑子。见鬼，出什么事了？”

他从服务走廊护送我走进他的房间，关上了身后的房门。能够见到他令人松了一口气，而我能做的就是不去拥抱他。但我没有。我想，在过去的二十四个小时里，被我紧紧抓住的男人可能已经够多的了。

“看在上帝的分上，人类啊！你有啤酒吗？”

“当然。”

他撬开两罐啤酒，递给我一罐，在自己的安乐椅上坐了下来。我坐在床边，嘬了一口啤酒。

“所以说……怎么回事？”

我露出了一脸苦相：“我不能告诉你，内森。”

他的眉毛一飞冲天，像是要冲向天花板上的某个地方。“你也这样？哦，伙计，别告诉我你——”

“当然不是了，我连高普尼克家的一个茶包都不会偷。可要是我把真正发生了什么告诉你，将会是……将会是灾难性的。因为这座房子里的其他人……事情很复杂。”

他皱起了眉头：“什么？你是在说，你为了自己没做的某件事背了黑锅吗？”

“差不多吧。”

内森把两只手肘放在膝盖上，摇了摇头：“这不对。”

“我知道。”

“总得有人说些什么。你知道他正在考虑报警吗？”

我的下巴可能已经掉了下来。

“是的，她劝他不要报警，但迈克尔却说，不报警简直是疯了。是和自动取款机有关的什么事情吗？”

“不是我干的，内森。”

“我知道，克拉克。你这么笨手笨脚，才做不了罪犯呢。你一本正经的表情是我见过最糟糕的了。”他咽下了一大口酒，“该死。你知道，我热爱自己的工作，喜欢为这些家庭效力。我也喜欢高普尼克老头。可这就像是在时不时地提醒你，你懂吗？说穿了，你是可以被消耗的。无所谓他们说过多少次自己把你当朋友，你有多好，他们又有多么依赖你之类的。在他们再也不需要你的那一刻，或是你做了他们不喜欢的事时，嘭！你就被扫地出门了，没有什么公平可言。”

自从我来到纽约，这是我听到内森讲过的最长的一段话了。

“我讨厌这样，露。即便只知道这么一点，我也清楚你遭到了不公正的对待。太糟糕了。”

“事情很复杂。”

“复杂？”他冷静地凝视着我，再次摇了摇头，花了很长时间咽下一大口啤酒，“亲爱的，你这个人比我善良多了。”

我们打算点些食物打包，可就在内森套上夹克、准备去中餐馆时，有人敲响了房门。我们惊恐万分地看着彼此。内森伸手示意我到浴室里去，于是我溜进去，悄悄关上了身后的房门。然而，就在我挤着站在他的毛巾架旁时，耳边却响起了一个熟悉的声音。

“克拉克，没事了，是伊拉里亚。”过了一会儿，内森说道。

她戴着围裙，手里举着一只带盖的锅。“给你们的，我听到你们说的话了。”她把锅递给我，“我是给你做的，你需要吃点东西。这是你喜欢的鸡肉，加了辣椒酱。”

“啊，伙计。”内森轻轻拍了拍伊拉里亚的后背。她向前蹒跚了几步，站稳后把锅子小心翼翼地放在了内森的办公桌上。

“你是为我做的？”

伊拉里亚戳了戳内森的胸口。“我知道她没有做过他们所说的那件事，我知道得可多了——这间公寓里发生的很多事。”她轻轻拍了拍自己的鼻子，“哦，是的。”

我短暂地掀开了锅盖——一阵诱人的香气飘散出来。我突然记起自己几乎一整天没有吃东西了。“谢谢，伊拉里亚，我都不知道该说些什么了。”

“你现在要去哪里？”

“我没有一点头绪。”

“那好，你不能在该死的本森赫斯特留宿什么青年旅馆。”内森说，“你可以在这里住上一两晚，处理好自己的事情。我会把房门锁上的。你什么也不会说的，对吗，伊拉里亚？”

她难以置信地露出了一脸苦相，仿佛就连提出这个问题都是他太过愚蠢。

“你是不会相信的，她一整个下午都在咒骂你的女主人，说她出卖了你，所以晚餐做了鱼，因为她知道他们都讨厌吃鱼。我告诉你，伙计，我今天又学会了一大堆骂人的话。”

伊拉里亚压低嗓门嘟囔了几句，我能够听清的只有“贱人”这个词。

安乐椅对于内森来说太小了，睡不下，而他又不赞同我睡椅子，于是我们同意共享他的双人床，在中间摆上一排垫子，免得晚上不小心碰到彼此。我不确定谁更不自在。内森会郑重其事地护送我先进入浴室，确保我锁好了门，然后等到我上床之后才从浴室钻出来。他穿着 T 恤衫和棉布睡裤，即便是这时，我也不知道该望向哪里。

“有点奇怪，哈？”他一边爬上床，一边问道。

“嗯，是啊。”不知是出于震惊、疲惫或仅仅是形势变化的离奇，我咯咯地笑了起来。很快，笑声演变成了眼泪。不知不觉，我啜泣起来，蜷伏在一张陌生的床上，脑袋埋进了双手之中。

“噢，伙计。”鉴于自己真的和我一起躺在床上，内森拥抱我时显然感到十分尴尬。他不停地轻拍我的肩膀，朝我俯身靠过来。“一切都会好起来的。”

“怎么会呢？我丢掉了工作，没有了住的地方，还失去了所爱的男人。我是拿不到推荐信的，因为高普尼克先生认为我是个贼。我甚至不知道自己应该归属哪个国家。”我用袖子抹了抹鼻子，“我又搞砸了一切，连为何要费力去尝试超出自己能力的事情都不清楚。我每次这么做，都会以灾难收场。”

“你只是累了，一切都会好起来的，会的。”

“就像威尔的事情那样吗？”

“啊……这可截然不同。别这样……”说罢，内森抱住我，把我拉到他的肩头，用一只大大的手臂将我揽住。我哭啊，哭啊，直到再也哭不出来。就像他说的那样，被这一整天——一整晚——的风波折腾得筋疲力尽的我后来肯定睡着了。

八个小时之后，我醒来时，发现自己正独自待在内森的房间里。花了几分钟的时间，我才明白身在何处，紧接着猛然想起了前一天的事情。我在被子里躺了一会儿，像个婴儿似的缩成一团，无所事事地想象能否在这里待上一两年，直到我的人生能以某种方式自行理顺。

我看了看手机：两通未接来电，还有乔希发来的一连串短信——那似乎是他前一晚一股脑儿发给我的。

“嘿，露易莎——希望你感觉好些了。一直想起你的舞蹈，工作时都会突然笑出声来。多么美好的一夜啊！乔。”

"你还好吗？就是想看看你到家没有，是不是又在时报广场上打了个盹。乔。"

"好吧。所以现在已经十点半了。我猜你应该直接倒在床上睡了，希望我没有冒犯到你，我只是开玩笑的。给我打电话。"

那晚的拳击比赛和时报广场上闪耀的灯光似乎已经是上辈子的事了。我爬下床，冲了个澡，穿戴整齐，把随身物品摆在了浴室的角落里。那里的空间多少有限，但我觉得这样更安全，以防高普尼克夫妇中任何一人眼睛走神，碰巧往内森的房门里探头张望。

我发短信问内森，什么时候出去安全。他回复了我："现在。两人都在书房。"于是，我偷偷溜出公寓，下楼来到服务入口，低着头快步走过阿肖克身旁。他正在和快递员说话，但我看到他扭过了头，还听到了他那句"嘿！露易莎"。可我已经走了。

冰冷的曼哈顿灰蒙蒙的，又是空气中似乎悬着冰粒、冷得刺骨的低迷一天。放眼望去，你只看得到人们的眼睛，偶尔还有鼻子。我埋头走着，帽子压得低低的，不确定要去向何方。最终，我回到了小餐厅。要知道，一顿早餐下肚之后，什么事都会变得更加美好一些。我一个人坐在卡座里，望着窗外有地方可去的通勤者，勉强咽下了一个马芬蛋糕——因为它是菜单上最便宜又最顶饱的东西，试图忽略嘴里黏黏的无味口感。

九点四十分，我收到了一条短信，是迈克尔。我的心脏跳了一下。"嗨，露易莎。高普尼克先生让我代为通知你，他会把你的薪水支付到月底为止。届时，你所有的医保福利都将停发。你的绿卡不受影响。我想，考虑到你已经违约，应该明白这显然已经超出了他需要做的，但艾格尼斯替你进行了干涉。此致敬礼，迈克尔。"

"她还真是个好人。"我喃喃自语道。"谢谢你的通知。"我打下了几个字。他并没有进一步回复我。

没过多久，手机再一次叮的一声响了。“好吧，露易莎。现在我开始担心自己做了什么让你难过的事。或许你在回中央公园的路上迷路了？请给我打个电话。乔。”

我在乔希的办公室附近和他见了面。那是位于市中心的一座高楼，高得要是你站在人行道上抬头看，脑袋里某个小小的部分便会暗示你，你可能就要摔倒了。他迈着大步朝我走来，脖子上裹着一条柔软的灰色围巾。在我从身下一直坐着的矮墙上爬下来时，他径直走上前，给了我一个拥抱。

“我简直无法相信。过来，啊，天哪，你的身上这么冰，我们去找点热乎的东西给你吃。”

两个街区以外，我们在一间蒙着水汽的粗犷的墨西哥卷饼店里坐了下来。白领们鱼贯而入，服务员则在尖叫着下单。就像我对内森说的那样，我也把故事的梗概告诉了他。“我真的不能再多说些什么了，只能说我没有偷过任何的东西。我是不会偷东西的，我从未偷过任何东西。嗯，除了我八岁那年。妈妈时不时还是会提起这件事，如果她需要举例说明我是如何差点走上犯罪之路的。”我试着微笑。

他皱起了眉头：“那这是不是意味着你必须离开纽约？”

“我真的不知该如何是好了。但我无法想象高普尼克夫妇会为我开推荐信，也不知道如何能在这里养活自己。我是说，我没有工作，曼哈顿的酒店又有点超出我的价格负担区间……”我曾在小餐馆里查过当地的租金，差点把嘴里的咖啡都吐了出来。我刚到高普尼克家时，那个令人如此矛盾的小屋竟然只有高管的薪金才能租住得起。难怪连一只蟑螂都不想动窝。

“要是你留在我家，有什么帮助吗？”

我从自己的墨西哥卷饼上抬起头。

他继续说："只不过是暂时的，这不一定意味着男女朋友那档事。我的客厅里有一张沙发床，你可能不记得了。"他微微朝我笑了笑。我已经忘了美国人其实会如何真心邀请人们来到里做客了。英国人就不一样，他们会发出请柬，要是你说自己打算接受邀请，他们就会立马移民。

"你真是个好人。不过乔希，事情很复杂。我觉得可能必须回家去了，至少是暂时的，直到我拿到另一份工作。"

乔希紧盯着自己的盘子。"时机太早了，不是吗？"

"是啊。"

"我很期待再看到你跳舞。"

我一脸苦相地说："哦，上帝。跳舞的事情，我……我是不是……我该不该……我想要问你那天晚上出了什么事。"

"你真的不记得了？"

"我只记得时代广场的事，也许还有坐进出租车的事情。"

他挑起了眉毛。"哦吼！哦，露易莎·克拉克。我真想在这里取笑你一番，不过什么事也没有发生。"

"可我醒来时没穿衣服啊。"

"那是因为你跳舞的时候坚持要把衣服脱掉。刚一走进我家大楼，你就声称想要通过自由舞蹈的方式描绘一下刚刚过去的几天。我跟在后面时，你就一路从大堂脱到了客厅。"

"我把自己的衣服给脱了？"

"非常迷人，有些动作……还挺引人注意的。"

我突然看到了自己飞速旋转的样子，背靠着冰凉的窗玻璃，一条忸怩的腿从窗帘后面伸了出来。我不知是该哭还是该笑，双颊通红，于是用两只手捂住了脸。

“我不得不说，作为一个喝醉的人，你还是挺讨人喜欢的。”

“还有……我们什么时候进入你的卧室的？”

“哦，到你脱到内衣的阶段。后来，你还唱了一首疯狂的歌——和一只猴子还是马拉弘基之类的东西有关？再后来，你突然彻底瘫坐在地上，睡着了。所以我就给你套了一件T恤，放在我的床上。我是在沙发床上睡的。”

“真抱歉。谢谢你。”

“别客气。”他笑了，眼神闪闪发亮，“和我约会的人大部分都不及你一半讨人喜欢。”

我把脑袋埋在了马克杯上方。“你知道吗，在过去的几天时间里，我感觉自己距离哭或笑永远只有咫尺之遥。眼下我有点哭笑不得了。”

“你今晚会留宿在内森那里吗？”

“我想是的。”

“好吧。嗯，别仓促行事。在你订票之前，让我打几个电话，看看哪里有空缺的职位。”

“你真的以为会有可能吗？”他一直是那么自信。正是这一点，让我总是想起威尔。

“总会有些什么的。我晚些时候给你打电话。”

说罢，他吻了我，动作是那么随意，以至于我几乎没有发觉他在做什么。俯身向前，他又亲吻了我的嘴唇，好像这是他以前已经做过数百万遍的事情，仿佛我们每一次的午餐约会结束时都会这样自然而然地收尾。很快，趁我还没来得及吃惊，他放开我的手指，把围巾绕在了脖子上。“好了，我得走了。下午还有几个大型会议。

别灰心。”他笑了——高瓦数的完美微笑——朝着办公室走去，把合不拢嘴的我留在了塑料高脚凳上。

我没有告诉内森发生了什么，而是发短信确认了一下能否回他家。他告诉我，高普尼克夫妇七点钟时还会出门，因此我可能应该七点一刻的时候再离开。我在寒风中走着，坐进了小餐馆里。终于回到他家时，我发现伊拉里亚用保温杯给我留了些汤，还有两块被他们称为饼干的软司康饼。内森那晚约会去了，在我早晨醒来时又已经出门了。他给我留了一张纸条，说他希望我没事，还安慰我留下是没有关系的。显然我只是有些爱打呼噜。

几个月以来，我一直希望能够拥有更多的时间。如今有时间了，却发现没有钱可烧的城市已经不是一个友好的地方了。安全的时候，我会离开大楼，去街上走走，直到脚趾越来越冷，然后找家星巴克喝杯茶，把喝茶的时间延长到几个小时，利用免费的无线网找找工作。拿不到推荐信的人是没有太多的工作可找的，除非我在食品行业拥有丰富的经验。

鉴于我的生活已经离开了有暖气的大堂和温暖的豪华轿车——并非仅有几分钟的时间需要待在户外，我一层层地将自己包裹了起来——穿了一件蓝色的渔夫套头衫和粗布工作服，脚踩沉重的靴子，里面还套了一条紧身裤袜和一双袜子。这身行头不算优雅，但优雅已经不再是我要优先考虑的事了。

午饭时间，我去了一家出售廉价汉堡的快餐吧。没有人会注意到，一个形单影只的食客吃起小圆面包来能够逗留一两个小时。鉴于我感觉已经不能再花钱了，百货公司便成了一个令人抑郁的否定选项，尽管那里的女洗手间和无线网都更好。我去了古着百货店两次。那里的姐妹俩都很同情我，但还是会交换几个略显紧张的表情，像是在怀疑我会开口求她们帮忙。“要是你们听说有什么工作岗位——特别是像你们这种的——能不能让我知道？”已经再也没有货架可以浏览时，我问道。

“亲爱的，我们已经几乎连房租都付不起了，不然肯定会马上录用你的。”莉迪亚朝着天花板吐出了一个同情的烟圈，看着挥手把烟圈打散的妹妹。

“你会让衣服染上臭味的。好，我们会四处问问看的。”安杰利卡答道。她说话的样子让我感觉自己并不是第一个这么问的人。

我步履艰难地走出商店，情绪十分消沉。我不知道该做些什么。没有哪个安静的地方能让我稍稍坐上一会儿，也没有哪里能为我提供空间来想清楚下一步该怎么办。在纽约，要是你身无分文，就是一个难民，任何地方都不会欢迎你逗留太长的时间。我若有所思地心想，也许是时候承认失败，买上一张机票了。

就在这时，我突然有了一个主意。

坐上地铁，我北上来到华盛顿高地，在距离图书馆只有一小段步行距离的地方下了车。几天的时间里，这是我第一次感觉来到了某个熟悉的地方，某个欢迎我的地方。这里就是我的避难所，是我跳向新未来的跳板。迈上石阶，我在一楼找到了一台没有人的电脑终端，重重坐了下来，吸了一口气。自从在高普尼克家的灾难发生以来，我第一次闭上双眼，只是让思绪沉淀。

我能感觉到绷了许久的紧张情绪从双肩缓缓地松脱了下来，让我能够漂浮在身边人群的低语声之上，远离外面的喧嚣与纷扰。不知道仅仅被书本和宁静所环绕是否就能给我带来快乐，但我在这里体会到了平等。不必引人注目，一个大脑，一个键盘，我只不过是另一个搜寻信息的人。

在那里，我第一次发现自己开始质疑到底发生了什么。艾格尼斯背叛了我。我和高普尼克夫妇在一起的几个月时光恍然如同一场模糊不清的梦境，是某个时空以外的时空，某种把豪华轿车与镀金内饰压缩在一起的陌生模糊片段，某个窗帘被暂时拉开又猛然合上的世界。

相反，这是真的。我告诉自己，在弄清应对策略之前，我每天都可以来这里。在此，我可以找到方法，锻造出一条向上攀爬的新路。

知识就是力量，克拉克。

“女士。”

我睁开双眼，发现保安就在眼前。他弯下腰，好径直望向我的脸庞：“你不能在这里睡觉。”

“什么？”

“你不能在这里睡觉。”

“我没有睡觉。”我愤愤不平地答道，“我在思考。”

“那也许你能睁开眼睛思考，哈？不然你就得离开。”他转过身，朝着对讲机嘟囔起来。过了一阵，我才明白他到底在对我说些什么。附近桌旁的两个人抬头看了看我，很快便移开了视线。我的脸一下子就红了，看到了周围其他图书馆使用者尴尬的目光。我低头看了看自己的衣服，牛仔工作服配羊毛镶边工靴，外加一顶羊毛帽。算不上是波道夫·古德曼商场里的货色，却也一点不像是出自“游民之城”。

“嘿！我才不是无家可归呢！”我朝着他远去的背影喊道，“我曾经代表这个地方进行过抗议！先生！我不是无家可归！”两个女子从低沉的对话中抬起了目光，其中一个还挑起了半边眉毛。

就在这时，我突然想到：我就是无家可归。

22
也许是转机

亲爱的老妈：

很抱歉有段时间没有联系你了。我们正在为了某份中国合同夜以继日地工作，还要经常熬夜，好和不同时区的人们即时沟通。要是我听上去有些疲惫不堪，那是因为我的确很累。我拿到了奖金，很丰厚（我会给乔治娜寄上一大笔，好让她能够买辆自己想要的车）。但在过去的几个星期里，我终于意识到自己对这里其实已经再也没有什么感觉了。

不是说我不喜欢这种生活方式——你知道我从不怕苦。我只是想念有关英国的许多事情，想念那种幽默，想念星期天的午餐，想念耳边能够听到英国人的口音，至少不是假装的那种（你不会相信，这里有多少人一张嘴竟然比女王陛下还有上层阶级腔调）。我喜欢能够快去快回地到巴黎、巴塞罗那或是罗马度个周末。移居海外实在是太沉闷了。在充满金钱气息的金鱼碗中，不管你是身处楠塔基特岛还是曼哈顿，最终碰见的都是同样的面孔。我知道我有自己喜欢的某种人，但这里的人几乎都是那么可笑：金色的头发，零号的衣服尺码，老一套的行头，会去同一个普拉提班……

所以说，事情是这样的：你还记得鲁佩吗，我在丘吉尔餐厅里认识的老朋友？他说他们公司有一个空缺的职位。他的老板几个星期之内就会飞过来，想要见我一面。要是一切顺利的话，我可能会比你想象中更早返回英格兰。

我爱纽约。不过万物有时，我想，我也有自己的时机。

爱你，W

在接下来的几天时间里，我按照克雷格斯列表网站上的信息致电咨询了无数个工作岗位。可是声音悦耳动听、想要招聘保姆的女人听说我没有推荐信便挂断了电话。另外几个餐厅侍应生的职位在我打去电话时就已经没有了。鞋店售货员的职位还有空缺，但因为我缺乏相关的零售经验，所以时薪将比广告上的少两美元。我算了一下，这样一来，剩下的钱几乎连交通费都不够。我会把早晨的时间花在小餐馆里，下午则去安静而温暖的华盛顿高地图书馆。除了那个保安之外，谁也不会在注视我时像是在等我醉醺醺地放声高歌，或是在角落里尿尿。

每隔几天，我都会在乔希办公室附近的面馆里和他一起吃午餐，把我求职的最新进展告诉他，试着忽略坐在衣着整洁、说到做到的他身旁，会让我愈发觉得自己就像个赖在沙发上的卑贱失败者。“你会没事的，露易莎，坚持就好。”他会这样说，并在离开时亲吻我，仿佛我们不知怎么已经同意了成为男女朋友。我还有许多别的事情要考虑，无暇思考这有什么重要意义，所以猜测它和我人生中的许多事一样，其实并不是一件坏事，可以被暂时搁置。除此之外，他身上的味道尝起来总是令人心旷神怡的薄荷香。

我再也无法住在内森家了。前一天早上，我醒来时，他巨大的手臂正死死地抱着我，某个硬邦邦的东西还在顶着我的后腰。靠垫墙显然已经歪了，乱七八糟地堆在我们脚边。我愣住了，试图悄悄挪动身子，摆脱他在睡梦中的控制。他睁开双眼看着我，然后从床上跳了起来，仿佛被什么东西刺了一下，紧紧抓住一只枕头，挡在胯前。“伙计，我没想——我不是打算——”

“不知道你在说什么！”我坚称，同时把一件运动衫套在了自己的头上。我无法望向他，以防——

他两只脚交替着跳跃起来。“我只是——我没有意识到自己……啊。啊，天哪。”

“没关系！反正我也要起床了。”我冲进狭小的浴室，躲了十分钟，双颊火辣，耳边传来了他撞来撞去穿衣服的动静。在我出来之前，他便已经离开了。

反正试图留下来又有何用呢？我顶多只能在内森这里再留宿一两晚。即便我足够幸运，能够找到一份替代的工作，在别处所能期盼的最好境遇也就是一个最低薪酬的职位，以及一间蟑螂、臭虫横行的合租公寓。若是回家，我至少还能睡在自己的沙发上。也许特丽娜和艾迪已经发展到即将搬到一起了，这样我就能拿回我的公寓。我试着不去想那是什么感觉——空荡的房间，回到六个月前自己身处的地方，更别提那里就在山姆工作的地点附近。一闪而过的每一声警笛都会成为苦涩的暗示，提醒着我失去了什么。

天开始下起雨来，可我却在走近大楼时抬起头，在羊毛帽下望了望高普尼克家的窗户，注意到灯仍旧亮着。虽然内森告诉我，他们外出参加某场大型活动去了。对于他们来说，生活还在一帆风顺地继续，仿佛我从未存在过。也许此刻的伊拉里亚正在那里吸尘，或是对着艾格尼斯随手丢在沙发垫上的杂志咂摸着嘴。高普尼克夫妇——还有这座城市——曾将我吸了进去，又很快吐了出来。不管说过什么温柔的言语，艾格尼斯就像蜥蜴脱皮似的，彻底、完全地将我抛弃了——看都没有回头看上一眼。

我愤恨地心想，要是不曾来过，我也许仍旧可以拥有一个家、一份工作。

要是我从未来过，我仍旧可以拥有山姆。

这样的念头害我的情绪变得更加黑暗了。我耸起双肩，把冰凉的双手塞进口袋，准备返回那个临时住所，一个我不得不偷偷溜进去的房间，和某个害怕触碰我的人分享一张床。我的生活已经变得荒唐可笑，如同某个循环往复的糟糕笑话。揉了揉眼睛，我感到冰冷的雨水正打在自己的皮肤上。我今晚就订票，乘坐下一趟航班回家。我不会再抱怨，而是要重整旗鼓。我真的没有选择。

万物皆有时。

就在这时，我认出了迪恩·马丁。它正站在通往公寓大楼的带篷地毯上，身上没有外套，颤抖着东张西望，仿佛是在决定下一步要去哪里。我迈了一步靠上前去，偷偷瞥了瞥大堂。守夜人正忙着整理什么包裹，并没有看到他。我遍寻不到德威特太太的身影，于是敏捷地挪动脚步，趁它还没来得及明白我在做什么之前，俯身将它一把抱起。我把不停蠕动身体的小狗举到一臂以外的地方，飞快地奔上后楼梯，准备把它还给她，途中还朝守夜人点了点头。

尽管手握着出现在这里的正当理由，在爬上楼梯、来到高普尼克家的走廊上时，我仍然满心恐惧：要是他们意外地回来，看到了我，高普尼克先生会不会下结论说我不安好心？会不会指责我擅闯私人领地？我所站的地方就是他们家的楼道，这又算不算是擅闯呢？这些问题在我的脑袋周围嗡嗡作响，迪恩·马丁则在我手中疯狂地蠕动，抓挠我的手臂。

“德威特太太？”我轻声喊道，同时回头瞥了瞥身后。再一次，她的前门半开着，于是我迈步走进去，提高了嗓门：“德威特太太？你的狗又跑出来了。”我能听到电视在走廊尽头嘟嘟作响的声音，于是又迈了几步，朝着屋子更深处走去。

“德威特太太？”

没有人回应。我轻轻关上身后的房门，把迪恩·马丁放在地板上，一心只想着自己再也不愿意抱着它。它马上朝着客厅慢跑着离开了。

“德威特太太？”

我先是看到了她的一条腿，从靠背椅的一旁伸到了地板上。片刻之后，我才明白自己看到了什么。我飞快地跑过去，绕到椅子前方，迅速跪倒在地，把耳朵贴在了她的嘴巴上。“德威特太太？”我问道，“你能听到我的声音吗？”

她还有呼吸，脸色却已经变成了大理石般的蓝白色。刹那间，我很好奇她在那里待了多久。

“德威特太太？醒醒！哦，上帝啊……醒醒！”

我在公寓里四处奔跑，寻找电话。电话在走廊里，就摆在一张桌子上，还有几个电话簿。我拨通了报警电话，解释自己发现了什么。

“一小队人已经在赶去的路上了，夫人。”一个声音传来，“你能否留在病人身边，放他们进门？”

“好的，好的，好的。可她真的非常年迈，身体十分脆弱，似乎已经失去了意识。请快点过来。”我跑进卧室，取了条被子盖在她身上，试图回忆山姆曾跟我提起过的那些处置摔倒老人的方法。其中一种最大的风险在于，他们躺在那里几个小时都没有被人发现时，身体会越来越凉。即便大楼的中央暖气已经被开到了最大，她的身体摸上去还是那么冰冷。我坐在她身旁的地板上，握住她冰凉的手，轻轻抚摸着，试图让她知道有人在这里。一个念头突然从我的脑海中闪过：要是她死了，他们会不会怪罪于我？毕竟高普尼克先生会证明我就是个罪犯。一时间，我想过是否该逃跑，但我不能离开她。

在这一连串折磨人的思绪中，她睁开了一只眼睛。

“德威特太太？”

她朝我眨了眨眼，仿佛是在努力弄清发生了什么事情。

“我是露易莎，住在走廊的另一边。你的身上痛吗？”

“我不知道……我的……手腕……”她虚弱地答道。

“救护车就很快就到，你会没事的，一切都会没事的。”

她面无表情地望着我，仿佛是在努力拼凑我是谁，我的话又是否说得通。就在这时，她皱起了眉头：“它在哪儿，迪恩·马丁？我的狗呢？”

我在房间里扫视，发现那只小狗正在角落里坐着，聒噪地研究着自己的生殖器。听到自己的名字，它调整姿势，站了起来。“它就在这里呢，好好的。”

她放心地重新闭上了眼睛：“你能不能照顾它，要是我必须得住院的话？我要去医院了，对吗？”

“是的，当然可以。”

“我的卧室里有一个文件夹，里面有你需要交给他们的东西，就在床头柜上。”

“没问题，我会的。”

我用双手紧握住她的手。迪恩·马丁则警惕地站在门口注视着我——好吧，是我和壁炉——我们在沉默中等待着急救人员赶到。

由于迪恩·马丁不能上救护车，我跟着德威特太太去了医院。一旦处理好文件，将她安置妥当，我便会动身赶回莱弗里大厦。我向她保证，会照顾好那只狗，第二天早上就回来告诉她小狗的情况。她用低沉沙哑的声音吩咐我它该吃些什么、去哪里遛弯、喜欢什么又讨厌什么，蓝色的小眼睛里溢满了泪水，直到急救人员让她安静，坚称她需要休息。

我坐上返回第五大道的地铁，筋疲力尽的同时却因肾上腺素而倍感兴奋。我径自走进大楼，用了德威特太太给我的钥匙。迪恩·马丁正在走廊里等待，坚定不移地站在地板中央，小巧的身体流露着猜疑。

“晚上好，小伙子！想不想吃些午饭？”我问道，仿佛自己是它的老朋友，而不是某个隐约以为自己会被咬掉一块小腿肉的人。我强装自信，从它的身旁走过，来到厨房，努力破译被我草草写在手背上的指示，弄清楚熟鸡肉和干狗粮的正确分量。

我把食物放在它的盘子里，用脚把盘子推给了它。

“好啦！享用吧！”

它目不转睛地盯着我，圆溜溜的眼睛闷闷不乐、桀骜不驯，前额上逐渐挤出了忧虑的皱纹。

“食物！好吃！”

它还是紧盯着我。

“还不饿吗？哈？”我一边问，一边侧身挪到了厨房。我得弄清楚自己能睡在哪里。

德威特太太的公寓面积约是高普尼克家的一半，但算不上是狭小。屋内包含一间宽敞的客厅，拥有能够俯瞰中央公园的落地窗，内饰是青铜器与烟色玻璃，似乎是二十世纪七十年代完工的。公寓里还有一间传统的餐厅，里面摆满了看似落了一层灰的古董，暗示这里已经好几个世代都没有被使用过了。此外便是密胺树脂和胶木装饰的厨房、一个杂货间，以及包括主卧在内的四间卧室。主卧含有一间浴室，尽头还有一间相当宽敞的更衣室。浴室的年头比高普尼克家的久了不少，会出人意料地溅出一股股的水。身处某个陌生人空荡的家中，我带着异常沉默的敬畏之心在公寓里四处逛了逛。

来到主卧室时，我倒吸了一口气。这里有三面半的墙壁都被堆得整整齐齐的衣架填满了，带垫的衣架上还套着塑料。更衣室里色彩缤纷，布料繁多，上方和下方的架子上摆放着成堆的手提包、收纳在盒子里的帽子和与之相匹配的鞋。我在更衣室里缓缓迈开步子，用指尖摸索着那些布料，偶尔停下来轻轻拽一拽某只衣袖，或是把衣架推回去，好让自己能够更加仔细地看看每件衣服。

不仅是这两个房间。在小八哥犬满心疑惑地慢跑着跟在我身后时，我走进了另外两间卧室，发现了更多的衣服——成排的连衣裙、女衫裤套装、外套和女用围巾——全都被放在装有空调的长橱柜里。标签上写着纪梵希、碧芭、哈罗德百货和梅西百货的字样，鞋子则来自萨克斯第五大道精品百货店和香奈儿。还有一些我从未听说过的标签——法国的、意大利的，甚至是俄罗斯的——这些衣服来自各个时代：优雅的肯尼迪式平角小西装、平滑的土耳其长袍、肩膀高耸的夹克衫。我看了看盒子里，找到了平顶无边桶帽和无檐帽，还有巨大的玉框太阳镜和精致的一串串珍珠。它们并没有遵循任何特定的排放顺序，于是我直接把手伸了进去，随意将里面的东西掏了出来。展开绵纸，我感受着这些东西的布料、重量以及陈年香水的霉味，还会把它们拎起来欣赏其切割与图案。

在还能看到一些墙面空间的架子上，我只能隐约看清几幅裱了框的服装设计图和上世纪五六十年代的杂志封面。封面里面带微笑的瘦削模特穿着迷幻图案的宽松直筒连衣裙，或是整齐得令人难以置信的露腰T恤。我肯定在那里待了一个小时，这才意识到还没有找到另一张床。不过，在第四间卧室里，我找到了它，上面盖满了被随手丢弃的衣物——这是一张狭窄的单人床，也许可以追溯到上世纪五十年代，拥有华丽的胡桃木床头板，还有与之相配的衣柜和屉橱。这里还有四个衣架，上面挂的都是你能在更衣室里找到的、更加基本的款式，以及一盒又一盒的饰品——人造珠宝、皮带和丝巾。我把其中一些小心翼翼地从床上拿了下来，躺下，感觉床垫已经没有了弹性。不过我不在乎。说穿了，睡在衣橱里我都愿意。几天来，我第一次忘记了忧郁。

至少这一个晚上，我正身处仙境。

第二天早上，我喂饱迪恩·马丁，还带它遛了个弯，试着不被它一路倾斜着走完第五大道的样子触怒。它的眼睛一直紧盯着我，仿佛是在等待某种越矩的行为。后来，我动身去了医院，迫切地想要向德威特太太保证，她的宝贝一切安好，除了永远摆着一副准备猛烈进攻的架势。我决定还是不要告诉她，能劝它吃饭的唯一方法就是在早餐里擦入些帕玛森干酪。

赶到医院时，我发现她的脸色红润了不少，这才放下心来——虽然没有熟悉的妆容和做好的发型，她看上去异常憔悴。她真的摔断了手腕，会被安排接受手术，此后还要因为他们所说的“复杂因素”住院一周。当我透露自己并不是她的家庭成员时，他们便拒绝再多说些什么了。

“你能照顾迪恩·马丁吗？”她问道，脸庞焦虑地皱了起来。在我离开的那几个小时里，它一直都是她担忧的焦点。“也许他们白天的时候会允许你偶尔出去看看它？你觉得阿肖克能带它去遛弯吗？它会非常孤独的，它不习惯没有我。”

我不知道把真相告诉她是否是明智的。但我们的大楼近来缺的就是真相，因此我想把一切都说明白。

“德威特太太。”我开口说道，“我必须告诉你一件事。我——我已经不再为高普尼克夫妇工作了。他们开除了我。”

她的头在枕头上微微挪动了一些，嘴巴比着口型，仿佛这是什么陌生的词语：“开除？”

我咽了一口口水：“他们认为我偷了他们的钱。我能告诉你的只是我没偷。不过，我觉得只有把事情告诉你才是对的，这样你就能决定是否需要我的帮助。”

“好吧。”她虚弱地答道，紧接着又说了一遍，“好吧。”

我们沉默了片刻。

不一会儿，她眯起了双眼。“可你没偷。”

“是的，太太。”

“你还有别的工作吗？”

“没有了，太太，我正在努力找工作。”

她摇摇头说：“高普尼克是个傻瓜。你住在哪里？”

我看向了一旁。“呃……我……好吧，实际上我暂时留宿在内森的住处，不过这并不理想。我们——你懂的——不是恋爱关系。显然高普尼克夫妇并不知情……”

“好了，这听上去也许是个对我俩都很合适的安排。你愿意照顾我的狗吗？也许还能住在我这边找工作？就到我回家之前？”

“德威特太太，我很高兴。”我情不自禁地笑了。

“当然，你得比以前更好地照顾它。我会给你说些注意事项。

我相信它肯定非常不安。”

“你说什么我都会照做的。”

“我需要你每天都来向我汇报它的情况，这非常重要。”

“当然。”

做完这个决定，她似乎松了一口气，情绪也稍稍平静了一些，于是闭上了双眼。“没有比老傻瓜更傻的人了。”她嘟囔道。我不确定她是在说高普尼克先生、自己还是完全另外一个人，于是一直等到她睡着才返回她的公寓。

一整个星期，我都在致力于照顾一只眼神惊恐、满腹狐疑、脾气暴躁的六岁八哥犬。我一天要带它散步四次，还会在它的早餐里刮入几片帕玛森干酪。几天后，它摒弃了紧随我到任何一个房间，还要皱着眉头紧盯我的习惯——仿佛是在等待我做出什么说不出口的事情——只是躺在几英尺远的地方，轻轻喘着气。我对它仍旧有些警觉，却也为它感到抱歉——它唯一的爱人突然消失了，而我完全无法向它保证她还会再回来。

除此之外，能够住在楼里却不觉得自己像个罪犯，还挺好的。听了我对这次风波的描述，离开了几日的阿肖克满脸震惊，怒不可遏，紧接着又高兴起来。“天哪，你能发现它真的太幸运了！它很有可能会直接走丢，那就没人知道她还在地板上了！”他戏剧化地打了个哆嗦，“等她回来，我每天都会去看她，确保她没事。”

我们看了看彼此。

“没有什么会比这更令她恼火的了。”我答道。

“是啊，她讨厌这种事情。”说到这里，他便回去工作了。

内森为他能够收回自己的房间假装十分沮丧，可以说是不太得体地匆匆把我的东西搬了过来，为我省出了一段大约七米远的路程。我觉得他只是想确定我真的走了。放下我的行李，他在公寓里四处看了看，满脸讶异地紧盯着一墙墙的衣服。“乱七八糟的东西还真多啊！”他声称，“这就像是世界上最大的慈善商店。老天，这个老太太死掉的时候，如果我是不得不清理这些东西的房屋清洁公司，会烦死的。”我保持着凝固而平和的微笑。

他把德威特太太的遭遇告诉了伊拉里亚。第二天，她敲了敲我的房门，要我给她带些她烤的马芬蛋糕。“医院里的那些食物会让你生病的。”她边说边拍了拍我的手臂，在迪恩·马丁还没来得及开口咬她之前，飞快地小跑着离开了。

我听到过艾格尼斯在楼道的另一边弹钢琴，一次是听上去既放松又忧郁的优美片段，一次则是某段充满激情与愤恨的曲调。我想起德威特太太曾多次蹒跚着走过去，怒不可遏地要求噪音停止。这一次，没有她的干涉，音乐竟然戛然而止了。艾格尼斯似乎把一双手重重地砸在了琴键上。偶尔，我还会听到提高嗓门的说话声。过了几天，我才说服自己，我的肾上腺素不必随着那些声音而激增，他们已经拿我没有办法了。

我曾在大堂里和高普尼克先生擦身而过。当时他并没有看到我，后来才迟钝地反应过来，显然已经做好了准备要反对我在那里出现。我昂起下巴，举起了迪恩·马丁的狗链一端。“我在帮德威特太太照顾她的狗。”我设法体面地说道。他低头看了看迪恩·马丁，咬紧下巴，转过身，像是没有听到我说话似的。在他身旁的迈克尔看了看我，目光紧接着便回到了自己的手机上。

星期五下班后，乔希来了，还带了外卖和一瓶葡萄酒。他仍旧穿着西装，说自己一整个礼拜都工作到很晚。他正在和同事竞争某个升职的机会，所以一天要工作十四个小时，还计划星期六也去上班。他在公寓里四处看了看，对这里的装饰布置挑起了眉毛。“哦，照顾小狗的工作我肯定是没有想到的。”在迪恩·马丁疑神疑鬼地跟在他的脚边时，他说道。他缓缓在客厅里绕着圈，拿起缟玛瑙的烟灰缸和弯弯曲曲的非洲妇女雕塑，放下后专注地望向了墙壁上的镀金画作。

“这也不是我的首选。”我用狗零食铺了一条通往主卧室的小路，在小狗冷静下来之前把它关了起来。“但我真的没有意见。”

“所以说，你现在怎么样了？”

“好多了！”我边说边朝厨房走去。我想要向乔希展示，我已经不是他上个星期见到过的那个肮脏不堪、偶尔喝得烂醉的求职者了，于是穿了黑色的香奈儿风格连衣裙，裙子的领子和袖口都是白色的，脚上一双宝石绿色的假鳄鱼皮玛丽珍鞋，还吹了个圆滑整洁的波波头。

“哦，你看起来太可爱了。”他跟在我身后说道，把酒瓶和袋子放在厨房一侧，然后朝我走来，在距离我只有几英寸的地方站定，好让自己的脸能够填满我的视线。“而且，你懂的，不是一副流浪汉的样子了。总是那么养眼。”

“反正这是暂时的。”

“所以说，这是不是意味着你还能再逗留一小段时间？”

“谁知道呢？”

他距离我只有咫尺之遥，令我的感官记忆突然想起一周前曾把脸埋在他的脖颈中。

“你的脸红了，露易莎·克拉克。”

“那是因为你离我太近了。”

“是我让你脸红的吗？”他的声音沉了下来，挑起半边眉毛，迈近了一步，两只手分别放在了我身体两侧的工作台上。

“这还用问吗？”我答道，话音出口时却几乎成了一声咳嗽。

就在这时，他的双唇落在了我的唇间，吻了我。他吻了我。我靠在厨具上，紧闭双眼，吮吸着他嘴里的薄荷味道，还有他的身体靠着我、陌生的手紧握我的手时那种略微有些奇怪的感觉。不知道在威尔出事之前亲吻威尔是否就该是这种感觉，然后我又想到永远无法再亲吻山姆了。眼下就有一个完美的人正在亲吻我啊，这个时候心里却想着亲吻另一个男人，也许是种失礼的行为。我把脑袋稍稍向后仰去，于是他停下来注视着我的双眼，试图判断这是什么意思。

“对不起。”我说，“这——只不过这一切太快了。我真的喜欢你，但是——”

“但是你刚和另一个家伙分手。”

“山姆。”

“他显然是个傻瓜，配不上你。”

他短暂地闭上了双眼，很快又再次睁开。“你能否告诉我，我是不是在浪费时间？”他问道。

“你不是在浪费时间，只是……时间还不到两个星期。”

“这两个星期发生了许多事情。”

“嗯，谁知道我们两个星期以后会在哪里呢？”

“你说了‘我们’。”

“我猜我是这么说的。”

他点了点头，仿佛这是个令人心满意足的答案。“你知道的。”他的话几乎是在自言自语，“我有一种预感，露易莎·克拉克。在这种事情上，我从来都没有错过。”

紧接着，趁我还没有反应过来，他放开我的手，走到橱柜旁开合起了柜门，寻找餐盘。转过身时，他的笑容是那么灿烂：“我们吃饭好吗？”

那天晚上，我了解了许多有关乔希的事情。我知道他是在波士顿长大的，父亲是个拥有一半爱尔兰血统的商人，曾迫使他放弃棒球职业经历，因为他认为这项运动无法保障一份长期的收入。他的母亲在同辈人中是个不同寻常的人，在他的成长过程中一直不曾放弃律师的工作。退休后，他的父母都在适应双双赋闲在家的生活，并且显然已经被彻底逼疯了。“我们家属于实干派的家庭，你明白吗？所以爸爸去了一家高尔夫球俱乐部出任主管，妈妈则在当地的高中教书。做什么都好，只要别让他们坐在那里大眼瞪小眼就行。”他有两个哥哥，其中一个在麻省的韦茂斯周边经营着一家梅赛德斯专卖店，另一个和我妹妹一样，是个会计。他们一家人的关系十分紧密，竞争也颇为激烈。作为三兄弟中常常遭到欺负的老幺，他在两个哥哥自立门户之前一直怀揣着无力的愤恨之情，后来却发现自己竟会想念他们带来的那种磨人的、难以形容的痛。“妈妈说，这是因为我失去了码尺，失去了用来判别一切的东西。”

两个哥哥如今都已结婚，各自生育了两个孩子。每逢节日和暑假，一家人都会聚在楠塔基特岛上，租住在同一座房子里。少年时期，他总是对此心怀憎恨，可这样的一个星期如今却让他一年比一年更加期待。

“那种感觉棒极了。孩子，出游，小船……你也应该过来。”他边说边漫不经心地自顾自吃着叉烧包。他说起话来十分自在，是个事事都能如愿的男人。

“参加家庭聚会吗？我以为纽约的男人只关注跟任何一时中意的女人约会呢。”

“是啊，没错，我什么都做过。此外，我不是纽约人。”

表面看来，他是个做什么都会不顾一切的人，一个星期能工作上百万个小时，渴望升职，会在早上六点之前去健身房。他还会跟着公司的球队一起打棒球，想和母亲一样去当地的一所高中做志愿导师，却担心自己的工作安排意味着他无法投入固定的时间。他在美国梦的助力下一飞冲天，如同一条硬棒糖——努力工作，成功后就要有所回报。我试着不要一直把他拿来与威尔做比较，听他说话时多少心怀着敬仰之情，却又筋疲力尽。

他在我们之间的空中绘制出了自己未来的图景——在东村买上一间公寓，要是奖金能够拿到适当的级别，也许还可以在汉普顿斯买座周末度假屋。他想要一艘船，想要小孩，想要早早退休，想要在三十岁之前赚上一百万美元。讲这段话时，他时不时就会挥动筷子，或是用“你应该来！”或是“你会喜欢的！”这样的短语来强调。在某种程度上，我很荣幸，但多半是因为这暗示着他并没有为我早些时候的沉默寡言而不愉，所以心怀感恩。

鉴于他计划五点就起床，于是十点半的时候便离开了。我们在前门附近的走廊上站住。迪恩·马丁在几英尺外的地方保持着警戒。

“所以，我们能不能挤出时间吃顿午饭，因为狗和医院这些事情？”

“也许我们某天晚上能够见个面？”

“‘也许我们某天晚上能够见个面。’”他轻声模仿道，“我喜欢你的英国口音。”

“我没有口音。”我答道，“你才有。”

“你能逗我发笑，能逗我发笑的女孩可不多。”

“啊，所以你只不过还没有遇到对的女孩。”

“哦，我觉得我已经遇到了。”说罢，他停了下来，仰望着天空，仿佛是在努力阻止自己做些什么。很快，他笑了，似乎是在承认，两个年近三十的异性成年人在门口努力不去接吻略显荒谬。正是这个微笑让我动了心。

我抬起手，轻轻地触碰他的后脖颈，踮起脚尖亲吻了他。我告诉自己，凝思某个已经逝去的人是没有意义的。这两周的时间无疑已经足以让我做出决定，尤其是在你前几个月几乎没有机会见到其他人、反正差不多还是单身时。我告诉自己，我必须要继续前进了。

乔希没有犹豫。他回吻了我，双手缓缓爬上我的脊背。我在他的吻中迫使自己停止了思考，只屈服于感官。他陌生的身体比我以前认识的任何人都要更加窄瘦，稍显僵硬，贴着我的嘴十分紧张。这个英俊的美国人。停下来喘口气时，我们两人都有些恍惚。

“要是我现在不走……”他边说边向后退去，用力眨着眼睛，把举起的一只手放在了脖子后面。

我露齿一笑，怀疑自己的口红已经有一半都被抹到脸上了。“你还要早起呢。我明天再和你聊。”在我打开大门时，他在我的脸颊上留下了最后一个吻，迈出门槛，步入了主楼道。

我关上门时，迪恩·马丁仍在目不转睛地凝视着我。“怎么了？”我问道，“怎么了？我单身。”

它厌恶地低下头，转过身，慢条斯理地朝着厨房走去。

23

真的是转机

收件人：MrandMrsBernardClark@yahoo.com

发件人：BusyBee@gmail.com

嗨，妈妈：

很高兴听说你和玛利亚在她生日那天在福特南·梅森百货店好好喝了一杯茶。不过，是的，我同意，这对于一小包饼干来说味道太重了。我确定你和玛利亚在家能做出更好的司康饼来。你的饼干口味非常清淡。不，剧院厕所里那件事很糟糕。我相信作为一个服务员，她在这种问题上拥有十分敏锐的眼光。我很高兴有人能够为你们所有的……卫生需求着想。

这里一切都好。纽约现在很冷，不过你是了解我的，我要为所有的场合准备好衣服。工作上的好几件事都悬而未决，但我希望在我们通话之前，一切都能得以解决。没错，是的，山姆的事对我完全没有影响。说实在的，这种事不可避免。

很抱歉听说外公的事。希望等他感觉好些时你可以重新开始自己的夜校课程。

我想念你们所有人，非常想念。

许多的爱

露，亲亲

又及：鉴于我们的邮递刚刚出了点问题，你可能最好还是发电子邮件，或是通过内森写信给我。

入院十天之后，德威特太太出院了。她在久违的日光下眯着眼睛，右臂上的石膏绷带对于她瘦削的身形来说似乎过于沉重。我坐着出租车把她带回了家。阿肖克在路边迎接，扶着她缓缓走上楼梯。仅此一次，她没有挑剔他，或是将他打跑，而是小心翼翼地走着，仿佛身体平衡已经不再是什么理所当然的事情。我带去了她要的衣服——二十世纪七十年代的浅蓝色赛琳牌套装，水仙黄色的衬衫和浅粉色的羊绒贝雷帽——以及她梳妆台上的一些化妆品，坐在她的病床旁为她化了妆。她说，若是试着用自己的左手化，她看上去就会像是一大早就喝下了三杯挎斗鸡尾酒。

兴高采烈的迪恩·马丁慢跑过来，在她的脚边抽着鼻子，仰望着她，然后又用尖锐的眼神回头看看我，仿佛是在告诉我："你现在可以离开了。"这只狗和我已经达成了某种休战协议。每天晚上，它都会吃掉自己的饭，蜷缩在我的大腿上。我觉得它甚至已经开始享受略微加快的生活节奏，以及可以在更远的范围内散步。因为无论何时看到我拿起狗链，它都会疯狂地摇晃自己的小尾巴。

德威特太太见到它简直喜不自胜，其喜悦的表达方式可以是连续抱怨我对它照顾不周，或是在十二个小时之内觉得它既超重又消瘦，抑或是没完没了地为把它丢给我这种笨手笨脚的人而跟它低声道歉。“我可怜的宝贝，我是不是把你留给一个陌生人了？是哦？她没有好好照顾你？没关系，现在妈妈回来了，一切都没事了。”

她显然很高兴能够回家，我却无法假装自己并没有感到焦虑不安。她似乎需要吃上一大堆的药片——即便是按照美国人的标准来说，这些药也够多了——以至于我怀疑就治疗手臂而言，她是否得了某种脆骨综合征。我把此事告诉了特丽娜。她说，英国医生顶多会给你开上几颗止疼片，告诉你不要去提任何重物，说完还由衷地大笑起来。

然而，我却觉得德威特太太出院后变得更加脆弱了。她脸色苍白，会反复咳嗽，量身定做的衣服会在她身上一些奇怪的地方裂开。在我为她做芝士意面时，她会优雅地吃上四五口，说面条很美味，却拒绝再多吃一些。“我觉得自己的胃在那个可怕的地方变小了，可能是为了试图避开他们糟糕的食物。”

她花了半天时间让自己彻底重新认识这间公寓，迈着蹒跚的步伐从一个房间缓慢地走到另一个房间，提醒并安慰自己，一切都还是原来的样子——我试着不把这看作她是在检查我有没有偷走任何东西。终于，她在高大的扶手椅上坐了下来，偷偷叹了一口气：“我无法告诉你回家有多好。”她说话的样子像是差点以为自己回不来了。没过多久，她打起了瞌睡。我第一百次想起了外公，想到他能有妈妈照顾是多么幸运。

德威特太太的身子太弱了，无法被单独留在家中，而她显然也不着急赶我离开。于是，在我俩之间其实并没有商量过的情况下，我直接留下了。我会帮她洗澡、穿衣，为她做饭，至少在第一周里每天都带着迪恩·马丁遛上几次弯。那个星期快要结束时，我发现她在第四间卧室里为我腾出了一小片空间，一次一件地挪开了书本与衣物，清出一个客用床头柜，或是能让我放些个人物品的架子。我把她的客卫占为己有，彻底刷洗干净，将水龙头打开，一直放到水清澈了为止。很快，我又偷偷动手打扫起了她的卫生间和厨房，把她衰退的视力会错过的所有区域都清理得干干净净。

我会如约带着她回医院进行后续检查，并和迪恩·马丁一起坐在外面等待，直到有人叫我回去接她。我还为她预约了理发，在她稀疏的银发恢复到此前整洁的波浪卷时耐心地等待着。这个小小的举动似乎比她接受的任何治疗更有助于她复原。我会帮她化妆、寻找她记不起来放在了何处的各种不同的眼镜。她会用着重的语气低声向我的帮助道谢，像是在感谢自己最喜欢的客人。

鉴于她已经孤身生活了许多年，我意识到她可能会需要自己的空间，于是白天时常出门好几个小时，坐在图书馆里查找工作机会，却没有了之前的那种紧迫感。老实说，我什么都不想干。我回来的时候，她通常不是在睡觉，就是靠坐在电视机前。“好了，露易莎。”她会边说边推着身子坐直，仿佛我们谈话才谈到一半，“我一直在好奇你去哪儿了呢。能不能请你带迪恩·马丁出去稍稍散个步？它看上去总是很焦虑……”

每个周六，我都会和米娜去参加图书馆的抗议活动。人群如今越来越稀疏了，而图书馆的未来不仅取决于公众的支持，还取决于人们提出的法律质疑。似乎没有人对此怀抱太大的希望。随着一个又一个星期过去，天气已经不那么冷了。我们站在那里挥动着破烂的标语牌，满怀感激地接过当地住户和店主送来的热饮与零食。我已经学会了放眼寻找熟悉的脸孔——如今，我第一次来时遇到的奶奶玛蒂娜已经会用拥抱和灿烂的微笑来迎接我了。还有不少其他人也会向我挥手或是打招呼，比如保安、送炸蔬菜小吃的女子和留着一头美丽秀发的图书馆馆员。我再也没有见过那个肩章被撕掉的老太太。

在德威特太太家住到第十三天时，我偶然碰到了艾格尼斯。考虑到我们彼此间的距离，我猜自己没有早点和她相遇才令人吃惊呢。天下着大雨，我穿着德威特太太的旧雨衣之一——这件二十世纪七十年代的塑料雨衣是黄色与橙色相间的，上面布满了明艳的圆形花朵。而她则在迪恩·马丁身上罩了一小块带高帽的橡皮布，害得我每次看它都会哼哧笑出声来。我们沿着走廊跑了起来，一看到塑料帽子下它圆胖丑陋的小脸，我就会咯咯地笑出声来。电梯门打开时，我突然停住了脚步，因为艾格尼斯迈了出来。她身后尾随的那个年轻女子拿着平板电脑，还梳着紧致的马尾辫。她停下脚步，紧盯着我。某种难以捉摸的表情从她的脸上一闪而过——也许是尴尬，也许是无声的道歉，抑或甚至是在对我的出现压抑着愤怒，很难说清。眼神与我相汇时，她张开嘴像是要说些什么，紧接着却抿住了嘴巴，像是没看到我似的，从我身边走了过去，一头光亮的金发左摇右晃，身后还紧跟着那个女孩。

我站在那里，注视着前门在她们的身后被重重地关上，双颊滚烫得仿佛自己是个遭人冷落的情妇。

我隐约想起了我们在面馆里欢笑时的样子。

我们是朋友，对吗？

想到这里，我深吸了一口气，把小狗叫过来，拴紧它的链绳，走进了雨中。

最终，是古着百货店的姐妹俩为我提供了一份有偿工作。佛罗里达来了一集装箱的货物，里面装了好几衣橱的资产。上架之前，她们需要额外的人手来检查每件衣服、缝好缺失的纽扣，确保所有衣服都能在四月底的复古服装节时被熨好、洗净，拿出去挂在衣架上。（闻上去臭烘烘的衣服通常大部分都会被退回。）工资是最低周薪，但与我做伴的人不错，咖啡免费，况且我想买的任何东西她们都能给我打八折。伴随流离失所的境遇，我购买新衣服的嗜好已经消失殆尽，却还是欢天喜地地答应了。一旦确定德威特太太的健康状况稳定到至少能够独自遛着迪恩·马丁往返街区尽头，我每个星期二上午十点都会赶往店里，一整天都待在后面的房间里，清洗和缝补衣服，偶尔还会趁姐妹俩抽烟休息的工夫和她们聊聊天——这样的情形似乎每过十五分钟左右就会发生一次。

玛格特——她不许我再称她为德威特太太。“看在上帝的分上，你现在可是住在我的家里。”在我把自己的新角色告诉她时她仔细聆听着，然后问我在用什么修补衣服。我描述那是一只装着旧纽扣与旧拉链的大塑料盒，但还补充提到里面整个儿一团糟，害我时常找不到相匹配的材料。而且，同一类的纽扣很少能够超过三颗。她喘着粗气从椅子上站起来，比画着示意我跟上去。这些日子里，我总是紧跟在她身后——她似乎完全无法站稳，还会时常向一侧倾斜，就像公海上一艘没有装载好货物的船。但是她做到了，一只手摸索着墙壁，寻求额外的稳定。

“在床底下，亲爱的。不，是那里，那里有两只箱子。就是那个。”我跪下来，猛地拉出两只带盖的沉重木箱。打开箱盖，我发现里面装满了成排的纽扣、拉链、带子和流苏，还有挂钩和各种各样的紧固零件。它们全都被整齐地分门别类，贴上了标签。还有黄铜的海军纽扣和精巧的中式纽扣，上面覆盖着色彩明艳的丝绸、骨头和贝壳，被整齐地缝在撕成条的小卡片上。加了衬垫的盖子上摆放着一大片别针和不同尺寸的一排排针头，娇小的挂钩上则挂着各式各样的丝线。我毕恭毕敬地用手指摸了摸它们。

“这些是我十四岁生日时收到的，是我祖父从香港运来的。要是你遇到了什么难题，可以在这里看看。我过去常会从自己再也不穿的衣服上拆卸纽扣和拉链。你懂的，是我再也不会穿的衣服。这样一来，要是你的某件美丽衣服丢了颗纽扣，却无法替换，总是能有一整套的替换品可以缝上。”

“但你不需要它们了吗？”

她慷慨地挥了挥手说：“哦，我的手指如今太笨拙了，缝不了东西了，半数时间里连扣眼都找不到。眼下还会费力缝扣子和拉链的人太少了——他们只会把衣服丢进垃圾桶，再从打折店里买件难看的东西。你把它们拿去吧，亲爱的。它们如果还能派得上用场，那多好啊。”

于是，凭借运气，也许还有一点点的刻意，我如今拥有了两份热爱的工作，并从中找到了某种满足。每个星期二晚上，我都会用一只格纹的塑料网状洗衣袋带几件衣服回家。趁着玛格特打盹或是看电视的时候，我会把每件衣服上所剩的所有纽扣小心翼翼地拆下来，缝在新的一套衣服上，缝完后举起来求她指正。

“你的针线活儿做得真不错。”坐在《幸运之轮》节目前，她透过眼镜看了看我的针脚，评价道，“我还以为你的手艺会和你做的剩下所有事情一样糟糕呢。”

“上学的时候，缝纫差不多是我唯一擅长的事情了。”我抚平了大腿上的皱褶，准备重新叠一件夹克。

“我也一样。”她答道，“十三岁的时候，我所有的衣服都是自己动手做的，母亲会告诉我如何剪裁纸型。就这样，我忘乎所以，迷恋上了时尚。”

“你原来是做什么的，玛格特？”我放下手中的针线活。

“我是《淑女之颜》的时尚版编辑。这本杂志现在已经不存在了——没能撑到九十年代。不过我们已经做了大约三十多年，其中大部分时间都是由我来担任时尚版编辑。”

“就是相框里的那本杂志吗？墙上的那些？”

“是啊，那些都是我最喜欢的封面。我很恋旧，于是留下了一些。”她的表情暂时有所缓和，歪了歪头，给了我一个推心置腹的眼神，“你懂的，那时候，这可是份十分了不起的工作。杂志社不是特别热衷于让女性担任资深角色，但负责时尚版面的是最可怕的那个男人，于是我的编辑、令人称奇的奥尔德里奇先生辩称，让一个还会用吊袜带钩住袜子的老古董来指明时尚意味着什么，对于年轻女孩们来说是行不通的。他认为我颇具鉴赏眼光，便提拔了我。就是这么回事。”

“所以这就是你为何会拥有如此多美丽衣服的原因。”

“嗯，我肯定没有嫁入豪门。”

“你结过婚吗？”

她垂下目光，用指尖拽了拽膝盖上的什么东西。

“天哪，你的问题还真多。是的，我结过婚。一个可爱的男人，特伦斯，从事出版业。不过他1962年就去世了，也就是我们结婚三年之后。这就是我的下场。”

“你从没想过要孩子吗？”

“我有过一个儿子，亲爱的，但不是和我丈夫生的。这就是你想知道的吗？”

我的脸红了：“不，我不是这个意思。我——上帝啊——生儿育女是——我是说，我想不到——”

“别慌，露易莎。还在为丈夫哀悼时，我爱上了某个不合适的人，还怀了身孕。我把这个孩子生了下来，却遭到了一些非议。最终，我们认为，由我的父母在韦斯切斯特把他带大对所有人来说都更有利。”

“他现在在什么地方？”

“还在韦斯切斯特。据我所知。”

我眨了眨眼睛：“你不想见见他吗？”

“哦，想啊。他小的时候，我每个周末和假期都会去看他。可他成年之后，愈发为我无法成为他想象中应有的那种母亲而感到愤怒。你看，我不得不做出选择。当年，要是你已婚或是育有子女，通常是不会去工作的。我选择了工作。老实说，没有工作，我感觉自己会活不下去的。但我的上司弗兰克十分支持我。”她叹息道，“不幸的是，我儿子永远也不会真正原谅我了。”

我们久久沉默着。

“我很遗憾。”

“是啊，我也是。但木已成舟，留恋是没有意义的。”她咳嗽起来，于是我为她倒了一杯水，递给她。她伸手指了指存放在餐具柜里的一瓶药片。我等到她吞下了一片后，便重新坐好，像只弄乱了羽毛的母鸡。

“他叫什么名字？”待她镇定下来，我开口问道。

“你居然还有问题啊……小弗兰克。”

“所以他的父亲就是——”

“——我在杂志社的编辑，没错，弗兰克·奥尔德里奇。他比我年长许多，而且已经结婚了。恐怕儿子对我倍感憎恶的另一个原因就在于此。他在学校里过得十分艰难，那时候的人对待这种事情的态度跟现在是截然不同的。”

“你最后一次见到他是什么时候？我是说，你的儿子。”

“那是……1987年的事了吧，他结婚的那一年。我是事后才发现的，于是写信告诉他，我没有收到他的邀请有多受伤。他决绝地告诉我，我早就放弃了参与他人生所有事情的一切权利。”

我们在沉默中坐了一会儿。她的表情十分平静，让人无法分辨她正在想些什么，或者眼下是否只是在关注电视节目。我不知该对她说些什么，找不到任何能够应对如此巨大伤痛的言语，可她很快就转向了我。

“就是这么回事。几年后，我母亲去世了。她曾是我与他之间最后的联络点。有时，我的确会好奇他过得怎样——甚至不知道他是否还活着，有没有小孩。某段时间，我给他写过信。不过这么多年过去了，我猜自己对整件事已经十分冷静了。当然，他说得没错。我对他、对他人生中的任何事情其实都没有权利。”

“可他是你的儿子啊。”我低语道。

“他是的，但我其实也没有一个做母亲的样子，不是吗？”

她颤颤巍巍地叹了一口气。“我这一生过得很好，露易莎。我喜欢我的工作，曾与一些非常优秀的人共事。我去过巴黎、米兰、柏林、伦敦，远比与我同龄的大部分女人去过的地方更多……我拥有一座美丽的公寓和几个出色的朋友。你不要为我担心。什么女人能够拥有一切全都是胡说八道，我们永远不可能、也永远不会拥有一切，女人总是必须做出艰难的抉择。不过，只要你做的是自己所爱的事情，就能从中找到莫大的安慰。”

我们沉默地坐着，消化与领悟着这段话的内容。不一会儿，她把双手端正地放在了膝盖上。

“说实在的，亲爱的姑娘，你能不能扶我去卧室？我感觉很疲乏，想要上床睡觉去了。”

那晚我辗转反侧，思索着她告诉我的那些话。我想起了艾格尼斯，想起这两个距离对方只有咫尺之遥的女人都被笼罩在了某种特定的悲哀中。在另外一个世界里，这样的事实对她们彼此来说也许是一种安慰。我还想到了这样一个事实，那就是，一个女人在选择如何度过自己的一生时似乎都要付出高昂的代价，除非她的目标实在太低。但我已经有所领悟了，不是吗？来到这里就让我吃了大亏。

凌晨时分，我时常会想象耳边响起威尔的声音，告诉我不要如此荒谬、忧虑，而是应该反过来想象自己所成就的一切。躺在黑暗中，我用手指列举着自己的成就。我拥有一份有偿工作，而且仍在纽约，身旁围绕着一群朋友。我还有了新的恋情，即便某些时候还是会好奇自己究竟是怎么沦陷的。我真的可以说自己还会采取什么不同的做法吗？

然而，在我终于睡着时，心里惦记的却是隔壁房间里的那个老太太。

乔希的架子上摆着十四座运动奖杯，其中有四座和我的脑袋差不多大小，分别是为美式橄榄球、棒球以及某种被称为田径运动的东西颁发的，还有拼字比赛的青年组奖杯。我以前也到过这里，但只有在眼下这般清醒从容的状态下，才能看清周围的事物，明白他的成就有多大。屋里还摆放着他一身运动装的照片，这照片将他的胜利时刻保存了下来。他的双臂紧紧勾着自己的队友，完美的笑容露出了无瑕的牙齿。我想起了帕特里克和他公寓墙壁上的众多证书，惊讶于男性展示自身成就的需求——如同孔雀永远都在闪烁自己的尾巴。

乔希挂上电话时，我吓了一跳。“只不过是外卖。工作这么忙，眼下恐怕没有时间做别的事情了。不过这是韩国城南边最美味的韩国菜了。”

“我不介意。”我答道。我没吃过别的韩国菜，因此也没有什么可评判的，只是十分享受能来看看他。我是步行去赶南下的地铁的。在不用和西伯利亚的风、厚厚的积雪或冰冷的倾盆大雨搏斗的情况下，我很喜欢前往市中心的那种新鲜感。

乔希的公寓并不是他所描述的兔子窝，除非你养的兔子决定搬去一间整修一新的阁楼。这座阁楼所在的区域似乎曾经开设过艺术家工作室，如今成了四个不同版本的马克·雅克布品牌所在的基地，其中还点缀着手工珠宝店、特调咖啡屋与精品店。店里的男雇员会戴着耳饰站在门口的台阶上。阁楼的四壁全都被粉刷成了白色，铺设着镶木地板，摆设着现代主义的大理石桌和仿古的皮沙发。几件精心挑选的装饰品和家具表明，这里的一切都是由某个人考量、寻找与购得的，也许是雇用了某位室内设计师。

他给我带了些花，是芬芳的风信子搭配小苍兰。“这是为了什么？”我问道。

他耸了耸肩膀，领着我进去。“我只是在下班回家的路上看到它们，觉得你可能会喜欢。”

“哇，谢谢。”我深深吸了一口气，“这是这么久以来发生在我身上最美好的事情了。”

“花吗？还是我？”他挑着眉毛。

“嗯，我猜你也挺不错的。”

他的脸色沉了下来。

“你太棒了，我喜欢它们。”

他灿烂一笑，亲吻了我。“好吧，你才是这么久以来发生在我身上最美好的事情呢。”他向后退去时，话音是那么轻柔，“感觉就好像我为你等待了好长时间，露易莎。”

“我们十月份才认识。”

“啊，可我们生活在一个及时行乐的年代，何况在这座城市里，没有什么是你想要却得不到的。”

和乔希似乎想要拥有我一样,能被某个人渴望是种奇怪的力量。我不太确定自己做了什么，值得拥有这样的福气。我想要问他在我的身上看到了什么，却又怀疑大声说出这个问题会让自己听上去格外需要关怀，所以我试图通过其他的方式一探究竟。

“跟我说说和你约过会的其他女人吧。”趁着他在小厨房里四处走动、取出盘子、餐具和玻璃杯时，我在沙发上问道，“她们都是什么样的人？”

“除了在手机交友软件上结交的那些女人吗？聪明、漂亮，通常非常成功……”他弯下腰，从橱柜后面取出了一瓶鱼子酱。“但老实说吗？可能很自恋。”他答道，“仿佛没有完美的妆容就见不得人，或是头发没梳好就会彻底崩溃，而且什么都必须发布到图片分享网站上，或是要拍照、发布在社交媒体中，以最好的光线呈现出来。包括与我的约会。她们似乎从不会卸下身上的防备。”

他直起身子，举起了几个瓶子问：“你想要辣椒酱？还是酱油？有个曾经和我交往过的女孩会核实我每天起床的时间，设定提前半小时的闹钟，好让自己能够整理好妆发。这样一来，我就永远见不到她看上去不完美的样子。即便这意味着——比方说——凌晨四点半起床。”

“好吧，那我得警告你，我可不是那种女孩。”

“我知道，露易莎，我安顿过你上床睡觉。”

踢掉脚上的鞋子，我把两条腿盘在了身子下面。“我猜她们投入了这么多的努力，应该会让你印象深刻吧。”

“是啊。但这会让人有些筋疲力尽，你永远也无法感觉到……自己了解妆发下面掩盖的其实都是什么。我必须得说，和你在一起时你就很透明，你就是你。”

“我该把这句话当作一种赞美吗？”

“当然，你就像是和我一起长大的女孩，很诚实。”

“高普尼克夫妇可不这么认为。”

“让他们见鬼去吧。”他的声音刺耳得一反常态，“你懂的，我一直在琢磨这件事。你可以证明自己没有做过他们所说的事情——不是吗？这样你就能以被不公平解雇、名誉损失和情感伤害为由起诉他们了——”

我摇了摇头。

“说真的，高普尼克在商场上利用的就是正派与守旧的好人名声。他总是会为慈善事业做贡献，却平白无故开除了你，露易莎，害你在没有预警、没有补偿的情况下丢掉了工作与住所。”

“他觉得我在偷窃。”

“没错，但他必须知道，他的做法不完全是对的，或者他本应报警。考虑到他是谁，我敢打赌有些律师会愿意在‘不赢官司不收费’的基础上接手这个案子。”

“真的，我没事。打官司不是我的风格。”

“嗯，是啊。你太善良了。在这件事情上，你的作风太英式。”

门铃响了。乔希举起一根手指，仿佛是在说，我们还会继续这段对话，然后便消失在狭窄的走廊里。我听着他给送货的男孩付了钱，完成了对小桌的布置。

“你知道吗？”他拎着袋子走进厨房，“即便你没有证据，我也敢打赌高普尼克愿意支付一大笔钱，就为了阻止这一切见报。想想这能给你带来什么吧。我是说，几个星期以前，你还一直睡在某个人的地板上来着。”（我没有把自己与内森共用一张床的事情告诉他。）

“这能让你拿到一笔丰厚的房租押金。见鬼，要是你能找到一个足够优秀的律师，这都能让你买下一间公寓了。你知道高普尼克有多少钱吗？这么说吧，即便在一座充斥着货真价实的富豪的城市里，他都是个出了名的富翁。”

“乔希，我知道你是好意，但我只想把它忘了。”

“露易莎，你——”

“不。”我把两只手放在了桌子上，“我不会起诉任何人的。”

他等了一分钟，也许是为无法进一步说服我而感到沮丧，紧接着耸耸肩膀笑了。“好了——来，晚餐时间！你不会对什么东西过敏吧，对吗？吃点鸡肉。来——你喜欢茄子吗？他们家的茄子辣椒碟做得是最好的。”

那晚我和乔希上了床。我没有喝醉，也并不脆弱，没有因为需要他而无法呼吸。我觉得只是想让自己的生活重新感觉正常。我们吃吃喝喝，说说笑笑，直到深夜。他拉上窗帘，调暗灯光，让一切看似是种自然而然的过渡，或者至少让我想不出不去做的理由。他是那么好看，皮肤和颧骨上看不出一丝的瑕疵，柔软的发丝是榛子色的，还微染着不起眼的金色斑点，即便经历了漫长的冬季。我们在他家的沙发上接吻，我把注意力全都集中在了这个英俊而专注的男人身上——这个纽约的王子——而不是我的想象力想要关注的任何漫无边际的事情。我感觉需求正在自己的体内滋长，如同远方某个使人安心的朋友，直到一切都被封闭在外，只留下他靠着我——一段时间过后——进入我身体时的那些感觉。

事后，他轻柔地吻了我，问我是否开心，然后嘟囔着说自己必须睡上一觉了。我躺在那里，试图忽视莫名从眼角慢慢滴入我耳中的泪水。

威尔告诉我什么来着？你得把握今天，在机会来临时拥抱它们。你得成为那种会说“好”的人。要是我把乔希拒之门外，会不会后悔一辈子呢？

我在陌生的床上悄无声息地辗转反侧，仔细端详着他熟睡的轮廓、神似威尔的笔直鼻子与嘴。我想到了他会令威尔满意的所有方面，甚至可以想象他们在一起与彼此谈笑风生，玩笑中夹杂着一丝竞争的敌意。他们也许会成为朋友，或是敌人，因为他们几乎太过相似。

我心想，也许我注定要和这个男人在一起，虽然走的是一条令人不安的奇怪路线。也许这正是威尔回到了我的身边。想罢，我抹了抹眼睛，跌入了短暂而又支离破碎的睡意中。

24

继续“前进”

收件人：KatClark!@yahoo.com

发件人：BusyBee@gmail.com

亲爱的特丽娜：

我知道你觉得现在还为时尚早。但威尔教过我什么来着？你只有一辈子可活，不是吗？你和艾迪幸福吗？所以我为什么不能幸福呢？我保证，你遇到他的时候就会明白我的意思了。

乔希是这种男人：昨天，他带我去了布鲁克林最好的书店，给我买了一大捆他觉得我可能会喜欢的简装书。午餐的时候，他带我去了第四十六街东段一家时髦的墨西哥餐厅，让我试了试鱼肉玉米卷饼——别做鬼脸，它们真的是美味至极。后来，他说想要带我去看什么东西（不，不是那种东西）。于是我们步行去了中央火车站，车站里人满为患。于是我心想，好吧，这有点奇怪——难道我们要去旅行？就在这时，他叫我昂首挺胸地站在拱门的角落里，就在牡蛎餐厅的这一边。我嘲笑了他，心想他是在开玩笑。可他十分坚持，还说要我信任他。

于是我站住了，昂首挺胸地立在砖石拱门的角落里，身边都是来来往往的旅客，试着不让自己感觉像个彻头彻尾的傻瓜。环顾四周，我看到他走开了，却又停在了和我对角相望的地方，大约五十英尺远。他把自己的脸贴到墙角，突然，在一切噪音、喧嚣与隆隆作响的火车声之上，我听到——他正对着我的耳朵呢喃，仿佛就在我的身旁——“露易莎·克拉克，你是整个纽约城最可爱的女孩。”

特丽娜，这就像是魔法。我抬起头，看到他转身笑了。我不知道这是怎么搞的，可他已经走了过来，刚好把我揽入怀中，当着所有人的面亲吻了我。有人朝着我们吹起了口哨。老实说，这是我遇到过的最浪漫的事了。

哦，是的。我已经在继续前进了，乔希太棒了。要是你能为我高兴就好了。

替我送给托马斯一个大大的吻。

露，亲亲

几个星期过去了。和纽约一贯的风格一样，这座城市以百万英里的时速全速进入了春天，几乎没有一点的拐弯抹角，还伴随着诸多的噪音。车流越来越拥挤，街道上愈发的人满为患。每天，我们街区周围的路网都充斥着刺耳的噪音，繁忙的景象直到下半夜才勉强散去。参加图书馆抗议时，我已经不用戴帽子和手套了。迪恩·马丁那件加了棉垫的外套洗净后被放进了橱柜。公园逐渐变得郁郁葱葱。没有人暗示我搬出去。

玛格特把太多的衣服塞给了我，以代替护工的薪酬，害得我不得不停止在她的面前夸赞某些东西好看，因为我害怕她会觉得自己有义务赠予我更多的东西。几个星期以来，我发现她和高普尼克先生也许共享一个地址，但两家之间的共同之处仅此而已。按照我母亲的话来说，她是依靠衣服纽扣活下来的。

“在医保账单和维护费之间，我不知道他们觉得我还能从哪里找到钱来喂饱自己。”在我把物业公司亲自送来的另一封信递给她时，她评论道。信封上写着“亲启——法律诉讼待决”。她皱起鼻子，把它整齐地放在了餐具柜上的一沓书信中。接下来的几个星期里，它将一直待在那里，除非我把它拆开。

她时常抱怨维护费的事情。这笔费用共计每月数千美元，似乎已经达到了能让她决心忽略它的水准，因为除此之外，她无能为力。

她告诉我，这间公寓是她从祖父那里继承下来的。在她的家族中，充满冒险精神的外祖父是唯一不相信女人该把自己的眼界限制在丈夫与孩子周围的人。“我父亲为自己遭到了忽视怒不可遏，好几年不曾和我说话。我母亲试图从中斡旋、达成意向协议，可到了那个时候，又出了……别的事情。”她叹了口气。

她的生活用品都是从当地一家便利商店里购买的——这家迷你超市是按照游客价来经营的——因为那里是她步行可及的少数几个地方之一。我终结了这样的局面，每周两次奔赴第八十六街东段的法尔威市场，只需她原先花销的三分之一左右就能买回一大堆的必需品。

要是我不做饭，她自己几乎是没有合理膳食可言的，却会为迪恩·马丁买上好的鲜切肉，或是为它用牛奶煮白鱼，“因为这对它的消化有好处。”

我觉得她已经习惯了我的陪伴，加之她的身体是如此不稳定，我想我们都知道她再也不能设法独居了。我不知道她这个年纪的人要花多长时间才能从手术的打击中恢复过来。我也不知道要是没有我在那里，她该怎么办。

“你会怎么做？”我问道，伸手示意了一下那沓叠账单。

“哦，我会对它们视而不见。”她挥了挥一只手，“我要在这间公寓里住到我死的那一天。我没有地方可去，也没有别人能来继承它。那个坏蛋奥维茨心知肚明。我想他就是在静待我死掉的那一天，这样他就能按照未支付维护费用的条款认领这间公寓，把它卖给某个做互联网的家伙，或是什么可恶的首席执行官，就像走廊对面的那个傻瓜，从中捞上一大笔钱。”

“也许我能帮上忙？我在高普尼克家工作的时候存下了一些积蓄。我是说，可以帮你挨过几个月的时间。你对我实在是太好了。”

她哄笑了一声：“亲爱的姑娘，你连我客卫的维护费都担负不起。”出于某种原因，她被这话逗得开怀大笑，同时咳得不得不坐下来。不过，我还是在她上床睡觉之后偷偷看了看那封信。信中的“滞纳金”“对租约条款的彻底违背”和“强制驱逐威胁”让我想起，奥维茨先生也许并不像她想的那样仁慈或耐心。

我每天仍会带着迪恩·马丁出门散步四次。在前往公园的路上，我会试着想象自己能为玛格特做些什么。她会遭人驱逐的想法总是令我心生厌恶。当然，物业公司是不会对一个康复中的老妇人做出这等举动的，何况其他住户肯定会反对。我转念想起了高普尼克先生是如何当即将我扫地出门的，而每间公寓里的住户与彼此的生活又有多孤立。我无法完全确定他们甚至能够注意得到。

站在第六大道上，我在凝视内衣批发店时突然想到，古着百货店的姐妹俩也许不会出售香奈儿和伊夫圣罗兰，不过她们若是能够拿到这些牌子的衣服，抑或是认识某个能够出售这些牌子的服装中介，肯定是会转手的。玛格特的藏品中，设计师品牌的东西不计其数。我相信，收藏家会愿意为它们支付一大笔钱的，单是手包就应该价值数千美元。

我以远足为幌子，带上玛格特去和她们见面。我告诉她，今天天气不错，我们应该比平日里走得更远一些，呼吸一下新鲜空气，帮她恢复体力。她让我别傻了，自从1937年以来，曼哈顿就没有人呼吸过新鲜空气。但她还是没有过多怨言地钻进了出租车，把迪恩·马丁放在大腿上，和我一起去了东村。看到水泥的店面，她皱起了眉头，像是有人为了好玩要她走进一间屠宰场似的。

“你们对自己的手臂做了什么？”玛格特在收银台旁停下脚步，紧盯着莉迪亚的皮肤。莉迪亚穿了一件宝石绿色的泡泡袖衬衫，双臂露出了三条工工整整描摹出来的日本锦鲤，有橙色的、碧绿的和蓝色的。

“哦，我的文身。你喜欢吗？”莉迪亚把烟放在另一只手上，冲着灯光举起了一只手臂。

“要是我想让自己看上去像个干粗活的工人的话。”

我领着玛格特走向了店铺的另一个区域。

“来，玛格特。看看吧，她们这里不同的地方摆放的都是各式的古着——要是你有二十世纪六十年代的衣服，就会被放在这里，那边是二十世纪五十年代的。和你的公寓有点相似。”

“这和我的公寓没有任何的相似之处。”

“我只是说，她们卖的衣服和你的很像。眼下这是个相当成功的行业。”

玛格特拽了拽某件尼龙衬衫的袖子，然后透过眼镜的上方瞥了瞥价签，“艾米·阿米斯特德的产品线糟糕得很。我永远无法忍受那个女人，或是格兰德思·弗里斯。他们的扣子总是会掉下来，用得还都是廉价的线。”

“这里的塑料布下面有些真的很特别的连衣裙。”我走向鸡尾酒会礼服裙的区域，那里展示的都是女装精品。我拽出了一条萨克斯第五大道百货公司的绿松石色连衣裙，裙边和袖口装饰着亮片和珠子。我把它举到身前比了比，微笑着。

玛格特盯着裙子看了看，然后将手中的价签翻转过来，对着上面的数字露出了一脸苦相。“到底谁会买这种东西啊。”

“喜欢上好衣服的人啊。”出现在我们身后的莉迪亚答道。她正在大声嚼着口香糖。我能看出，她的下巴每一次闭合时，玛格特的眼神都会飞快地微微闪烁一下。

“它们真的会有销路吗？”

“销路还不错呢。”我答道，“特别是品相完美无缺的那些，比如你的衣服。玛格特的所有衣物都是用塑料布套起来、放在空调房里保存的。她还拥有不少可以追溯到二十世纪四十年代的东西呢。”

“它们不是我的，是我母亲的。”她生硬地表示。

“真的吗？你都有些什么？”莉迪亚边说边引人注目地上下打量起了玛格特的外套。玛格特穿着一件纯羊毛短大衣，头戴一顶巨大的维多利亚海绵蛋糕形黑色皮草帽。虽然天气差不多已经暖和起来了，她却似乎还是感觉很冷。

“我有什么？没有任何我想送到这里来的东西，谢谢。”

“可是，玛格特，你的几个套装品相真的非常不错——就是你再也穿不下的香奈儿、纪梵希套装，还有围巾、背包——你可以把它们卖给专业的经销商，甚至是拍卖行。”

“香奈儿能卖不少钱呢。”莉迪亚明智地答道，“特别是钱包。如果品相不太破旧，一个上好的香奈儿鱼子酱皮质双折钱包能卖两千五百至四千美元。新品都花不了那么多钱，你明白我的意思吗？如果是蟒蛇皮的，哇，那价格就不可限量了。”

“你的香奈儿手包可不止一只，玛格特。”我指明。

玛格特把手臂下的爱马仕鳄鱼皮包夹得更紧了。

“你还有更多那样的东西吗？我们可以替你将它们出售，德威特太太。我们手里有很多顾客都排队等着购买这种上好的货色，阿斯伯里公园的一位女士愿意拿出多达五千美元购买一只上好的爱马仕包。”莉迪亚伸出手，用一只手指摸了摸玛格特那只包的侧面，玛格特却把包拽了回去，仿佛她这是在侵犯自己。

“这不是什么‘东西’。”她答道，“我拥有的不是什么‘东西’。”

“我只是觉得这也许值得考虑。你似乎存了不少自己再也用不到的东西。你可以卖掉它们，支付维护费，然后就能——你懂的——轻松一些。”

“我很轻松。”她勃然大怒，“要是你能别在公众场合谈论我的财务问题，好像我不在场似的，我就感恩戴德了。哦，我不喜欢这个地方，闻起来像是老人的味道。走吧，迪恩·马丁。我需要些新鲜空气。”

我跟着她走了出去，同时做口型向莉迪亚道歉。她耸了耸肩膀，并不介意。我怀疑即便玛格特的全部行头为她所用的可能性十分微弱，也能自然而然地软化事态，避免双方针锋相对。

我们沉默不语地坐上了一辆出租车。我为自己缺乏交际手段感到恼怒，同时也为这个自认为十分合理的计划遭到了玛格特的彻底否决而生气。一路上，她都拒绝望向我。我坐在她的身旁，让迪恩·马丁坐在我们之间喘着粗气，脑海里演练着争辩之词，直到她的沉默让我失去了勇气。我望向一边，看到的是一个刚刚出院的老妇人。我没有权利迫使她做任何事情。

“我不是故意要惹你生气的，玛格特。”在大楼前，我一边搀扶着她走下出租车，一边说道，“我只是觉得这也许会是一条前进的道路。你懂的，在债务之类的所有事情方面？我只是不想让你失去自己的家。”

玛格特直起身子，伸出一只脆弱的手整了整皮草帽。她的声音是那么挑剔，几乎带着哭腔。我这才意识到，在驶过五十多个街区的这一路上，她也在脑海中演练着一场争论。“你不明白，露易莎。这些是我的东西，我的宝贝。它们对你来说也许是几件旧衣服，是潜在的金融资产，但对我来说却是弥足珍贵的。它们就是我的过去，是我的人生留下的美丽而又宝贵的痕迹。”

“对不起。”

“即便是跪着，我也不会把它们送去那间肮脏的二手商店。一想到在街上看到某个彻底陌生的人穿着我爱的衣服朝我走来！我就痛不欲生！不行。我知道你是在试着帮我，但是不行。”

转过身，她挥手挡住了我伸出的那只手，反倒是等着阿肖克搀扶她走向电梯。

那年春天，除了偶尔的哑火之外，玛格特和我过得还是十分满足的。四月，正如承诺中的那样，莉莉在特雷纳夫人的陪伴下来到了纽约。她们住在几个街区以外的丽思卡尔顿酒店，邀请玛格特和我去吃午餐。能让这几个人坐在一起，我感觉一根穿好线的针正将我人生的各个部分缝合在一起。

举手投足间尽显外交官风范的特雷纳夫人让玛格特很是喜欢。

这座大楼和纽约的通史让她们找到了共同的兴趣点。午餐过程中，我看到了另一个玛格特：机智灵敏、知识渊博，因为新的伙伴而变得生龙活虎。据透露，特雷纳夫人曾在1978年来这里度蜜月，于是两人讨论起了那个时候的餐厅、画廊和展览。特雷纳夫人说起了她做文职官员的那段岁月，玛格特则谈起了二十世纪七十年代的办公室政治，两人用暗示年轻人可能无法理解的方式由衷地大笑起来。我们吃了沙拉和一小份用意大利熏火腿包裹的鱼肉。我注意到，玛格特吃什么都只会用叉子吞下一小口，把剩余的拨到一边，对重新穿上自己的那些衣服已经默默不抱任何希望了。

与此同时，莉莉斜倚在我的身旁，盘问我她能去什么既没有老人，也没有任何一种文化教育意义的地方。

“奶奶已经用与教育有关的烂行程把这四天的时间安排得满满当当。我得去现代艺术博物馆和几座植物园之类的地方。这些乱七八糟的东西还好，要是你喜欢它们的话。可我真正想去的是夜总会，在那里喝个昏天暗地，还要购物。我是说，这里可是纽约啊！”

“我已经和特雷纳太太说过了。今晚，在她去探望表亲时，我就带你出去。”

“真的吗？感谢上帝。我放长假的时候要去越南背包旅行。我告诉你了吗？我想买几件上好的毛边短裤，能让我穿上几个礼拜、洗不洗都无所谓的那种。也许再来一件复古的机车夹克。又好看又破烂的那种。”

“你要和谁一起去？朋友吗？”我挑起了半边眉毛。

“你听上去和奶奶一样。”

“嗯？”

“一个男性朋友。”紧接着，就在我张开嘴巴时，“可我不想说有关他的任何事情。”

“为什么啊？我很高兴你有了男朋友，这是个好消息。”我压低了嗓门，“你知道的，上一个对我守口如瓶的人是我妹妹。说白了，她是在掩盖自己即将出柜的事实。”

“我没有要出柜，我可不想跟一个女人玩亲热。”

我试着不让自己笑出来：“莉莉，你不必把所有的事情都藏在心里，我们只不过是希望你过得快乐。让别人知道你的事情也没有什么大不了的。”

“按照你那种优雅的说法，奶奶的确知道我的事。”

“那你为什么不能告诉我？我以为你和我是可以无话不说的。”

莉莉的脸上露出了被逼得走投无路的人才会有的顺从表情。她戏剧化地叹了一口气，放下手中的刀叉，紧盯着我，像是准备好了要迎接一场大战：“因为那个人是杰克。”

“杰克？”

“山姆家的杰克？”

餐厅的地面在我的周围轻轻地停住了，我勉强挤出一个微笑。“好吧！……哇！”

她的脸色沉了下来。

“我就知道你会做出种反应。喏，事情就是这么发生的。我们不会做比如无时无刻不在讨论你之类的事情，我只不过偶然碰见了他几次——你知道吗，我们是在你过去常去的那个悲伤疏导小组遇到的。就是那个让你‘放手’的地方？我们相处得不错，于是就喜欢上了彼此。嗯，在某种程度上，我们能够理解彼此的处境，所以打算趁着夏天一起去背包旅行。没什么大不了的。”

我的大脑快速旋转起来：“特雷纳夫人已经见过他了吗？”

"是的。他来过我们家，我也去过他的家。"她看起来几乎有些防备。

"所以你见到了许多——"

"他的爸爸。我是说，我的确见过救护车山姆，但多半见到的都是杰克的爸爸。他很好，但还是郁郁寡欢，每个星期都要吃掉成吨的蛋糕。为此，杰克的压力很大。这也是我们想要远离一切的一部分原因。就去六个星期左右。"

她还在喋喋不休，可我脑袋后面的某个地方却响起了一阵低沉的哼鸣声，害我无法记住她说了什么。我不想听到有关山姆的事情，即便是间接地。我不想听说我爱过的人在没有我的情况下玩着幸福的过家家游戏，而我却置身于千里之外。我不想知道山姆的快乐，或是长着性感嘴巴的凯蒂，抑或他们是如何无疑已经一起搬进了他的家里，住在刚刚建好的爱巢中，穿着配套的制服缠绵悱恻。

"所以说，你的新男朋友怎么样？"她问道。

"乔希？乔希！他非常棒。棒极了。"我把刀叉工整地放在餐盘旁边，"只不过……很爱幻想。"

"怎么回事？我要看看你和他的照片。你没有在脸书网上分享任何照片，讨厌死了。你的手机里有没有他的照片？"

"没有。"我答道。她皱起了鼻子，仿佛这个答复存在什么严重的缺陷。我没有说实话。合影我还是有一两张的，是一个星期前我们在某家屋顶餐厅里拍的。可我不想让她知道乔希的外表和她父亲几乎一模一样。这会让她精神错乱，或者更糟糕的是，听到她大声承认这一点会让我精神错乱。

"所以，我们什么时候离开这座殡仪馆？想必我们可以把两个老家伙留在这里吃完她们的午饭。"莉莉用手肘推搡着我。那两个女人还在聊天。“我有没有告诉你，我谎称奶奶有个万人迷男友的事情让爷爷十分紧张？我告诉他，他们去马尔代夫度假了，而且奶奶还在里格比·佩勒内衣店里置办了新的内衣。我发誓他就快崩溃了，眼看就要宣称他还爱着她了。我笑得要死。”

尽管我很爱莉莉，但对特雷纳夫人接下来几天安排得满满当当的文化教育行程，还是心存感激，因为这意味着除了购物，我们在一起的时间将十分有限。她在这座城市里的存在——以及她对山姆生活的了若指掌——在空气中制造出了某种我不知该如何驱散的震动。我很感激乔希正在全力工作，不曾注意到我情绪低落或是心不在焉。不过，玛格特注意到了。一天晚上，她最喜欢的《命运之轮》节目结束后，我起身要带迪恩·马丁去进行当天最后一次遛弯。她直截了当地询问我发生了什么。

我告诉了她。我想不到不说的理由。

“你还爱着另外一个人。”她答道。

“你听上去和我妹妹一样。”我说，“我没有。只不过——只不过我爱他的时候曾经爱得那么深，可这段爱情的结果太糟糕。我以为到这里来，过一种完全不同的生活就能将我与之隔绝。我已经不再用社交媒体了，不想密切地关注任何人。然而不知怎么，与前男友有关的消息总是有办法传到你的耳朵里来。就像是莉莉身在这里时我无法集中注意力，因为她如今已经成了他生活中的一部分。”

“也许你应该直接和他取得联系，亲爱的，听上去你好像还有话要说。”

“我对他无话可说。”我答道，声音越来越激昂，“我曾经那么努力地尝试，玛格特。我给他写过信，发过电子邮件，打过电话。你知道他没有给我写过一封信吗？三个月都没有？我问过他会不会写信，因为我觉得这真的是一种能让我们保持联络的美好途径，能让我们了解彼此，期待和彼此说话，留下些什么东西、提醒我们与彼此分别的时光，可他就是……就是不愿意。”

她坐在那里望着我，双手交叠在遥控器上。

我挺直了双肩。“不过没关系。因为我已经向前看了。乔希就很完美，我是说，他帅气、善良，拥有一份不错的工作，而且雄心勃勃——哦，他太有抱负了——房子、事业、回报，他想要回报！他甚至还不曾真正得到任何可以回报的东西呢！”

我坐了下来。迪恩·马丁一脸困惑地站在我的面前。

“他完全清楚自己想要和我在一起。没有借口。毫不夸张地说，我们第一次约会的时候，他就称我是他的女朋友了。我听说，这座城市的人总是会不断地约会。你知道这让我感觉多么幸运吗？”

她微微对我点了点头。

我再一次站了起来。“所以我真的一点也不在乎山姆。我是说，刚来的时候，我们几乎不了解彼此。我怀疑，要不是我们中的一个需要紧急医疗救护，我们也许根本就不会在一起。事实上，我十分肯定。坦率地说，我不适合他，不然他就会等我了，对吗？因为大家都是这么做的。总而言之，这很好。其实，我为一切发展成这样感到由衷开心。一切都很好，都很好。”

我们陷入了短暂的沉默。

“我懂了。”玛格特低声答道。

“我真的非常开心。”

“我能看得出来，亲爱的。”她盯着我看了一会儿，把双手放在了椅子的扶手上，“好了，也许你可以带那只可怜的狗出去了，它的眼睛都开始凸起来了。”

25
玛格特与乔希（一）

我花了两晚的时间寻找玛格特的孙子住在哪里。乔希忙于工作，而玛格特大部分在晚上九点之前便睡了。于是某天晚上，我坐在前门的地板旁边——那是唯一能让我收到高普尼克家无线网信号的地方——开始搜索她儿子的信息。我试了“弗兰德·德威特”这个名字，一无所获时又试了“弗兰克·奥尔德里奇二世”的名字。没有一个人有可能是他，除非他已经搬去了这个国家的另外一个地方，可被我用那个名字搜出来的所有男性就连出生日期和国籍都是错的。

第二天晚上，心血来潮的我从自己房间的屉柜里翻出了某份旧文件，寻找玛格特婚后的姓氏。我找到了特伦斯·韦伯的葬礼仪式卡片，于是尝试了一下“弗兰克·韦伯”这个名字，满心希望她会用儿子出生前就已去世多年的挚爱丈夫的姓氏来为他命名。那之后不久，她就改回娘家的姓氏——德威特——彻底改头换面了。

弗兰克·韦伯二世是个牙医，住在韦斯切斯特一个名叫塔卡霍的地方。我在领英网上找到了有关他的一些推荐，并在脸书网上通过他的妻子蕾尼找到了他。重要的消息在于，他们有个儿子名叫文森特，比我年纪还要小一些，在扬克斯的一家非营利教育中心工作，服务的都是相对贫困的儿童。正是他让我下定了决心。弗兰克·韦伯二世对母亲的怨气也许太大，无法修复这份感情，但试试文森特又有何妨呢？我找到他的档案，给他发去一条信息，等待着。

乔希从无休止的公司竞争中抽出了一些休息时间，和我在面馆吃了顿午餐，声称公司下个星期六要在罗艾柏船屋举办“家庭日”，想带我一同前去。

“我计划要去参加图书馆抗议呢。”

“你是不会想要一直那么抗议下去的，露易莎。站在一群对着路过汽车大喊大叫的人中间，你是无法改变任何事情的。”

“可我又不是真正的家人。”我答道，心里有些生气。

“够亲密的了。别这样！这将会是十分美好的一天的。你去过船屋吗？那里很棒，我们公司在精心安排派对这方面真的很在行。你还在执行‘说好’的原则，对吗？那你必须答应。”他对着我露出了楚楚可怜的眼神，“答应吧，露易莎，求你了。说啊。”

他知道，他已经说服了我。我顺从地微微笑了笑：“那好吧，可以。”

“太棒了！去年他们似乎把所有的充气相扑套装都弄来了，好让大家能在草坪上摔跤，还进行了家庭比赛和有组织的游戏。你会喜欢的。”

“听上去很不错。”我答道。在我听来，“有组织的游戏”和“强制子宫膜片检查”拥有同样的吸引力。可这是乔希啊。一想到将会有我做伴，他看上去是那么高兴，以至于我都没有勇气说“不”。

“我保证你不需要和我的同事们摔跤。不过，你事后可能要和我扭打一番。”他说完便吻了吻我，离开了。

一整个礼拜，我都在查收自己的收件箱，却什么也没有收到——除了莉莉写信询问我哪里有未成年人文身馆，以及某个应该曾是我校友、我却丝毫没有印象的人发来的友好问候，还有我母亲发来的一张动图——图中那只超重的猫似乎正在和一个两岁的孩子说话，还有某个被称为“趣味农场方丹戈”的游戏链接。

“你确定自己一个人可以吗，玛格特？”我一边把钥匙和钱包塞进手提包里，一边问道。我穿的是一件配有金线肩章与装饰的白色连身衣裤，是她从自己上世纪八十年代早期的衣服里拿出来送我的。她把手紧紧地扣在了一起。“哦，它穿在你身上看起来美极了。你的尺寸肯定和我像你这般年纪时差不多。要知道，我过去也是有胸的！这在六七十年代的时候是非常不时髦的，但是你这样就对了。”

我不想告诉她，我用尽了全身的力气才没让那些针脚崩开，不过她是对的——自从搬来和她同住，我瘦了好几磅，多半是因为我一直在努力为她烹制一些有益身体、滋补的东西。穿着这件连身衣裤，我感觉很可爱，朝着她飞快地转了个圈。

“你吃药了吗？”我问她。

“当然吃了。别大惊小怪的，亲爱的。这是不是意味着你稍后不会回来了？”

“我不确定。不过，我走之前会带上迪恩·马丁稍微遛个弯的。以防万一。”把手伸向狗链之前，我停住了，“玛格特？你为什么要叫它迪恩·马丁？我以前从没有问过。”

她回应的语气告诉我，这是个愚蠢至极的问题。“因为迪恩·马丁是个帅得不可救药的男子，而它是只帅得不可救药的小狗，这还用问吗？”

小狗乖乖地坐在那里，一双不协调的凸眼睛在快速摆动的舌头上方转来转去。

“我这么问真傻。”我一边说一边径自走出了前门。

“哦，看看你哦！”在迪恩·马丁和我跑下最后几节楼梯、来到一楼时，阿肖克吹起了口哨，“迪斯科舞娘！”

“你喜不喜欢？”我在他的面前摆了个造型，“这是玛格特的衣服。”

“真的吗？那个女人还真是充满了惊喜啊。”

“照顾她一下，好吗？她今天身子摇摇晃晃的。”

“我留了一封信在手里，好找个借口，趁六点钟的时候去敲她的门。”

“你太优秀了。”

我们慢跑着出了门。迪恩·马丁做着小狗会做的事情，而我则做着一个颤抖着拎着小袋的女孩会做的事情，承受着路人惊异的目光。就在我们全速奔跑回来时，迪恩·马丁高兴地在我脚边吠叫起来，因为我们在大堂里偶然撞见了乔希。“哦，嘿！”我边说边亲吻了他，“我两分钟就好，可以吗？得洗一下手，拿上我的手包。”

“拿上你的手包？”

“是的！”我紧盯着他，“哦，钱包，你们叫它钱包。”

“我的意思只是——你不换衣服吗？”

我低头看了看自己的连身衣裤，说：“我已经换好了。”

“亲爱的，如果你穿着这身参加我们公司的外出活动，他们会好奇你是不是来搞笑的。”

我过了一阵子才意识到他并没有在开玩笑：“你不喜欢吗？”

“哦，喜欢。你看上去很美，只不过有点……易装皇后的调调？我们公司的人全都是穿套装的。比方说，其他人的妻子和女朋友会穿宽松直筒连衣裙或是白色的裤子。就是……休闲装？”

“哦。”我试着不让自己感到失望，“抱歉，我真的不理解美国的着装要求。好的，好的，在这里等着，我去去就回。”

我一步迈上两个台阶，冲进玛格特的公寓，把迪恩·马丁的狗链丢给正从椅子上起身拿些什么的玛格特。此刻，她正跟随我迈上走廊，一只瘦弱的胳膊支在墙壁上。

“你为什么心急火燎的？听上去就像是有一群大象在公寓里横冲直撞。”

“我得换衣服。”

“换衣服？为什么？”

“显然我这身不太合适。”我飞快地在衣柜里翻找起来。宽松直筒连衣裙？我唯一一条干净的直筒连衣裙就是山姆买给我的那条迷幻花纹的。不知怎么，穿它令我感觉是种背叛。

“我觉得你看上去挺不错的啊。”玛格特中肯地表示。

乔希出现在敞开的前门，走到了我的身后。“哦，是不错，她看上去很美。我只是——只是不想让她因为错误的原因遭人议论。”他笑了。玛格特并没有回敬他一个微笑。

我在衣柜里快速地翻找，将衣服一件件丢在床上，直到自己找到那件海军蓝色的古驰风格外套与条纹丝绸衬衫裙。我飞快地将它套上，把脚塞进了一双绿色的玛丽珍鞋子里。

“这个怎么样？”我边说边跑上走廊，努力捋直自己的头发。

“令人惊艳！”他无法掩饰话语中的释然，“好了，我们走吧。”

“我就不锁门了，亲爱的。”我奔跑着跟在正向外走的乔希身后时，听到玛格特喃喃自语道，“以防你想要回来。”

罗艾柏船屋是个风景优美的场所，其地理位置能将中央公园外的吵闹与喧嚣隔绝开来。透过巨大的窗户，午后的阳光下泛着粼粼波光的湖水全景近在眼前。船屋里挤满了人。衣着得体的男人们穿着千篇一律的丝光斜纹棉布裤，女人们则顶着专业人士吹出来的发型。正如乔希所预言的那样，这里满眼尽是蜡笔色与白色裤子的海洋。

我从一个服务生端来的托盘中拿了一杯香槟，静静注视着乔希在房间里取悦众人，过分热情地和不同的男人握手。那些人看起来似乎全都一样，留着利落的短发，长着棱角分明的下巴和一口雪白的牙齿。一时间，我想起了自己陪同艾格尼斯出席的一些活动：我再次跌入了纽约的另一个世界中，远离我近来沉浸于其中的古着百货、裹着樟脑丸的套头衫与廉价的咖啡。我深深啜了一口香槟，决定欣然接受这一切。

乔希出现在了我的身旁。“很棒，不是吗？”

“非常美。”

“比一整个下午都坐在某个老太太的公寓里强多了，哈？”

“哦，我不觉得我——”

“我的老板要来了。好了，我打算把你介绍给他。留下来陪我，米切尔！”

乔希举起一只手臂。一个年长的男子缓缓走了过来，身旁跟着一个雕塑般的棕发女子，她脸上的笑容异常空洞。要是你也必须随时随地都亲切和蔼地对待每一个人，你的脸最终的下场就会是这样。

“今天下午过得还好吗？”

“非常好，先生。”乔希答道，“这里的环境真是太美了。我能否介绍一下我的女朋友？这位是露易莎·克拉克，英国人。露易莎，这位是米切尔·杜蒙特，兼并与收购部的负责人。”

“英国人哈？”我感觉那个男人的大手紧紧包住我的手，用力握了握。

“是的，我——”

“很好，很好。”他朝着乔希转过身去，“所以，年轻人，我听说你在你们部门可是引起了不小的轰动啊。”

乔希无法掩饰内心的喜悦，脸上绽放出了笑容。他的眼神朝我闪烁而来，紧接着又转向了我身边的那个女人。我这才意识到，他是希望我能和她聊聊天。谁也不曾费心介绍我们认识。米切尔·杜蒙特如同父亲般地将一只手臂搭在了乔希的双肩上，揽着他走向了几英尺外的地方。

“所以……”我张开嘴，扬起眉毛，又再次将它们垂了下来。

她还在朝我空洞地微笑。

“我喜欢你的裙子。”我说道。对于两个没有任何话题可聊的女人来说，这是种普遍适用的润滑剂。

“谢谢。鞋子很可爱。”她答道，说话的语气却意味着它们一点也不可爱。她放眼望去，显然很想知道自己还有没有别人可以聊天。只需要盯着我的装束看上一眼，她就能发现自己已经远远超出了我的薪酬等级。

附近没有别人，于是我又试了一次。

“你经常到这里来吗？我是说，罗艾柏船屋？”

“是罗柏。”她答道。

“罗柏？”

“你把它读成罗艾柏了，是罗柏。”

看着她精致的妆容，还有那丰满得令人起疑的双唇重复着这个词，我很想咯咯笑出声来，于是咽了一大口香槟，好掩饰自己的笑意。“所以，你经常到罗柏船屋来吗？”我问道，简直情不自禁。

“不。”她回答，“不过我的一个朋友去年是在这里结的婚。那真是一场美丽的婚礼。”

“我敢打赌是这样的。你是做什么的？”

“我是个家庭主妇。”

“家庭主妇！我的母亲也是个家庭主妇。”我又深深嘬了一口酒，“做家事真的很不错。”我看了看乔希。他的脸正专注地注视着他的上司，让我一时间想起了托马斯恳求爸爸给他些薯片时的表情。

那个女人的神色变得隐约有些焦虑，或者说，一个无法移动眉毛的女人就是这样表达焦虑的。傻笑的泡泡开始在我的胸口积聚起来，害得我恳求着某个看不见的神明，才将它们压制住。

“玛雅！” 杜蒙特夫人（至少我以为和自己说话的应该是她）声音中略带着一丝如释重负的意味，朝着向我们走来的那个女人挥了挥手。一件薄荷色的宽松直筒连衣裙紧贴着她完美的身形。我等着她们为彼此送去了一个飞吻。

“你看上去简直美极了。”

“你也是。我喜欢这条裙子。”

“哦，它很旧了。你好可爱。你亲爱的丈夫呢？总是生意不离口的那个家伙。”

“哦，你了解米切尔。”杜蒙特夫人显然已经再也无法忽视我的存在，“这位是乔舒亚·莱恩的女朋友。很抱歉，我没有听到你的名字。这里太吵了。”

“露易莎。”我答道。

“多好听啊。我叫克瑞茜，是杰弗里的妻子。你认识销售与公关部门的杰弗里吗？”

“哦，谁不认识杰弗里啊。”杜蒙特夫人答道。

“哦，杰弗里……”我边说边摇了摇头，紧接着又点了点头，然后再次摇了摇头。

“你是做什么工作的？”

“我是做什么工作的？”

“露易莎从事的是时尚行业。”乔希出现在了我的身旁。

“你的打扮的确很独特。我喜欢英国人，你不也是吗，玛洛里？他们的选择是那么有趣。”

短暂的沉默中，所有人都在领悟着我的选择。

“露易莎就要去《女装日报》工作了。”

“是吗？”玛洛里·杜蒙特问道。

“我？”我答道，“是的，没错。”

“哦，那肯定很激动人心。多好的一本杂志啊。我必须去找我丈夫了，请见谅。”她再度绽开了一个温和的微笑，踩着高得令人眩晕的高跟鞋走开了，身旁还跟着玛雅。

“你为什么要那么说？”我一边问，一边把手伸向了另一杯香槟。“难道这听上去比我在家照顾一个老太太更好听吗？”

“那倒不是。只不过你——你看上去有可能是在时尚圈工作的人。”

“你还在为了我的打扮而不安吗？”我望了望那两个女人，还有与她们相辅相成的连衣裙，突然想起了艾格尼斯出席这种聚会时肯定也有过这样的感受。女人总是能够找到无数种微妙的方式，让其他女人知道自己无法融入。

“你看上去很美。只不过，要是让她们认为你是时尚圈的人，就更容易解释你——你独特的……与众不同的鉴赏力。你的确有几分与众不同。”

“我为自己所做的事情感到非常快乐，乔希。”

“不过，你想进入时尚圈工作，不是吗？你不能永远照顾一个老太太吧。是这样的，我打算以后再告诉你的——我的嫂子黛比认识《女装日报》公关部的一个女人。她说她可以问问，看那里有没有初级的空缺岗位。她似乎十分自信能为你做些什么。你觉得呢？”他满脸堆笑，仿佛正赠予我一只圣杯。

我豪饮了一口酒说：“当然好啊。”

“这就对了，多么令人兴奋啊！”他一直望着我，眉飞色舞。

“是啊！”我最终还是应付了一句。

他捏了捏我的肩膀：“我知道你会高兴的。好了，我们回去吧，接下来就是家庭竞赛了。想来一杯青柠苏打水吗？我觉得我们不该被人看到喝了超过一杯香槟。来，让我替你拿走这杯。”他把我的酒杯放在了经过的服务生手中的托盘里，带着我步入了阳光之中。

考虑到场合的优雅与周遭环境壮观的景致，我其实应该好好享受接下来的几个小时。毕竟，我接受了一次新的体验。然而事实上，身处一对对公司情侣档之中，我却愈发地感觉不得其所。我无法理解对话的节奏，以至于在被偶然拽进某个群体时，最终看上去不是哑巴就是傻瓜。乔希在一个又一个人面前游走，如同一枚有导向的管理导弹，每一次停下脚步时，脸上都挂着渴望而投入的表情，举手投足间尽显圆滑与果断。我发现自己注视着他，再次好奇他到底看上了我哪一点。我和这些女人没有任何的相似之处。她们个个都长着光彩照人的蜜桃色四肢，穿着不起皱的连衣裙，嘴里谈论的都是令人难以置信的保姆故事，以及巴哈马群岛上的假期。我跟在他身后，重复着自己即将在时尚行业中大展拳脚的谎言，无声地面带微笑，赞同地表示“是的，是的它很美”；“谢谢你，哦，好的”；“我想再来一杯香槟”，努力不去注意乔希上下跳动的眉毛。

“你今天玩得开心吗？”一个留着红色波波头的女子站到了我的身边。她的发色是那么闪亮，几乎如同镜面一般。乔希正为某个身着浅蓝色衬衫和丝光斜纹棉布裤的老男人讲述的笑话而高声大笑。

“哦，很好，谢谢。”

到那时为止，我已经越来越擅长微笑与沉默了。

“费莉希蒂·利伯曼，我在乔希隔壁的第二个办公桌上办公，他非常出色。”

我握了握她的手。“露易莎·克拉克。他的确非常出色。”我退后一步，又嘬了一口酒。

“不出两年的工夫，他就能成为合伙人，我敢肯定。你们在一起很久了吗？”

“哦，不算久。不过我们很早就认识彼此了。”

她似乎在等待我再说些什么。

“哦，我们以前算是朋友吧。”我喝得太多了，发现自己比原本想象的健谈多了，“其实我那时候正和别人在一起，但乔希和我，我们总是会与彼此偶遇。哦，他说他一直在等我。或是等到我和我的前男友分手。说来这其实还有些浪漫呢。后来发生了一大堆的事情，然后——砰！突然间，我们就交往了。你知道这种事都是怎么发生的。”

“哦，我懂。他是个很有说服力的人，我们的乔希。”

她的笑声中夹杂着什么让我不安的东西。“‘很有说服力’？”片刻之后，我开口问道。

“那他有没有对你用过回音廊那一招？”

她肯定捕捉到了我震惊的表情，于是朝我靠了过来。“费莉希蒂·利伯曼，你是全纽约最可爱的女孩。”她望了望乔希，目光紧接着又原路返回，“哦，别露出这种表情，我们不是认真的。乔希真的很喜欢你。他上班的时候总是会提起你。他绝对是认真的。不过，天哪，这些男人和他们的套路啊，是不是？”

我试着笑了笑："就是说嘛。"

等到杜蒙特先生发表完自满的演讲、几对夫妇纷纷启程回家时，我已经经不住早早到来的宿醉倒了下去。乔希为我打开了等在路边的出租车车门，可我却说自己要步行。

"你不想回我家吗？我们可以随便吃点东西。"

"我累了。玛格特一早还有预约呢。"我答道，脸颊因为一直都在假笑而疼痛不已。

他的眼神在我的脸上探索："你生我的气了。"

"我没有生你的气。"

"你生我的气了，因为我对你的工作说过的那些话。"他牵起我的一只手，"露易莎，我不是故意要让你难过的，甜心。"

"可你想让我成为另外一个人，你觉得我不如她们。"

"没有。我觉得你很棒。只是你还能做得更好，因为你拥有那么多的潜力，而我——"

"别这么说，好吗？潜力之类的话。这简直就是自视高人一等，是种无礼的污蔑，而且……好了，我不想让你对我说这些了，永远都不想，好吗？"

"哇噢。"乔希瞥了瞥身后，似乎是在查看有没有同事在注视，然后挽住了我的手肘，"好了，到底怎么了？"

我紧盯着自己的双脚，什么话也不想说，却又压抑不了："多少个？"

"什么多少个？"

"你对多少个女人做过那件事？回音廊？"

这话令他不知所措。他转了转眼珠，短暂地转过身去："费莉希蒂。"

"是啊，费莉希蒂。"

"所以说，你不是第一个。但这是件十分美好的事情，不是吗？我以为你会喜欢的。你看，我只是想逗你笑笑。"

我们站在车门的两边，任由出租车的计价器滴滴答答地走着字。司机在后视镜里抬眼看了看，等待着。

"这的确把你逗笑了，不是吗？我们曾经拥有过美好的一瞬，难道不是吗？"

"可你已经有过那样的瞬间了，和另外一个人。"

"别这样，露易莎。难道我是你会好言相待、为之穿衣打扮、以身相许的唯一男人吗？我们已经不是小孩子了，谁都有过去。"

"还有那些挑逗与试探的动作。"

"这不公平。"

我吸了一口气："对不起，不只是回音廊的事情。我觉得问题有些棘手，我不习惯假装成某个我不是的人。"

他再度笑了，表情也柔和了下来。

"嘿。你会成功的。一旦你了解了她们，就会发现她们都是些好人。即便是曾经与我约过会的人。"他努力笑了笑。

"好吧。"

"我们还要去参加一场棒球日的活动。那个就低调多了，你会喜欢的。"

我露出了笑容。

他俯身向前，亲吻了我，"我们没事吧？"他问道。

"没事。"

"你确定不想和我一起回去？"

"我需要去看看玛格特，而且我头疼。"

"你喝得那么猛，就是这个下场！多喝点水。你可能脱水了。我明天再给你打电话。”吻过我，他钻进出租车，关上车门，朝着站在那里注视的我挥了挥手，然后敲了两下屏风，叫出租车向前驶去。

回来时，我看了看大堂里的钟表，惊讶地发现现在才六点半。这个下午似乎持续了几十年。我脱掉鞋子，感受着一个女人终于能让收缩的脚趾陷入长绒毛地毯中的那种释然，光着脚、用手拎着高跟鞋，步行爬上楼，来到玛格特的公寓。我感觉筋疲力尽、怒不可遏，却又说不清是为什么，仿佛自己在别人的要求下玩了一个我不明白规则的游戏。我真的觉得自己宁可身处其他任何一个地方，也不愿意留在那里，脑海中不断回想着费莉希蒂那句“他有没有对你用过回音廊那一招？”

走进大门，我弯下腰，和从走廊上向我蹦来的迪恩·马丁打了个招呼。看到我回来，它那张被挤扁的小脸是如此高兴，很难让人继续闹脾气。于是，我在门厅的地板上坐了下来，任由它在我的身旁跳来跳去，抽动着鼻子，用粉红色的舌头够着我的脸，直到我再次微笑起来。

“是我，玛格特。”我喊道。

“哦，我也不太可能以为是乔治·克鲁尼。”她答道，“该感到遗憾的人是我才对。那群‘复制娇妻’怎么样？他还没有把你改造成那副模样吗？”

“今天下午很愉快，玛格特。”我撒了谎，“大家都很和善。”

“有这么糟糕吗？要是你碰巧路过厨房的话，介不介意给我拿来一小瓶上好的苦艾酒，亲爱的？”

“苦艾酒到底是什么玩意儿？”我对着狗嘟囔起来，可它却坐下来，用一条后腿挠起了耳朵。

“要是你也想喝，给自己也倒上一杯吧。”她补充道，“我猜你会需要的。”

我正要爬起来时，手机响了。片刻间，我感到有些惊慌——可能是乔希，而我还没有做好准备和他说话。不过，当我望向屏幕时，上面出现的却是家里的电话号码。我把手机贴在了耳朵上。

“爸爸？”

“露易莎？哦，感谢上帝。”

我看了看表说：“一切还好吗？你那里现在应该是午夜了。”

“亲爱的，我有个坏消息。是关于你外公的。”

26

妈妈和外公

纪念阿尔伯特·约翰·康普顿，“外公”

葬礼仪式：

斯特尔特福德草坪，圣玛丽与诸圣教区教堂

4月23日，中午12：30

欢迎大家于葬礼过后在派恩茅斯街笑犬酒吧品尝酒水点心

请勿送花，但欢迎向受伤骑师基金会捐献任意金额。

“我们的心是空洞的，但我们有幸爱过你。”

三天之后，我及时飞回家参加了葬礼。我给玛格特制作并冷冻了十天的饭菜，还吩咐阿肖克至少每天一次找个借口溜到她的公寓去，确保她没事。要是她出了什么事，一个星期以后，我才不要走进一个会危及自身健康的地方。我推迟了她的其中一次看诊预约，确保她有干净的床单可用、迪恩·马丁有足够的食物可吃，还花钱雇了专业的遛狗人玛格达一天来遛两次狗。我坚定地告诉玛格特，她不能第一天就把遛狗的人解雇。我还与古着百货店的姐妹俩打了个招呼，说自己要离开了。我见了乔希两面，任由他拨弄着我的头发，说他十分抱歉，还回忆起自己失去外公时曾作何感受。直到终于登机，我才意识到，通过种种方式让自己忙个不停，其实正是因为我不愿承认刚刚发生了什么。

外公已经走了。

爸爸说，这是因为又一次的心肌梗死。他和妈妈一直坐在厨房里聊天，外公则在观看比赛。她走进屋询问他要不要加些茶水，而他已经悄悄地逝去了，如此安静，如此平和。他们过了十五分钟才突然意识到，他不是睡着了。

“他看上去是那么放松，露。”坐着他的厢式货车从机场返回时，他说，“他的头只是倒向一侧，闭着眼睛，像是正在打盹。我是说，上帝爱他，我们谁也不想失去他，但这才是离开的方式，不是吗？在自己的家里，坐在最喜欢的椅子上，开着陈旧的电视。他还没有为那场比赛下注，所以不太可能在离世时会为自己错过了奖金而感到失望。”

我感觉全身麻木，直到跟随爸爸走进家门、看到那张空荡荡的椅子，才说服自己这是真的。我再也看不到他了，再也感觉不到拥抱他时指尖下那个弯曲的年迈后背，再也无法为他泡上一杯茶，或是解释他的沉默，抑或是开玩笑般说他在数独游戏中作弊。

“哦，露。”妈妈迈过走廊，把我拉进了怀里。

我拥抱了她，感觉她的眼泪缓缓渗进我的肩膀。爸爸在她的身后轻拍着她的后背，低声说着“好了，好了，亲爱的。你会没事的，你会没事的”，仿佛这样的话说得多了，心愿就能达成。

尽管我很爱外公，有时却还是会心不在焉地好奇，当他终于离开人世时，摆脱了照顾他的责任，妈妈会不会在某种程度上感到释然。长久以来，她的生活一直紧紧与他捆绑在一起，只能为自己切割出零星的时间——在他生前的最后几个月里，他每况愈下的健康状况意味着她连自己最爱的夜校也无法参加。

但我错了。她是那么伤感，时时刻刻都处在泪崩的边缘。她会为自己没能在他离世时待在房间里而自责，一看到他的遗物便热泪盈眶，时常为自己本该多做些什么而烦恼。没有了可以照顾的人，她烦躁不堪，坐立不安，会拍拍靠垫，为某个不存在的预约查看着时间。发自内心地不快乐时，她会疯狂地打扫卫生，清扫踢脚板上不存在的灰尘，刷地板刷得指关节又红又糙。晚上，在爸爸去酒吧时——可能是去为葬礼后的茶歇做最后的安排——我们在厨房的餐桌旁坐了下来。她倒掉了自己不小心为某个已经不在的男人泡的第四杯茶，说出了他去世以来一直在她心头挥之不去的问题。

“要是我当时还能做些什么会怎么样？要是我们把他送去医院接受更多的检查会怎么样？他们可能会注意到再次中风发作的风险。”她的手扭曲地紧紧攥着手绢。

“可你什么都做了，你已经带他去医院看了成千上万次病。”

“你还记得他吃下两包巧克力消化饼那次吗？事情有可能就是因它而起的。大家都说，糖如今就是魔鬼的产物。我本该把它们放在更高的架子上，不该让他吃那些可恶的蛋糕……”

“他又不是个小孩，妈妈。”

“我应该强迫他吃些蔬菜。可这很难，你明白吗？你又不能用勺子去喂一个成年人。哦，上帝啊，我并无恶意。我是说，威尔显然是另外一回事……”

我把一只手搭在她的手上，注视着她的脸皱了起来：“没有人能比你更爱他了，妈妈。没有人能比你照顾外公照顾得更好。”

老实说，她的悲痛让我很不自在。它太过接近我曾经的处境，那个我不久之前深陷过的地方。我小心提防着她的哀伤，仿佛它会传染，发现自己会寻找各种借口远离她，试着让自己忙碌，以免被那种情绪同化。

那天晚上，在爸爸妈妈浏览律师寄来的一些文件时，我去了外公的房间。屋里仍旧维持着他离开时的样子，叠好的床铺，椅子上的《赛马邮报》——有人用蓝色圆珠笔在上面圈出了第二天下午的两场比赛。我在床边坐了下来，用食指摸索着烛心纱的床罩。床头柜上立着外婆二十世纪五十年代时的一张照片。照片中的她留着波浪鬈发，灿烂的笑容中充满了自信。我对她只留有转瞬的记忆，但外公在我的童年中却是个不曾离开过的固定成员。先是在沿街的小房子里（星期六的下午，特丽娜和我会跑去索要糖果，妈妈则会站在大门口），后来，也就是这过去十五年中，是在我家的一个房间里。他甜蜜而踌躇的微笑成了我每天的标点符号，连同他的报纸和装满茶水的马克杯，都是客厅里无时无刻的存在。

我想起了小时候他给我们讲的那些故事：他在海军服役的经历（那些描述荒芜小岛、猴子和椰子树的故事也许不完全是真实的）；他会用发黑的平底锅煎制法式吐司——那是他会做的唯一的菜——以及我真的很小的时候，他的笑话是如何让外婆笑到落泪的。紧接着，我又想起了他的晚年，想起我几乎把他看作是家具的一部分，不曾给他写信，也不曾给他打电话。我只不过以为，自己想要他在那里多久，他就会在那里多久。他介意过吗？他想没想过和我说话？

我甚至不曾与他道别。

我想起了艾格尼斯的话：那些远离家乡的人总是会把心放在两个地方。我把手放在烛心纱的床单上，终于哭了出来。

葬礼那天，我下楼时发现妈妈正在疯狂地打扫卫生，准备迎接参加葬礼的客人，即便据我所知，没有人会回到家里来。爸爸坐在桌旁，看上去略微有些无能为力——如今，这已经成了他和我的母亲说话时常有的表情。

“你不需要找什么工作，乔斯，你什么都不需要做。”

“哦，我需要做些什么来应付闲下来的时间。”妈妈脱下夹克，把它小心翼翼地折叠起来、挂在椅背上，然后跪下来擦洗橱柜后面一丝看不见的灰尘。爸爸沉默无语地把盘子和餐刀推给了我。

“我只是说，露，亲爱的，你的母亲不需要急着去做任何事。葬礼之后她就打算去职业介绍所。”

“妈妈，你照顾了外公这么多年，应该好好享受一段属于自己的时光。”

“不，我最好还是找点事情做。”

“要是她按这个速度擦洗下去，我们的橱柜就剩不下什么了。”爸爸嘟囔道。

“坐下，求你了，你需要吃些东西。”

“我不饿。”

“看在上帝的分上，女人啊。要是你继续这样下去，我就要中风了。”话刚一出口，他就畏缩了，“对不起，对不起，我不是说……”

“妈妈。”我朝她走去，可她似乎并没有听到我的话。于是，我把一只手搭在了她的肩膀上。她暂时愣住了。“妈妈。”

她推动身子站了起来，望向窗外。“我现在还有什么用？”她问道。

“你这话是什么意思？”

她整了整硬挺的白色网眼帘。“再也没有人需要我了。”

“哦，妈妈，我需要你，我们都需要你。”

“可你并不在这里，不是吗？你们一个个都不在，就连托马斯也一样，你们全都在数英里以外的地方。”

爸爸和我交换了一个眼神。

“这并不意味着我们不需要你。”

“外公是唯一依赖我的人。即便是你，伯纳德，每天晚上在马路尽头那个地方有块馅饼和一品脱的酒就行了。我现在该怎么办？我已经五十八岁了，一无是处。我的整个人生都在照顾别人，现在却连个需要我的人都没有了。”

她的眼中溢满了泪水。片刻间，我满心惊恐地以为她就要号啕大哭起来。

“我们永远都需要你，妈妈。要是没有你，我都不知道该怎么办。你就像是一座大楼的地基。我也许不能随时见到你，但我知道你就在那里，支撑着我，以及我们所有人，我敢打赌特丽娜也会这么说的。”

她看着我，眼神充满了困惑，仿佛不确定该相信什么。

“就是这样。这——这是一段不寻常的时光，需要过一阵子才能适应。可你还记得自己开始上夜校时发生了什么吗？你有多兴奋，仿佛又找到了点滴的自我？好了，这样的情形会再一次发生的。这与谁需要你无关，而是关乎你能将一些时间投入到自己的身上了。”

“乔斯。”爸爸温柔地说，“我们可以去旅行，去做一切我们觉得自己做不了的事情——因为那曾经意味着要丢下他。也许我们可以去看你，露。去纽约旅行！你看，亲爱的，你的人生没有就此结束，而是要展开一段截然不同的旅程。”

“纽约？”妈妈问道。

“哦，我的天哪，太好了！”我边说边从架子上抽了一片面包，“我可以给你们找家上好的酒店，和你们一起看遍所有的景点。”

“你愿意吗？”

“也许我们可以见见你的老板，那个百万富翁。”爸爸说，“他可以传授我们一些秘诀，对吗？”

其实我还没有把自己的境况发生了改变告诉他们，于是一直面无表情地吃着面包。

“我们？去纽约？”妈妈还在问。

爸爸把手伸向一盒纸巾，将它递给了她：“是啊，为什么不呢？我们还有积蓄。钱乃身外之物，至少咱们家老头子清楚这一点。别期待任何的天价遗产，是不是，露易莎？我就特别害怕经过赌马投注站，生怕老板跳出来说外公欠他五英镑。”

妈妈直起身子，手里攥着抹布，眼神望向了一旁。

“你、我和爸爸在纽约，嗯，这不是件好事吗？”

“要是你愿意的话，我们今晚就可以查查航班。”片刻间，我想了想，不知自己能否说服玛格特把自己的姓氏说成是高普尼克。

妈妈用一只手捂住了脸颊：“哦，天哪，你们听听，外公尸骨未寒，我就已经在做计划了。他会怎么想？”

“他会觉得这很好，外公会喜欢你和爸爸去美国这个想法的。”

“你真的这么以为吗？”

“我知道会是这样的。”我把手伸到桌子对面，拥抱了她，“他在海军部队服役时曾经周游世界，不是吗？我还知道，他会很乐意知道你准备重返成人教育中心的。把你过去一年学到的知识浪费掉是没有意义的。”

“不过，我也十分肯定他希望你能在上学之前给我留些晚餐在烤箱里。”爸爸说。

“别这样，妈妈。熬过今天，我们就可以计划起来了。你已经为他倾尽了全力。我知道外公会认为你人生的下一阶段值得成为一次冒险。”

“一次冒险。”妈妈沉思道。她从爸爸手中接过一张纸巾，沾了沾眼角，“我怎么养了这么个聪慧的女儿啊？”

爸爸扬起眉毛，灵巧地将我盘子里的吐司偷走了。

“啊。是啊，你瞧，这就是父亲的影响。”他的后脑勺被母亲的茶巾抽了一下，尖叫起来。转过身时，他带着如释重负的表情对我露出了微笑。

葬礼就这样过去了，没有什么特别之处，伴随着程度各异的悲伤与一些眼泪。会众中有不少人都希望自己知道赞美诗的旋律是什么。和牧师礼貌性的说法不同，这并不是一场声势浩大的集会。外公在自己生命的最后一段时光中已经极少出门了，虽然妈妈在《斯托尔特福德观察家报》上刊登了讣告，但甚至似乎没有几个朋友知道他已经去世了，要不然就是他们中的大多数人也已经不在人世了（三三两两前来哀悼的人让你很难看出这有什么不同）。

坟墓边，我站在特丽娜身旁，紧咬着下巴。在她把一只手悄悄塞进我的手中时，我感觉到了姐妹间独特的感激之情。我回头看了看艾迪牵着托马斯站着的地方，只见他正默默踢着草坪里的一朵雏菊，也许是在试着不掉眼泪，又或许是在想念《变形金刚》，抑或是被他塞进殡仪车衬垫里的那块吃了一半的饼干。

我听到牧师低声朗诵起了有关尘埃与灰尘的熟悉诗歌，双眼热泪盈眶，于是用手帕擦掉了眼泪。抬起头时，我在坟墓对面的那一小群哀悼者背后看到了山姆的身影。我的心猛地抽搐了一下，脸红得滚烫，情绪介于恐惧与恶心之间的某个地方。穿过人群，我的目光与他短暂相遇，眨了眨眼便转开了视线。当我回望过去时，他已经离开了。

我来到酒吧的自助餐会，转身时发现他就在我的身旁。我从未见到过他西装革履的样子。看到他既英俊又陌生的模样，我的呼吸刹那间被抽离了胸口。我决定用尽可能成熟的方式应对眼下的局面，直接拒绝承认他的出现，反倒是专注地注视着盛放三文鱼的盘子，像是最近才知道食物是什么概念似的。

他站在那里，兴许是在等待我抬头，紧接着温柔地开了口："对你外公的事，我很抱歉。我知道你们一家人都很亲密。"

"显然，没那么亲密，不然我就该一直待在这里。"我自顾自地整理起了桌上的餐巾，即便妈妈已经花钱雇用了服务生。

"是的，嗯，人生总是无常。"

"我也是这么想的。"暂时闭上双眼，我试着除掉自己声音里的刺，吸了一口气，然后最终抬头望向了他，小心翼翼地摆出了一副不带感情色彩的表情。"所以，你还好吗？"

"不赖，谢谢。你呢？"

"哦，很好。"

我们在那里站了一会儿。

"你的房子怎么样了？"

"快好了，下个月就要搬家了。"

"哇。"我暂时从自己的不安中跳脱出来。我认识的人中竟有一个能够从零开始建起一座房子，这似乎是不可能的。我曾经见过那里还是一片水泥地的时候。然而，他做到了。"那真是——太令人惊奇了。"

"我知道。不过，我会怀念陈旧的火车车厢的。我还挺喜欢住在那里的，生活……很简单。"

我们注视着彼此，然后各自移开了视线。

"凯蒂还好吗？"

一阵最难以察觉的停顿："她很好。"

我的母亲托着一盘香肠肉卷出现在了我的肩头。"露，亲爱的，你能不能去看看特丽娜在哪儿？她本该替我四处分发这些的——哦，她在那里。也许你可以把这些吃的给她拿过去。那边还有些人什么都没的吃呢——"她突然意识到我正在和谁说话，于是从我的手中一把夺过了托盘。"对不起，抱歉，我不是故意要打断你们的。"

"你没有打断我们。"我的语气比自己预料中的还要略重一些，握住了托盘的边缘。

"我来吧，亲爱的。"她边说边把托盘朝着自己的腰部拽去。

"我能行。"我紧紧抓住它，指关节都泛白了。

"露，松手。"她坚定地答道，眼神灼灼地盯着我。我终于松开了手，她匆匆离开了。

山姆和我站在桌旁，尴尬地朝彼此笑了笑。那笑容消失得太快。我拿起一只盘子，在上面放了一根胡萝卜条，不确定自己是否吃得下任何东西，但手举空盘站在那里似乎有些奇怪。

"所以说，你回来很长时间了吗？"

"才一个星期。"

"你在那边过得如何？"

"很有意思，我被解雇了。"

"莉莉告诉我了，如今她和杰克在一起之后，我可以经常见到她。"

"是啊，这很……出人意料。"一时间，我很想知道莉莉都跟他提起了旅程中的哪些事情。

"在我看来可不意外。从他们第一次相遇时起，我就能看得出来。你懂的，她非常好。他们很幸福。"

我点了点头，仿佛是在表示赞同。

“她说了很多，还提到了你那个了不起的男朋友，以及你被解雇之后是如何重整旗鼓、另觅栖身之所的，还在古着百货店里找到了一份工作。”他陶醉的模样显然与我对奶酪条兴趣盎然时是一样，“当时，一切都已经被你处理好了。她对你简直是心怀敬畏。”

“这我倒是表示怀疑。”

“她说纽约很适合你。”他耸了耸肩，“可我猜我们两个都心知肚明。”

我在他的目光望向别处时偷偷看了他一眼，心中还未死去的一小部分惊叹道，两个曾在彼此身边如此自在的人如今说起话来竟连一个句子都拼凑不出。

“我有东西要给你，在我家，我的房间里。”我突然开了口，完全不确定这话从何而来，“那是我上一次回来时买的，可是……你懂的。”

“给我的东西？”

“准确地说，不是给你的。它是——嗯——是尼克斯队的一顶棒球帽，是我前阵子……买的。你跟我提起过你的姐姐，她从未去过洛克菲勒广场三十号，不过我想杰克也许会喜欢它。”

他紧盯着我。

轮到我低头望着自己的双脚了。“不过，这可能是个愚蠢的主意。”我说，“我可以把它送给别人。又不是说我在纽约无法给一顶尼克斯队的帽子找到一个归宿，何况我送你东西这件事可能有点奇怪。”

“不，不，不。他会喜欢的，你真好。”有人在外面按响了喇叭。山姆朝窗口望去。我无聊地好奇凯蒂是否正在车子里等他。

我不知该说些什么，这一切似乎没有一个正确的答案。我努力与喉咙里涌起的肿块做着斗争，回想起了施塔格舞会——我本以为山姆会因为没有西装而讨厌这种场合。我为何会这样想呢？他今天的这身打扮看上去就像是为他量身定做的。“我——我会把它寄出去的，你懂我什么意思吗？”再也忍受不了时，我说道，“我觉得我最好去帮帮妈妈——弄一弄——那里的香肠……”

山姆退后了一步：“当然，我只是想来表达一下敬意，那我就不打扰你了。”

他转身的刹那，我的脸扭曲了，心中庆幸自己是在守丧，因此没有人会觉得这样的表情有何值得关注。就在这时，在我的表情还没来得及恢复之前，他朝我转了回来。

“露。”他低声说。

我说不出话来，只是摇了摇头。紧接着，我注视着他穿过前来哀悼的人群，迈出了酒吧的门口。

那天晚上，妈妈递给我一个小小的包裹。

“这是外公给我的吗？”我问道。

“别傻了。”她回答，“外公在自己人生的最后十年里从没有送过任何人一件礼物。这是你的男人山姆送来的。今天见到他，我才想起来。是你上次回来时留下的，我不确定你想让我怎么处理它。”

我捧着这只小小的盒子，突然想起了我们在厨房餐桌旁的争论。圣诞快乐，他说道，离开时丢下了这个东西。

妈妈转过身，开始洗洗涮涮。我小心翼翼地打开盒子，撕开一层层包装纸，动作谨慎得有些夸张，仿佛正在打开上个时代的一件艺术品。

小盒里装着一只救护车形状的珐琅胸针，也许是二十世纪五十年代的物品。上面红色的十字可能是用红宝石之类的精细珠宝制成的，又或许是含铅的玻璃。不管怎样，它都在我的手中闪闪发光。

盒子的顶部折着一张小纸条。

在我们分开的时候让你记起我。我全部的爱，你的救护车山姆。

我把它捧在手心。妈妈透过我的肩膀望了过来。她很少选择不开口说话，可这一次，她却捏了捏我的肩膀，在我的头顶留下了一个吻，回过头继续洗起了碗。

27
祖孙相认

亲爱的露易莎·克拉克：

我叫文森特·韦伯——玛格特·韦伯的孙子。这是我所知的她的名字。不过你认识的她用的似乎是自己娘家的姓氏，德威特。

你的消息来得十分意外，因为我爸爸其实不怎么谈起自己的母亲——老实说，多年以来，他们甚至一直让我以为她已经不在人世了，尽管我如今才意识到，谁也不曾准确地提起过这件事。

收到你的信息后，我问了妈妈。她说，早在我出生之前，家里就曾发生过几次严重的争吵。不过我一直在想，并决心认定：这其实和我没有半点关系。我很乐意多了解她一些（你似乎暗示她的身体不太好？）。不敢相信我还有个奶奶！

请回信给我。

谢谢你的努力。

文森特·韦伯（文尼）

星期三的下午，他按照约定的时间赶来了。这一天是五月里第一个真正温暖的日子，街道上充斥着突然裸露出来的肉体和新近购买的墨镜。我没有告诉玛格特，因为首先，我知道她会火冒三丈，其次，我强烈地感觉她会直接出门散步，直到他离开。我打开房门时，他就站在那里——一个身材高大的金发男子，一只耳朵上扎了七处耳洞，穿着二十世纪四十年代风格的宽松长裤和亮红色的衬衫，脚蹬一双擦得油光锃亮的粗革皮鞋，肩膀上还搭着费尔岛牌的毛衣。

“你是露易莎吗？”他在我弯下腰、抱起狂吠的小狗时问道。

“哦，天哪。”我缓缓地上下打量着他，开口答道，“你们俩简直像是要把这座房子给点了。”

我陪着他迈上走廊，低声聊了几句。在迪恩·马丁足足狂叫和咆哮了两分钟之后，她才问道：“是谁在门口啊，亲爱的？要是高普尼克家那个可恶的女人，你可以告诉她，她的钢琴曲弹得都是些花哨又故作伤感的垃圾。这可是一个曾经亲眼看过李伯拉斯[1]弹琴的人说的。”她咳嗽起来。

我退了回来，点头示意他到客厅里去，然后推开了房门。

“玛格特，有人来看你了。”

她转过身，微微皱起了眉头，双手搭在椅子的扶手上，仔细盯着他看了足足十秒。“我不认识你。”她决绝地说。

“这位是文森特，玛格特。”我倒吸了一口气，“你的孙子。”

她紧盯着他。

“嘿，德威特太太……奶奶。”他走上前，露出了微笑，在她的面前弯着腰低下了头。她仔细端详着他的脸。

---

1. 李伯拉斯，美国著名艺人、钢琴演奏家，被称为“闪耀之王”。

她的表情是如此凶狠，以至于我以为她就要对他大呼小叫起来。然而，紧接着她却发出了一种听上去像是在轻轻打嗝的声音。她的下巴掉了下来，张开半英寸的距离，骨瘦如柴的衰老双手紧紧攥住了他的袖子。“你来了。”她说道，声音仿佛是在低吟，从胸膛深处的某个地方涌起时已变得支离破碎。“你来了。”她紧盯着他，目光在他的五官间来回游移，像是看到了某些相似之处与陈年历史，激起了早已被人遗忘的记忆。“哦，可你实在是，实在是太像你父亲了。”她伸出一只手，摸了摸他的脸颊一侧。

“我倾向于认为自己的品位比他好一些。”文森特笑着答道，逗得玛格特大笑着叫了起来。

“让我看看你。哦，我的天哪。哦，你太英俊了。不过你是怎么找到我的？你父亲知道吗？”她摇了摇头，仿佛自己刚刚提了一大堆的问题，攥着他衣袖的指关节都已经泛白了。很快，她朝我转过身，像是刚刚忘了我还在那里：“哦，我不知道你在看些什么，露易莎。一个普通人都知道现在该给这个可怜的小伙子倒杯饮料。天哪，有些日子里我都不知道你在这里到底是做什么的。”

文森特看上去惊恐万分，但我转身走向厨房时，却不由笑了。

28
玛格特与乔希（二）

“就是这么回事。”乔希一边说，一边把两只手拍在了一起，他相信自己就要升职了。康纳·艾尔斯没有收到前来参加晚宴的邀请；最近刚从法务部调来的查尔曼·特伦特也一样。斯科特·麦基受邀参加过一次晚宴后就成了财务经理。他说，他十分确定升职的事已经是十拿九稳。

“我的意思是，我不想太过自信，但这一切都和社交有关，露易莎。”他边说边仔细端详着自己镜中的影子，“从始至终，能够得到提拔的只会是被他们认为能在社交场合中与之相处融洽的人，而不是凭借你知道些什么，好吗？我不知道自己是不是该上手打打高尔夫球了，他们全都爱打高尔夫。但我大约十三岁起就没有打过了。你觉得这条领带如何？”

“很不错。”那就是一条领带，而我真的不知该说些什么，反正它们看起来全都是蓝色的。他用敏捷而笃定的动作打好了领带结。

“昨天我给爸爸打了个电话。他说关键在于让自己看上去并不依赖于升职，明白吗？比方说——比方说我满怀抱负，完全是个忠于工作的人，但我同样可以随时跳槽到另一家公司，因为我的销路太好了。你必须要让他们感觉到，若是不把你应得的都给你，你是存在可能跳槽的危险的，你懂我说的意思吗？”

“哦，懂。”

在过去的一个星期里，同样的对话已经在我们之间进行过十四次，我甚至不确定他是否需要我来作答。

他再次看了看自己的影子，似乎十分满意地走到窗边，俯身靠了过来，用一只手捋着我脑后的头发：“我七点前来接你，好吗？确保遛好那条狗，以免耽搁我们的行程。我可不想迟到。”

“我会准备好的。”

“过得愉快哦。你为老太太一家做的事太棒了，你知道吗？真的很棒。你做了一件好事。”

他用力吻了吻我，想到这一天的前景，脸上已然露出了微笑，然后便离开了。

我仍旧保持着他离开时的同一个姿势，身上穿着他的T恤衫，抱着自己的双膝。没过多久，我起了床，穿戴整齐后径自离开了他的公寓。

一早，带着玛格特去医院赴约看诊时，我仍旧心不在焉，用前额顶着出租车的窗户，试图让自己听上去像是明白她在说些什么。

“把我放在这里就好，亲爱的。”玛格特被我搀扶着下了车，说道。我在她走到双开门旁时放开了她的手臂。双开门滑动着打开了，仿佛就要将她吞没。

这就是我们每次来看诊时的模式。我会留在外面陪伴迪恩·马丁，让她慢悠悠地自己走进去。一个小时之后，或是无论她选择何时打电话给我，我再进去。

“我不知道你今天早上都在琢磨什么。整个人精神涣散，一点用处都派不上。”她站在入口处，把狗链递给我。

“谢谢，玛格特。”

“哦，我就像是带了个傻瓜一起出门。你的脑子显然在别的什么地方，根本谈不上做伴。我呀，我不得不和你说上三遍，才能让你为我做件事情。”

“对不起。”

“好了，确保你能在我进去时把全部注意力都集中在迪恩·马丁身上。它若是发觉自己遭到了忽视，情绪就会特别沮丧。”她举起一根手指，“我是说，小姑娘。我会知道的。”

走向那家门外摆着几张桌子的咖啡馆途中，我半路上才发现自己仍旧提着她的手提包，于是咒骂着跑回了街上。

我冲到前台，没有理会那些怒视着小狗的候诊病人指指点点的目光——仿佛我带进来的是一只活生生的手榴弹。“嗨！我需要把一个包——一个手提包——交给玛格特·德威特太太。你能告诉我在哪里可以找到她吗？求你了。我是她的护工。”

那个女人并没有从自己对着的屏幕上抬起头来：“你就不能打电话给她吗？”

“她已经八十多岁了，不会用手机。要是她能用手机，手机也在她的包里啊。求你了。她会需要这个的。我有她的药片和病历之类的东西。”

“她今天有预约吗？”

“十一点十五分，玛格特·德威特。”我还拼读了一下，以防万一。

她在清单中翻阅起来，一只做了夸张美甲的手指在屏幕上仔细寻找着。“好了，是的，我找到她了。肿瘤科在那里，穿过左手边的双开门。”

"对不起，什么？"

"肿瘤科。沿着主走廊向下走，穿过左手边的双开门。如果她在医生那里，你可以把她的包留给其中的一名护士。或是干脆在他们那里留条口信，告诉她你会在哪里等待。"

我紧盯着她，等待她告诉我，她犯了一个错误。终于，她抬起头看了看我，脸上带着疑惑的表情，仿佛是在等着听我说，我为何还目瞪口呆地站在她面前。我把桌上的预约卡收好，转身走开了。

"你为什么没有告诉我？"

玛格特坐在出租车里，顽固地不肯转过脸看我，大腿上坐着口喘粗气的迪恩·马丁。"因为这和你没有任何关系。你会告诉文森特的，我不想让他感觉自己因为某种愚蠢的癌症必须来看我。"

"你的预断如何？"

"和你没有关系。"

"那你……感觉怎么样？"

"和你开始问东问西之前的感觉一模一样。"

如今，一切都说得通了。药片，频繁的医院就诊，下降的食欲。我以为这些不过是衰老的迹象，是证明美国医疗服务过分殷勤的证据，然而它们却是在掩盖某条更深的裂纹。

我感觉很不舒服："我不知该说些什么，玛格特。我觉得——"

"我对你的感受不感兴趣。"

"可是——"

"不准你现在对我腻腻歪歪的。"她火冒三丈，"你们英国人坚定沉着的那套作风哪去了？你的嘴唇是棉花糖做的吗？"

"玛格特——"

"我不要讨论这个了，没什么好讨论的。要是你打算坚持对我这么优柔寡断下去，可以搬去别人的公寓里住。”

回到莱弗里大楼时，她精力异常充沛地走下了出租车。等到我给司机付完钱，她已经抛下我走进了大堂。

我想和乔希谈谈眼前所发生的一切，可当我给他发去短信时，他却说自己已经筋疲力尽了，可以晚上再告诉他。内森正忙着高普尼克先生的事。伊拉里亚则很有可能崩溃，或者更糟糕的，坚持频繁上门来探望，用她自己那套唐突的关怀之道和加热的猪肉炖菜让玛格特喘不过气。真的没有其他人能和我说说话了。

趁着玛格特睡午觉的工夫，我悄悄钻进浴室，以打扫为由打开了药柜，看着架子上的药品，记下药名，直到我找到了可以证实这一切的证据：吗啡。我查看了一下药柜里的其他药品，在网上搜索一番，直到自己得出了结论。

我彻底震惊了。

我不知道直面死亡是种什么感觉，不知道她还剩多久时间。我意识到自己已经爱上了这个老太太，爱上了她犀利的言语和更加犀利的思想，就像爱自己的家人一样。我心中某个极其微不足道的部分自私地想要知道，这对我意味着什么：我在玛格特的公寓里是那么幸福。这种感觉也许不一定是永恒的，但我以为至少可以享受一年多。

如今，我不得不再次面对自己即将身陷流沙之中的事实。

七点钟，我在门铃准时响起时稍稍振作起精神。打开门，是乔希。他看上去完美无缺，甚至脸上一丝胡茬都看不出来。

“你是怎么做到的？”我问道，“怎么能在工作了一整天之后看上去还是这副模样？”

他俯身向前，吻了我的脸颊：“电动剃须刀。我还在干洗店里留了一套西装，在办公室换上。我可不想浑身皱皱巴巴地出现。”

“但你上司肯定还穿着同一套穿了一整天的西装。”

“也许吧，不过他又不是那个谋取晋升的人。你觉得我看上去还可以吗？”

“你好，乔希，亲爱的。”玛格特在走进厨房的途中路过。

“晚上好，德威特太太。你今天好吗？”

“我还活着，亲爱的。你需要知道的就这么多。”

“嗯，你看上去很好。”

“你还真是废话连篇。”

他露齿一笑，朝我转过身，问：“所以，你穿的这是什么啊，小甜饼？”

我低头看了看：“啊，这个？”

一阵短暂的沉默。

“这是……连裤袜吗？”

我看了看自己的双腿。“哦，这个呀。我今天过得不太顺，这是我的‘舒适袜’，对我来说和从干洗店里取回来的新衣服一样。”我可悲地笑了笑，“我只会在最特殊的场合穿它，要是这么说能够解释清楚的话。”

他盯着我的双腿又看了一会儿，然后用一只手艰难地捂住了嘴：“抱歉，露易莎，不过它真的不适合今晚。我的老板和他妻子非常保守，何况那是一家非常非常高档的餐厅，米其林星级餐厅。”

“这条连衣裙是香奈儿的，是德威特太太借给我的。”

“当然，可整体效果有些……”他做了个鬼脸，“……错乱？”

看到我一动不动，他伸出双手握住了我的上臂：“甜心，我知道你喜欢打扮自己，但我们能不能为了我的老板穿得简洁一些？今晚对我来说真的至关重要。”

低头看着他的双手，我脸红了，突然感觉自己十分荒谬。没错，我的大黄蜂连裤袜是不适合穿去与金融业的首席执行官共进晚餐的。我在想什么啊？“当然。”我答道，“这就去换。”

“你不介意吗？”

“当然不会。”

他几乎释然地松了一口气：“太好了。那你能不能快点换好？我真的不想迟到，何况通往第七大道的交通已经堵塞了。玛格特，我能否借用一下你的洗手间？

她沉默不语地点了点头。

奔进卧室，我开始吃力地在自己的衣服里翻找起来。和金融业的人去豪华餐厅吃饭该穿什么？“帮帮我，玛格特。”听到她出现在我的身后，我问道，“我要不要只换掉连裤袜？我该穿什么？”

“就穿你现在穿的这身。”她答道。

我转向了她：“可他说这不合适。”

“对谁来说不合适？这种场合有什么制服吗？你为何不能被允许做你自己？”

“我——”

“这些人难道是傻瓜吗，无法应付某个和他们穿得并非一模一样的人？你为什么要假扮某个显然不是你的人？你想成为‘那种’女人中的一个吗？”

我放下了手中的衣架：“我——我不知道。”

玛格特举起一只手，摸了摸刚刚做好的头发，朝我露出了会被我的母亲称为“老派”的眼神。

“就算你穿的是垃圾袋和胶套鞋，任何有幸和你约会的男人都不该放在心上。”

“可是他——”

玛格特叹息着把手指按在了嘴上，仿佛还有很多话可说，却欲言又止。过了一会儿，她才重新开口：“亲爱的，我想在某一时刻，你不得不弄清楚露易莎·克拉克其实是谁。”她拍了拍我的手臂，走出了卧室。

我站在那儿，凝视着她刚才待过的地方，低头看了看自己布满条纹的双腿，又回头看了看衣架上的衣服。我想起了威尔，还有他把这条连裤袜送给我的那一天。

不一会儿，乔希出现在门口，抻了抻自己的领带。他不是他，我突然心想。事实上，他跟威尔真的没有任何共同之处。

“怎么样了？”他边说边露出了微笑，脸色紧接着却沉了下来，“呃，我以为你已经准备好了？”

我紧盯着自己的双脚。“其实……”我说道。

29
最好的安排

玛格特叫我离开几天，让头脑清醒一下。当我表示自己不愿意时，她问我到底为什么，还补充说我显然已经很久没有清醒地思考过了：我需要让自己平静一下。听到我承认不想丢下她一个人，她说我是个可笑的丫头，不知道什么才是对自己好。她用余光注视了我片刻，不耐烦地用那只衰老而瘦削的手敲打着椅子的扶手，片刻之后拖着沉重的身子站起来，消失了。几分钟之后，她拿来了一杯“边车”鸡尾酒。这杯酒实在是太过浓烈，喝下去的第一口就让我的双眼灼烧起来。于是她叫我靠着坐好，因为我吸鼻子的声音太烦人了，应该和她一起观看《幸运之轮》。我照做了，试着不去聆听脑海中乔希那愤怒而无法理解的声音。

“你为了一条连裤袜要和我分手？”

节目结束时，她看着我，嘴里发出了响亮的啧啧声。她告诉我，这其实没有用，我们反倒应该一起出去走走。

“可你没有钱啊。”

“天哪，露易莎。讨论钱的问题真是太庸俗了。”她破口大骂，“你们这些年轻女性从小到大谈论的都是这些事情，真让我震惊。”她把自己想要打电话询问的那家长岛酒店名称告诉了我，还嘱咐我特意告诉他们，我是代表玛格特·德威特打电话来的，好拿个“亲情”特惠价。她补充说，自己一直想去，要是我真的为此感到不舒服，可以承担我们两人的费用。好了，我现在有没有感觉好一些？

就这样，我最终为自己、玛格特和迪恩·马丁支付了前去蒙托克旅行的费用。

我们坐上离开纽约的火车，来到了海岸边一家屋顶用木瓦板搭建的小旅馆。几十年来，玛格特曾经每个夏天都要来度假，直到虚弱的身体——或是经济状况——阻止了她。我站在那里，看着他们在门前的楼梯上欢迎她，仿佛她真的是某个失散多年的亲人。我吃了几口浅盘煎虾和沙拉作为午餐，留下她与店主聊天，自己沿着步道走向了海风吹拂下的宽阔海滩，呼吸新鲜空气，看着迪恩·马丁在沙丘周围欢快地蹦蹦跳跳。站在辽阔的天空下，几个月来，我第一次开始感觉自己的思绪不用被其他任何人的需求与期待胡乱地填满。

接下来的两天时间里，因为一路车旅颠簸而筋疲力尽的玛格特大部分时间都在小客厅里休息，看看大海，或是和旅馆年迈的老板聊聊天。这个饱经风霜、长相如同雕塑般的复活节岛男子名叫查理，会随着她滔滔不绝的谈话点头、摇头，嘴里应和着“不，事情不是那样的”，或者“是的，那里世事瞬息万变”。借着一小杯又一小杯的咖啡，两人聊完这个话题便坐在那里，为一切变得多么可怕、彼此却还能认同这一观点感到心满意足。我很快意识到，我的角色只不过是把她送来这里。除了穿衣和遛狗这些费力的小事，她似乎根本就不需要我。认识她这段时间以来，我还从不曾见她露出过这么多的笑容——而这本身就是种有益的消遣。

于是，接下来的四天中，我会在自己的房间里吃早饭，读读小旅馆书架上的书，按照吩咐顺从长岛生活略显缓慢的节奏。我走啊走啊，直到自己再度有了胃口，任海浪的咆哮声、浅灰天空中无穷无尽的海鸥声以及那只兴奋得不相信自己竟能如此幸运的小狗的狂吠声平息我脑海中的思绪。

第三天下午，我坐在旅馆的床铺上，给母亲打了个电话，把过去几个月的真相告诉了她。仅此一次，她没有说话，而是聆听着，最后说她认为我很明智，也很勇敢。这两点肯定让我微微湿了眼眶。她让爸爸接了电话。他告诉我，他真想把该死的高普尼克夫妇痛揍一顿，还嘱咐我不要和陌生人说话，和玛格特一回到曼哈顿就要立刻通知他们。他还补充说，他对我引以为豪。“你的人生——永远都不曾平静，对吗，亲爱的？”他问道。我同意，是啊，永远都不曾平静。我想起了自己在遇到威尔之前那两年的生活。当时，发生在我身上最刺激的事就是“奶油面包店”里的某个人要求退款。无论如何，我意识到自己挺喜欢这样。

最后一天晚上，玛格特和我按照她的要求在旅馆的餐厅里吃了晚饭。我穿了一件深粉色的天鹅绒上衣，搭配丝绸的七分裙裤。她则穿了带花边的绿色花朵图案衬衫和与之相配的宽松长裤（我在腰线的位置上额外缝了一颗纽扣，好让它不会顺着她的臀部滑下去）。在被引领到巨型窗户旁那张最好的餐桌边时，我们默默享受着其他客人睁大的双眼。

“好了，亲爱的。这是我们的最后一晚了，所以我觉得我们应该大肆庆祝一番，你说呢？”她边说边庄严地举起一只手，朝着仍在盯着她看的客人们挥了挥手。就在我好奇到底要为谁庆祝时，她补充道：“我觉得我要吃龙虾，也许再来杯香槟。毕竟我猜这应该是我最后一次到这里来了。”

我开始抗议，却被她打断了：“哦，看在上帝的分上。这是事实，露易莎，赤裸裸的事实。我以为你们英国女孩会更坚强些呢。”

于是我们点了一瓶香槟和两只龙虾，伴着落日小口吃着充满蒜香的美味虾肉。我会替玛格特剥开她无力剥开的虾爪，再把它们递还给他；她嘬着虾，嘴里发出欢快的微弱响声，把碎肉渣丢给脚下的迪恩·马丁——其他人都委婉地忽略了它的存在。我们还分享了一大盆的薯条（其中大部分都是我吃掉的。她在自己的盘子里撒了一些，说真的十分美味）。

我们就在这样友好而冗长的沉默中坐到餐厅里慢慢变得空无一人。她拿出自己那张几乎没怎么用过的信用卡，付了账（“他们来找我要钱之前，我就已经死了，哈！”）。不一会儿，肢体僵硬的查理走了过来，把一只大手放在了她娇弱的肩膀上。他说自己要上床睡觉去了，但还是希望能在她明早离开之前见到她。时隔多年还能再次相见，他真是倍感荣幸。

“荣幸的人是我才对，查理。谢谢你让我度过了最美好的假期。”她的双眼露出了慈爱的皱纹。两人紧紧攥着彼此的手，直到他不情愿地放开，转身离去。

“我曾经和他上过一次床。”他走开时，她说道，“好男人。当然，不适合我。”

我差点把最后一口薯条咳了出来。她疲倦地看了我一眼。“那是七十年代的事了，露易莎。我单身了好长一段日子。能够再次见到他很好。当然，他的妻子如今已经去世了。”她叹息道，“到了我这个年纪，大家都是如此。”

我们沉默地坐了一会儿，望着如墨水般漆黑的无尽大海。远处，你能隐约看到渔船上闪烁着不起眼的亮光。我不知道独自一人身处某个荒无人烟的地方是种什么感受。

就在这时，玛格特开口了。“我没想到还能回到这里。”她低声说，“所以我应该谢谢你，这在某种意义上是一针强心剂。”

“对我也一样，玛格特。我感觉……思路清晰多了。”

她朝我笑了笑，放下手，轻拍着迪恩·马丁。它正在她的椅子下面四仰八叉地轻声打着呼噜。“你懂的，关于乔希，你做的是对的。他不适合你。”

我没有回答，无言以对。我花了三天的时间，思考自己若是留在乔希身边，会变成什么样子——富足的半个美国人，大部分时间都是快乐的。然而才过了短短几个星期，我却发现玛格特比我更了解我自己。我会为了配合他而塑造自我，丢掉所爱的衣服和最在乎的东西。我会改变自己的行为举止、兴趣爱好，迷失在他富有感召力的气场中。我会成为一名商人的妻子，为不相配的点滴自我而自责，永无止境地对这个美国版本的威尔心怀感恩。

我没有想起山姆，对此我已经越来越得心应手了。

“你懂的。”她说的，“等你到了我这个年纪，堆积的憾事会越来越多，以至于会大大阻碍你的视线。”

她的眼神紧锁在地平线上。我等待着，不知道她在对谁说话。

从蒙托克回来之后，风平浪静的日子已经过去了三个星期。我的生活仿佛再也没有了任何实实在在的确定性，于是我决定像威尔告诉我的那样生活，仅仅存在于每个当下，直到自己再次逼不得已。某一刻，我猜测玛格特要不就会病入膏肓，要不就会负债累累，害得我们满足的泡泡突然破裂。那个时候，我就必须预订回家的机票了。

在那之前，这还算不上是什么令人不快的生活方式。我的日子被各项日常活动分割开来，让我从中获得了不少快乐：绕着中央公园奔跑、带着迪恩·马丁散步、为玛格特准备晚餐——即便她吃得不多——夜里和她一起观看《幸运之轮》、朝着“神秘的楔子”大喊大叫。我升级了自己的行头，通过一系列让莉迪亚和她的妹妹羡慕得目瞪口呆的造型，欣然接受了身在纽约的自己。有时，我会穿上玛格特借给我的衣服，有时则会穿自己从古着百货店里买回来的衣服。每一天，我都会站在玛格特家的客房镜子前，仔细浏览自己可以挑选的衣架，心中的某个部分快乐得心花怒放。

我会做各种各样的工作，替古着百货店的姐妹俩值班，好让安杰利卡能去棕榈泉的女装工厂扫货。那里似乎还保留着自1952年以来所有商品的样衣。我会在莉迪亚旁边的收银机那里就位，帮助肤色苍白的年轻女孩穿上复古舞会礼服裙，祈祷拉链不会崩开。她则要重新整理货架的布局，为卖场里浪费了大量空间而烦心。“你知道这里如今一平方米的成本是多少吗？”她边说边朝着远处角落里那个形单影只的旋转货架摇了摇头，“老实说，要是我们能弄清如何让车子开进来，我宁愿把那个角落用于代客泊车。”

我对刚刚买下一件亮片薄纱短上衣的顾客道了谢，用力关上收银台的抽屉。“那你为什么不把它租出去呢？租给一家店铺之类的？这样还能给你赚来更多的收入。”

“是啊，我们讨论过。事情没有那么简单。一旦让其他零售商介入，就要修建隔墙，分开出入口、购买保险。这么一来，你都不知道谁能随时进入店铺……我们的员工中会出现陌生人。这太冒险了。”她嚼着口香糖，吹了个泡泡，心不在焉地用一只涂着紫色指甲油的手将它戳破。“此外，你懂的，我们谁也不喜欢。”

“露易莎！”我回家时，阿肖克站在地毯上，拍了拍戴着手套的双手，“你下个星期六会来参加我们的活动吗？米娜想要知道。”

“抗议还在继续吗？”

前两个星期六，我不禁注意到抗议的人数明显减少了。如今，当地居民的希望几乎已经荡然无存。随着城市预算的收紧，重复的呼喊变得缺乏热情，经验丰富的抗议者也慢慢各奔东西。抗议开始几个月之后，只有我们一小部分核心人物还在坚守。米娜会用瓶装水为大家打气，坚称在终见分晓之前，一切还没有结束。

“还在继续呢。你了解我的妻子。”

“那我很愿意过去。谢谢你。告诉她，我会带些点心过去。”

“没问题。”想到能有好吃的东西，他的嘴里自顾自地发出了欢快的哼哼声，在我走到电梯那里时喊了一句，“嘿！”

“怎么了？”

“衣服不错，女士。”

我那天的打扮是在向电影《神秘约会》致敬：一件背上绣着彩虹的紫色丝绸短夹克、一条长筒袜和一件层状背心，两只手臂上戴满了手镯。每次猛地关上收银台的抽屉时，手镯都会发出悦耳的叮当声（除非你用力，不然它是关不上的）。

“你懂的。”他边说边摇了摇头，“我不敢相信你为高普尼克夫妇工作的时候竟常常穿着那件高尔夫球套装。太不像你的风格了。”

我在电梯门打开的瞬间犹豫了一下。近来，我一直拒绝使用服务电梯。“你知道吗，阿肖克？你说得太对了。”

出于对她屋主地位的尊敬，我在进入玛格特的公寓之前总是会敲一敲门，即便我几个月前就已经拿到了一把钥匙。第一次敲门时，我没有听到回应，于是不得不抑制住内心反射性的恐慌情绪，告诉自己，她时常会把收音机的音量调得震耳欲聋，何况要是出了什么差错，阿肖克也会让我知道的。终于，我忍不住走了进去。迪恩·马丁蹦跳着从走廊上奔过来迎接我，一双歪歪扭扭的眼睛因为我的到来充满了喜悦。我抱起它，任由它皱巴巴的鼻子在我的脸上到处蹭来蹭去。

“是的，你好，你这个家伙。你好，你这个家伙。你妈妈呢，嗯？”我放下它，任它兴奋地叫嚷着绕圈奔跑起来，“玛格特？玛格特，你在哪里？”

她穿着中式丝绸便袍从客厅里走了出来。

“玛格特！你不舒服吗？”我丢掉手里的包奔向她，可她却举起了一只手掌。

“露易莎，刚刚发生了一件不可思议的事情。”

我的答案在自己还没有机会闭嘴之前便脱口而出：“你的病好多了？”

“不是，不是，不是。进来，进来！来见见我儿子。”还没等我开口说话，她便转身消失在了客厅里。我走在她的身后，看到一个穿着浅色毛衣的高大男人从椅子上站了起来，身上的皮带扣紧紧勒在腹部开始的地方。他把手伸了过来，和我握了握。

“这是小弗兰克，我儿子。弗兰克，这是我的好朋友露易莎·克拉克。没有她，我是熬不过过去这几个月的。”

我试着掩盖自己的手忙脚乱。“哦，嗯，这是——这都是相互的。”我俯身和他旁边的那个女人握了握手。她穿着一件白色的翻领毛衣，留着那种也许要花一辈子的时间来整理的浅棉花糖色头发。

“我是蕾尼。”她说话的声音很高，像是那种永远无法摆脱小姑娘气质的女人之一，“弗兰克的妻子。我觉得，我们得感谢你成就了这次小小的家族团聚。”她用一条绣花手绢沾了沾眼睛，鼻尖泛起了粉红色，像是刚刚哭过。

玛格特向我伸出了一只手。“原来是那个不老实的小淘气文森特把我们见面的事，还有我的情况告诉了他的父亲。”

“是的，那个不老实的小淘气就是我。”文森特边说边举着托盘出现在了门口，看上去既放松又快乐，“很高兴再次见到你，露易莎。”我点了点头，似笑非笑的表情凝固在了脸上。

在公寓里见到这么多人着实非常奇怪。我已经习惯了安静，习惯了这里只有我、玛格特和迪恩·马丁，没有穿着格子衬衫、系着保罗·史密斯领带、端着我们的晚餐盘走出来的文森特，没有交叠着双腿、顶着茶几的高个子男人，也没有一直在用眼神战战兢兢地左顾右盼的女人，仿佛自己以前从未到过任何类似这里的地方。

“你知道吗，他们给了我一个惊喜。”玛格特告诉我，微微有些破音，仿佛已经说了太多的话，“他打电话来，说自己正好路过。我以为只有文森特一个人，后来把门稍微多打开一些时，哦，我简直无法……你们肯定全都以为我吓坏了。我甚至没有时间穿戴整齐，不是吗？我直到刚刚才想起来。不过，我们度过了最开心的一个下午，都不知该对你从何说起。”玛格特伸出的另一只手被她儿子接了过去，攥了攥。他的下巴在微微颤抖，正压抑着情绪。

“哦，这真是太美妙了。”蕾尼说，“我们还有那么多的事可以叙旧。老实说，我觉得是上帝的意志让我们得以团聚。”

“嗯，是上帝，还有脸书网。”文森特说，“你要不要来杯咖啡，露易莎？壶里还剩一些。我刚刚拿了些饼干出来，以免玛格特想吃。”

“她不吃那些东西。”在我还没来得及让自己住嘴之前，话已经说出了口。

“哦，她是对的。我不吃饼干，文森特，亲爱的。那些其实是给迪恩·马丁准备的。巧克力糖其实不是真的巧克力，明白吗？”

玛格特几乎不曾喘上一口气，好像完全变了一个人，一夜之间年轻了十岁。她眼神背后那抹冷淡的光芒已然烟消云散，取而代之的是某种柔和的光彩，还忍不住说个没完，音调唠叨而欢快。

我朝着房门退了几步。“哦，我……不想在这里碍事。你们肯定还有很多话要说。玛格特，要是你需要我，就喊我一声。”我站在那里，徒劳地挥了挥手，“很高兴见到你们所有人，我为你们感到由衷高兴。”

“我觉得，应该让妈妈回来和我们住才对。”小弗兰克说。

一阵短暂的沉默。

“回哪里？”我问道。

“塔卡霍。”蕾尼说，“我们的家。”

“去多长时间？”我问。

他们看了看彼此。

“我是说，她要住多久？我好替她收拾行李。”

小弗兰克仍旧握着母亲的手。“克拉克小姐，我们失去了许多时光，妈妈和我。我们都觉得，尽可能利用我们所拥有的一切会是件好事。所以我们需要做些……安排。”他的话音中夹杂着一丝占有的意味，仿佛已经在向我宣告，他对她拥有更多的所有权。

我看了看玛格特，而她也回望着我，目光炯炯、表情严肃。“没错。”她答道。

“等等，你想要离开……”看到没有人开口，我问道，“……这里？这间公寓？”

文森特的表情充满了同情。他转向了自己的父亲。“我们现在为什么不出去走走呢，爸爸？”他说，“大家都有很多的事情要消化。我们肯定还有不少的事情得处理，何况我觉得露易莎和奶奶也需要谈一谈。”

他离开时轻轻碰了碰我的肩膀，像是在道歉。

“你懂的，我觉得弗兰克的妻子其实还挺讨人喜欢的，虽然完全不知该如何穿衣打扮。可怜的家伙。据我妈妈说，他年轻的时候挑女朋友的品位就很糟糕。她给我写过一阵子书信，描述过那些女孩。但白色的棉布高领衫？你能想象有多可怕吗？一件白色的棉布高领衫。”

想起这个滑稽的画面——或许是因为她说话的速度——玛格特咳嗽了一阵。我取来一杯水，等她缓过劲来。文森特开口之后，他们不出几分钟便离开了。我感觉他们是在他的催促下离开的，因为他的父母其实谁都不想离开玛格特。

我在椅子上坐了下来：“我不明白。”

“这在你看来肯定非常突然。亲爱的露易莎，这简直算得上是最离奇的事情了。我们聊啊聊啊，可能甚至还掉了一两滴眼泪。他还是一样！仿佛我们从未分开过。他还是那个样子——一本正经、默不作声，实际上却非常温柔，就像他还是个小男孩时那样。他的妻子也一样——可紧接着，他们竟然意外地开口要我搬去和他们同住。我明显感觉，他们在过来之前就已经商量好了一切。于是我便答应了。”她抬头看着我，“哦，别这样，你和我都知道这是不可能长久下去的。距离他家两英里的地方有座不错的房子，要是一切变得太困难，我可以搬去那里住。”

“困难？”我低声问道。

“露易莎，看在上帝的分上，别再对我这么上心了。我是说，在我无法照顾自己的时候，在我的健康每况愈下的时候。老实说，我想象不到自己还能再和儿子相处几个月的光阴。我猜这就是他们开口问我时那么自在的原因。”她干巴巴地咯咯笑了一声。

“可是——可是我不明白。你说过永远都不会离开这个地方的。我是说，你所有的东西怎么办？你不能就这样一走了之。”

她看了我一眼。“这正是我要做的。”她吸了一口气，瘦骨嶙峋的衰老胸膛在柔软的衣服面料下痛苦地膨胀起来，“我要死了，露易莎。我已经是个老女人了，没有太多时日可活了。可我以为自己已经失去的儿子，却仁慈得足以吞下内心的痛苦与骄傲，伸出援手。你能想象吗？你能想象有人愿意为了你这样做吗？”

我想起了小弗兰克。他的眼神注视着自己的母亲。两张椅子靠在一起。他的手紧紧地握着她的手。

“要是我有机会和他在一起，到底为何还要选择在这里逗留片刻呢？能够醒来后就在早餐桌上见到他，聊一聊我错过的一切，见见他的孩子们……还有文森特，可爱的文森特。你知道他还有个弟弟吗？我有两个孙子！两个！不管怎么说，我都要对我的儿子道一声抱歉。你知道这有多重要吗？哦，露易莎，你可以抱着某种错位的自豪感所造成的伤害不放，或者可以直接放手，享受剩下的所有珍贵时光。”

她把两只手坚定地放在膝盖上。

“所以这就是我计划要做的事情。”

“可你不能这么做。你不能一走了之。”我哭了起来，不确定这话从何而来。

“哦，亲爱的姑娘，我真希望你不要对此大惊小怪。好了，好了。别哭了，求你。我还要请你帮个忙呢。”

我擦了擦鼻子。

“这就是棘手的地方。”她有些费力地吞咽了一口，“他们不愿带走迪恩·马丁。对此，他们十分抱歉。是过敏之类的问题。我本想告诉他别傻了，它必须跟着我，可是老实说，我一直很担心它未来的遭遇——你懂的，在我离开人世之后。毕竟它的寿命还长着呢，肯定比我长多了。”

“所以……我不知道你能否替我照顾它，它似乎很喜欢你。在你用那么可怕的方法把这个可怜的家伙抓走之后，天知道是为什么。这种动物肯定拥有格外宽仁的灵魂。”

我隔着蒙眬的泪眼凝视着她，说：“你想把迪恩·马丁送给我？”

“是的。”

我低头看了看那只正一脸期待地等在她脚边的小狗。

“我以朋友的身份问你能否……能否考虑一下，为了我。”

她专注地望着我，一双浅色的眼睛审视着我的目光，噘起了嘴唇。我的脸扭曲了。我为她感到高兴，但一想到要失去她，我就感到心碎。我不想再孤身一人。

“好。”

“你愿意？”

“当然。”说到这里，我再次泪如雨下。

玛格特的身子如释重负地松懈下来。

“哦，我就知道你会的。我就知道，我就知道你会照顾它的。”她微笑着，仅此一次没有责备我的眼泪，而是靠上前来，手指紧紧攥住我的一只手。“你就是那种人。”

两周之后，他们接走了她。我曾在转瞬间想过这个问题，但料想谁也无法确定她还剩下多少时日。

小弗兰克支付了成堆的管理费账单——考虑到这间公寓有可能由他来继承，而不是被奥维茨先生所占有，这一举动看似也没那么无私了——不过玛格特选择把这看作是出于爱。我也没有理由不做出同样的选择。能够再次有她陪在身旁，他看起来无疑是快乐的。夫妻俩在她的身旁忙前顾后，查看她是否舒服，有没有吃完所有的药，会不会太累、头晕、感觉不适或是需要喝水，直到她拍了拍双手，假装不耐烦地翻了个白眼。不过她就是在装装样子。自从把事情告诉我以来，她几乎就没有停止过提起他。

据小弗兰克说，我可以留在这里，“在可预见的未来”照看这个地方——我想这意味着在玛格特去世之前，尽管谁也不曾把话大声地说出来。显而易见，房产中介曾经说过，没有人会愿意原样租下这座房子，而在“可以预见的”那件事发生之前就将它摧毁，似乎有些不太得体。于是，我就被赋予了临时照管人的身份。玛格特也三番两次地指出，这能在帮助迪恩·马丁适应新环境的同时稳定情绪。我不确定小弗兰克会把一只狗的精神健康放在自己所关心的问题清单前列。

她走的时候只带了两只行李箱，还穿上了她最喜欢的其中一身套装，绿色的仿羔皮呢夹克和短裙，加上一顶与之相配的平顶无边桶帽。我为这身装扮装饰了一条午夜蓝色的圣罗兰丝巾，在她细细的脖子周围打了一个结，以掩盖如今会从衣领里钻出来、看了让人心疼的瘦削脖颈。作为点睛之笔，我还翻出了一对蓝绿色的天然形状磨圆宝石耳环。我担心她可能会太热，但她似乎愈发的瘦小脆弱，即便是在最暖和的天气里也会抱怨太冷。站在外面的人行道上，我怀抱着迪恩·马丁，看着她儿子和文森特监督别人把她的箱子搬上车。她还核实了一下他们真的带上了她的珠宝盒——她计划把其中稍有价值的几样送给小弗兰克的妻子，另外几样则留给文森特“结婚的时候”用——似乎为它们已经被安全地装好心满意足。她缓缓地朝我走来，身子沉重地靠在拐杖上：“好了。亲爱的。我给你留了一封信，上面写了我要吩咐的所有事情。我没有告诉阿肖克我要走了——不想引起任何的忙乱。不过我在厨房里为他留了点东西。要是你能在我们离开之后将它转交出去，我将十分感激。”

我点了点头。

“我在另一封信里写了你需要为迪恩·马丁做的所有事情。你一定要遵循它的习惯，这至关重要，它就喜欢这样。”

“你不必担心。我会确保他过得快快乐乐的。”

“什么肝脏零食都别给它吃了，它会乞求你给他一些，但那种东西会害它生病的。”

“不吃肝脏零食。”

玛格特咳嗽起来，也许是因为说话太费力了，等了好一会儿才喘过气来。她撑着拐杖站稳身子，抬起头看了看自己住了半个多世纪的大楼，伸出一只虚弱的手为自己遮挡着阳光。片刻之后，她坚定地转过身，仔细审视着中央公园，那片长久以来一直属于她的风景。

小弗兰克在车子那里呼喊着她，还弯下腰，想要更清楚地看到我们。他的妻子穿着浅蓝色的防风夹克站在副驾驶门旁，双手焦虑地握在一起——她显然不是个喜欢大城市的女人。

“妈妈？”

“等一下，谢谢你，亲爱的。”

玛格特挪动身子，好让自己能够站在我的正前方，伸出了一只手。在我抱着它时，她用布满仿佛大理石般皱纹的瘦削手指抚摸着它的头，三次，四次。“你是个好小伙子，对不对，迪恩·马丁？”她温柔地说，“一个非常好的小伙子。”

小狗全神贯注地回望着她。

“你真是最英俊的小伙子。”她嘴里的最后一个字破音了。

小狗舔了舔她的手掌，于是她迈步向前，亲吻了它皱皱巴巴的额头，紧闭着双眼，双唇久久按在它的头上，以至于小狗晃来晃去的两只眼睛都鼓了出来，爪子在她的身上扒来扒去。她的脸一下子陷了下去。

“我——我可以带它来看你。”

她一直把脸按在它的身上，闭着眼睛，无视噪音、车流和身边的那些人。

“你听到我说的了吗，玛格特？我是说，一旦你安顿好了，我们可以坐着火车出城去……”

她直起身子，睁开双眼，低头凝视了片刻。

“不用了，谢谢你。”

趁我还没来得及说些别的，她便转过身，说：“好了，请带它去散步吧，亲爱的，我不想让它看到我离开。”

她儿子已经从车里出来，站在人行道上等待了。她挥手拒绝他伸出来的那只手。我好像看到她眨着眼睛将眼泪咽了回去。不过，鉴于我自己似乎也已泪流满面，因此很难说看清楚了。

“谢谢你，玛格特。”我喊道，“谢谢你所做的一切。”

她摇了摇头，抿着嘴唇：“好了，走吧。求你了，亲爱的。”她在儿子走上前、伸出一只手时朝着汽车转过身去。我不知道她接下来做了什么，因为我按照她的吩咐把迪恩·马丁放在人行道上，低头快步朝中央公园走去，没有理会人们好奇的目光。他们一定在猜测，上午十一点，一个穿着亮晶晶热裤和紫色丝绸短夹克的女孩为何会在大庭广众之下掉眼泪。

我在迪恩·马丁的小腿能够忍受的情况下尽可能走得远了一些。在杜鹃花池塘附近，它反抗着停下了脚步，吐着那条小小的粉色舌头，一只眼睛微微低垂了下来，于是我俯身抱起它。我的双眼已经哭得红肿，仿佛再吸一口气胸口就会重新痛苦地啜泣起来。

老实说，我从不是个喜欢动物的人，此刻却突然理解了把脸埋进另一种生物柔软的皮毛中，以及为了它的幸福必须要做的众多小事能给你带来怎样的安慰。

“唐威特太太去度假了吗？”我进门时，阿肖克正站在办公桌背后。我低着头，戴着蓝色的塑料墨镜。

我还没有力气告诉他。“是啊。”

“她没告诉我取消她订的报纸，我最好赶紧去办。”他摇了摇头，把手伸向了一本账簿，“知道她什么时候回家吗？”

“我稍后再告诉你吧。”

我缓缓走上楼梯，怀中的小狗一动不动，像是十分害怕可能被再次要求迈动自己的腿。很快，我径自钻进了公寓。

屋里一片死寂，已然被她的离开所击穿。要知道，她住院的那段时间，家里可从没有这样过，静止的温暖空气中沉淀着灰尘的颗粒。我心想，几个月之内，就将有另外一个人搬进来，撕掉二十世纪六十年代的壁纸，拆毁毛玻璃家具。这里将被改头换面、重新设计，成为某个繁忙主管或是带着幼子、富有得可怕的家庭的避难所。想到这儿，我的心里就感到空虚。

我给迪恩·马丁倒了些水，还拿了一把干狗粮作为零食，然后缓缓穿过公寓，行走在衣服、帽子和满墙的回忆中，告诉自己不要去想那些悲哀的事情，而是应该去想这个老太太一想到自己能和唯一的儿子一起生活时，脸上的光彩。这是种翻天覆地的喜悦，让她满脸的倦容焕发出了神采，双眼都闪烁着光芒。这让我好奇，在他常年缺席的时光中，这些值得纪念的东西中有多少曾被她当作让自己回避的道具。

玛格特·德威特，风尚女王，出类拔萃的时尚编辑，她那个时代的先锋女性，建起了一道墙——一道漂亮、华丽而又多彩的墙，告诉自己这一切都是为了某个重要的人。在他回来的那一刻，她不曾回头望上一眼，就将它彻底摧毁了。

过了一段时间，当自己的眼泪放慢速度、变得断断续续时，我才从桌上拿起第一个信封，动手将它拆开。信是玛格特用优美的圆体字写就的。圆体字是那个曾会通过字迹来评判一个孩子的时代残留下来的印记。正如她所承诺的那样，信中包含小狗喜欢的饮食、吃饭的时间、兽医需求、疫苗和预防跳蚤、蠕虫的时间安排。信中还告诉了我去哪里寻找它各式各样的冬装——雨天、风天和雪天各有不同的装束——以及它最喜欢的香波品牌。它还需要进行牙齿除垢、耳朵清洁一以及——我畏缩了一下——肛门腺清洁。

“她要求我接管你的时候可没跟我说过这件事。”我对它说。它仰起头，呻吟了几声，又再次垂下了头。

她还进一步列举出了信件该被转递到哪里，以及打包公司的联系方式等细节——他们不该拿走的东西要留在她的卧室里；我应该写一张便条钉在门上，告诉他们不要进去。所有的家具、灯具和窗帘都要被搬走。她儿子和儿媳的名片都在信封里，要是我希望联系他们做进一步说明的话。

现在要说到要紧的事了。露易莎，我从未亲口感谢过你找到文森特——这个温和反抗的举动为我带来了太多意外的快乐——但我现在想要谢谢你。还要感谢你照顾迪恩·马丁。能让我信任地托付、又能和我一样爱它的人没有几个，但你是其中之一。

露易莎，你是一种宝藏。你总是太过谨慎，不愿告诉我细节，但别让你与隔壁那个愚蠢家庭之间发生的任何事黯淡了你的光芒。你是个勇敢而光鲜的惊人小生物，我会一辈子感恩他们的损失反倒成了我的收获。谢谢你。

本着感恩的精神，我想把自己的全部衣服都送给你。我心知肚明，对其他任何人来说——也许除了那家令人厌恶的服装店里你几个唯利是图的朋友们——这将是一堆垃圾。不过，你能看到我衣服的本质。随你怎么处置它们好了——留下一些，卖掉一些，无所谓。但我知道你会从中获得快乐。

以下是我的一些想法——尽管我十分清楚，没人会真的愿意要一个老太太出的主意：建立你自己的店铺，把它们租出去，或是卖掉。那两个女孩似乎觉得这其中是有利可图的——嗯，我突然想到，这对你来说是个完美的职业，足以让你创立一家公司。不过，当然了，你对自己的未来可能还有别的想法，好得多的想法。你能让我知道你做了什么决定吗？

总之，亲爱的室友，我很期待收到你的消息。请替我亲吻那只小狗，我已经非常想念它了。

致以最亲切的问候，玛格特

放下信，我一动不动地在厨房里坐了一会儿，然后走进玛格特的卧室和其中的更衣室，仔细端详着鼓鼓囊囊的衣架，审视着一套又一套的衣服。

一家服装店？我对经商一无所知，在经营场所、账目或与大众打交道方面也是一窍不通。对于自己生活的这座城市遵循什么规则，我还一知半解，没有固定的住址，做过的每份工作几乎都会搞砸。玛格特到底为何相信我能建立起一项全新的事业啊？

我用手指抚摸着午夜蓝色的天鹅绒衣袖，把那件衣服拽了出来：豪斯顿牌的连身衣裤，几乎被直接剪到了腰部，搭配网眼衬里。我小心翼翼地把它塞回去，又抽出了一条连衣裙——白色的英式刺绣，裙摆上带着一大堆的皱褶。我顺着第一栏走下去，不知所措，满心胆怯。我才刚刚接手拥有一只狗的责任，该如何处置满满三个房间的衣服呢？

那天晚上，我坐在玛格特的公寓里，打开了《幸运之轮》节目。我吃掉了上一顿晚餐为她烤的她没吃完的鸡肉（我猜她把大部分鸡肉都偷偷塞到桌下喂了狗）。我没有听到瓦娜·怀特在“神秘楔子”上说出或是喊出了什么字母，而是想起了玛格特对我说过的话，好奇她眼中的我是个什么样的人。

总之，露易莎·克拉克是谁？

我是女儿、妹妹，眼下还成了某种代理妈妈。我是个会照顾其他人的女性，可即便到了现在，我对于如何照顾自己却似乎还是没有头绪。在面前的闪亮轮盘转起来前，我试着去思考自己真正想要什么，而不是其他人似乎替我想要的。我想起了威尔实实在在告诉过我的——不要生活在某种圆满生活的间接想法中，而是要去实现自己的梦想。问题在于，我不认为自己真正明白过梦想为何物。

我想起了走廊另一头的艾格尼斯，一个努力说服所有人、她能把自己硬塞进一种新生活中的女人。然而她心中最必不可少的那个部分却拒绝为她抛在身后的那个角色去哀悼。我想起了我妹妹，想起她刚一迈出理解自己真正是谁的那一步，便找到了满足。一旦她允许自己这么做了，就能如此轻易地迈进爱情之中。我想起了我母亲，一个在照顾他人的过程中被固化了的女性，以至于获得了自由却再也不知该何去何从。

我想起了自己爱过的三个男人，想起了他们每个人曾经如何改变过我，或是试图改变我。威尔曾在我的身上留下过不容置疑的印记，透过他为我着想而设置的棱镜，我见识了一切。我也会为你改变，威尔。如今我明白了——你可能一直都知道。

勇敢地生活，克拉克。

“祝你好运！”《幸运之轮》的主持人喊道。

轮盘再一次转了起来。

我意识到，这就是我真正想做的事情。

接下来，我花了三天的时间整理玛格特的所有衣物，将它们分门别类：六个不同的年代，其中又细分成日间装束、晚礼服和特殊场合着装。我把所有需要小修小补的东西都拿了出来——遗失的纽扣、蕾丝破洞、各种小孔小眼——为她是如何设法避免了虫蛀，又有多少针脚丝毫没有被拉扯过、仍旧整整齐齐而感到惊讶。我会把衣服拿到自己的身上比画比画，试穿一下，掀起塑料罩子，兴奋而敬畏地轻轻叫出声来，搅得迪恩·马丁会竖起耳朵，然后一脸嫌恶地走开。我还会到公共图书馆去，花上半天的时间，查找有关创立小型企业、税收要求、补助金和所需文件的一切，打印出的文档资料与日俱增。后来，我还带着迪恩·马丁去了一趟古着百货店，和姐妹俩坐下来，询问哪里干洗精致衣物最好，哪间杂货店能买到最上乘的丝绸衬里修补面料。

听到玛格特把一切都馈赠给我的消息，她们都很兴奋。“我们可以把你手里的所有东西都买走。”莉迪亚边说边朝着空中吹出了一个烟圈，“我的意思是，为了这类货品，我们可以申请一笔银行贷款。对吗？我们可以给你出个好价钱，足够你为一间着实不错的出租屋支付押金了！我们认识的一家德国电视台对此很有兴趣，他们有一档二十四集的多代同堂电视剧，想要——”

“谢谢，不过我还没有决定该如何处置这些东西。”我答道，试着不去注意她们的脸色沉了下来。对于这些衣服，我已经萌生了些许的保护欲。于是，我俯身向前，靠在了柜台上。“不过我还有一个想法……”

第二天早上，在我试穿一套二十世纪七十年代的绿色“朱迪”·奥西·克拉克衣裤套装，检查衣服有没有腐烂的针脚或小孔时，门铃响了。“稍等，阿肖克。稍等！让我把狗抓住。”我边喊边把对着房门狂吠的迪恩·马丁一把抱了起来。

站在我面前的人是迈克尔。

“你好。”从震惊之情中缓过神来，我冷冷地说道，“有什么事吗?”

他努力不对我的打扮挑起眉毛，说：“高普尼克先生想要见你。”

“我是合法住在这里的，是德威特太太邀请我继续留下来的。”

“和这无关。老实说，我不知道是什么事情。不过他想要找你谈谈。”

“我真的不想和他说话，迈克尔。不过，无论如何还是要谢谢你。”我作势要关上房门，可他却把一只脚伸了进来，拦住了我。我低头看着那只脚，小狗低沉地咆哮起来。

“露易莎，你知道他是什么样的人。他说在你同意之前，我是不能离开的。”

“那就告诉他亲自到走廊这头来，距离也不远。”

他压低了嗓门：“他不想在这里见你，而是要在他的办公室里私下和你见面。”他看上去一反常态地不太自在，像个曾经自诩是你最好的朋友，没过多久就把你像块炙热的石头一样丢下的人。

“告诉他，我今天上午晚些时候也许可以过去。等迪恩·马丁和我散步回来。”

他仍旧纹丝不动。

“怎么了？”

他看上去几乎是在哀求：“车在外面等着呢。”

我带上了迪恩·马丁。在我隐约的焦虑面前，它还是很能让我分心的。豪华轿车里，迈克尔坐在我的身旁，迪恩·马丁则同时怒视着他和驾驶座的背后。我沉默不语地坐着，不知高普尼克先生现在到底要做什么。要是他决心起诉，肯定会派警察上门，而不是派自己的车接我。难道他是故意等到玛格特离开之后才下手吗？难道他还发现了其他可以怪罪我的事情？我想起了史蒂芬·利浦科特和验孕棒的事，不知若是他直截了当地问我都知道些什么，我该如何作答。威尔总是说，我一本正经的表情最差劲了，于是在脑海中练起了“我什么都在不知道”的说辞，直到迈克尔用犀利的眼神瞪了我一眼，才意识到自己把话大声说出了口。

我们在一座巨大的玻璃建筑前停了下来。迈克尔迈着轻快的脚步穿过又大又深、铺设着大理石的走廊，但我拒绝加快脚步，而是任由迪恩·马丁按照自己的步伐从容地迈着步子，即便我能看出这激怒了迈克尔。他从保安那里取了一张通行证递给我，然后指引我朝着大堂背后某部独立的电梯走去——高普尼克先生这种人太重要了，是不能和工作人员一起上下楼的。

我们来到第四十六层，行走的速度快得让我的双眼都快和迪恩·马丁一样凸出来了。我迈出电梯，踏进一片寂静的办公室，试着掩饰自己的双腿有些微微颤抖。一名穿着量身定制的完美西装裙、脚踏高跟鞋的秘书对我露出了不可置信的表情——我猜他们这里没有多少人会穿二十世纪七十年代的翠绿色奥西·克拉克长裤套装，上面配着红色的缎边，手里还紧紧夹着一只狂怒的小狗。我跟随迈克尔沿着走廊进入了另外一间办公室，只见里面坐着另外一个女人，同样穿着完美无瑕的工装制服。

“黛安，克拉克小姐来见高普尼克先生了。”他说道。

她点了点头，举起电话，对着话筒低声嘟囔了些什么。“他现在可以见你。”说罢，她微微一笑。

迈克尔为我指了指房门。“你想让我帮你看着狗吗？”他问道。显然，他迫切地希望我不要把狗带进去。

“不必了，谢谢。”我一边说，一边把迪恩·马丁夹得更紧了。

门开了，莱昂纳德·高普尼克穿着衬衫站在那里。

“谢谢你答应来见我。”说到这里，他关上了身后的房门，伸手指了指办公桌另一边的那张椅子，缓缓绕到了桌子对面。我注意到他走起路来明显一瘸一拐，不知道内森和他在一起都做了什么。他总是十分谨慎地不愿讨论这件事情。

我什么话也没有说。

他慢慢坐在了自己的椅子上。我注意到，他一脸倦容，就算是花大钱去做美黑也无法掩盖眼下的眼袋与眼周焦虑的皱纹。

“你负起责任来还挺认真的。”他边说边指了指小狗。

“我一向如此。”我答道。他点点头，仿佛这是一句公平的反驳。

说到这里，他俯身靠在了办公桌上，把手指搭成了尖塔的形状：“露易莎，我不是一个常会发现自己难以启齿的人，可是……我承认，我现在很难开口。两天前，我发现了某件事情，某件让我十分震惊的事情。”

他抬起头来看着我，而我也坚定地回望着他，摆出了一副不露声色的表情。

“我的女儿塔贝莎开始……怀疑自己听到了某些事情，于是私下里展开了调查。我对此不太开心——作为一家人，我们不该调查彼此。不过，当她告诉我那位先生发现了什么时，我却完全无法忽视。我和艾格尼斯谈过了，她把一切都告诉了我。”

我等待着。

“是那个孩子的事情。”

“哦。”我应了一句。

他叹了口气：“在几次非常——全面的探讨过程中，她还向我解释了钢琴的事情。我明白，买琴的钱是你按照吩咐每天从附近的自动取款机里分批取出来的。”

“是的，高普尼克先生。”我答道。

他低下了头，仿佛还曾怀抱一线希望，妄想我也许会否认这些事实，告诉他这全都是胡说八道，私家侦探简直是信口雌黄。

最终，他坐在椅子上缓缓向后靠了过去：“我们似乎对你犯下了一个大错，露易莎。”

“我不是小偷，高普尼克先生。”

“显而易见。但是，出于对我妻子的忠诚，你准备让我相信这是你做的。”

我不确定这是否是一种批判。“我不觉得自己有什么选择。”

“哦，你有。你绝对有的可选。”

我们沉默不语地在冰冷的办公室里坐了片刻。他用手指轻敲着自己的办公桌。

“露易莎，我花了大半夜的时间试图想清该如何纠正这样的情形。我想为你提供一份工作。”

我等待着。

“我想恢复你的职位。当然，你将得到更好的待遇——更长的假期、更高的工资、大大改善的福利。要是你不想住在原来的地方，我们还可以安排附近的住宿。”

“一份工作？”

“艾格尼斯还没有找到任何一个能像你一样讨她喜欢的人。你不仅仅证明了自己，而且我还要对你的……忠诚和长期的谨慎深表谢意。你走后我们招来的那个女孩……怎么说呢，无法胜任这份工作。艾格尼斯不喜欢她。她把你更多地看作是……一位朋友。”

我低头看了看狗。它也抬头望了望我，看上去显然不为所动。“高普尼克先生，我万分荣幸，但如今再出任艾格尼斯的助理，我感觉不太舒服。”

“还有其他的职位，我公司里的职位。我明白你还没有其他工作。”

“谁告诉你的？”

“我的大楼里很少有什么事是我不知道的，露易莎。至少通常是这样的。”他露出了一个揶揄的微笑，“是这样的，我们的行销与管理部门都有空缺的职位。我可以让人力资源部绕开某些录取要求，为你提供培训。或许，我可以准备在自己的慈善部门里创立一个职位，要是你感觉这才是你的兴趣所在。你觉得呢？”他坐在那里向后靠去，一只手臂搭在办公桌上，手里松松地握着乌木色的钢笔。

另一种生活的图景浮现在我的眼前——我，穿着套装，每天赶到巨型玻璃围绕下的办公室里上班。露易莎·克拉克，薪酬不菲，生活在某个我可以担负得起的地方。一个纽约客。仅此一次，不必照顾任何人，只需要向上攀登，头顶高天，任我飞翔。这将是一段全新的人生，是真实版的美国梦。

我想到，若是自己答应，家人会为我感到骄傲的。

我想到了市中心一座破旧的库房，里面堆满了其他人的旧衣服。“高普尼克先生，再重申一次，我万分荣幸，不过还是算了。”

他表情僵硬地说：“所以你想要的的确是钱。”

我眨了眨眼睛。

“我们生活在一个好打官司的社会里，露易莎。我知道你掌握了有关我家庭的高度敏感信息。如果你追求的是一个大数目，我们可以谈一谈。我会带上我的律师加入讨论。”他弯下身，把一只手指放在了对讲机上，“黛安，你能不能——”

就在这一刻，我站了起来，把迪恩·马丁轻轻放在了地上：“高普尼克先生，我不想要你的钱。如果我想起诉你或是——利用你的秘密发财，几个星期以前就已经动手了，在我丢了饭碗或是没有任何地方可住的时候。眼下，你错看我了，就像你当初错看我一样。我现在想要离开了。”

他把手指从电话上拿开了。“请……坐下，我并不是想冒犯你。”他用手势示意了一下座椅，“请坐，露易莎，我需要解决这件事情。”

他不信任我。现在我明白了，高普尼克先生生活在一个金钱与地位远远高于其他一切东西的世界里，以至于很难想象若是有机会，一个人竟然不会试图从中索取钱财。

“你想让我签署什么东西。”我冷冷地答道。

“我想知道你要的价钱。”

就在这时，我突然冒出了一个念头。也许我的心里的确是存在一个数目的。

重新坐下片刻之后，我把这个数目告诉了他。自打我们认识九个月以来，他第一次露出了着实大吃一惊的表情。

“这就是你想要的吗？”

“这就是我想要的，我不在乎你怎么去做。”

他靠回椅子上，把双手背在了脑后，目光望向一边，想了想，然后又转回来望着我。“我宁愿你回来为我工作，露易莎·卡拉克。”说罢，他笑了，第一次把手伸到办公桌另一边，握了握我的手。

“你的信。”在我走进门时，阿肖克说道。高普尼克先生吩咐车子送我回家，可我却要求司机把我放在两个街区以外的地方，好让迪恩·马丁能够伸展一下腿脚。这一次的会面仍旧让我颤抖不已，我感觉头重脚轻，得意扬扬，仿佛自己无所不能。阿肖克叫了我两次，我才注意到他在说些什么。

“给我的？”我低头看了看地址——除了父母，我觉得没有人知道我住在德威特太太家。妈妈总是喜欢发电子邮件给我，说她写了封传统的信，好让我能时常去看一看。

我跑上楼，给迪恩·马丁倒了点水，然后坐下来拆信。那字迹十分陌生，于是我把信翻了过来。信是用黑色墨水在廉价的复印纸上书写的，还被划了几道，好像作者曾经挣扎着不知该说些什么。

是山姆。

30
两地书，真心言

亲爱的露：

我们上一次见面时，我没有完全坦言。所以现在写信给你，不是因为我觉得这能改变什么，而是因为我曾经欺骗过你。重要的是，我想让你知道，我永远不会再去误导或是欺骗你。

我没有和凯蒂在一起。上一次见到你时，我没有和她在一起。我不想说得太多，因为答案很快就明朗了起来，我们完全不是一路人，而我犯了一个巨大的错误。要是诚实地说，我觉得自己从一开始便心知肚明。她已经申请了调任。尽管总部办公室的人不太高兴，似乎还是会批准的。

我感觉自己就像个傻瓜，理当如此。我没有一天不希望日日都能为你写下几行书信，就像你要求的那样，或是偶尔寄上一张明信片。我应该抓得更紧一些，应该在我有所触动时告诉你我做何感受。我应该尝试得更努力一些，而不是一想到所有曾把我抛在身后的人，就给自己举办一场失恋派对。

正如我所说的，我写信给你不是为了改变你的心意。我知道你的生活已经向前看了。我只想对你说声“对不起”。我一直在为发生过的事情感到后悔，且真心地希望你能幸福（这些话在葬礼的时候令人有些难以启齿）。

自己珍重，露易莎。

永远爱你的，山姆

我觉得头晕眼花，紧接着还有点恶心反胃，于是倒吸了一口气，吞下了一股让人很想哭却说不清、道不明的感情。不一会儿，我把信攒成一团，咆哮着用力丢进了垃圾桶。

我给玛格特发了一张迪恩·马丁的照片，还附上了一封简短的信，向她汇报小狗一切都好。只为了让自己冷静下来，我在空荡的公寓里走来走去，骂了几句脏话。我从玛格特落满灰尘的酒柜里倒了一杯雪莉酒，三大口就喝光了，尽管现在还不到午饭时间。没过多久，我又从垃圾桶里把信捡了出来，打开笔记本电脑，背靠着玛格特家的前门，在门厅的地板上席地而坐，好用高普尼克家的无线网给山姆发封电子邮件。

这封信里都是些什么废话？你为什么要现在把它寄给我？在经历了这一切之后？

不出几分钟的工夫，回信就来了，仿佛他一直坐在电脑旁等待似的。

我明白你的愤怒。我可能也会愤怒。可莉莉说你在考虑结婚，还有你在小意大利寻找公寓的事。这只会让我想到，若是现在不告诉你，一切就太迟了。

我目不转睛地盯着屏幕，皱起眉头，重读着他写的内容——两遍。紧接着，我写道：

莉莉告诉你的？

是的。她还说你觉得这有些操之过急，不想让他觉得你是为了居住权才结婚的。可他求婚的方式让你无法拒绝。

我等了几分钟才小心翼翼地打下了这段话：

山姆，求婚的事她都对你说了些什么？

乔希在帝国大厦的楼顶单膝跪地？他还雇了一个歌剧演员？露，别生她的气。我知道自己不该强迫她告诉我。我知道这和我没有任何关系。但我那天只想问她你好不好。我想要知道你的生活发生了什么。后来，她说的一切让我有些震惊了。我告诉自己，只要你幸福，我就开心。可我一直在想：假使我是那个家伙会怎样？假使我——我不知道——把握住了时机，会怎样？

我闭上了双眼。

所以你写信给我，就是因为莉莉告诉你，我要结婚了？

不，无论如何我都想写信给你。自从在斯托特福德见到你以来，我就想落笔了，只是不知道该说些什么。不过我猜，一旦你结婚之后——特别是你这么快就结婚——我就什么都不可能说了。也许我就是这么传统。

是这样的，说白了，我只想让你知道我很抱歉，露。就是这么回事。若是此话不合时宜，对不起。

过了一阵子，我才再次写下了一句：

好吧，嗯，谢谢你告诉我。

我关上电脑的盖子，向后靠在前门上，久久闭着眼睛。

我决心不去想它。在让自己别再想些什么事情方面，我颇为擅长。我做了几件家务，带着迪恩·马丁散了步，在令人窒息的高温中坐着地铁去了东村，和姐妹俩讨论了建筑面积、隔断、租约和保险的事情。我没有去想山姆。

我没有想他，在我遛着狗经过无处不在、令人作呕的垃圾车时，或是躲开按着喇叭的联邦快递厢式货车时，或是在苏荷区的鹅卵石上扭伤我的脚踝时，抑或是在穿过地铁的十字转门时衣服带子被钩住时。我背诵着玛格特的话，做着我喜欢的事情。如今，它已经从一个萌芽般微不足道的念头长成了充满了氧气的巨大泡泡，在我的体内膨胀起来，稳稳地将其他的一切都推了出去。

我没有去想山姆。

三天之后，他的第二封信到了。

这一次，在阿肖克从我的房门下塞进来的信封上，我认出了那潦草的字迹。

我想了想我们的电子邮件往来，只想再和你说几件事情（你没说过我不能，所以我希望你别把这封信撕掉）。

露，我从不知道你会想要结婚。眼下，我为自己竟然没有问过你而自觉愚蠢。我不曾意识到你是那种会在心里默默渴望什么浪漫壮举的女孩。可莉莉对我说了许多乔希为你做的事——每个星期的玫瑰花、昂贵的晚餐之类——我就坐在这里心想……我真的就这么无动于衷吗？我怎么能仅仅坐在这里，希望自己连试都不用试就能让一切都好起来？

露，难道我错得这么离谱吗？我只需要知道，我们在一起的这段时间里，你是否从始至终都在等待我做出什么壮举？我有没有误解你？如果是我误解你了，再次抱歉。

如此频繁地自省有点奇怪，特别当你是个不那么倾向于自省的人。我喜欢动手，不喜欢思考。但我猜，我在这里需要吸取教训，所以恳请你能够告诉我。

我取来玛格特的一张顶部写有地址的褪色便笺，划掉她的名字，落笔写道：

山姆，我从未想过要你做出什么壮举。丝毫也没有。

露易莎

我跑下楼，把信交给阿肖克邮寄出，然后再以同样快的速度跑开，假装没有听到他询问我是否一切都好。

接下来的那封信是几天之内寄到的。他的每一封信都是特快专递送来的，一定花了他一大笔钱。

可是，你想过，你想要我写信。可我并没有这么做，总是太累，要不就是——老实说——太难为情。仅在纸上咕咕哝哝感觉不像是在对你说话，像是在假装。

后来，我越不那么做，你在那里的生活就适应得越好、改变就越大，我感觉——好吧，不管怎么说，我到底为何必须要告诉她呢？她去的都是些华丽的舞会和乡村俱乐部，出行坐的都是豪华轿车，享受着终生难忘的时光；而我出行坐的是东伦敦的一辆救护车，接走的则是酒鬼和从床上掉下来的单身退休老人。

好了，我现在要跟你说些别的事情了，露。要是你永远不想再听到我的消息，我能理解，但现在我们又说话了，我必须要说：我并没有为你感到高兴。我不觉得你应该嫁给他。我知道他既聪明又英俊还多金，在屋顶露台上和你吃晚餐时会雇人演奏弦乐四重奏之类的，但他的身上有些什么让我无法信任。我觉得他不适合你。

啊，真是一派胡言。这甚至和你都没有关系。我快被逼疯了，我讨厌想到你和他在一起。就连想到他用一只手臂揽住你，都会让我想用拳头捶些什么。我再也无法好好睡觉了，因为我已经变成了一个愚蠢又嫉妒的家伙，不得不让自己的心思瞄准别的事情。你了解我——我可是个在哪都能睡着的人。

你读到这封信时可能会想，很好，你这个浑蛋，罪有应得。你有权这么说。

别仓促地去做任何事情，好吗？确保他真的是你所值得拥有的一切。或者，你懂的，根本就别嫁给他。

山姆

亲亲

这一次，我好几天都没有回复，去哪儿都带着这封信。在古着百货店里没什么顾客时，在哥伦布环岛附近某家对狗十分友好的路边小馆驻足喝杯咖啡时，都会看看它。晚上钻进下陷的床铺里，我会重读信中的内容，就连泡在玛格特家小小的粉橙色浴缸里时都在想它。

后来，我终于写下了回信：

亲爱的山姆：

我已经不再和乔希在一起了。借用你的话来说，原来我们完全不是一路人。

露

又及：不管怎样，想到自己试图吃东西时会有一位小提琴家在我的身边徘徊，我的脚趾就会卷起来。

31
生活本来丰富多姿

亲爱的露易莎：

几个星期以来，这是我第一次好好睡了一个晚上。你的信是我清晨六点下了夜班回来时发现的。我必须要告诉你，它让我高兴得眉飞色舞，以至于想要像个疯子一样大喊出来、跳上一段舞，可我的舞跳得太烂，也没有人可以交谈，于是反倒走过去把母鸡放了出来，坐在台阶上对着它们讲话（它们没有太感动，可它们懂什么呢?）。

所以，我可以写了吗?

眼下，我想要说些什么。工作时，我八成的时间都着实在傻乎乎地露齿微笑。我的新搭档（戴夫，四十五岁，绝对不会给我带法国小说）说我会吓到病人的。

告诉我你怎么样了。你还好吗? 你难过吗? 你听起来并不难过。也许我只是希望你别难过。

跟我说说话吧。

爱你的山姆

大部分日子里都会有书信寄来。有些是东拉西扯的长信，有些则只有寥寥几行，或是一张照片，展示他如今已经建成的房子中各个不同的地方，或干脆是母鸡的特写。有些时候的信还是冗长、探究而热情的。

我们进展得太快了，露易莎·克拉克。也许我的受伤加速了一切。毕竟，在你真的徒手捧过别人的五脏六腑之后，是不能不择手段地和他们在一起的。所以这也许是一件好事。也许如今的我们能够真正与彼此说话了。

圣诞节之后的我简直一团糟。我现在可以告诉你了。我喜欢感觉自己做的是对的，却不想去做对的事情。我伤害了你，这件事一直萦绕在我的心头。太多个夜晚，我直接放弃了睡觉，反而动手弄起了房子。要想让建筑工程完工，我十分推荐你表现得像个浑蛋一样。

我时常想起自己的姐姐，多半是她对我说过的话。你不必了解她，也能想象她现在会叫我什么。

日复一日，书信纷至沓来，有时二十四小时之内就有两封，有时通过电子邮件来补充，但多半只有冗长的手写随笔，这些信如同进入山姆头脑与心灵的窗户。有好几天，我几乎不想去阅读它们——害怕与这个曾经彻底伤害过我的男人重新亲密起来。其他日子里，我发现自己一早便会光着脚跑下楼，脚边跟着站在阿肖克面前踮着脚跳来跳去的迪恩·马丁，等待阿肖克在办公桌上的楔形邮箱里翻找。他会假装那里什么都没有，然后从夹克里掏出一封递给我，在我冲回楼上独自欣赏它时露出笑脸。

我一遍遍地读着那些信件，每读一封都会发现，在我离开之前，我们其实是多么不了解彼此，从而在心里为这个安静而又复杂的男人构建出了一幅新的画面。有些时候，他的信会让我难过：

真的抱歉。今天没有时间。在一场交通事故中失去了两个孩子。需要去睡觉。

又及：我希望你的日子里充满的都是好事。

不过，多半的信件并不是这样的。他会谈到杰克，说起杰克如何告诉他，莉莉是一个真正理解他作何感受的人；谈到他每周是如何带着杰克的爸爸沿着运河步道散步，或是迫使他帮忙粉刷新房的墙壁，只为了试着让他稍微敞开心扉（别再吃蛋糕了）。他还谈到了被狐狸偷走的两只母鸡，还有长在他菜园里的胡萝卜与甜菜根。他告诉我，圣诞节那天把我丢在我父母家之后，他是如何出于绝望和恼怒踢坏了摩托车的排气管，却一直没有修复凹痕，因为它有益于提醒他，我们不说话时的那种感觉有多糟糕。每一天，他的心扉都会更加敞开一些。每一天，我都能感觉更了解他一些。

我有没有告诉你，莉莉今天来了？我终于告诉了她，你和我又联络上了。她的脸色变成了水红色，还咳出了一块口香糖。说真的。我以为自己得用海姆立克法救她来着。

我会利用既不工作也不用带着迪恩·马丁散步的那几个小时写回信，告诉他我生活中的小插曲：小心翼翼地将玛格特所有的衣服进行分类、修补；还会寄去我试穿衣服的照片，仿佛它们是为我量身定做的（他告诉我，这些照片都被他钉在了厨房里）。我还告诉他，玛格特所说的服装店设想是如何在我的想象中生根，让我如何无法摆脱它的。我对他说起过自己收到的其他信件：玛格特寄来的写满细长潦草字迹的卡片——她仍在为儿子的宽恕满心欢喜——还有她的儿媳蕾尼给我寄来的可爱鲜花图案卡片。她向我汇报了玛格特日益恶化的病情，感谢我为她的丈夫带来了解脱，还为事情这么久才发生表达了内心的悲痛。

我还对山姆说起了自己是如何开始寻找公寓的，如何带着迪恩·马丁走进陌生的新街区——杰克逊高地、皇后区、公园斜坡，一只眼睛试图评估自己在床上遭人谋杀的风险，另一只眼睛则试着不为平方米数和费用之间令人大惊失色的差别而畏缩。

我告诉他，我如今每个星期都会和阿肖克一家吃饭。他们随意的揶揄和对彼此显见的爱意是如何让我想起了自己的家。我告诉过他，我的思绪会怎样一次又一次地回到外公身上，远比他还健在时更多；还想到摆脱了一切责任的妈妈是如何仍在止不住地为他伤心。我对他说起，尽管孤身一人的时间是数年来最多的，尽管住在空旷无人的公寓里，说来也怪，我是如何丝毫没有感觉到孤单的。

渐渐地，我会让他知道，生活中重新拥有了他，让他的声音在凌晨时分出现在我的耳边，知道我对他还是有意义的，对我来说意味着什么。尽管我们相隔那么多英里，他的感觉却是切切实实存在的。

终于，我告诉他，我想他。几乎是在按下“发送”的那一刻，我才意识到，这其实根本不能解决任何问题。

内森和伊拉里亚来吃晚饭。内森带了一提啤酒，伊拉里亚则带了没人想吃的辣猪肉配豆子砂锅菜。我想到伊拉里亚似乎经常做些没人想吃的菜。上个星期，她带了一道咖喱大虾过来。我明确记得艾格尼斯告诉过她，再也不要把这道菜端上桌。

我们把碗放在大腿上，肩并肩坐在玛格特的沙发上，用大块的玉米面包抹着浓郁的番茄酱，在看电视、聊天的同时，试图不要对着彼此打嗝。伊拉里亚问候了玛格特的身体情况，在我把蕾尼汇报的情况告诉她时，她在身上画起了十字，还悲哀地摇了摇头。作为回报，她告诉我艾格尼斯已经禁止塔贝莎到公寓里来，给高普尼克先生带来了很大压力。为了应对这个特别的家庭破裂问题，他选择了把更多的时间花在工作上。

“公平地说，公司那里发生了许多事。”内森表示。

“是呀，走廊对面也发生了很多事呢。”伊拉里亚朝我挑了挑半边眉毛。

“那个贱人有个女儿。”趁内森起身上厕所的工夫，她压低了嗓门说道，同时在餐巾上擦了擦手。

“我知道。”我回答。

“她要来探亲，跟着那个贱人的姐姐。”她嗤之以鼻地拔着裤子上的一根线头，“可怜的孩子。这不是她的错，她却要来看望一家疯子。”

“你会照顾好她的。”我说，“你最擅长照看孩子了。”

“那间浴室的颜色啊！”内森从房间里回来了，“我觉得没有人会把盥洗套间粉刷成薄荷绿色。你知道里面还有一瓶一九七四年的身体乳吗？”

伊拉里亚挑了挑眉毛，抿了抿嘴。

内森在九点十五分的时候离开了。在他身后的房门关上时，伊拉里亚压低了嗓门——仿佛他还听得到似的——告诉我他正在和布什威克的一个私人教练约会，对方想要他日日夜夜随时去看她。如今，奔波在那个女孩和高普尼克先生之间，他几乎没有时间和任何人说话。

“你有什么办法吗？”

“什么办法也没有，”我答道，“大家能怎么做，就怎么做吧。”

她点点头，仿佛我传授了她什么伟大的智慧，轻轻迈开步子沿着走廊回去了。

“我能问你点事情吗？”

“当然！纳蒂亚，亲爱的，把那个拿过去递给外婆，好吗？”米娜弯下腰，给了那孩子一小塑料杯的冰水。这是个闷热的夜晚，阿肖克和米娜公寓里的所有窗户都是敞开的。尽管有两顶电扇正徐缓地旋转，空气仍旧倔强得不肯移动。我们在小厨房里准备晚餐，每个动作似乎都能让我身体的一小部分粘在什么东西上。

“阿肖克伤害过你吗？”

米娜突然从炉灶旁转过身来，面对着我。

“我不是说在肢体上。只不过是……”

“我的感情？就是说，把我弄得一团糟？老实说，还好吧。他真的不是那块料。在我怀着拉查娜到四十二周时，他曾经嘲笑我像条鲸鱼。在荷尔蒙之类的东西消退之后，我多多少少不得不赞同他的话。哦，天哪，他为此付出了好大的代价呢！”想起这些，她开怀大笑起来，把手伸进橱柜里拿了些米。“又是你在伦敦的那个男人的事吗？”

“他会写信给我，每天，可我……”

“你什么？”

我耸了耸肩：“我害怕。我是那么爱他，分手分得那么难堪。我猜我只是害怕自己会重蹈覆辙，再摔一跤。我会让自己准备好迎接更多的伤害，这很复杂。”

“事情永远都不是那么简单的。”她在围裙上擦了擦手，“这就是生活，露易莎。好了，给我看看。”

“什么？”

“信啊。来吧，别假装你没有整天把它们带在身上。阿肖克说，他把信递过去时，你的表情都会变得多愁善感起来。”

“我以为门房应该更谨慎一些呢！”

“那个男人在我这里是没有任何秘密的，你懂的，我们对你在这里的生活遭遇到的迂回曲折抱有很高的期待。”她笑着伸出一只手，不耐烦地来回摇动着手指。我犹豫片刻，小心翼翼地从手提包里掏出了那封信。于是，无视几个年幼的孩子跑来跑去，不顾隔壁的母亲对着电视喜剧发出的模糊笑声，忽略身上的汗水和头顶电扇有节奏的咔嗒声，米娜低头看着我的信，读了起来。

最奇怪的事情在于，露，我花了三年时间建造这座该死的房子，痴迷于右侧的窗框、淋浴房的种类、该选白色塑料电源插座还是抛光镍材质的。如今房子已经完工，或者几近完工，墙上涂着明暗度完美的浅灰色涂料，嵌着翻新过的取暖炉和我妈妈帮我选的三褶衬布窗帘，我却独自坐在整洁的客厅里心想：哎，见鬼，这有什么意义呢？我造它是为了什么？

我想，我需要找点事做，让我从失去姐姐的事情上分心，于是便造了一座房子，这样就不必去思考。我造了一座房子，因为我需要相信未来。可如今它造好了，我环顾着空荡的房间，却没有丝毫的感觉。也许会为自己竟然真的完工了而感到骄傲吧，可除此之外呢？一无所获。

米娜注视了最后几行很久，紧接着将信叠好，小心翼翼地放在那一摞里，递还给我。“哦，露易莎。”她边说边把头歪向了一边，

“别这样，姑娘。”

1442 兰特恩大道
塔卡霍
韦斯切斯特，纽约

亲爱的露易莎：

望你一切都好，公寓也没有给你添什么麻烦。弗兰克说，承包商两个星期之内会去看房——你能在家放他们进门吗？时间快到时，我们会和你确定细节的。

玛格特这些天不喜欢动笔——觉得许多事情做起来都很疲惫，被药物弄得头晕眼花的——但我觉得你会想知道，她被照顾得很好。我们无论如何都不忍心送她去养老院，所以她会在非常友善的医务人员的帮助下和我们住在一起。她对弗兰克和我还有很多的话要说，哦，是的！大多数日子里，她把我们折腾得像无头苍蝇一样！我不介意，还很喜欢有人能让自己照顾。在她精神好的时候，能听到弗兰克小时候的各种故事真是令人开心。我觉得他也很喜欢听这些故事，虽说大部分他都不愿承认。这两个人真是一模一样！

玛格特要我问你，是否介意再寄一张小狗的照片？她真的很喜欢你寄来的另一张照片。弗兰克把它放进了她床边的一个可爱银色相框里。我知道这对她来说是莫大的安慰，因为她如今休息的时间多了。我不能说这只小家伙看起来有多漂亮，但萝卜青菜，各有所爱嘛。

她让我代她问候你，说她希望你还穿着那条美丽的条纹连裤袜。我不确定那是不是药物的作用，不过我知道她的用意是好的。

最温暖的祝福

蕾尼·G. 韦伯

“你听说了吗？”

我正要带着迪恩·马丁出门上班。夏天已经到来，有力地强调着自己的存在。每一天都会更温暖、更潮湿一些，以至于走去地铁的短短一段路害得我的衬衫都粘在了后背上。骑车的送货男孩露出了被晒伤的苍白肉体，咒骂着乱穿马路的游客。可我仍旧穿着山姆买给我的二十世纪六十年代迷幻风格连衣裙，脚上穿着鞋带上绑有粉色花朵的软木坡跟鞋。在我经历的这个冬天过后，阳光晒在我的手臂上就像镇痛软膏一样。

“听说什么？”

“图书馆！图书馆被保住了！它未来的十年都有保障了！”阿肖克把自己的手机塞给了我。我在地毯上停住脚步，掀起墨镜读了读米娜发来的短信。“我简直不敢相信，有人以某个逝者的名义寄来了匿名捐款。等等，我这里有。”他用一只手指在信息中浏览起来，“威廉·特雷纳纪念图书馆。不过谁在乎那是谁呢！捐助了十年，露易莎！市议会已经同意了！十年！哦，天哪。米娜已经乐疯了，她曾经那么肯定我们保不住它了。”

我瞥了瞥手机，把手机递还给他：“真是件好事，不是吗？”

“太棒了！谁知道呢，露易莎？哈？谁知道呢？小老百姓竟然胜了一局。哦，是的！”阿肖克的笑容是那么灿烂。

此刻，我感觉心里有什么东西在涌动，一种大得仿佛能让世界都暂停转动的欢乐与期许，好像那里只剩下我和宇宙，还有只要你坚持不懈就会发生的一百万件好事。

我低头看了看迪恩·马丁，然后又回头看了看大堂。我朝阿肖克挥了挥手，调整好自己的墨镜，向着第五大道迈进，每迈一步，脸上的笑容就会愈发地灿烂一些。

我当初只请求了五年。

32

我想要新的开始

所以我猜，在某个时刻，我们将不得不谈到你的一年之期将近这个事实。你已经想好什么时候回家了吗？我猜你不能永远住在那个老太太的家里。

我一直在思考你说的服装公司的事——露，要是你愿意的话，可以把我的房子作为一个大本营。这里有许多空闲的房间，完全免费。如果你想，也可以住下。

要是你觉得这太快了，却又不想搬回公寓、打扰你妹妹的生活，可以住在车厢里？顺便说一句，这不是我的首选选项，但你总是很喜欢它。想想能让你住在花园的另一边，这个主意还是有点吸引力的……

当然，还有另外一个选项——也就是说，这些都太过分了，你不想和我扯上任何关系。但我不太喜欢那个选项。它太糟糕了，我希望你也这么认为。有什么想法吗？

山姆

又及：我今晚应对了一对结婚六十五年的夫妇。他有些呼吸困难——不太严重——她却不愿放开他的手，在他的身边手忙脚乱，直到赶到医院。我通常是不会注意到这种事情的，可今晚是怎么回事？我不知道。

我想你，露易莎·克拉克

我走完了整条第五大道，经过了拥挤的车流和阻塞在人行道上的那些色彩斑斓的游客。我想到，一个人能够找到两个而非一个出类拔萃的男人去爱是何其幸运——要是他们碰巧也爱你，那是一件多么侥幸的事情啊。我还想到人们在塑造自我时是多么容易受到周围人的影响。为了这个原因，你在选择爱侣时又该何其谨慎。转念一想，除了这一切，为了真正找到自我，你最终也许不得不失去他们所有人。

我想到了山姆，还有那对我从未谋面的结婚六十五年的夫妇。他的名字在我的脑海里变成了脚步的鼓点，伴我走过洛克菲勒广场，走过特朗普大厦俗丽的奢华，走过圣帕特里克大教堂，走过耀眼的像素屏幕闪着亮光的超大型优衣库专卖店，走过布莱恩特公园，走过庞大而华丽的纽约公共图书馆和门口正义凛然的石狮，还有商铺、巨幅广告牌、游客、大排档和流浪汉——这些全都是我在没有他的城市里热爱的那段人生平日里的特色。然而，在警笛和汽车的喇叭喧嚣声之上，我意识到自己的每一步都有他的陪伴。

山姆。

山姆。

山姆。

就在这时，我想到了回家会是什么感觉。

2006年10月28日

妈妈：

一切匆忙，但我要回英格兰去了！我在鲁佩的公司里找到了一份工作，所以明天就会正式提交辞呈，很有可能几分钟之后就能带着一箱随身物品离开办公室——华尔街上的这些公司不喜欢紧抓着你不放，如果它们觉得你有可能侵吞客户名单的话。

所以，明年新年的时候，我就是伦敦企业并购部的执行主管了。我真的十分期待新的挑战，觉得自己首先能够稍做休息——说不定会去参加我说了很长时间的巴塔哥尼亚徒步旅行——然后找个地方安顿下。要是你有机会的话，能不能帮我跟几家房产中介签个约，麻烦他们推荐合适的住处？普通的地段就好，要紧邻市中心的那种，两/三居。如果有可能的话，要具备摩托车的地下停车位（是的，我知道你讨厌我骑摩托车）。

哦，你会喜欢这一切的。我遇到了某个人，阿莉希亚·德维尔。她其实是英国人，不过是到这里来探望朋友的。我在一场糟糕透顶的晚宴上认识了她。在她返回诺丁山之前，我们出去玩过几次。是正经的约会，不是纽约的那种。我们刚开始不久，不过她很有趣。等我回去，我会去看看她。不过，先别开始看婚礼的礼帽。你是了解我的。

所以，就是这样了！代我问候爸爸——告诉他，我很快就能给他买上一两品脱的皇家橡树啤酒了。

敬新的开始，怎么样？

爱你的儿子，威尔

亲亲

威尔的信我读了又读，任由平行宇宙和有可能发生什么的暗示如落雪般轻轻降在我的周围。我从字里行间读到了他和阿莉希亚可能的未来——或者甚至是他和我的未来。威廉·特雷纳曾不止一次地将我的人生推离预定的轨道——不是用手肘轻推，而是用力地推搡。通过把他的书信寄给我，卡米拉·特雷纳无意中确保他又推了我一把。

敬新的开始，怎么样？

我把他的话又读了一遍，然后小心翼翼地把信折好，放进其他信中，坐下思索起来。我给自己倒了些玛格特剩下的苦艾酒，痴痴地凝视着前方。叹了口气，我抱着笔记本电脑走到前门，坐在地板上写了起来。

亲爱的山姆：

我还没有准备好。

我知道一年已经几乎就要过去了，而我当初说过，一年就好——可问题在于：我还没有准备好回家。

我这一生始终都在照顾别人，让自己配合他们的需求、他们的需要，而且精于此道。在我甚至还没意识到自己正在做什么时，就已经动手去做了。也许，我也要对你做出同样的事情。你不知道我此刻有多想要订上一张机票，和你在一起。

然而，过去的这几个月以来，我的身上发生了一些事情——一些阻止我放手去做的事情。

我要把自己的服装公司开在这里，叫它“蜂膝”，大本营就设在古着百货店的角落里。顾客既可以从姐妹俩手里购买，也可以从我这里租赁。我们将共用合同，一同承担一部分广告费，希望能为彼此招揽生意。开业仪式将在星期五举行，而我已经给自己所能想到的每个人都写了信。已经有不少电影制片人和时尚杂志对我们表示很感兴趣，还有一些只想租些华丽连衣裙的人（你不会相信曼哈顿会举办多少“广告狂人”的主题派对）。

事情并不容易，何况我就要破产了。每天晚上，我几乎站着就能睡着，但是山姆，平生第一次，我是在兴奋中醒来的。我喜欢和顾客打交道，琢磨她们穿些什么好看。我喜欢缝纫那些美丽的旧衣服，让它们看上去完好如新。我喜欢时时都能重新构想自己想要成为什么人的事实。

你曾经告诉我，你很小的时候就想成为一名急救员。好吧，我等了将近三十年才明白自己想要成为什么样的人。我的这个梦想也许会持续一个星期，或是一年，但每天提着装满衣服的手提旅行袋、手臂酸痛地赶往东村时，我感觉自己永远都无法准备好，很想要开口唱歌。

我时常会想到你的姐姐，还有威尔。我们所爱之人的英年早逝就像是一种推动力，提醒我们不该把任何事情当作是理所当然，而是有责任利用手中的一切。我感觉自己终于明白了。

这么说吧：我从未真正向任何人索要过任何东西。但如果你爱我，山姆，我想要你和我在一起——至少是在我看看自己能否让这一切发生的时候。我做了一些调查，你需要通过一门考试，而且纽约州的招聘显然是季节性的，不过他们的确需要救护员。

你可以把自己的房子租出去，将房租作为收入。我们可以在皇后区或是便宜一些的布鲁克林租上一间小公寓。每天，我们都能共同醒来，没有什么能比这让我更幸福的了。我愿意尽我所能——在自己没有灰头土脸、满身粘着蛀虫和脱落的小亮片时——让你为自己能来这里陪伴我感到高兴。

我猜，这都是我想要的。

人生只有一次，不是吗？

你曾经问我是否期待过什么壮举。好吧，这就是我想要的：我会在你姐姐一直想要去的地方，七月二十五日晚上七点。如果你的答案是肯定的，你知道去哪里找我。如果不是，我会在那里站上片刻，久久地展望一番，只为我们能够再次找到彼此而感到高兴——即便是通过这种方式。

给你我全部的爱，永远。

露易莎

33
最后的回望

终于离开莱弗里大楼之前，我再一次见到了艾格尼斯。我怀抱着满满一堆准备带回家修补的衣服，蹒跚着走了进来，任由高温中的塑料罩不舒服地粘在自己的皮肤上。就在我走过前台时，两件衣服滑落到了地板上。阿肖克跳上前来，为我捡起衣服。我则挣扎着抱好了手中剩下的那几件。

“你今晚的工作量减少了。”

“没错，抱着这堆衣服坐地铁绝对是一场噩梦。”

“我相信。哦，不好意思，高普尼克夫人。我这就把它们挪开。”

在阿肖克动作流畅地把我的连衣裙从地毯上猛地拉开、后撤一步，好让艾格尼斯顺利通过时，我抬起了头。

她经过时，我抱着满手的衣服尽可能挺直了腰板。她穿了一条开口很大的低圆领简约直筒连衣裙，脚上踩着平底的无带轻便舞鞋，和往常一样，似乎时下的天气情况——不是极端炎热就是极端寒冷——不知怎么就是在她的身上不适用似的。她正牵着一个年约四五岁的小女孩。女孩穿着无袖连衣裙，正缓缓抬起头，望着被我抱在身前的那些颜色艳丽的服饰。她蜜金色的头发被削成了细碎的小卷，用两个天鹅绒蝴蝶结整整齐齐地梳在脑后，脸上长着她母亲的那种丹凤眼。望着我时，她对我的窘态露出了不易察觉的淘气笑容。

我忍不住咧开嘴来，回敬了一个微笑。就在这时，艾格尼斯转过身，看到了这孩子正在注视什么。我们的眼神定住了。刹那间，我愣了一下，不得不板起脸来。然而在我还没来得及严肃起来时，她的嘴角却抽动了，和她的女儿一样，仿佛她也是情不自禁。她朝我点了点头，动作微妙得有可能只有我能看到，紧接着便迈步穿过了阿肖克拉开的大门。那个孩子已经蹦跳了起来。两人被第五大道上的阳光和川流不息的人流吞没了。

34
马上，与你相会

发件人：MrandMrsBernardClark@yahoo.com

收件人：BusyBee@gmail.com

亲爱的露：

哦，我不得不读了两遍，就为了核实自己没有看错。我注视着那些报纸照片中的女孩心想，这真的有可能是我的女儿出现在了纽约的报纸上吗？

你和自己所有的衣服拍摄的这些照片很好看，精心梳妆打扮后和朋友们在一起时看上去太美了。我有没有告诉你，你爸爸和我有多骄傲？我们把那些照片从赠阅的报纸上剪了下来，爸爸还把我们能在网上找到的图片全都截了屏（我有没有告诉你，他开始在成人教育中心上电脑课了？他会是斯托特福德的下一个比尔·盖茨的）。我们要给你送去我们的爱。我知道你会成功的，露。你在电话里听上去是那么乐观而勇敢——你挂断之后，我坐在那里盯着电话，简直不敢相信这是我满怀筹谋的小女儿从大西洋另一边自己的店铺里打来的（是大西洋，没错吧？我总是把它和太平洋混淆在一起）。

好了，说说我们的大新闻吧。我们今年夏天晚些时候就要去看你了！我们打算天气稍微转凉时启程——我不太喜欢你所说的热浪听上去的那种感觉：你知道你爸爸的那个地方总是会被擦破。旅行社的迪尔德丽给我们打了员工折扣。这周末，我们就要预订机票了。我们可以和你住在老太太的公寓里吗？要是不行的话，你能告诉我们该去哪里吗？只要没有臭虫就行。告诉我你什么日子有空。我太兴奋了！！

非常非常多的爱，妈妈

又及：我有没有告诉你，特丽娜升职了？她一直都是个聪明的姑娘。你懂的，我能明白艾迪为什么这么喜欢她。

7月25日

“你一生一世必得安稳，并智慧与知识。”

我站在曼哈顿中心高耸的建筑面前，缓缓吐了一口气，凝视着洛克菲勒广场三十号宽阔入口上方那块镀金的标语。纽约夜晚的高温充斥着我的四周，人行道被漫步的游客挤得满满当当，空气中充斥着刺耳的喇叭声，还有无处不在的尾气味道和过热的橡胶味。我的身后，一个穿着“洛克30”字样高尔夫球衫的女人正对着一群日本观光客发表反复演练过的导览词，声音隔着吵闹的噪音很难被听清楚。

建筑工程是在著名的装饰艺术风格建筑师雷蒙德·胡德的指导下于1933年完工的——先生，请不要走散，先生。女士？

女士？——最初被命名为RCA大楼，后来才成为美国通用电气公司大楼——女士？这边请……

我抬头凝视着大厦的六十七层，深深吸了一口气。

现在是六点四十五分。我想要为这一刻让自己看上去完美无缺，曾计划五点钟的时候返回莱弗里大楼，好留出时间洗个澡，挑选一套合适的衣服（我想的是《金玉盟》中黛博拉·蔻儿的打扮）。可命运插了一手，让某意大利时尚杂志的设计师四点三十分时赶到了古着百货店。她想要为自己策划的某个专题查看所有的两件套套装，还需要她的同事试穿几套，好拍些照片，此后向我反馈。在我还没来得及反应之前，时间就已经来到了五点四十分。我勉强带着迪恩·马丁跑回家、喂它吃过饭，再赶到这里。于是，我就这么来了，满身大汗，心情疲惫烦躁，仍旧穿着工作时的衣服，即将弄清我的人生接下来会发生什么。

“好了，女士们，先生们，请到这边的观景台来。”

我几分钟前就已经停止奔跑了，在穿过广场时却仍旧感觉上气不接下气。推开茶色的玻璃门，我如释重负地发现买票的队伍还不算太长。前一天晚上，我在猫途鹰网站上查过，被警告买票的人可能会很多，却不知为何非常迷信，而不肯提前买票。于是我等待着轮到自己，还用小镜盒查看了一下我的样子有什么不妥，偷偷地环顾四周，对他会提前出现怀抱着一丝希望，然后买了一张六点五十分至七点十分之间可以使用的门票。跟随天鹅绒绳的指引，我一边等待一边护送着一群游客走向电梯。

六十七层楼，他们说。高得坐电梯上楼时耳朵里肯定会发出砰的响声。他会来的，他当然会来。要是他没有来，该怎么办？

自从他回了我一句“好的，知道了”以来，这个念头就一直在我的脑海中闪现。这句话其实可以意味着任何事情。我等着看他是否会对我的计划提问，或是说些别的什么来暗示自己的决定。重读已发的电子邮件，我不知自己听上去是否会令人反感，太过大胆、独断，又是否表达出了内心的感受有多强烈。我爱山姆，想要他陪在我的身边。他能明白这么多吗？不过，发布完最极端的最后通牒，再开始复核自己的意思有没有得到充分理解，这似乎非常奇怪，所以我干脆等待。

晚上六点五十五分。电梯门打开了。我拿出手中的票，迈了进去。六十七层。我的胃紧紧攒成了一团。

电梯开始缓缓上升。我突然感到心慌意乱，要是他没有来，该怎么办？要是他来了，却又改变了主意，怎么办？我该做些什么？在经历了这一切之后，他肯定不会这么对我的。我发现自己非常响亮地吞咽了一口空气，一只手按在了胸口上，试着镇定下来。

“恐高，对吗？”我身旁那个和善的女子伸出手来，碰了碰我的手臂，“六十七层的高度是离地相当远的一段距离呢。”

我试着笑了笑：“差不多吧。”

要是你无法丢下自己的工作、房子和能让你快乐的一切，我能理解。我会难过，但是我能理解。不管怎样，你总是在我的身边。

我撒谎了。我当然要撒谎。哦，山姆，请答应我。当大门再次打开的时候，请你等在门外。就在这时，电梯停住了。

“哦，这里不是六十七层。”某人说道。几个人尴尬地笑了起来。婴儿车里的小宝宝睁着大大的棕色双眼紧盯着我。我们所有人站了一会儿。很快，有人走了出去。

“哦，这还不是主电梯。”我旁边的那个女子边说边指了指，“那才是主电梯。”

在那里，就在远处的尽头，人们正排着无穷无尽的蜿蜒马蹄形队伍。我惊悚地望着那条队伍。那里肯定有不下一百个参观者，甚至是两百人。他们安静地兜着圈子，抬头看看博物馆里的展品，也就是墙壁上那些被塑料薄膜覆盖的历史故事。我看了看手表，已经差一分钟七点了。我发了条信息给山姆，在信息拒绝被发送时惊悚地盯着它。于是，我开始推开人群挤过去，嘴里嘟囔着“抱歉。抱歉。”人们大声咂摸着嘴喊道：“嘿，小姐，我们全都在等着呢。”低下头，我走过叙述洛克菲勒大楼历史的壁板，经过圣诞树和美国全国广播公司的视频展台，跳着脚在人群中穿梭，嘟囔着道歉的话。几个比那群怒火中烧的游客脾气更加暴躁的人发现自己正在一条意料之外的队伍中等待。其中某个人一把抓住了我的衣袖：“嘿！你！我们全都在等着呢！”

“我要和某个人见面。”我答道，“非常抱歉。我是英国人，我们通常是很擅长排队的。可是哪怕我迟到一点点，都会错过他的。”

“你可以和我们剩下的人一样等着！”

“让她去吧，宝贝。”他身旁的那个女人说道。我比了个感谢的口型，从被晒伤的肩膀、来回移动的身体、牢骚不断的孩子以及“我♥纽约”的T恤衫组成的沼泽中挤过。慢慢地，电梯门越来越近了。可就在距离电梯不到二十英尺的地方，队伍死死地停住了。我跳了跳，试图隔着人群的头顶望去，视线和一条假的钢铁大梁打了个照面。它撑在一张巨大的纽约天际线黑白照片背景布前面。参观者们成组地坐在大梁上，模仿着大楼修建期间工人们吃午餐的经典照片。一个年轻女子站在相机背后朝他们喊道：“把你们的双手举到空中，就是这样，现在为纽约竖起大拇指，没错，现在假装要把彼此推下去，好了，亲一个吧。太棒了。照片在你们离开时就可以取走了。下一个！”一遍又一遍，她在我们徐徐靠近的过程中重复着这四句话。通过这里的唯一方法意味着毁掉某人可能此生仅有一张的“洛克30”廉价照片。时间已经到了七点零四分。我勉强挤了出去，看看能否从她的背后侧身过去，却发现被一群背着帆布包的青少年堵住了。有人推着我的后背走了起来。

“请坐在大梁上。女士？”通过的路径被一面无法移动的人墙堵住了。摄影师示意了我一下。为了能以最快的速度通过，我什么都愿意去做。于是，我乖乖地把自己的身体举到了房梁上，压低嗓门嘟囔道：“快点，快点，我得走了。”

“把手举到空中，就是这样，现在为纽约竖起大拇指！”我把手举到了空中，强迫自己竖起大拇指，“现在假装要把彼此推下去……好了，亲一个吧。”一个戴着眼镜的少年转向我，吃了一惊，紧接着露出了开心的表情。

我摇了摇头说：“这可不行，伙计。对不起。”我跳下大梁，从他的身边挤了过去，奔向电梯前的最后一条队伍。

时间已经到了七点零九分。

那一刻，我想哭。我站起身，挤进情绪激昂、怨声载道的队伍中，在两只脚之间调整着重心，看着另一部电梯中涌出的人潮，诅咒自己没有做好调查。我意识到，这就是“壮举”的问题所在。它们常会以惊人的方式产生令人意想不到的结果。看着我的焦虑，警卫们的脸上露出了见识过各种人类行为的社工才会有的冷漠。终于，七点十二分，电梯门打开了。一个警卫赶着人群向门边走去，清点着人头。数到我的时候，他把绳子拉了过来：“下一趟电梯。”

“哦，别这样。”

“这是规定，女士。”

“求你了，我必须去和某个人见面。我已经迟到太多了。能不能让我挤进去？求你了。我求你了。”

“不行，要严格按照人数来。”

就在我愤怒地发出一声微弱的呻吟时，几码之外的一个女人招手示意我。“来。”她边说边踏出了电梯，“站上我的位置吧，我乘下一趟。”

“真的吗？”

“你肯定会喜欢一次浪漫的约会的。”

“哦，谢谢你，谢谢你！”我边说边飞快地溜了过去。我不想告诉她，这件事以浪漫或是约会收场的概率正随着每一秒钟的流逝慢慢减少。挤进电梯，我能意识到其他乘客正向我投来好奇的目光，于是在电梯开始爬升时攥紧了拳头。

这一次，电梯飞升的速度异乎寻常，惹得孩子们咯咯直笑，在玻璃天花板透露我们移动得有多迅速时指指点点。光线从头顶上一闪而过。我的胃里翻江倒海，身旁一名戴着花朵图案帽子的年长女子用手肘轻轻推了推我。“想要一块薄荷糖吗？”她边说边眨了眨眼睛，“为了你终于见到他的时候？”

我拿了一块，紧张地微微笑了笑。“我想要知道事情进展如何。”她说着便把薄荷糖包塞回了包里，“到时候你来找我吧。”接下来，就在我的耳朵突然一跳时，电梯慢了下来。我们停住了。

很久以前，一个小镇女孩生活在一个小小的世界里。她非常幸福，或者至少是这么告诉自己的。和许多女孩一样，她喜欢尝试不同的装扮，成为不是她的某个人。不过，和太多的女孩一样，生活一点点磨掉了她的本质，直到她找不到真正适合自己的东西，反而自我伪装，将身上与众不同的那些点滴隐藏了起来。暂时，她任由这个世界将她伤得鼻青脸肿，直到她决定,彻底不做自己才是更安全的做法。

我们有太多个版本的自己可以去选择。一度，我的生活注定要被最平凡的脚步来丈量。我从某个男人身上学到了不一样的东西，因为他拒绝接受被剩下的那个版本的自我。我还从某位视角与别人相反的老太太那里受益良多，因为她明白她能够改变自我，尽管许多人都说已经没有什么可做的了。

我有一个选择。我是来自纽约的露易莎·克拉克，或是来自斯托特福德的露易莎·克拉克,或许还有另一个全新的露易莎是我不曾见过的。关键在你得确保与你同行的人不会决定你是谁，或是把你像盒子里的蝴蝶一样加以束缚；关键在于你知道你总能有方法找到重新彻底改造自己的路。

我安慰自己，要是他不在那里，我也能活下去，毕竟我曾在更糟糕的情况中幸存下来，这只不过是另一次重塑。在等待电梯门打开的那段时间里，我不止一次地这样告诉自己。现在是七点十七分。

我飞快地走向玻璃门，自言自语：既然他大老远赶来了，肯定是会愿意等上二十分钟的。于是，我奔跑着穿过观景台，在观光者、聊着天的游客和自拍的人中间来回旋转、穿梭，看他是否来了。我跑回玻璃门，穿过宽阔的内庭，直到来到第二座观景台。他肯定就在这一边。我进进出出地飞快移动着脚步，转过身望向陌生人的脸庞，眼神瞄准着一个男人，一个比身边所有人都要稍微高一些的男人，黑头发，宽肩膀。我在瓷砖地板上来回穿梭，头上顶着夕阳，汗流浃背地四处张望，张望，仔细观察，心中涌起了一种不舒服的感觉，他不在那里。

“你找到他了吗？”那个年长的女子一把抓住了我的胳膊。

我摇了摇头。

“上楼，亲爱的。”她指了指大楼的一侧。

“上楼？楼上还有一层？”

我奔跑着，试图不望向脚下，直到迈上一座小小的自动扶梯。扶梯带领我来到了另外一座观景台，这里的游客更加拥挤。我感觉心灰意冷，眼前出现了我们说话时他从另一侧下楼的画面——可我却无法知晓。

“山姆！”我喊道，一颗心怦怦直跳，“山姆！”

几个人看了看我，但大部分人还是继续望着外面自拍，或是靠在玻璃屏风上摆着姿势。我站在观景台中间喊，声音已然嘶哑：“山姆？”

我用力戳着自己的手机，一次又一次地试图发送短信。

“是的，这上面的手机信号时好时坏。你找不到什么人了吗？”一个身穿制服的警卫出现在了我的身旁，“你的孩子丢了吗？”

“不是的，是一个男人，我本来是要在这里和他见面的。我不知道这里有两层，或是有那么多的观景台。哦，上帝。哦，上帝。我不知道他在哪一座台子上。”

“我可以用无线电呼叫我的同事，看他能否喊他一句。”他把对讲机举到耳边，“但你知道这里其实有三层吗，女士？”他向上指了指。这一刻，我发出了模糊不清的一声啜泣。时间已经到了七点二十三分。我永远都找不到他了，他到目前为止已经离开了，如果他当初来过的话。

“试试上面吧。”警卫抓住我的手肘，指了指另一组楼梯，然后转身对着无线电说起话来。

“就这么多了，对吗？”我问道，“没有别的观景台了。”

他露齿一笑：“没有别的观景台了。”

洛克菲克广场三十号的第二观景台大门与最后的顶层观景台之

间有六十七级台阶。要是你穿着松紧带断掉的紫红色复古缎子高跟舞鞋，要走的路可能还会更多，尤其是身处一股热浪之中的时候。这一次，我走得十分缓慢。在狭窄的楼梯平台上走到半路，我感觉心里有什么东西可能真的焦虑得就要崩溃了。转过身，我看了看背后的风景。曼哈顿的另一边，太阳正散发着橘黄色的光芒。由闪闪发亮的摩天大楼组成的无尽的海洋反射出了一道蜜桃色的光，那是世界的中心正在自行地运转。我的脚下有上百万个生命，上百万次大大小小的心碎，上百万则欢乐、失落与幸存的故事，每天都会发生上百万回小小的胜利。做自己喜欢的事情就是莫大的安慰。

在迈出最后几步的过程中，我将自己的人生仍旧可以过得十分美好的所有方式都考虑了一遍。稳住呼吸，我想到了自己的新公司、朋友和意外降临到身边的那只小狗摇摆而讨喜的脸。我想到了自己是如何在地球上最艰苦的其中一座城市里，利用不到十二个月的时间，挨过了无家可归与失业。我想到了威廉·特雷纳纪念图书馆。

当我再次转过身、抬起头时，他就在那里，靠在边缘处，眺望着城市。他背对着我，头发被微风轻轻抚动。我站了片刻，一边等待最后一波游客从我的身边走过，一边望着他宽阔的肩膀，还有脑袋向前探去的模样，以及锁骨领子上柔软的黑发。我的心里有什么发生了改变——刚一看到他，我内心深处的某些东西就重新校准了一遍，让我冷静了下来。我站在那里凝视着，重重地叹了一口气。

也许是意识到了我的目光，他也在那一刻缓缓转过头，直起了身子，笑容徐徐地绽放开来，正好与我的相配。

“你好，露易莎·克拉克。”他说。

（全文完）

我依然爱你

产品经理 | 赵思婷
技术编辑 | 顾逸飞
营销经理 | 王维思
产品监制 | 吴　涛

装帧设计 | 肖　雯
封面插画 | Tong
执行印制 | 梁拥军
出 品 人 | 路金波

图书在版编目（CIP）数据

我依然爱你 /（英）乔乔·莫伊斯著；黄瑶译. --
济南：山东文艺出版社，2020.8
ISBN 978-7-5329-5988-4

Ⅰ. ①我… Ⅱ. ①乔… ②黄… Ⅲ. ①长篇小说—英国—现代 Ⅳ. ① I561.45

中国版本图书馆 CIP 数据核字（2020）第 139887 号

版权合同登记号：图进字 15-2019-345

我依然爱你

［英］乔乔·莫伊斯 著

主管单位 山东出版传媒股份有限公司
出版发行 山东文艺出版社
社　　址 山东省济南市英雄山路 189 号
邮　　编 25002
网　　址 www.sdwypress.com

读者服务 0531-82098776（总编室）
0531-82098775（市场营销部）
电子邮箱 sdwy@sdpress.com.cn

印　　刷 北京市十月印刷有限公司
开　　本 880mm×1230mm　1/32
印　　张 15.25
字　　数 305 千字
印　　数 1-10,000
版　　次 2020 年 8 月第 1 版
印　　次 2020 年 8 月第 1 次印刷
书　　号 ISBN 978-7-5329-5988-4
定　　价 58.00 元